DU MÊME AUTEUR

Aux Éditions Gallimard

INTRODUCTION À LA LECTURE DE HEGEL

ESSAI D'UNE HISTOIRE RAISONNÉE DE LA PHILOSOPHIE PAÏENNE

Tome I : Les Présocratiques

Tome II : Platon – Aristote

Tome III : La Philosophie hellénistique – Les Néo-platoniciens

KANT

ESQUISSE D'UNE PHÉNOMÉNOLOGIE DU DROIT

Bibliothèque de philosophie

Collection fondée par Jean-Paul Sartre
et Maurice Merleau-Ponty

ALEXANDRE KOJÈVE

LE CONCEPT, LE TEMPS ET LE DISCOURS

INTRODUCTION AU SYSTÈME DU SAVOIR

*Présentation
de Bernard Hesbois*

*Carh Frade
Déc '05*

nrf

GALLIMARD

PRÉSENTATION [1]

Le Concept, le Temps et le Discours est l'œuvre inachevée de toute une vie. Au vrai, elle était interminable.

L'ensemble devait comporter deux *Parties* : une triple *Introduction*, d'une part, conçue comme « pédagogie » du *Système du savoir*, et l'*Exposé*, d'autre part. De la *Première Partie*, seules les deux premières *Introductions* (« psychologique » et « logique ») sont achevées. Elles forment la matière du présent volume. L'*Essai d'une histoire raisonnée de la philosophie païenne* [2] constitue la première section de la *Troisième Introduction* (« historique ») qui aurait dû se poursuivre par une histoire de la philosophie chrétienne. Le *Kant* comble partiellement la lacune [3]. De la *Seconde Partie* ou *Exposé*, n'ont vu le jour que des esquisses.

Les fragments éclatés du « Livre » introduisent ironiquement à son absence. Au lecteur de boucler la boucle. Pour notre part, nous ne nous proposons, dans les pages qui suivent, que de reconstituer la *table des matières*.

*

1. Nous nous permettons de renvoyer le lecteur aux chapitres 1 et 2 de notre ouvrage, *Le Livre et la Mort (Essai sur Kojève)*, thèse de doctorat, Université catholique de Louvain, 1985, inédit.
2. Paris, Gallimard : tome 1, *Les Présocratiques*, 1968 ; tome 2, *Platon – Aristote*, 1972 ; tome 3, *La Philosophie hellénistique – Les Néo-platoniciens*, 1973. Nous citerons *Essai*.
3. Paris, Gallimard, 1973.

Le discours philosophique

Les hommes ne se contentent pas de vivre, ils se racontent la vie, s'inventent des histoires, mettent en scène le monde. Ils s'exclament et interpellent. Ils donnent ou exécutent des ordres, adressent des prières aux dieux qu'ils invoquent, font des serments. Ils questionnent aussi et donnent des réponses, débattent, se contredisent. Leur univers, c'est l'*univers du discours*. Le fait primordial pour le discours *philosophique,* c'est le fait même du *discours.* Parler en philosophe, c'est parler de *tout* ce dont on parle en tenant et en rendant compte du fait qu'on en *parle* [1]. Ou encore : la philosophie est un discours qui parle tant de l'*essence* des choses que du *sens* des discours qui s'y « rapportent », et qui ne peut le faire qu'en parlant d'un « tiers » qui, tout en n'*étant* ni essence ni sens seulement, peut toutefois *apparaître* et comme l'une et comme l'autre : ce que Kojève, à la suite de Hegel, appelle le *Concept* [2].

Parler du Concept comme de l'unité singulière de l'essence et du sens, c'est parler de la *vérité.* Et parler de la vérité, c'est nécessairement parler du *temps.* « En effet [...] la vérité au sens propre du mot est quelque chose qui est censé ne pouvoir ni être modifié, ni nié : elle est valable " universellement et nécessairement " comme on dit. C'est-à-dire qu'elle n'est pas soumise aux changements; elle est, comme on dit aussi : *éternelle* ou non temporelle. D'autre part, il n'y a pas de doute qu'on la *trouve* à un certain moment du temps et qu'elle existe dans le Monde. Dès qu'on pose le problème de la vérité, même partielle, on pose donc nécessairement le problème du temps, ou plus particulièrement celui du rapport entre le temps et l'intemporel [3]. » Or ce problème n'admet qu'un nombre fini de solutions [4].

1. Cf., par exemple, *Essai,* p. 30.
2. *Ibid.,* p. 186.
3. *Introduction à la lecture de Hegel,* Paris, Gallimard, 2ᵉ éd., 1962, p. 336. Nous citerons *ILH.* La « Note sur l'Éternité, le Temps et le Concept » est le centre nerveux du commentaire de Kojève; cf. aussi « Le Concept et le Temps », in *Deucalion,* La Baconnière, Neuchâtel, 1955, cahier n° 5, pp. 11-20, et *Essai,* pp. 91-137.
4. *ILH,* p. 337.

Excluons d'emblée la solution « héraclitéenne », celle de tous les scepticismes et de tous les relativismes. Dans cette hypothèse, le vrai est exclusivement *temporaire* et, par conséquent, le discours n'est qu'un « bavardage » sans fin où il est toujours possible et justifié de contredire à un moment donné ce qu'on a dit auparavant. Ce n'est pas que le bavardage soit « contradictoire » : sans fin, il est par là même in-défini puisqu'il ne reçoit jamais *un* sens susceptible d'être discuté, mais peut toujours, pareil à une phrase inachevée, recevoir n'importe quel sens. C'est dire qu'il n'en possède aucun. Le discours philosophique est alors impossible. C'est pourquoi les philosophes ont d'abord cru pouvoir sauver la vérité en disant qu'elle est l'*éternité* ou, à tout le moins, *éternelle*. C'est la thèse « parménidienne », reprise à sa manière par Spinoza. Malheureusement, si la solution « héraclitéenne » du problème de la vérité conduisait le discours au bavardage, la solution « parménidienne » ou « spinoziste » le réduit au silence. En effet, si le Concept est *absolument autre* que le temps du monde où vivent et parlent les hommes en général et les philosophes en particulier, il devient alors rigoureusement impossible de rendre compte de la *manifestation* de la *vérité* dans les discours *datés* des hommes : « L'" Éthique " explique tout, sauf la possibilité, pour un homme vivant dans le temps, de l'écrire [1]. »

Si l'histoire de la philosophie commence avec l'identification du Concept à l'Éternité, on sait que, selon Kojève, elle finit avec l'*identification* « hégélienne » *du Concept au Temps,* non pas au temps indéfini du cosmos, ni au temps cyclique de la vie, mais au temps *historique,* c'est-à-dire au temps où prime l'*avenir.* C'est parce qu'il se donne une *fin* qui n'est inscrite dans aucune nature que l'homme se « détache » de l'être pour le « concevoir ». L'histoire de la philosophie apparaît ainsi comme la réduction progressive de la transcendance du Concept. Au terme de ce processus, le discours philosophique comprend qu'il ne peut parler sans se contredire du Concept, et donc rendre compte de lui-même, qu'à la condition de dire que le

1. *Ibid.,* p. 354.

Concept, qui n'*est* ni essence ni sens, se révèle en *devenant* essence d'abord et sens ensuite. Autrement dit, le Concept n'est rien d'autre que le processus historique de la transformation de l'univers des objets en univers du discours : « Tout au monde, existe pour aboutir à un livre [1] », et l'histoire de la philosophie n'est que la pédagogie millénaire par laquelle les hommes se sont éveillés à la « Sagesse » qui leur apprend qu'ils sont seuls au monde à discourir et qu'il n'est aucun « Verbe » transcendant à qui ils doivent adresser des prières ou qui puisse leur dicter des commandements. Car, à l'inverse de la théologie chrétienne pour laquelle le *cosmos* suppose, avant lui, un *logos* infini qui ne le présuppose pas, la Sagesse affirme la « finitude » du *logos* qui suppose avant lui et présuppose après lui un *cosmos* éternellement silencieux. Discourir, en effet, c'est « rompre le silence » : *pour un certain temps*. Au terme de ce temps, le Silence planera à nouveau sur les eaux. « Le rapport entre le Sage et son Livre est donc rigoureusement analogue à celui de l'Homme et de sa *mort*. Ma mort est bien mienne; ce n'est pas la mort d'un autre. Mais elle est mienne seulement dans l'avenir; car on peut *dire* : " je vais mourir ", mais non : " je suis mort ". De même pour le Livre. C'est mon œuvre, et non pas celle d'un autre; et il y est question de moi et non d'autre chose. Mais je ne suis dans le Livre, je ne suis ce Livre que tant que je l'écris ou le publie, c'est-à-dire tant qu'il est encore un avenir (ou un projet). Le Livre une fois paru, il se détache de moi. Il cesse d'être moi, tout comme mon corps cesse d'être moi après sa mort. La mort est tout aussi impersonnelle et éternelle, c'est-à-dire inhumaine, qu'est impersonnel, éternel et inhumain l'Esprit pleinement réalisé dans et par le Livre [2]. »
Ouvrons le Livre.

---

1. Mallarmé, *Œuvres complètes*, Paris, Gallimard, « Bibliothèque de la Pléiade », 1945, p. 378.
2. *ILH*, p. 388, n. 1.

Le « *Système du savoir* »

Le discours philosophique ne se développe qu'en manifestant, selon Kojève, une triplicité structurelle qui apparaît historiquement pour la première fois avec Platon. C'est que « Platon s'aperçut que pour pouvoir parler sans se contredire, il fallait rendre discursivement compte non seulement du caractère *donné* de l'*être* commun à tout ce qui se révèle en tant que phénomène dans la *durée-étendue* de l'Existence-empirique dont on parle, mais encore de la *réalité-objective* de ces phénomènes, dans la mesure où ceux-ci ne *diffèrent* pas seulement du Néant, mais se *distinguent* encore les uns des autres, en s'*opposant* les uns aux autres d'une façon *irréductible*. C'est ainsi que depuis Platon la philosophie complète son discours *phénoménologique* (qui décrit le Monde où vivent les philosophes, qui en parlent en parlant aussi de ce qu'ils en disent) non plus seulement par un discours *onto-logique* (qui dit ce qu'il faut dire de l'Être-donné en tant que tel pour pouvoir parler sans se contre-dire de ce qu'on dit de l'Existence-empirique dans son ensemble), mais encore par un discours *énergo-logique* (qui indique ce que doit être la Réalité-objective pour que tout ce dont on parle puisse à la fois *être* ce qu'on en dit et *apparaître* tel qu'on le dit) même s'il faut dire alors que le Discours lui-même *apparaît* et *est* sans être ni *objectif*, ni *réel* [1] ». Telle est la matrice du Système du savoir. On peut l'expliciter de la manière suivante.

Les hommes parlent des *phénomènes* qu'ils perçoivent. Ces phénomènes se *distinguent* entre eux et en eux-mêmes, et constituent le monde de l'*existence-empirique*. On peut en parler en les isolant les uns des autres, par abstraction, et sans tenir compte du fait qu'on en parle. De tels discours se révèlent toutefois rapidement incohérents entre eux et en eux-mêmes. C'est précisément l'expérience universelle de la *contradiction* et de l'*erreur* qui suscite l'effort *philosophique* de vérité : rendre

---

1. *Essai*, t. 2, p. 47.

compte tant de la multiplicité variée des phénomènes que des variations multiples de leurs interprétations (y compris les interprétations « fausses » ou « contradictoires ») dans un seul et même discours qui rende compte également du partage du monde en phénomènes qui parlent et en phénomènes qui ne parlent pas. Ce discours est celui de la *phénoméno*-logie, laquelle, en tant que discours *philosophique,* est nécessairement une phénoméno-*logie*.

L'existence-empirique est structurée d'éléments différents structurés en eux-mêmes : les *monades.* Chaque monade (un rocher, un arbre, un oiseau, etc.) est située dans la *durée-étendue.* D'une part, l'ensemble de la durée-étendue de l'existence-empirique est structurée en de multiples durées-étendues « spécifiques » constituant des « milieux » et des « époques ». D'autre part, une monade possède encore en elle-même une durée-étendue propre telle qu'elle est toujours une multiplicité de « nunc » unifiée dans un « hic » et une multiplicité de « hic » unifiée dans un « nunc ». C'est ainsi qu'une seule et même poule peut être dite multiple en ce sens qu'elle est étendue et que sa tête est donc « ailleurs » que ses pattes, tandis que l'œuf, le poussin et la poule adulte peuvent être dits une seule et même poule en tant que celle-ci est durable, composée d'un maintenant, d'un avant et d'un après.

Nous verrons qu'au sein de l'être-donné les trois moments de la temporalité sont en quelque sorte sur le même plan, tandis que, dans la réalité-objective, le présent « ponctuel » s'oppose irréductiblement à l'ensemble du passé et de l'avenir. Dans l'existence-empirique chaque moment de la durée est structuré intérieurement et se distingue des deux autres, c'est-à-dire est doué de qualités propres. C'est pourquoi chacun doit apparaître dans le monde. L'ensemble de l'existence-empirique se structure ainsi en un *cosmos* (primat du *présent*) où émerge le *monde* de la vie (primat du *passé*) et où surgit l'*univers* humain de l'action et du discours (primat de l'*avenir*) [1].

C'est la *perception* qui transforme la monade en *phénomène* distinct tant des autres phénomènes que du milieu avec lequel

1. Cf. *Essai,* t. 2, pp. 110-115.

il est en relation, et c'est le *discours* qui transforme ce phénomène en sens d'une *notion*. C'est pourquoi une notion quelle
qu'elle soit se rapporte toujours, directement ou indirectement,
à l'existence-empirique. C'est qu'une notion est elle-même
« monadique », c'est-à-dire différenciée en elle-même et mise
en rapport, par son développement discursif, avec d'autres
notions.

Le discours phénoménologique ne peut se développer de
manière complète et cohérente qu'à la condition de se compléter
par un autre discours qui vise à dire, non plus ce qui distingue
les phénomènes, mais ce qu'ils ont de *commun,* à savoir le fait
qu'ils *sont,* en étant par là *identiques* entre eux et en eux-
mêmes, dans la mesure où ils diffèrent tous ensemble du *néant*
(dont on ne parle jamais explicitement de manière spontanée,
mais seulement de manière réfléchie, pour dire alors que tout
ce qui est en diffère).

L'*être* dont on parle est nécessairement l'être *dont on parle,*
il ne diffère du néant qu'en tant que « donné » au discours.
C'est pourquoi Kojève appelle *être-donné* l'objet de l'*ontologie,*
l'être « pur » ou « en soi » étant identique au néant. Encore
cela ne signifie-t-il pas, nous y reviendrons, que l'être soit
discours, à la manière idéaliste.

Dire que l'être-donné est le « commun » de tout ce dont on
parle, c'est dire qu'il est *homogène* (et donc « univoque »),
identique à et en lui-même. Toutefois, si l'*être* est homogène,
il n'est *donné* que dans la mesure où il se *différencie* du néant.
Or se différencier du néant, c'est se différencier de « rien ».
C'est pourquoi on ne peut parler de l'être qu'à la condition
de dire qu'il se différencie en lui-même tout en restant identique. Pour Kojève, cela signifie que l'être-donné est *spatio-
temporalité.*

En tant qu'il se *différencie* en lui-même, l'être-donné est
spatialité. D'une manière générale, en effet, deux « choses »
identiques entre elles ne se différencient que par leur « position ». Bien entendu, il n'y a pas, dans la pure spatialité, de
« monades » déterminées par leur « hic » : la spatialité de l'être
est multiplicité de *points,* c'est-à-dire d'éléments identiques

entre eux et en eux-mêmes, dépourvus de structure propre.
Pris en lui-même, le point isolé n'est rien dont on puisse parler.
Le point ne se différencie du néant qu'en tant que multiplicité
de points. Considérée abstraitement, cette multiplicité est la
spatialité pure, objet de la géométrie, mais, précisément, il ne
s'agit que d'une abstraction, car l'être-donné n'est spatial qu'en
étant aussi temporel. Aussi bien, on ne peut parler d'une *différenciation de l'identique* qu'en parlant du *mouvement* d'un
point qui se « déplace » tout en restant identique à lui-même.
Or, parler de la translation d'un point, c'est parler de la
temporalité.

L'être-donné est *temporalité*. La différenciation de l'identique
présuppose l'*identification du différent*. En effet, si deux « choses »
identiques ne peuvent différer que spatialement, deux « choses »
différentes ne peuvent s'identifier que temporellement. Toutefois, l'être-donné reste homogène : pas plus d'« époques » que
de « milieux » dans l'être-donné, où le présent est identique
tant au passé qu'à l'avenir et dépourvu de toute détermination
propre.

Que signifie alors, pour l'être-donné, le fait d'être temporel?
Rien d'autre que le mouvement de s'*identifier au néant* dans
le même temps qu'il s'en différencie en tant que spatialité.
C'est que la temporalité n'est au fond qu'une « soustraction »
de l'être à l'être, passage de l'être au « n'être plus ». Et c'est
pourquoi l'être-donné est le *concevable* « car le *concept,* ou plus
exactement le *sens* de l'Être, ne diffère en rien de l'Être lui-
même, sinon par l'absence dans le *sens* de l'être de cet Être.
Et il en va de même pour le sens de n'importe quelle chose
qui *est,* de sorte que le sens " Être " est une intégration de tous
les sens en général. Le sens-*essence* d'une chose est, comme on
dit, cette chose même moins son *existence.* Or la " soustraction "
qui enlève l'être à l'Être n'est rien d'autre que le Temps, qui
fait passer l'Être, du présent où il *est,* dans le passé où il n'*est
pas* (n'est plus), et où il n'est que *sens pur* (ou essence sans
existence) [1] ». L'essence d'un être est donc son *être passé* et c'est
la temporalité de l'être qui rend possible le discours. *Possible*

---

1. *ILH*, p. 544; cf. aussi *ibid.,* p. 375 sq.

seulement, car, si l'être-donné est Concept, il n'est pas lui-même discours. Le miracle du discours consiste précisément à donner à l'essence d'une chose – de l'être en général – une existence réelle « détachée » de l'être. Ainsi ce n'est que dans et par le discours humain que l'essence « dinosaure » peut encore paraître dans le présent en tant que sens. Mais nous ne pourrions jamais concevoir quoi que ce soit ni en parler si l'essence n'était pas détachable de l'existence, si l'être n'était pas temporalité.

Que l'être-donné soit spatio-temporalité – pure puissance de tout ce qui apparaît –, c'est le *sentiment de « bien- » ou de « mal-être »* qui le révèle dans l'« expérience » que ce sentiment accompagne toujours [1]. Se sentir « bien » c'est faire « un » avec l'être, c'est éprouver sa « puissance », c'est-à-dire sa capacité de *durer* et de *s'étendre*. Au contraire, se sentir « mal », c'est éprouver une difficulté d'être, de continuer à durer et s'étendre, de conserver la maîtrise de son époque et de son milieu, c'est se sentir à l'étroit, rétréci, menacé d'être réduit à l'évanouissante ponctualité du néant. D'une manière générale, quelque chose qui ne peut plus durer et s'étendre – un organisme ou un État, par exemple –, cesse d'être et inversement. Ainsi, venir à l'être c'est se spatio-temporaliser, et « sortir » de la spatio-temporalité c'est littéralement devenir « rien », s'anéantir.

Médiatrice de l'ontologie et de la phénoménologie, l'*énergologie* est le cœur et la partie la plus « difficile » du « système du savoir ». C'est que les philosophes, éblouis par la lumière de l'être ou fascinés par la multiplicité variée des phénomènes, aperçoivent généralement mal le « milieu » grâce auquel la lumière de l'être peut se diffuser en éclairant les phénomènes qui peuvent ainsi « apparaître », et ce sont en fait des « physiciens » qui, tel Démocrite, parlèrent les premiers de la *réalité-objective,* même si, en le faisant, ils crurent parler de l'être-donné ou de l'existence-empirique : « En observant les physiciens, les philosophes se rendent discursivement compte de ce qu'est la Réalité-objective à laquelle ceux-ci ont affaire et ils la voient alors cette fois " à la lumière " directe de l'Être-donné

---

1. Cf. *Kant,* p. 186.

et à la lumière réfléchie de l'Existence-empirique que sont les phénomènes. Cette " vision " ou " contemplation " leur permet d'en faire une " Théorie " dircursive qui *parle* de ce que *mesurent* les physiciens ¹. » Autrement dit, il s'agit de « rendre discur-

1. *Essai*, t. 1, p. 304. Dans la genèse du « Système du savoir », l'épistémologie de la physique tient une place décisive. Le « Compte rendu des Archives d'histoire des sciences et des techniques de Leningrad » (in *Thalès*, recueil annuel des travaux de l'*Institut d'histoire des sciences et des techniques*, Paris, 1937, pp. 295-306), donne la clé de la triple articulation du discours : « L'interprétation de la Théorie des Quanta par Bohr implique, à notre avis, une définition précise de la réalité *physique*, c'est-à-dire de l'aspect (réel) de la réalité, étudiée par la *théorie physique*, qui permet pour la première fois d'établir une délimitation exacte du domaine propre de cette science, tant par rapport à celui de la géométrie (de la mécanique, etc.) que par rapport au domaine des sciences qu'on pourrait appeler – faute de mieux – " biologiques " (géographie, physiologie, zoologie, etc.), c'est-à-dire des sciences, où le principe du " réalisme naïf " est à peu près valable [...] Dans la géométrie (la mécanique, etc.), l'" interaction " entre le " sujet " ou le " système observant " (représenté ici par le système des coordonnées) et l'objet ou le système observé, n'implique pas une *modification* des deux; donc pas d'indétermination, et pas de réalité physique, puisque celle-ci est toujours modifiée dans et par l'interaction avec le système observant. Dans les observations " biologiques ", les modifications du système observé par le système observant sont négligeables, c'est-à-dire inexistantes pour les sciences en question. D'où une certaine analogie avec la géométrie, etc., c'est-à-dire possibilité d'appliquer la " physique " classique, qui – en négligeant aussi les modifications en question – n'est en fait qu'une mathématique appliquée à des objets " biologiques " (macroscopiques). Mais il y a néanmoins une différence fondamentale entre les sciences " biologiques " et les sciences mathématiques pures. Dans les premières, le sujet a en lui-même une structure complexe (diversité des sens : un seul et même objet peut être simultanément vu, touché, goûté, etc.), et l'élément objectif irréductible (l'" atome/biologique " : une rivière, une cellule, un animal, etc.), étant toujours pour le moins étendu dans l'espace-temps, possède aussi une diversité immanente, ne serait-ce que celle du commencement, du milieu et de la fin. Dans les sciences mathématiques par contre, comme par exemple dans la géométrie, la relation avec le " sujet " n'est possible que d'une seule manière à la fois (le système de coordonnées ne peut par exemple être simultanément rectiligne et curviligne), et l'élément objectif irréductible, " le point géométrique " par exemple, est dépourvu de toute structure propre. Quant à la physique proprement dite, son sujet est ce qu'on pourrait appeler " l'œil idéalisé ", c'est-à-dire ce qui a besoin de " lumière " (au sens le plus large du terme : ondes électromagnétiques) – et d'elle seulement – pour entrer en contact avec l'objet, qui – de son côté – se réduit à ce qui peut se révéler à cet " œil " par ce contact (l'" œil " voyant *tout* ce qui peut se transmettre par la " lumière "). Ce contact médiatisé par la lumière est *réel*, puisque – par définition – il produit une perturbation; et, par conséquent, l'objet, qui est indispensable à la production de ce contact, est *réel* aussi. Ainsi, l'objet physique réel diffère essentiellement de l'objet mathématique " idéel ". Mais il diffère également de l'objet " biologique ", car la physique n'admet comme élément objectif *irréductible* que ce qui n'a pas de diversité interne, de structure propre (cet élément est le *minimum* de ce qui est visible pour l'" œil idéalisé "; actuellement c'est l'électron ou le neutron, auxquels la physique moderne ne peut attribuer de structure propre). Mais il semble

sivement compte non seulement de l'Être-donné (dans et par l'Onto-logie " médiatisée " par l'Onto-métrie que sont les Mathématiques " pures ") et de l'Existence-empirique (dans et par la Phénoméno-logie " médiatisée " par la Phénoméno-graphie et la Phénoméno-métrie que sont les " Sciences naturelles ") mais encore de l'aspect intermédiaire de l'Univers (où et dont elle parle) qu'est la Réalité-objective dans et par l'Énergo-logie (médiatisée par l'Énergo-graphie qu'est la physique " mécanique " ou " classique " et par l'Énergo-métrie qu'est la Physique proprement dite ou " quantique ", voire " atomique ", pour ne pas dire " démocritéenne ") [1] ».

Partons de l'expérience. Si l'expérience concrète, en tant que perception, nous révèle le monde phénoménal et si c'est le sentiment de bien-être ou de mal-être qui nous révèle, en accompagnant la perception, l'être-donné dans sa différence d'avec le néant, c'est, nous dit Kojève, « la sensation de la variation du Tonus » qui nous révèle la présence d'une réalité-objective [2]. Il ne nous en dit guère plus, mais on peut l'interpréter de la manière suivante. Soit la sensation d'un contact : ce n'est ni la perception d'une variété phénoménale, ni le sentiment d'une identité, mais la révélation d'une *dualité*, d'une *opposition irréductible*. C'est pourquoi la sensation d'un contact n'est vraiment donnée que dynamiquement, dans un effort (fût-ce un effort d'attention) : que je me trouve étendu au repos sur mon lit, l'impression que celui-ci « résiste » s'évanouira.

que la physique doive nécessairement admettre l'existence d'au moins *deux* types différents d'éléments irréductibles (ne serait-ce que la " lumière " qui médiatise l'observation, et la " matière " observée). Autrement dit, si les entités physiques – n'ayant pas de structure interne – n'ont pas de qualités *propres*, elles en reçoivent au moins une dès qu'on les compare entre elles (une " charge négative ", par opposition à la " charge positive " par exemple). L'objet non qualificatif mathématique (le point géométrique par exemple, qui – n'ayant pas de structure interne – est aussi rigoureusement semblable à tous les autres points) se distingue ainsi essentiellement de l'objet physique doué encore de ce qu'on pourrait appeler une " qualité première " (et d'elle seulement, c'est-à-dire d'une qualité qui n'a de réalité que dans et par une *relation* avec un objet possédant une qualité différente); et les deux diffèrent foncièrement de l'objet " biologique ", qui a au surplus des " qualités secondes ", c'est-à-dire des qualités qui sont réelles dans l'objet, même si cet objet est pris en lui-même, en dehors de ses relations avec les autres objets » (p. 250 sq.).

1. *Essai*, t. 1, p. 303.
2. Cf. *Kant*, p. 187.

C'est pourquoi seule la variation de l'intensité d'une sensation est révélatrice de la présence d'une réalité objective. Quant au mot « contact », il ne signifie pas qu'il faille privilégier le sens du toucher comme sens du « réel ». En effet, la perception tactile ne nous révèle, elle aussi, en tant que perception, que des « qualités » phénoménales : le dur, le mou, le rugueux, etc. C'est pourquoi Kojève parle du « tonus ». C'est qu'une variation du tonus peut accompagner n'importe quelle sensation, visuelle ou auditive, aussi bien que tactile. La révélation de la réalité-objective se produit tout autant dans l'expérience d'un éblouissement ou dans l'audition de bruits « imperceptibles » que dans la rencontre de mon crâne avec le pare-brise.

Que l'opposition soit *irréductible* signifie qu'elle se « conserve » partout et toujours, quelles que soient par ailleurs les variations quantitatives de ses éléments : « Le principe de la conversation proprement dit n'est rien d'autre que le développement discursif de la notion de l'Opposition-irréductible *qui constitue* la Réalité-objective. Quant à la notion de l'opposition-irréductible entre le Positif et le Négatif (= Interaction) qui est *impliquée* dans la Réalité-objective, elle se développe discursivement en un Principe de la conservation de l'Opposition. Par exemple, la quantité de l'électricité positive (négative) peut diminuer (augmenter), mais seulement à condition que la quantité de l'électricité négative (positive) diminue (augmente) d'autant. Il en va de même pour le Plein (" Matière ") et le Vide (" Rayonnement "). Mais il y a toujours quelque chose qui se " conserve " au sens fort du terme (c'est-à-dire même quantitativement), comme par exemple l'Énergie. La Réalité-objective au sens propre est identifiée précisément à cette " constante absolue " [1]. »

La *dualité* de la réalité-objective peut s'exprimer à plusieurs points de vue.

Tout d'abord, la réalité-objective n'est pas susceptible de plus ou de moins : quelque chose est réel ou irréel absolument. Ainsi le mur auquel je me heurte est réel, tandis que le sens de la notion mur ne l'est pas. Certes, le sens ne paraît dans le monde qu'à la condition d'être lié (« arbitrairement ») à un

1. *Kant*, p. 159, n. 1.

morphème quelconque bien réel, mais le discours pris en tant
que tel est dépourvu de réalité-objective et c'est pourquoi
l'existence *humaine* est irréductible : « Si l'on veut raccorder à
la Réalité-objective l'ensemble des Phénomènes, dont chacun
est réduit à la " perception " d'une *résistance,* il faut tout
ramener à la Physiologie. C'est ce à quoi s'appliquent (en vain
d'ailleurs) depuis plus de trois siècles les Sciences naturelles
qui sont censées couvrir l'ensemble de la Durée-étendue existant-empiriquement, la durée-étendue de l'Histoire humaine y
comprise. Pour ce faire, l'Histoire est ramenée (sans succès) à
la sociologie, qui se réduit (en principe, mais non en fait) à
une psychologie, censée être (mais n'étant pas) purement " phy-
siologique " voire " biologique " c'est-à-dire " en dernière analyse " chimique. C'est cette chimie qu'on espère ramener à la
Physique proprement dite dont on prétend parfois qu'elle peut
aussi *parler* de la Réalité-objective qu'elle mesure. Mais, en
fait et pour nous, cette Physique met seulement " en équation "
dénuée de *sens* discursif des grandeurs *mesurables* qui en sont
dénuées également [1]. »

Ensuite, « il semble que la *totalité spatiale* de l'Être-donné
est *objectivement-réelle* dans la mesure où elle est donnée à un
moment *déterminé* du Temps, ce moment étant d'ailleurs *quelconque* [...]. La réalité-objective est donc ce qui permet d'*opposer*
un moment donné (quelconque) du Temps à tous les autres
moments : on peut dire qu'elle " détermine " le Présent (instantané) par opposition à l'ensemble du Passé et de l'Avenir [2] ».
Par quoi la réalité-objective se distingue tant de l'être-donné
homogène que de l'existence-empirique où chaque moment de
la durée se distingue en lui-même et des deux autres.

Enfin, la structure de la réalité-objective est également duelle,
prise en elle-même. D'une part, la « matière » ou le « plein »
s'y opposent irréductiblement à l'espace ou au « vide », le vide
démocritéen de l'espace étant tout aussi réel — c'est-à-dire donné
à l'expérimentation physique — que la matière qui l'occupe et
le détermine par là comme « champ », lequel se distingue ainsi

1. *Essai,* t. 1, p. 321.
2. *Kant,* p. 184.

de la spatialité « idéelle » du mathématicien. D'autre part, la « matière » est elle-même structurée d'éléments non structurés en eux-mêmes qui ne diffèrent entre eux qu'en s'opposant deux à deux et de manière irréductible, c'est-à-dire en se neutralisant. C'est précisément parce que ses éléments sont dépourvus de structure propre que la réalité-objective n'est pas *perceptible* en tant que telle, même si on peut la représenter, par métaphore, *comme si* elle était phénoménale, ce qui nous conduit à formuler la remarque générale suivante.

Le langage ordinaire – qui est également celui de la philosophie qui en thématise la réflexivité – a pour champ le monde phénoménal et, si la *« -logie »* de la philosophie est coextensive à ce langage, c'est précisément qu'elle vise à rendre compte, sans contradiction, de l'ensemble concret des phénomènes y compris des phénomènes discursifs. D'une manière générale, il n'y a de *sens* au sens fort, c'est-à-dire développable sans contradiction en un discours, que dans et par la triple « -logie » présente implicitement dans le langage ordinaire et que la philosophie ne fait qu'expliciter. C'est pourquoi on ne peut vraiment *parler* sans se contredire de l'être-donné et de la réalité-objective qu'en tant que *bases* du monde phénoménal où nous vivons, parlons et agissons. Dans ce monde, nous parlons, par exemple, du bois, du marbre ou de l'eau, des matériaux et des matières premières de notre travail. Mais si, par *abstraction,* on veut considérer isolément, par exemple la substructure objectivement-réelle du monde phénoménal, ainsi que le fait légitimement la physique, alors il devient impossible d'user du langage ordinaire pour en parler d'une manière *cohérente.* C'est que le réel *physique* n'est pas un monde *phénoménal* dont l'échelle serait simplement « microscopique » : un électron n'est pas une (très) « petite boule », sinon par métaphore, et son « comportement » n'est pas susceptible d'être « décrit », sinon dans le mode du *comme si,* mais peut seulement être signifié par des algorithmes [1].

Précisons la terminologie. Il n'y a de *sens* proprement dit,

1. Cf. *ILH*, p. 379.

par conséquent de -*logie,* que lorsque ce sens est lié « non-nécessairement » (« arbitrairement ») à un « morphème » dans une « notion » développable en un discours cohérent.

Or cette liaison non nécessaire peut « dégénérer » de deux manières : soit que le caractère « arbitraire » du lien soit poussé au point qu'il n'y ait plus de liaison du tout : reste alors un morphème absolument quelconque et privé de tout sens défini; un tel morphème est cependant autre chose qu'un « objet » (dont on ne peut dire qu'il est privé de sens, vu qu'il n'a pas à en avoir) et Kojève l'appelle *« symbole »*; avec le symbole, la -logie dégénère en *« -métrie ».* Soit que la liaison du sens au morphème soit poussée au point de devenir indissoluble; dans ce cas, il s'agit d'un *« signe »* et le discours tend à dégénérer en *« -graphie ».*

Malheureusement, sur les multiples dégénérescences discursives ou paradiscursives du discours, les précisions de Kojève sont à la fois nombreuses et elliptiques. Impossible de les systématiser autrement que de manière schématique, ainsi que le fait Kojève lui-même dans le passage suivant, qui ouvre au lecteur l'horizon de la spéculation autant qu'il le laisse sur sa faim : « L'isolement transforme l'*Onto*-logie en Logique (" formelle "), l'*Énergo*-logie en Énergo-métrie ou Physique (" mathématique " ou " théorique ") et la *Phénoméno*-logie en Phénoméno-*graphie* ou en Sciences naturelles (" descriptives ") et morales. En prenant l'Être-donné *comme-si* il s'agissait de quelque chose d'objectivement-réel, on développe une Onto-métrie pseudo-discursive, qui constitue les Mathématiques (" pure ", y compris la " Mécanique rationnelle "). Et en le prenant *comme si* il s'agissait de quelque chose qui existe-empiriquement (en se révélant discursivement en tant que phénomène ou comme représentation − Vorstellung − d'une manifestation qui se présente d'une façon perceptible) on développe une onto-graphie para-discursive qu'on peut appeler Théologie. De même on développe une Énergo-graphie ou une Mécanique (du genre " modèle ") lorsqu'on attribue (par l'" imagination ") une existence-empirique à la Réalité-objective. Enfin, lorsqu'on attribue (par l'Entendement-Verstand-) une réalité-objective à l'Existence-empirique (phénoménale), on développe une Phénoméno-

métrie qui constitue les Sciences " mesurantes " (naturelles ou
" sociales "). La transposition (" fictive ") de la Réalité-objective
dans l'Être-donné donne une " Logique " du Probable ou une
" Statistique " qu'on peut appeler " Logique inductive " (dans
le sens de J. St. Mill) ou " matérielle ", pour la distinguer de
la " Logique déductive " ou " formelle " dite " aristotélicienne ",
qu'Aristote appelait Logique tout court et qu'il distinguait lui
aussi de la Logique du Probable, qu'il appelait, d'ailleurs,
" Dialectique ". Quant à la transposition (" fictive ") dans l'Être-
donné de l'Existence-empirique, elle est une sorte de " Rhétorique " ou de " Topique " (pour parler un langage inspiré
par celui d'Aristote), c'est-à-dire une " Logique " du Discours
non plus seulement " possible " (comme l'est celui dont
s'occupent les " Logiques " déductives et inductives), mais effec-
tif, c'est-à-dire pris en tant que développé dans la Durée-
étendue. On y distinguera alors trois " Logiques " différentes :
celle du Discours élémentaire et pratique – l'Axiologie –, celle
du Discours exclusif ou théorique – l'Épistémologie (la logique
du vrai et du faux) –, celle, enfin du Discours synthétique ou
philosophique – la Méthodologie (ou la " Dialectique " dans
le sens non plus d'Aristote, mais de Platon et de Hegel) [1]. »

Quoi qu'il en soit du miroir où se reflète silencieusement
– formellement, graphiquement et métriquement – la triple
-*logie* du Discours, nous sommes à présent en mesure de
comprendre ce que devait être le plan de l'*Exposé* du Système
du savoir et d'en présenter la

Table des matières

Trois *Sections* étaient prévues. La *Première Section*, intitulée
Métaphysique, devait articuler les concepts fondamentaux de
l'*Ontologie*, de l'*Énergologie* et de la *Phénoménologie générale* ou
abstraite. La *Deuxième Section* devait être une *Phénoménologie
spécifique* ou *appliquée* et *concrète,* qui aurait présenté les concepts
particuliers de la *Cosmologie,* de la *Biologie* et de l'*Anthropologie.*

La *Troisième Section*, intitulée *Analyse du Discours*, devait boucler la boucle en explicitant les modalités *pratique*, *théorique* et *philosophique* du discours humain. Un *Appendice* devait compléter l'Exposé en présentant une théorie du *Silence* comme limite du Discours. Enfin le livre devait s'achever par une *Postface* censée convaincre le lecteur d'avoir la *sagesse* de prendre « avec philosophie » la *Fin de l'Histoire*.

Kojève a pris congé. Outre la présente *Introduction*, rédigée en 1953, il laisse une esquisse de l'Ontologie et des fragments de l'Énergologie, de l'Analyse du Discours et de la Postface.

*

À quoi sert un « Système du Savoir » ? À rien sans doute, puisque c'est un jeu. Mais c'est un jeu sérieux, comme celui des enfants.

Bernard Hesbois

*Le Concept, le Temps
et le Discours*

PRÉFACE

Pour diverses raisons, dont certaines sont peut-être valables, ce livre a été écrit à la hâte, bien que j'y aie travaillé pendant plus de dix ans. Si j'avais consacré plus de temps à sa rédaction, j'aurais probablement pu améliorer sa forme. Tel quel, le livre est très mal rédigé et il comporte de nombreuses imperfections, non seulement de forme mais encore quant au fond. Il serait superflu de les énumérer : le lecteur ne manquera pas de les relever lui-même et je m'en excuse auprès de lui.

Ceci étant, il faut se demander pourquoi l'auteur a *publié* un livre aussi mal rédigé. Or, une préface est le lieu naturel de la justification de l'ouvrage préfacé ou, plus exactement, du fait de sa publication par son auteur ou par un éditeur. Ayant moi-même décidé la publication de mon livre (avec, bien entendu, l'accord écrit de l'éditeur, que je remercie à cette occasion), je me vois donc dans l'obligation de me justifier ici même auprès de l'hypothétique lecteur qui aurait l'intention de lire autre chose encore que la présente préface. Bien entendu, conformément à l'usage, je passerai sous silence les motifs (à mon avis extrêmement valables) qui relèvent de la seule vanité d'auteur (que l'on n'évoque généralement que pour affirmer, à tort, que l'on n'en a pas). Je me bornerai à dire, en m'inspirant de la préface de Hegel à sa *Phénoménologie de l'Esprit,* que c'est le lecteur (quel qu'il soit) qui jugera en dernière instance de la valeur du livre qu'on publie. Je ne peux donc qu'indiquer les raisons qui me font croire, à tort peut-être, que le présent volumineux ouvrage aura un certain succès disons dès la parution de son dernier (et cinquième) volume à une date, d'ailleurs, très indéterminée.

*

Pour le dire tout de suite, la publication de mon livre me paraît justifiée essentiellement par le fait que c'est *un livre sur Hegel.* Or, d'une part, personne ne voudra sérieusement contester que Hegel est le dernier en date des vraiment très grands philosophes de l'histoire. D'autre part, mon livre a pour but de montrer qu'étant le premier Sage, il est le dernier philosophe en général et le dernier « homme historique » au sens propre du mot.

Quoi qu'il en soit de la sagesse hégélienne, le fait incontestable que sa philosophie est la dernière en date a pour conséquence nécessaire qu'il n'y en a pas eu d'autres depuis. Il y a eu, certes, plusieurs tentatives de recul. Mais même ces philosophies rétrogrades ont toutes été plus ou moins teintées d'hégélianisme involontaire et inconscient. Quant à ceux qui voulurent « dépasser Hegel », ils ne réussirent en fait, jusqu'aujourd'hui, qu'à isoler certains aspects ou fragments de l'hégélianisme en les faisant passer à tort pour un « tout » nouveau.

Mais ces divers essais d'avance et de recul (dits « philosophiques ») n'ont pratiquement pas eu d'influence sur la masse (« profane ») de ceux qui se contentent d'être là où ils se trouvent. Or, il se trouve qu'ils sont tous situés (moi et vous y compris) en plein « hégélianisme ». Car il importe, certes, fort peu que cette situation s'appelle « marxiste », « léniniste », « stalinienne », etc., ou se présente (à tort, d'ailleurs) comme une quelconque négation des dérivés de Hegel. Ce qui importe, c'est que chacun d'entre nous ait aujourd'hui besoin de savoir ce qu'avait dit Hegel pour pouvoir prendre conscience de soi-même dans sa propre situation quelle qu'elle soit.

Or, le savoir est loin d'être facile. Cent cinquante ans ne passent pas pour rien, même s'il ne s'y passe rien d'*essentiellement* nouveau sur terre ni dans le ciel. Les modes succèdent aux modes et tout en disant la même chose, on le dit de différente façon. Et puis, la science progresse et la technique la suit. De même, ce qui fut révolutionnaire et inédit, devient allant de soi et parfaitement banal. Enfin, des mots allemands courants employés par Hegel se vident de toute espèce de sens à force de devenir profonds et certains termes grecs, devenus courants, semblent pouvoir être utilisés sans qu'on ait besoin de les comprendre.

Pour toutes ces raisons, une *mise à jour* des textes hégéliens authentiques est devenue indispensable pour tous ceux qui voudraient, de nos jours, les lire avec profit. Nous ne pouvons prendre conscience du fait que nous sommes hégéliens que si Hegel lui-même se montre parmi nous et nous parle en notre langue, en tenant des propos qui nous soient accessibles au moins dans la mesure où ses paroles le furent pour ses disciples immédiats ou pour ceux des tard venus qui furent encore de son monde. Mais Hegel étant mort et non ressuscité, c'est un autre que lui qui doit jouer ce rôle. Je me suis permis de m'y essayer.

Autrement dit, c'est une simple paraphrase de l'œuvre hégélienne en français moderne que je propose au lecteur curieux de savoir ce qu'il en est et où il en est. On ne trouvera donc rien de nouveau dans les nombreuses pages qui vont suivre. On y trouvera même une tentative (apaisante pour mon propre amour-propre d'auteur) de montrer qu'il est matériellement impossible de dire quelque chose d'autre et de plus que ce que Hegel a déjà dit, bien qu'il soit relativement aisé d'en dire moins (mais non de n'en rien re-dire du tout, à moins de vouloir se taire).

La seule question qui se pose à l'occasion de ce livre, est donc celle de savoir si j'y ai re-dit *tout* ce que Hegel avait déjà dit. Mais, bien entendu, ce n'est pas dans la préface que je pourrai y répondre. La réponse est le livre tout entier et il appartient au lecteur compétent de le juger.

*

L'utilité de la publication d'*un* livre mettant à jour l'œuvre de Hegel ne sera probablement pas contestée de nos jours. Le lecteur (quel qu'il soit) pourra tout au plus se demander s'il a quelque raison de faire confiance à *mon* livre. La question qui se pose est aussi celle de savoir si M. Kojève est qualifié, au sens de compétent et capable de mettre à jour l'ensemble des écrits hégéliens.

Ici encore, la réponse ne saurait être autre que le livre lui-même, qu'il appartient au lecteur de juger en dernière instance. La préface pourrait contenir tout au plus quelques remarques me concernant, du genre de celle-ci :

Il me paraît, rétrospectivement, qu'il est impossible de comprendre Hegel au sens propre du mot, c'est-à-dire de façon à pouvoir interpréter non seulement chaque phrase écrite par lui-même, mais encore chaque mot dont il se sert, sans avoir d'abord compris, de la façon indiquée, la *Phénoménologie* qui est censée être une Introduction du lecteur non- ou pré-hégélien dans ce système du Savoir Absolu qu'est l'hégélianisme. Or, au cours des années, j'ai lu trois fois cet écrit d'un bout à l'autre sans rien comprendre (car ne pas y comprendre tout, c'est n'y comprendre rien), mais en constatant que les historiens qui en parlaient (et que j'ai regardés) n'y comprenaient rien eux non plus.

C'est alors que mon ami Alexandre Koyré commença son interprétation de la *Phénoménologie* à l'École Pratique des Hautes Études (à la Sorbonne). Il parla du Temps hégélien, et ce fut pour moi, comme on dit, une révélation (entre-temps publiée, mais restée occulte). Aussi bien ai-je accepté de poursuivre le cours lorsque Koyré a dû l'interrompre pour se rendre à l'étranger. En cinq ans, la presque totalité du texte fut lue, traduite et interprétée par moi d'une façon satisfaisante. Et c'est cette réussite (qui a, d'ailleurs, eu quelque succès) qui est à mes yeux la seule justification de mon actuelle tentative de mettre Hegel à jour en paraphrasant son *Encyclopédie*.

Je dois signaler cependant que je n'aurais certainement pas profité des leçons de Koyré comme j'ai pu le faire si je ne disposais pas d'une « culture générale » assez vaste (et de caractère « encyclopédique ») et d'une connaissance approfondie des classiques de l'histoire de la philosophie (ceux de l'Inde et de la Chine y compris). Mais ceci encore n'aurait pas suffi si je n'avais pas lu *Sein und Zeit* de Heidegger. Je considère donc qu'il est de mon devoir de mentionner ici même le nom de ce philosophe de génie, qui a d'ailleurs philosophiquement mal tourné, peut-être précisément à cause d'un malencontreux désir de « dépasser » Hegel en « revenant à »... Platon d'abord (via Husserl), à Aristote ensuite, puis à... Hölderlin et finalement à Parménide, voire à Héraclite, ou à qui sais-je encore.

Ayant mentionné l'influence de l'ex-Heidegger, je dois signaler également celle de mes amis Jacob Klein et Leo Strauss (respectivement russe et allemand d'origine et actuellement américains). Sans eux je n'aurais su ce qu'est le Platonisme. Or, sans le savoir, on ne sait pas ce qu'est la philosophie.

Enfin, en ce qui concerne la forme de ma mise à jour de Hegel, c'est l'influence d'Éric Weil que je dois évoquer, car c'est par lui que j'ai pris contact avec le moderne néopositivisme du Discours (Logos). Mais, bon hégélien au départ, lui aussi s'est égaré au cours d'une route qui le mène je ne sais où.

Bien entendu, j'ai subi, par ailleurs, des influences multiples et variées. Mais elles sont, même pour moi, anonymes et ne peuvent en aucun cas intéresser le Lecteur présumé. Aussi bien ai-je cru pouvoir me conformer à la mode et omettre toute citation explicite d'auteurs contemporains ou récents. Un lecteur attentif trouvera, certes, par-ci par-là, des allusions à des auteurs connus, mais de ce point de vue un manque d'attention ne présentera aucun inconvénient, du moins en ce qui concerne la compréhension de Hegel.

En admettant qu'une mise à jour livresque de la Sagesse hégélienne soit actuellement chose utile et en supposant que je sois qualifié pour écrire et publier un livre qui y est consacré, on peut se demander, à la fin de sa préface, comment il faut le lire pour en profiter.

Si je puis me permettre de donner en la matière quelques conseils au Lecteur, je lui dirai encore ceci.

Tout d'abord, qu'il ne cherche pas des « contradictions » dans mon texte. Il en trouvera probablement, mais ceci n'a aucune importance. Quant aux « obscurités », je lui promets qu'elles ne tiennent qu'à la forme (souvent très défectueuse), de sorte qu'en s'y appliquant il pourra toujours tirer les choses au clair. Je pense, personnellement, que cet effort d'interprétation lui coûtera moins de temps que celui qu'il aurait dû faire s'il voulait comprendre Hegel en se passant de moi. Enfin, la question de savoir si Hegel « a vraiment dit » ce que je lui fais dire me paraîtrait puérile si je réussissais à démontrer tout ce que j'aurais dit. Dans l'hypothèse contraire, le mieux serait de considérer mon livre comme nul et non avenu et se mettre à lire Hegel dans le texte original (après avoir, au moins, compris Platon, Aristote et Kant).

Par ailleurs, le livre étant très et probablement trop long, j'indiquerai la façon de le lire « en diagonale » sans que la lecture perde de ce fait toute espèce de valeur quelle qu'elle soit. Et si la « diagonale » s'avère utile, rien n'empêche de la compléter après coup par les (ou par certains des) « côtés du carré ».

Autrement dit, tout l'essentiel est contenu dans l'Exposé du Système du Savoir ou plus exactement dans les divers Exposés du Savoir qui s'y trouvent. Quant à l'Introduction du Système du Savoir, on peut en lire une partie, ou la parcourir, même ne pas la lire du tout (si l'on n'en éprouve pas le besoin en lisant les Exposés). Mais les Exposés, d'ailleurs relativement courts, doivent être lus tous (dans leur ordre) et chacun doit l'être entièrement. Sinon, il vaut mieux ne pas commencer la lecture de ce livre.

Par contre, la lecture des Introductions, des Isolements et, partant, des Notes intra-paginales, est facultative. On peut également ne les lire qu'en partie ou seulement les parcourir. Quant à moi, si j'avais à choisir, j'aurais donné la priorité aux Isolements. Mais c'est un peu une question de goût.

Quant à l'appendice, il n'apporte rien de nouveau par rapport au livre. C'est un exposé récapitulatif d'ensemble de ce qui a trait au Silence et aux formes para-discursives. On peut donc le négliger sans inconvénient.

Enfin, la postface n'a de sens qu'en tant que suprême tentative de convaincre un lecteur par ailleurs consentant, mais encore effrayé, intellectuellement ou moralement, par certaines conséquences (si l'on veut « existentielles ») de ce qui a été dit dans le livre qu'il est supposé avoir alors lu. En principe, le

lecteur qui serait déjà acquis à la cause hégélienne ou qui y
serait encore hostile ne devrait pas lire les pages en question.
Personne ne devrait commencer par les lire. Mais bien entendu,
si quelqu'un le fait, rien de grave ne s'ensuivrait pour personne.
Je voudrais terminer cette préface par une dernière remarque
relative au Lecteur, qui complétera ce que j'ai dit au début en
redisant ce que Hegel a dit. Mon entreprise ayant un caractère
discursif, sa réussite ne peut consister en rien d'autre qu'en son
succès. Or, le succès d'un livre publié dépend uniquement de
ses lecteurs. C'est pourquoi j'ai dit, à la suite de Hegel, que
le lecteur est seul à pouvoir juger mon livre sans appel possible
(s'entend : discursivement).
J'ajoute qu'à mon avis un tel jugement ne serait « négatif »
que dans deux cas. Ou bien la majorité des lecteurs jugera que
le livre est « sans intérêt », et dans ce cas le nombre des lecteurs
sera très petit et tendra rapidement vers zéro. Ou bien, quel
que soit le nombre des lecteurs (simultanés ou successifs), un
au moins d'entre eux montrera (discursivement) que le discours
qui constitue le livre n'est pas, en fait, « circulaire ». Soit parce
que l'on y décèle des éléments constitutifs extérieurs à ceux
contenus implicitement dans ma définition-résumé du Discours
en tant que tel que le livre est censé développer. Soit que mon
développement de cette notion du Discours s'avère « incorrect »
en ce sens qu'il contient « des fautes de logique », soit enfin si
l'on réussit à dire, sans se contredire, quelque chose qui contre-
dise ce que j'ai dit ou ce qui pourrait être dit en développant
(correctement) plus avant mes propres dires, supposés être un
développement « correct » de la définition proposée du Discours
quel qu'il soit. A mon avis, aucune interprétation sociologique
ou psychologique ne saurait se substituer à une telle « critique »
logique, censée devoir déterminer la réussite en fonction du
succès. Il est, certes, facile de constater que, du point de vue
sociologique, mon livre équivaut à une tentative de « justifier »
discursivement les événements qui ont commencé à se développer à Moscou en 1917 et qui ont exercé un attrait certain
sur certains de mes contemporains russes ou autres, moi-même
y compris. Or, il n'est pas difficile de voir qu'un homme tel
que moi, c'est-à-dire un homme qui constate, à la fin de sa

vie, consacrée en majeure partie au discours, qu'il n'a rien pu dire qui soit inédit, est naturellement porté à dire ce que je dis dans mon livre, à savoir que toutes les possibilités discursives ont été épuisées avant même qu'il ait commencé à parler lui-même. Mais ces deux interprétations ou explications, d'ailleurs « vraies », ne préjugent en rien de la « vérité » des dires dont on parle. Car en supposant que le livre dont on parle soit une paraphrase correcte du Système du Savoir hégélien et en admettant que ce Système du Savoir soit la Sagesse discursive en tant que telle, l'explication sociologique en question explique uniquement le fait que la mise à jour du Savoir Absolu se situe vers le milieu du XXe siècle et a pour auteur un Russe né au début du même siècle. Quant à l'explication psychologique (ou « psychanalytique »), elle « explique » Kojève plutôt qu'un autre de ses contemporains et compatriotes. Mais aucune des deux interprétations ne peut faire voir si l'individu en question a ou n'a pas dit *tout* ce que l'on peut dire, sans se contredire, en parlant aussi de ce que l'on *dit* soi-même en le disant.

Vanves, 23 août 1956

ESSAI D'UNE MISE À JOUR
DU *SYSTÈME DU SAVOIR* HÉGÉLIEN

LE CONCEPT,
LE TEMPS ET LE DISCOURS

Die Vernunft wird durch einen Hang ihrer Natur getrieben, über der Erfahrungsgebrauch hinaus zu gehen, sich in einem reinen Gebrauch und vermittelst blosser Ideen zu den aussersten Grenzen aller Erkenntnis hinaus zu wagen und nur allererst in der Vollendung ihres Kreises, in einem für zich bestehenden systematischen Ganzen, Ruhe zu finden.

KANT
(KrV; III, 518, 15-19)

Dans l'ordre temporel, la première *introduction* d'un livre est son *titre* et ne peut être rien d'autre que ce titre. Le titre d'un livre doit donc être choisi de façon à pouvoir lui servir d'introduction. Mais le *sens* impliqué dans un titre ne peut être explicité ou compris que dans et par le développement discursif de l'ensemble des notions qui sont les éléments constitutifs de ce titre. Or, si le titre est correctement choisi, ce développement discursif n'est rien d'autre que le contenu même du livre, du moins dans la mesure où ce livre a un contenu *philosophique*. Le titre « philosophique » est en quelque sorte la définition-projet du livre qui, en développant cette définition, aboutit à une définition qui le résume et qui ne diffère en rien de la définition lui ayant servi de point de départ et de titre. Lorsqu'il s'agit d'un livre philosophique, il semble donc inutile, voire impossible, d'intercaler, entre le livre lui-même et son titre, une Introduction quelle qu'elle soit.

Du point de vue du « raisonnement » *systématique* (« logique »), qui ne tient compte que du temps impliqué dans le raisonnement lui-même (*tout* raisonnement ayant nécessairement une durée propre), cette « démonstration » est « irréfutable ». Mais elle n'est pas valable du point de vue du « raisonnement » *historique* ou *pédagogique,* qui prend en considération la situation d'un raisonnement quel qu'il soit (y compris le raisonnement qu'il est lui-même) dans le temps, où dure autre chose encore que le raisonnement en cause et en cours.

Du point de vue *systématique*, Descartes a eu raison de dire (s'il l'a vraiment dit, comme on le prétend) que lorsqu'un Philosophe a affaire à un livre philosophique, il lui suffit de lire le titre et de le « comprendre », c'est-à-dire d'expliciter ou de développer discursivement le sens que ce titre implique. Car si le contenu du livre est vrai (« correct »), il ne peut être rien d'autre que ce développement discursif de son titre et il est donc superflu de lire le livre lui-même. Si, par contre, le contenu du livre diffère de ce développement, un Philosophe perdrait encore son temps en le lisant, puisque ce contenu serait alors par définition erroné (« incorrect ») et donc, d'après Descartes, dénué de toute valeur philosophique. Mais du point de vue *historique* ou *pédagogique,* ce raisonnement « cartésien » est, sans nul doute, intenable. L'« expérience » montre, en effet, que le sens d'une seule et même notion peut être développé discursivement de plusieurs façons différentes (même lorsqu'on utilise, pour le faire, une seule et même langue), sans qu'on puisse dire que l'une soit plus ou moins « vraie » ou même « correcte » que l'autre. Et l'« expérience » *pédagogique* et *historique* précise que les développements discursifs (dans une langue donnée) d'une notion varient en fonction de l'âge et des époques. Ainsi, non seulement le sens d'un seul et même « titre » peut être développé « correctement » en des langues différentes, mais le développement de ce sens se fait de différentes façons « correctes » dans une langue donnée, selon qu'il est fait par un enfant ou un adulte jeune ou vieux, ou à des époques historiques différentes. Même en admettant, avec Descartes, qu'un Philosophe perd son temps en suivant un « raisonnement » qui n'est pas « correct » du point de vue *systématique* (« logique »), on ne peut donc pas dire qu'il peut toujours se limiter à la lecture du titre d'un livre philosophique et à son propre développement discursif du sens du titre qu'il a lu. Car l'expérience *pédagogique* et *historique* montre qu'en développant « correctement » le sens du titre d'un livre donné, le Philosophe peut fort bien ne pas retrouver le contenu de ce livre, même si ce contenu développe « correctement » lui aussi le titre en question. Et l'on ne voit pas pourquoi le philosophe perdrait son temps, même « philosophique », en prenant connaissance des développements discursifs *corrects* du sens d'une notion donnée qui sont *différents* de celui qu'il fait ou pourrait faire lui-même en partant de cette même notion.

Quoi qu'il en soit, il est incontestable qu'en règle générale une *forme donnée* du développement discursif d'une notion ne peut être retrouvée telle quelle que si l'on *intercale* entre ce développement et la notion qui lui sert de point de départ un *discours introductif,* qui permet précisément, lorsqu'on part de la notion en cause, de donner au développement la forme en question.

Mais, s'il est difficile ou même impossible de *retrouver,* c'est-à-dire de refaire, la forme donnée du développement sans un « discours introductif », il est parfois impossible et toujours difficile de la *comprendre* sans l'aide dudit discours. Or, si un adulte « normal » peut à la rigueur refaire ou comprendre un développement discursif (un « raisonnement ») donné lorsque celui-ci suit *immédiatement* son « titre », c'est-à-dire le simple énoncé de la notion qu'il développe, on est généralement obligé d'*intercaler* entre ce développement et son titre un « discours introductif » approprié, si l'on veut que le développement en question soit compris par un enfant, même « doué ». Il faut procéder de même si l'on veut faire comprendre un développement qu'un homme « cultivé » fait pour lui-même à une personne moins « instruite » ou « civilisée », indépendamment de l'« intelligence » ou du « talent » des personnes en cause. Enfin, si le développement discursif qui constitue le contenu d'un livre philosophique écrit il y a deux mille ans pouvait ou même devait suivre *immédiatement* son titre (qu'on suppose correctement choisi), ce même contenu exige généralement un « discours introductif », *intercalé* entre lui et le titre, pour pouvoir être vraiment compris aujourd'hui.

En bref, si du point de vue *systématique* une Introduction intercalée entre le titre d'un livre philosophique et son contenu proprement dit est superflue, voire impossible, elle est, du point de vue *pédagogique,* toujours possible, généralement utile et parfois même indispensable. L'Introduction d'un livre philosophique poursuit en tout cas un but *pédagogique* en ce sens qu'elle est censée faciliter aux contemporains (adultes et « normaux ») de l'auteur, qui comprennent d'une façon quelconque le sens de la notion (généralement composite) constituant le « thème » du livre en question (son « thème » étant généralement présenté par son « titre »), la reconstitution et donc la compréhension du développement discursif du sens de cette notion dans la forme particulière que l'auteur lui a donnée en en faisant le contenu même de son livre *.

D'après ce qui précède, une Introduction (philosophique) d'un livre philosophique est « justifiée » (philosophiquement) en dernière analyse par le fait qu'on peut dire (« correctement ») la *même* chose de façons *différentes,* tout en parlant une seule et même langue. Or, bien que ce fait ne soit contesté par personne, il doit dès maintenant être brièvement commenté (ce commentaire ne devenant, d'ailleurs, vraiment compréhensible et « convaincant » pour ceux qui en ont encore besoin qu'après la lecture de l'ensemble du présent livre).

Il est généralement admis que le « contenu » *intraduisible* d'un discours quel qu'il soit appartient au domaine de la Poésie et ne fait pas partie de la Philosophie en tant que telle (ni, à dire vrai, du Discours proprement dit, puisque le « contenu » qui ne peut pas être exprimé « correctement » ou « parfaitement » dans *toutes* les langues ne peut « vraiment » s'exprimer en *aucune*). On peut dire que tout « contenu » qui est lié à la « forme verbale » d'un discours d'une façon si étroite qu'une modification de cette « forme » le détruit ou l'altère profondément, n'est pas un « contenu » *philosophique.* Autrement dit, le « contenu » d'un discours philosophique est, comme on dit, *invariant* par rapport à tout changement de langue : en principe tout au moins, ce « contenu » ne s'altère pas du seul fait d'être (« correctement ») traduit de sa langue « originelle » en une

---

* L'Introduction ne devrait donc pas faire double emploi avec la Préface. Celle-ci a pour but de « justifier » la *publication* du livre préfacé, à un endroit et à un moment donnés et dans la forme choisie, cette « forme » impliquant aussi l'Introduction, si le livre en cause en comporte une. C'est seulement lorsque la publication elle-même paraît « justifiée » du point de vue en quelque sorte *historique* qu'on peut et doit se poser la question de savoir si, du point de vue *pédagogique,* le livre qu'on s'apprête à publier a ou non besoin d'une Introduction et si oui, de quelle nature celle-ci doit être pour rendre la compréhension du livre aussi facile que possible pour ceux à qui ce livre est destiné dans sa forme publiée ou « publique ».

autre langue quelconque. Du point de vue *systématique,* la langue dont se sert un Philosophe n'intéresse donc nullement la Philosophie en tant que telle. Mais il est évident que, du point de vue *pédagogique,* il est absolument nécessaire de traduire une œuvre philosophique si l'on veut qu'elle soit comprise par ceux qui ne connaissent pas la langue dans laquelle elle a été écrite.

Il en va de même des variations de « forme » qu'admet un « contenu » donné lorsqu'on le « développe » dans une seule et même langue. La différence entre les expressions : « Chapeau rouge » et « Rouge chapeau » peut avoir une valeur « poétique » ; dans la mesure où elle n'affecte pas le *sens* de la notion qui se « rapporte » à un chapeau qui est rouge, elle n'intéresse la Philosophie en tant que telle ni plus ni moins que la différence entre les expressions : « Chapeau rouge » et « Red hat », par exemple. Autrement dit, en principe tout au moins, la *paraphrase* altère donc tout aussi peu le « contenu » d'un discours philosophique que ne le fait sa *traduction.* Mais si, du point de vue *systématique,* la valeur d'une paraphrase philosophique est théoriquement nulle, elle peut pratiquement être grande ou même décisive du point de vue *pédagogique.* Car un développement philosophiquement « correct » peut être pratiquement impossible dans sa « forme » donnée et devenir relativement facile à comprendre s'il a été soumis au préalable à une paraphrase appropriée (supposée « correcte » elle aussi du point de vue philosophique).

Or, l'expérience montre que le même résultat peut être atteint si l'on remplace (ou complète) la paraphrase par une *Introduction.* En un certain sens, l'Introduction d'un livre philosophique peut donc être assimilée à sa traduction. Tout en étant dénuée de toute valeur *systématique,* elle peut être très utile, voire indispensable, du point de vue *pédagogique.* Et même Descartes ne l'aurait pas nié.

Mais c'est ici qu'une confusion devient possible et il importe de l'écarter (autant que possible) dès le début.

Deux développements discursifs philosophiques du sens d'une seule et même notion peuvent différer non seulement par leurs langues ou par leurs « formes », mais encore par leur « contenu » proprement dit, tout en étant tous deux parfaitement « corrects ». Dans ce dernier cas les développements (« corrects ») diffèrent uniquement par leur caractère plus ou moins *explicite.* Par définition, le sens d'une « notion » proprement dite (par définition *une* en elle-même et par rapport aux autres notions, c'est-à-dire *unique* « en son genre ») est condensé au maximum et c'est pourquoi il est dit *implicite.* C'est le « développement discursif » quel qu'il soit d'une « notion » qui *explicite* son sens et ce développement n'est « correct » que dans la mesure où il ne « contre-dit » pas le sens implicite de la notion développée. En d'autres termes, le sens *implicite* d'une notion doit se maintenir intégralement dans tout développement qui l'*explicite.* Mais le degré de cette *explicitation* peut varier d'un développement à l'autre.

En se servant du langage métrique (qui ne peut, d'ailleurs, avoir en l'occurrence que la valeur d'une métaphore), on pourrait dire qu'un développement peut se borner à expliciter 5 % seulement du sens implicite d'une notion donnée, tandis qu'un autre peut en expliciter 95 %. Or, cette différence des degrés d'*explicitation* a en Philosophie une importance *systématique* capitale. Du point de vue systématique, l'ensemble des progrès réalisés par la Philosophie au cours de l'Histoire se réduisent, d'une part, à l'augmentation du nombre des notions soumises au développement discursif et, d'autre part, pour une notion donnée, à l'accroissement du degré d'explicitation atteint dans les développements qui s'y rapportent *. Des développements différents quant à leur « forme » ne sont donc *systématiquement* équivalents (c'est-à-dire n'ont le même « contenu ») que s'ils se rapportent aux mêmes notions et s'ils ont le même degré d'explicitation du sens de ces notions. En se plaçant au point

---

* Considérée du point de vue *systématique* (« logique »), l'évolution temporelle de la Philosophie n'est constituée que par des développements discursifs *corrects* (le degré d'explicitation desquels croît avec le temps). L'élimination progressive des développements *incorrects* fait partie de l'*histoire* de la Philosophie (ou de la *pédagogie* philosophique) : elle constitue la Philosophie dans la mesure où celle-ci existe en tant que Critique (« polémique », « discussion », « dialectique » au sens étroit, etc.) et non en tant que *Système* proprement dit. On verra, d'ailleurs, que le *Système du Savoir* implique la *Critique,* tandis que les *Systèmes philosophiques* (par définition incomplets et incomplètement explicités) l'ont en dehors d'eux-mêmes.

de vue purement et exclusivement *systématique*, un Philosophe peut, certes, se contenter d'élaborer ou de comprendre l'*une* quelconque des « variantes » *équivalentes* possibles ou existant effectivement. Il pourrait aussi, semble-t-il, négliger complètement *toutes* les « variantes » dont le degré d'explicitation, pour une notion donnée, est *inférieur* à celui qui a déjà été atteint par la Philosophie qui est la sienne. Mais, en réalité, il ne « néglige » *aucune* des « variantes » aux degrés d'explicitation différents, puisque, par définition, le degré maximum *implique* tous les degrés qui lui sont inférieurs. En tout cas, aucun Philosophe digne de ce nom ne peut se désintéresser d'un développement qui serait *plus* explicite que celui qu'il a fait lui-même ou qu'il a compris.

Descartes aurait donc philosophiquement eu tort s'il avait effectivement « suivi » son raisonnement, en se contentant de lire les titres des livres philosophiques et de développer lui-même les sens qui y sont impliqués. Car rien ne dit qu'il aurait toujours pu le faire d'une façon au moins aussi explicite que ne l'a fait l'auteur d'un livre donné. Quoi qu'il en soit, il est évident qu'il aurait pu sensiblement progresser dans l'explicitation de ses propres développements discursifs s'il avait pu (par impossible), lire les livres de Hegel ou de Kant. Descartes n'aurait eu raison de se conformer à son raisonnement que s'il avait pu dire avec certitude que son propre développement discursif englobait *toutes* les notions discursivement développables (sans « contra-diction ») et qu'il explicitait *au maximum* les sens de ces notions. Or, on ne trouve rien dans le développement discursif cartésien qui permette de le dire.

Il semble même, à première vue, qu'aucun développement discursif ne peut le permettre. Il semble, en effet, que le degré d'explicitation du sens d'une notion quelconque (du moins en ce qui concerne les notions qui se « rapportent » aux « Choses » qui existent-empiriquement) peut augmenter indéfiniment. En d'autres termes, le développement discursif qui explicite ce sens semble pouvoir durer autant que dure le Discours en tant que tel. Il est effectivement difficile de ne pas admettre que tant que l'Homme voudra parler il pourra être toujours plus explicite dans ses discours. Ce qui veut dire qu'il y aura toujours des livres qui vaudront la peine d'être lus en ce sens qu'ils permettront à leurs lecteurs d'*expliciter* les sens implicites de leurs titres *plus* qu'ils ne sauraient le faire en ne les lisant pas. Mais il n'est pas absurde de supposer que s'il n'y a pas de *maximum* absolu de l'explicitation, il y a un *optimum* philosophique. On peut admettre, en effet, que le développement discursif qui explicite le sens d'une notion donnée (supposé « correct ») puisse « se fermer » en lui-même, c'est-à-dire revenir à la *fin,* au bout d'un certain temps, à son point de *départ,* qui n'est rien d'autre que la notion en cause elle-même. Ce « retour » exigerait un minimum d'« étapes » à parcourir, ces étapes se « déduisant » les unes des autres de façon que le « résultat » ou la « conclusion » de la dernière coïncide avec l'« origine » ou la « prémisse » de la première et formant les « éléments-constitutifs » qui sont, dans leur ensemble, le développement discursif en question. Chacune de ces « étapes » contribue donc à l'explicitation du sens de la notion discursivement développée. On peut dire, par conséquent, que le degré de cette explicitation est égal au nombre de ses « étapes », qui est, par définition, le nombre *minimum* d'« étapes » *nécessaires et suffisantes* pour la « fermeture » du développement. Et c'est *ce* degré d'explicitation qui devra être considéré comme un *optimum* du point de vue philosophique.

Cet optimum ne sera pas un *maximum,* car chacune des « étapes » pourrait être décomposée à son tour en « éléments-constitutifs », qui expliciteraient son sens dans la mesure où ce sens serait resté implicite, dans et par un développement discursif approprié. Mais cette décomposition supplémentaire ne ferait apparaître rien d'*essentiellement* nouveau par rapport à ce qui est déjà explicité par la décomposition optima. Car la « circularité » même de celle-ci « dé-montre » qu'il ne peut y avoir aucun sens discursivement explicitable *en dehors* ou *au-delà* du sens qu'elle a explicité. À première vue, il pourrait y avoir plusieurs développements « circulaires » *extérieurs* les uns aux autres, chacun d'eux développant le sens d'une notion différente. Mais cela signifierait qu'il y a plusieurs discours dont les sens n'ont rien de commun entre eux et qui ne peuvent par conséquent pas être intégrés en un seul et même discours cohérent. Or, s'il en était ainsi, on ne voit pas comment il serait possible de *comprendre* tous ces sens à la fois, c'est-à-dire de parler d'eux comme de *sens*. Il est évident que pour avoir vraiment un *sens,* le sens discursivement développé doit être *un* en lui-même et unique en son genre, c'est-à-dire *uni-total.* En d'autres termes, il ne peut y avoir qu'un seul développement discursif « circulaire », qui explicite (à un degré au moins « optimum ») le sens d'une notion *unique,* intégrant *toutes* les notions dont les sens sont développables discursivement (sans « contra-diction »), aucune de ces notions n'étant donc « irréductible » dans l'acception forte de ce mot.

En se plaçant au point de vue strictement *systématique,* un Philosophe qui aurait élaboré ou compris un développement discursif *circulaire* quelconque, pourrait se désintéresser complètement de tout autre développement discursif quel qu'il soit. En particulier, il pourrait s'abstenir de lire non seulement les livres philosophiques, comme le conseillait paraît-il Descartes (sans suivre ce conseil lui-même), mais encore leurs titres mêmes. Car les « contenus » des développements qui ont un degré d'explicitation *inférieur* à celui qu'a le développement circulaire ou uni-total sont, par définition, *impliqués* dans le « contenu » de ce dernier et si le développement circulaire peut revêtir des « formes » différentes, il ne s'agit, par définition encore, que de « variantes » *équivalentes* que l'on peut *systématiquement* négliger. Quant aux développements qui sont *plus* explicites que le développement circulaire, ils ne peuvent, toujours par définition, rien *ajouter* au *système* constitué par ce dernier développement. Le Philosophe pourrait donc les négliger eux aussi, à moins d'être poussé vers eux par la curiosité ou par un autre motif tout aussi « irrelevant » ou puéril du point de vue purement *systématique.*

Il ne faudrait cependant pas conclure de ce qui précède que tout Philosophe est capable d'élaborer une « forme » *quelconque* de développement circulaire ou de comprendre ce développement dans *n'importe quelle* « variante ». De même que les *traductions* d'un développement circulaire donné ne seront *pédagogiquement* inutiles que le jour où tout homme à velléité philosophique comprendra la langue dans laquelle ce développement a été fait, ses différentes paraphrases ne cesseront d'être toutes *pédagogiquement* « justifiables » que dans la mesure où l'une ou certaines d'entre elles seront suffisantes pour permettre à tout homme du présent et de l'avenir de comprendre le *Système* uni-total avec le minimum d'effort, c'est-à-dire de perte de temps.

C'est dire qu'on pourra partout et toujours « justifier », du point de vue *pédagogique*, une nouvelle paraphrase (« correcte ») du développement discursif circulaire, bien que, du point de vue *systématique, tout* développement discursif est devenu « inutile » le jour même où un développement circulaire a été élaboré pour la première fois. Or, puisqu'une Introduction ne se « justifie » philosophiquement que dans la mesure où elle a la valeur *pédagogique* d'une paraphrase, tout ce qui a été dit de cette dernière s'applique ainsi à une Introduction philosophique quelle qu'elle soit : on peut partout et toujours « justifier », du point de vue *pédagogique*, une Introduction qui s'intercale entre le Titre et l'Exposé qui en développe discursivement ou explicite le sens, dans la mesure où elle facilite à un lecteur l'effort nécessaire soit à la « déduction » de l'Exposé à partir du Titre, dans le cas où le lecteur voudrait suivre le prétendu conseil de Descartes, soit à la compréhension de l'Exposé, si le lecteur préfère, pour une raison quelconque, utiliser l'effort qu'a déjà fourni l'auteur en élaborant l'Exposé en question *.

L'Introduction, toujours dans une certaine mesure facultative, n'est pas liée à l'Exposé par des liens indissolubles. Aussi bien un auteur peut-il introduire l'Exposé d'un autre auteur, qui appartient généralement à une époque passée. Il peut alors le faire soit en paraphrasant d'une façon appropriée l'Exposé en question, soit en le laissant tel quel et en le faisant précéder d'une Introduction proprement dite, soit enfin en combinant ces deux méthodes d'introduction. Lorsqu'il s'agit d'une œuvre du passé, Introduction et Paraphrase ont pour but de rendre

---

* Certains auteurs se contentent de publier une Introduction isolée. Parfois, cette Introduction introduit un Exposé inédit de l'auteur lui-même. Mais en règle générale il s'agit de l'Introduction d'un Exposé déjà publié par quelqu'un d'autre dans le passé. Dans quelques cas, très rares d'ailleurs, l'Introduction introduit un Exposé que personne n'a encore fait. Une telle Introduction est censée faciliter l'effort d'un auteur *futur*.

cette œuvre plus facilement accessible aux contemporains de l'auteur. Mais il arrive souvent qu'un auteur philosophique introduise son propre Exposé ou l'Exposé d'un autre auteur qu'il soumet à une paraphrase. On peut se demander alors quel est le but de l'Introduction proprement dite.

On peut répondre, d'une manière générale, qu'il rédige son Exposé ou sa Paraphrase en se considérant soi-même comme son propre lecteur. Il paraphrase un texte donné pour mieux comprendre *lui-même* le sens explicite de ce texte et il rédige son Exposé afin d'expliciter *pour lui-même* le sens implicite de la notion qui l'intéresse (et qui constitue, en principe, le Titre de son Exposé). Dans ces conditions, l'Introduction doit permettre à un lecteur *autre* que l'auteur de comprendre facilement le sens explicite de l'Exposé ou de la Paraphrase. Le contenu et la méthode de l'Introduction sont donc déterminés à la fois par la méthode et le contenu de l'Exposé (ou de la Paraphrase) et par l'« état d'esprit » du lecteur auquel cette Introduction est destinée par son auteur. Plus exactement, l'auteur de l'Introduction commence par choisir un certain type de lecteur et essayer de se représenter son « état d'esprit » et il rédige ensuite l'Introduction avec le désir de faciliter à ce lecteur l'accès à l'Exposé (ou à la Paraphrase) qu'il a rédigé avec l'intention de le rendre aussi explicite, c'est-à-dire aussi « compréhensible » ou « clair » et « facile » que possible *à lui-même*.

Or, c'est ici que peut intervenir le malentendu signalé plus haut. On pourrait croire que l'Introduction est par définition *moins explicite* que l'Exposé (ou la Paraphrase) et qu'elle « introduit » ce dernier auprès du lecteur précisément parce qu'elle est *moins* explicite. L'Introduction représenterait ainsi un degré d'explicitation entre celui du Titre (en principe nul, le sens du titre n'étant qu'implicite) et celui de l'Exposé (en principe supposé être sinon maximum, ce qui est impossible, du moins optimum ou se rapprochant de l'optimum autant que faire se peut).

Il est facile de voir que cette conception est intenable. D'une part, l'Exposé n'est lui-même rien d'autre qu'une explicitation du sens implicite du titre et toute explicitation est par définition un Exposé. D'autre part, l'Exposé (correct) plus explicite

implique nécessairement un Exposé (correct) moins explicite
en tant qu'élément-constitutif. Du point de vue systématique,
une « Introduction » moins explicite que l'Exposé fait donc
partie intégrante de cet Exposé lui-même et ne peut être
comprise que comme un tel élément-constitutif de celui-ci
(déterminé par la structure systématique de l'Exposé pris dans
son ensemble). Par conséquent, du point de vue systématique,
un texte ne peut pas être considéré comme l'Introduction d'un
autre du seul fait que le degré d'explicitation du sens que ces
deux textes ont en commum y est moindre. Or, l'expérience
montre qu'il en va de même du point de vue pédagogique.
En règle générale, un texte moins explicite est plus difficile à
comprendre que celui qui l'est davantage.

Si l'on admet (ce qui est, d'ailleurs, difficilement contestable)
que l'évolution historique de la Philosophie n'est rien d'autre
que l'*explicitation progressive* du sens implicite de la notion
même de « Philosophie », il faudrait conclure de cette expérience
pédagogique générale qu'on ne peut pas « introduire » les œuvres
d'un Philosophe donné par une lecture, dans l'ordre chrono-
logique, des œuvres originales de ses prédécesseurs (même en
excluant les auteurs « anachroniques », ainsi que ceux qui se
contentent de « répéter » les autres en les « simplifiant », c'est-
à-dire en les « défigurant » et en les rendant donc moins
« compréhensibles »). Or, c'est ce qu'on constate effectivement.
Pour prendre un exemple extrême, s'il est relativement facile
de comprendre Parménide à partir de Hegel (en le comprenant,
comme on dit, mieux qu'il ne s'est compris lui-même), il est
absolument impossible de comprendre Hegel en limitant les
lectures philosophiques préalables à la seule lecture (même au
maximum « attentive ») du *Poème* parménidien. D'une manière
générale, ce n'est qu'*après* avoir compris le dernier en date des
grands Philosophes (qui est lui-même « compréhensible » précisément parce qu'il est relativement « récent ») qu'on peut
vraiment comprendre ceux qui l'ont précédé dans le temps.
Toutefois, étant donné que la Philosophie dans sa forme la
plus récente est censée intégrer tous les progrès philosophiques
effectués jusque-là, sa compréhension est grandement facilitée
par la connaissance *préalable* de ses éléments-constitutifs éla-

borés au cours de l'Histoire. Du point de vue pédagogique, lorsqu'on aborde le domaine de la Philosophie, on est donc nécessairement, c'est-à-dire partout et toujours, en présence d'un *cercle,* qui ne cesse d'être *vicieux* que parcouru un grand nombre de fois dans les deux sens. Mais ceux qui ont déjà effectué ces nombreux parcours (à première vue désespérés et pendant longtemps stériles) peuvent faciliter la tâche de ceux qui voudraient tenter de le faire après eux. Et ils le peuvent souvent en procédant à des Paraphrases ou en rédigeant des Introductions proprement dites. Plus particulièrement, l'Exposé (ou la Paraphrase de l'Exposé) d'un philosophe donné peut être pédagogiquement « introduit » par la Paraphrase des Exposés des philosophes qui l'ont précédé dans le temps et qui ont explicité les éléments-constitutifs intégrés dans l'Exposé que l'on veut « introduire » auprès du lecteur.

Si la Paraphrase des « prédécesseurs » est moins explicite que leurs écrits originaux, elle sera, en règle générale, moins « compréhensible » que ces écrits eux-mêmes. Si elle est moins explicite que l'Exposé qu'elle est censée « introduire », elle sera, pour la même raison, sans valeur pédagogique « introductive ». La Paraphrase doit donc être *plus explicite* que l'Exposé (paraphrasé ou non) qu'elle est censée « introduire ». Mais si la Paraphrase englobe *tous* les éléments-constitutifs de l'Exposé à « introduire », elle le rendra superflu : au lieu d'être une Introduction de l'Exposé , elle sera une Paraphrase de l'Exposé lui-même ; ce sera un Exposé *plus long* (et de ce fait plus facilement compréhensible) que l'Exposé en cause, mais un Exposé quand même et non une Introduction proprement dite. Pour être *pédagogiquement* efficace, tout en étant *systématiquement* autre chose qu'un Exposé, l'Introduction (proprement dite, c'est-à-dire intercalée entre l'Exposé et son Titre) doit, d'une part, avoir pour contenu *quelques-uns* seulement des éléments-constitutifs de l'Exposé à « introduire » et, d'autre part, *expliciter* ces éléments-constitutifs plus que ne le fait l'Exposé lui-même. C'est ainsi seulement que l'Introduction peut faciliter la compréhension de l'Exposé sans le rendre superflu et sans être démesurément longue par rapport à lui.

Quoi qu'il en soit, ce n'est pas le *degré d'explicitation* d'un texte philosophique qui lui confère le caractère d'une Introduction proprement dite, mais la *façon dont est explicité* le sens qui constitue son contenu. Étant donné que, par définition, l'Introduction d'un Exposé est couverte par le même Titre que l'Exposé lui-même, l'Introduction et l'Exposé explicitant ainsi un seul et même sens implicite, une Introduction doit nécessairement reprendre (par anticipation, du point de vue du lecteur) une partie du contenu de l'Exposé qu'elle est censée « introduire ». On voit ainsi que du point de vue *systématique* l'Introduction n'a aucune valeur : elle n'apporte rien de systématiquement nouveau et ne peut que nuire à l'ordonnance générale du Système. Mais du point de vue *pédagogique* elle peut faciliter grandement la compréhension de l'Exposé et économiser le temps du lecteur en dépit du temps qu'exige sa propre lecture. Seulement, cette économie de temps se fait non pas en fonction du *degré* d'explicitation atteint dans l'Introduction (qui est en règle générale supérieur à celui de l'Exposé à « introduire »), mais en raison du *choix* des éléments-constitutifs de l'Exposé qui y sont explicités et de la *façon* dont leur explicitation y est faite.

Or, comme il a été dit plus haut, le choix du contenu et de la méthode d'une Introduction est déterminé, d'une part, par le contenu et la méthode de l'Exposé à « introduire » et, d'autre part, par l'idée que l'auteur de l'Introduction se fait de la « mentalité » et des « connaissances » du lecteur auquel il s'adresse.

*

Les pages qui précèdent ont pour but de « justifier » la présence, dans un ouvrage censé être philosophique, d'une Introduction (d'ailleurs fort longue) intercalée entre le Titre et l'Exposé qui doit expliciter le sens impliqué dans ce Titre, en développant discursivement le sens des notions qui le constituent. D'après cette « justification », la valeur *systématique* d'une telle Introduction est rigoureusement nulle, pour ne pas dire négative : la présence de l'Introduction ne se « justifie » que du point de vue *pédagogique*.

Ceci étant, la forme particulière choisie par l'auteur pour son Introduction ne peut être « justifiée » que par sa *réussite pédagogique* (qui, puisqu'il s'agit d'un *livre,* coïncide pratiquement avec son *succès littéraire* dans le milieu que l'auteur avait en vue en *publiant* son livre). C'est dire qu'elle ne peut être « justifiée » qu'après coup ou, comme on dit, a posteriori c'est-à-dire par l'expérience. Tout ce que l'auteur peut faire *avant* cette expérience, c'est de faire part au lecteur des considérations qui l'ont guidé, lors du choix de la forme qu'il a cru, pour des raisons pédagogiques, devoir donner à son Introduction.

Une telle « explication » de l'auteur avec le lecteur qui est censé s'apprêter à le lire peut faire l'objet d'une sorte d'introduction de l'Introduction proprement dite de l'Exposé, intercalé par l'auteur entre cet Exposé et son Titre. Mais avant d'introduire l'Introduction choisie, il faut soulever encore une « question préalable » générale, relative à l'Introduction philosophique en tant que telle, et essayer d'y donner une réponse provisoire.

La « justification » ci-dessus de l'Introduction philosophique est une *réflexion* sur cette Introduction, qui est tout autre chose que cette Introduction elle-même (et qui diffère de la réflexion sur la *publication* du livre, et donc de l'Introduction que ce livre contient, qui se trouve dans la *Préface*). Or, la « justification » en question a montré que, de son côté, l'Introduction est une *réflexion* sur l'Exposé, qui est tout autre chose que l'Exposé lui-même. Il faut donc dire quelques mots sur la possibilité, le rôle et la valeur (systématique et pédagogique) de la *Réflexion* en Philosophie.

D'une manière générale, lorsqu'on *réfléchit* sur quelque chose, on le fait d'un *point de vue* qui est *autre* que celui de la chose elle-même sur laquelle on réfléchit. Même lorsqu'on *réfléchit* « sur soi-même » ou « sur sa propre situation », on le fait en quelque sorte *de l'extérieur* et en se trouvant dans une *autre* situation. Toute la question est de savoir quels sont cet « autre point de vue » ou cette « autre situation ».

Sans vouloir dès maintenant répondre à cette question, on peut constater que la Philosophie exclut dès son origine une telle distinction de « points de vue » ou de « situations », du moins dans la mesure où elle admet l'idéal de la Sagesse et se conçoit comme une tentative de réaliser cet idéal. En effet, pour la Philosophie, la Sagesse n'est rien d'autre que la satisfaction consciente d'elle-même ou la conscience de soi satisfaite (tant par le fait d'être ce qu'elle est que par ce dont elle prend conscience, le propre « Moi » y compris). Le Sage « réfléchit », si l'on veut, sur lui-même. Mais sa « réflexion » a ceci de particulier que la « situation » sur laquelle il réfléchit est *déterminée* par cette réflexion même. Le Sage réfléchit sur *sa* situation, qui est, par définition, celle d'un *Sage*; or, on n'est dans la situation d'un *Sage* que dans la mesure où l'on *réfléchit* sur la situation dans laquelle on est. De même, le « point de vue » de la réflexion *coïncide,* chez le Sage, avec « le point de vue » qui lui est propre et qui est précisément celui de la Sagesse. En effet, un homme n'est un Sage que dans la mesure où il prend pleinement conscience de soi et sa Sagesse n'est rien d'autre que la plénitude de cette prise de conscience. La Sagesse consiste donc dans la prise de conscience de soi comme du Sage qui prend conscience de soi : le « point de vue » de la Sagesse (qui « réfléchit ») est *le même* que celui du Sage (sur lequel elle « réfléchit »). C'est dire que la Sagesse (ou le Savoir) n'est pas une *Réflexion* au sens propre du terme et que la Philosophie élimine peu à peu toute Réflexion dans la mesure où elle se transforme progressivement en Savoir ou Sagesse. À la limite, il n'y a donc plus de *Réflexion* en Philosophie. La Réflexion caractérise par excellence le domaine en quelque sorte non philosophique de la Philosophie, en appartenant en propre à tout ce qui, dans la Philosophie, ne peut pas se trans-former en Sagesse proprement dite. Dans la mesure où la Philosophie se définit et se conçoit comme une approximation de la *Sagesse,* il n'y a pas et ne peut pas y avoir de Réflexion vraiment *philosophique,* bien qu'il puisse y avoir toujours de la Réflexion *dans* toute *Philosophie* proprement dite, qui, par définition, n'est pas encore *Savoir* ou *Sagesse.* On pourrait, certes, dire que la Philosophie n'est rien d'autre qu'une *Réflexion* sur la *Sagesse.* Mais la Philosophie ne peut être une Réflexion au sens propre du mot que dans la mesure où elle *se distingue* de la Sagesse elle-même. Or, elle a pour but conscient et avoué d'éliminer cette distinction. Le but de la Philosophie est donc d'éliminer la Réflexion qu'elle implique en tant que Philosophie qui n'est pas Sagesse. Et c'est précisément pourquoi on ne peut pas parler d'une Réflexion spécifiquement *philosophique.* La Réflexion qu'on trouve dans toute Philosophie n'est et ne peut être qu'un résidu de la Réflexion *non-philosophique,* que la Philosophie s'applique à éliminer à l'intérieur d'elle-même.

Or, nous avons vu que l'Introduction d'un Exposé philosophique est nécessairement une Réflexion sur cet Exposé. L'Introduction est écrite du « point de vue » (présumé par l'auteur) du lecteur qui est censé être *autre* que celui de l'auteur de l'Exposé, si l'Introduction doit avoir une valeur, celle-ci ne pouvant être que pédagogique. En d'autres termes, en rédigeant l'Introduction, l'auteur de l'Exposé *réfléchit,* d'une part, sur la « situation » du lecteur qui est autre que la sienne et, d'autre part, en se plaçant dans la « situation » du lecteur, il *réfléchit* sur une *autre* « situation », qui est celle de l'auteur de l'Exposé.

Or, à première vue, une telle introduction de la *Réflexion* par le truchement de l'*Introduction* ne saurait se « justifier », notamment lorsque l'*Exposé* à « introduire » est censé exposer une Philosophie déjà transformée en *Savoir* ou *Sagesse,* d'où la *Réflexion* est par définition absente. Car la seule « justification » possible d'une Introduction philosophique ne peut être que pédagogique. Or, le but de la pédagogie philosophique est l'acheminement vers la Sagesse et donc l'*élimination* progressive de toute Réflexion quelle qu'elle soit.

Ici encore on a donc l'impression de se trouver en présence d'un *cercle vicieux.* Mais, en fait, ce cercle cesse d'être « vicieux » précisément dans la mesure où il est vraiment un « cercle ». En d'autres termes, la Réflexion, nécessairement impliquée dans toute Introduction, cesse d'être philosophiquement « injustifiée » dès que le « point de vue » à partir duquel cette Réflexion est faite coïncide avec celui de l'Exposé, qui n'est plus un « point de vue » du tout, si cet Exposé expose le *Savoir,* c'est-à-dire la Philosophie trans-formée en *Sagesse.*

Un Exposé n'a pas de « point de vue » et exclut donc la Réflexion en tant que telle, si le « point de vue » à partir duquel il est exposé fait partie du « contenu » de cet Exposé lui-même. Si l'on veut « introduire » un tel Exposé (qui est,

par définition, non plus un « Système de philosophie », mais
le *Système du Savoir),* on doit, bien entendu, introduire le
« point de vue » d'une Réflexion. Mais on peut choisir un (ou
plusieurs) « point de vue » tel qu'en « réfléchissant » à partir
de lui il soit possible d'expliciter le sens d'un (ou de plusieurs)
élément-constitutif de l'Exposé dans la forme qui sera reprise
telle quelle dans cet Exposé lui-même. Lorsque ceci n'est pas
possible directement, on peut « réfléchir » sur un « point de
vue » judicieusement choisi de façon à transformer le « point
de vue » initial en un autre, à partir duquel on pourra retrouver
un élément-constitutif de l'Exposé. Et cette opération peut
toujours être réitérée un nombre suffisant de fois pour y réussir.
Inversement, si l'Exposé lui-même n'a *pas* de « point de vue »,
c'est qu'il implique ou intègre *tous* les « points de vue » possibles. Les « points de vue » qui apparaissent comme « donnés »
ou « irréductibles » à la Réflexion de l'Introduction, seront donc
tous « déduits » de l'Exposé et cesseront ainsi d'être des « points
de vue » au sens propre du terme.

Dans ces conditions, la Réflexion introduite dans et par
l'Introduction de l'Exposé du *Système du Savoir* (tout comme
la Réflexion inhérente à la Philosophie proprement dite, qui
n'est qu'une *recherche* « réfléchie » du Savoir), sera donc philosophiquement « inoffensive », car elle sera éliminée par et
dans l'Exposé que cette Introduction a servi à « introduire »
auprès du lecteur (tout comme la Philosophie élimine sa propre
Réflexion en devenant Sagesse ou Savoir). Mais l'on voit aussi
que dans *ces* conditions le « contenu » et la « méthode » (le
« point de vue ») de l'Introduction sont intégralement repris
dans l'Exposé, ce qui confirme à nouveau l'inutilité, voire
l'inconvénient *systématique* de toute Introduction philosophique
quelle qu'elle soit. Par contre, l'utilité *pédagogique* de l'Introduction ne sera pas annulée par le fait que cette Introduction
se fait nécessairement d'un « point de vue » particulier et dans
une « situation » particulière donnés et introduit ainsi cette
Réflexion même que la Philosophie est censée éliminer. Car,
dans les conditions indiquées, cette Réflexion, introduite dans
l'Introduction, s'élimine d'elle-même par la lecture de l'Exposé
« introduit ».

En résumé, l'intercalation d'une *Introduction* proprement dite
entre un *Exposé* philosophique et son *Titre* se « justifie » *pédagogiquement* dans la mesure où elle facilite au lecteur la compréhension de l'Exposé et économise ainsi le temps de ce lecteur
(mais pas nécessairement de l'auteur, qui peut cependant profiter parfois lui-même de sa propre Introduction à son Exposé).
Mais une telle Introduction ne sera *philosophiquement* « inoffensive » que dans la mesure où elle sera suivie d'un Exposé qui
« supprime-dialectiquement » le « point de vue » à partir duquel
l'Introduction a été faite, en annulant ainsi la Réflexion qui
s'effectue dans l'Introduction en question. Or, un tel Exposé
est, par définition, un exposé non plus d'un « Système de
Philosophie », mais du *Système du Savoir* qu'est la Sagesse
(discursive) recherchée par la Philosophie en tant que telle.

*

Strictement parlant, la seule « introduction » *systématiquement*
valable d'un Exposé (d'un livre) philosophique est son Titre.
Et tout titre bien choisi du point de vue systématique doit
être une telle « introduction », car son sens implicite doit *épuiser*
le « contenu » des développements discursifs de l'Exposé, qui
explicitent précisément ce sens. Mais on a vu que du point de
vue *pédagogique* on peut admettre et même souhaiter, dans
certaines conditions, une Introduction au sens propre du terme,
intercalée entre le Titre et l'Exposé qui développe discursivement son sens implicite dans une forme « systématique » (en
explicitant ce sens à un degré *optimum,* qui, par définition,
permet à la fin de retrouver le Titre lui-même et son sens
implicite).

Cette Introduction pédagogique peut être multiple en elle-
même. Sa dimension et son contenu peuvent varier en fonction
des préoccupations et des aptitudes pédagogiques de son contenu.
En particulier, elle peut se réduire à une « réflexion » sur le
titre de l'ouvrage à introduire, faite d'un « point de vue »
particulier, pédagogiquement « justifié ». Mais même si une
Introduction dépasse ce minimum pédagogique, un bref
commentaire du titre semble s'imposer, puisque ce titre est en

tout état de cause la seule « introduction » *systématiquement* admissible et puisqu'il « introduit » en fait l'ouvrage du point de vue *pédagogique,* même si l'auteur ne le commente pas. Or, si un titre non commenté court le risque d'être incompris ou, ce qui serait plus grave, mécompris, son commentaire (sinon son choix) se « justifie » du point de vue pédagogique.

C'est pour cette raison que l'Introduction proprement dite, qui précède l'Exposé, est elle-même précédée dans ce livre par une première « introduction » de cet Exposé, faite sous la forme d'un bref commentaire du titre de l'*ensemble* du présent ouvrage, constitué par l'Exposé (avec un Appendice) *et* par l'Introduction (sans compter la Préface et la Postface, qui se réfère non pas au contenu de l'Exposé, mais à sa publication).

J'ai choisi, pour servir de titre à l'ouvrage que je présente au lecteur, les notions « Concept », « Temps » et « Vérité discursive ».

Ce titre peut servir de première « introduction » pédagogique du livre sans que j'aie besoin de commenter séparément chacune des trois notions qui le constituent. Il me suffira de dire que j'entends par *Concept* l'ensemble intégré des sens de toutes les notions (non contra-dictoires en elles-mêmes) quelles qu'elles soient. On pourrait dire aussi que le Concept est constitué par ce qui « correspond » au sens de la notion « Sens ». Le sens de ce qui vient d'être dit sera, d'ailleurs, précisé dès l'*Introduction.* Quant au *Temps,* il ne sera analysé discursivement que dans le corps même de l'Exposé et se révélera être fort complexe. Mais pour le moment, la notion « Temps » peut être prise dans son sens le plus « général », voire le plus « vague ». Pour comprendre ce sens, il faudra penser à la fois à *tout* ce à quoi on pense d'habitude lorsqu'on se trouve en présence de cette notion. En ce qui concerne, enfin, la *Vérité discursive,* il suffira de la définir comme le Discours (« cohérent » ou non contra-dictoire en lui-même) qui reste partout et toujours identique à lui-même (du moins quant à son sens), n'étant contre-dit par aucun autre discours (« cohérent ») quel qu'il soit.

Ce qui doit par contre être brièvement commenté dès maintenant, c'est la *réunion* dans un seul et même Titre de ces trois notions.

Et c'est surtout la liaison établie par ce titre entre le Concept et le Temps qui doit être (provisoirement) « justifiée » ici même. Car la liaison entre ces deux notions est encore loin d'être universellement admise et l'ignorance est généralement presque complète en ce qui concerne la nature d'une telle liaison. C'est pourquoi, d'ailleurs, la liaison du Concept et du Temps n'est indiquée dans le titre que sous la forme la plus « neutre » qui soit, à savoir par une virgule.

Tout le monde admet, certes, que les notions auxquelles on a effectivement affaire sont partout et toujours, c'est-à-dire nécessairement, situées *dans* le temps. Et personne ne nie qu'il y a une notion ou, comme on dit parfois, un concept : « Temps ». Mais en règle générale on suppose (sans le « justifier ») que le Concept, pris en tant que *sens,* et le Temps, pris en tant que *durée* (dans l'espace), n'ont rien à voir entre eux. Et on l'exprime généralement en disant (d'une manière plus ou moins explicite) que le Concept est « éternel », au sens de « non temporel ». Or, bien que le sens de la virgule soit vague et neutre à l'extrême, la présence dans le titre des *deux* notions en question (« séparées » ou « liées » par la virgule) montre et est censée montrer que, dans le livre intitulé, le Concept sera considéré comme étant *lié* au Temps par un lien *indissoluble* et qu'il s'agira d'y préciser la nature de cette liaison (d'ailleurs réciproque ou symétrique, comme l'indique déjà implicitement la virgule qui les « lie »).

Par ailleurs (bien que je ne m'en sois aperçu qu'après coup), le titre choisi s'oppose au titre d'un ouvrage philosophique récent, justement célèbre (mais resté inachevé), où le « Temps » *(Zeit)* est lié à la notion « Être » *(Sein)* (d'ailleurs par une « conjonction » [et; *und*] presque aussi « neutre » que la virgule). En prenant la notion « Concept » au lieu de la notion « Être », j'ai voulu rappeler dès le début qu'on ne peut évidemment *parler* que de ce dont on *parle,* de sorte qu'en dernière analyse (qui est l'analyse philosophique par excellence, du moins depuis Kant, mais en fait déjà depuis Platon), on parle, partout et toujours, voire « nécessairement », non pas de l'*Être* en tant que tel, mais de l'Être *dont on parle,* c'est-à-dire de ce qui « correspond » à la *notion* « Être », qui est, si l'on veut, l'ensemble intégré de *toutes* les notions quelles qu'elles soient.

C'est donc aux *notions* et, par le truchement de leurs sens, au *Concept* qu'on a affaire dès que et dans la mesure où l'on prend une attitude *discursive* (et non *silencieuse*). Quant à l'attitude philosophique, elle est discursive elle aussi, mais elle a ceci de particulier (de « spécifique ») qu'elle se réfère explicitement au *sens* des notions, pris en tant que sens, c'est-à-dire précisément au *Concept,* tel qu'il a été défini ci-dessus. Par conséquent, dans le titre d'un livre *philosophique,* il vaut mieux lier le Temps au Concept (*Begriff*) et non à l'Être (*Sein*).

La présence de la notion « Vérité discursive » dans le titre indique, d'ailleurs, à elle seule qu'il s'agit d'un livre *philoso-phique.* Car nous verrons à la fin de ce livre que si le Philosophe n'est pas seul à vouloir *parler,* tout comme il n'est pas seul à vouloir vivre « dans la vérité », il est seul parmi les hommes à ne pas admettre de Vérité autre que *discursive* et à ne vouloir parler qu'au nom de cette *Vérité.* Par ailleurs, l'introduction, dans le titre, de la notion « Vérité discursive » est censée signaler qu'en traitant de la liaison entre le Concept et le Temps, le livre ne traite nullement un « problème philosophique » *par-ticulier.* Le livre lui-même montre, en effet, que la Vérité discursive que recherche le Philosophe n'est rien d'autre ni de plus qu'une « mise en relation » du Temps et du Concept (qui aboutit finalement à leur *identification*).

J'aurais donc pu rendre le titre du présent ouvrage encore plus explicite qu'il ne l'est dans sa forme actuelle, si j'avais voulu l'exprimer en disant : « Le Concept *lié* au Temps, *ou* la Vérité discursive ». Mais le titre aurait pris alors une allure *anachronique,* que j'estime déplacée dans un livre qui est l'essai d'une *mise à jour* du *Système du Savoir* hégélien.

Bien entendu, ce qui vient d'être dit ne peut être démontré que dans et par l'Exposé lui-même, qui fait l'objet propre du présent ouvrage. Mais on peut signaler dès cette toute première Introduction que l'identification de la Vérité discursive que recherche la Philosophie et donc de la Philosophie elle-même avec le « développement discursif » de la liaison entre les notions « Concept » et « Temps » n'a rien de « paradoxal ». En effet, d'une part, la Philosophie parle du Concept en tant que tel et elle est seule à le faire. D'autre part, le discours philosophique (comme tout discours) se situe et dure dans le temps et il a eu une évolution historique, voire un progrès temporel. On peut donc dire que la Philosophie n'est rien d'autre que l'introduction (progressive) du Concept dans le Temps. Par ailleurs, l'évolution ou les progrès philosophiques peuvent être compris et présentés comme une introduction (progressive) du Temps dans le Concept, les deux notions correspondantes étant diamétralement *opposées* au début de cette évolution et s'excluant ainsi mutuellement, tandis qu'elles furent *identifiées* à la fin, cette identification déterminant et révélant précisément la *fin* de l'évolution en cause ou son aboutissement à la Sagesse.

Cette dernière affirmation ne pourra être dé-montrée que petit à petit au cours de l'Introduction et de l'Exposé qui vont suivre. Pour le moment, il suffira de dire que l'identification du Concept et du Temps a été faite pour la première fois dans l'Histoire par Hegel. C'est à partir de ce fait historique qu'il faut interpréter le *sous-titre* du titre que je suis en train de commenter. Le sous-titre se lit : « Essai d'une mise à jour du *Système du Savoir* hégélien. »

Le mot : « hégélien » a été introduit dans le sous-titre afin de signifier trois choses. Premièrement (ce qui ne présente, d'ailleurs, qu'un intérêt « biographique »), ce mot signale dès le début que l'Exposé qui va suivre expose les « idées » de Monsieur Hegel et non de Monsieur Kojève ou de quiconque d'autre. Deuxièmement, faisant partie du sous-titre du titre déjà commenté, le mot indique que l'auteur expose les « idées » de Hegel non pas parce qu'elles proviennent de Monsieur Hegel, mais uniquement et exclusivement parce que, à ses yeux, ces « idées » épuisent le contenu de la Philosophie transformée en Sagesse. Enfin, troisièmement, le fait que le nom propre : « Hegel » a été remplacé par l'adjectif : « hégélien » est censé prévenir le lecteur que l'auteur se réserve le droit (et en use) de modifier tout ce que bon lui semble dans la *forme* sous laquelle les « idées » hégéliennes ont été exposées par Hegel lui-même ou par qui que ce soit après lui, mais qu'il croit les avoir laissées intactes quant au fond.

La nature des « idées » hégéliennes exposée dans ce livre a été précisée dès son sous-titre par les mots : « Système du

Savoir ». Hegel lui-même disait indifféremment « Savoir » *(Wissen)* ou « Science » *(Wissenschaft)*, mais pour éviter tout malentendu j'ai préféré me servir du premier seulement de ces mots dans son sens hégélien. Par ailleurs, *Système de la Science* [=*Savoir*] est le titre d'un ouvrage que Hegel commença en 1805 (?), mais dont il ne publia (en 1806) que la *Première partie*, sous le titre : *Phénoménologie de l'Esprit.* Il s'agissait dans son esprit d'un exposé de l'ensemble de la Philosophie sublimée en Sagesse ou Savoir (=Science) définitif (avec un degré optimum d'explicitation). Il ne réalise ce plan (d'ailleurs modifié) que plus tard (en 1817) et l'intitule alors : *Encyclopédie des Sciences* [= *du Savoir*] *philosophiques.* En indiquant que le présent livre expose le « Système du Savoir », je voulais donc indiquer qu'il reproduit essentiellement (sous une nouvelle *forme*) l'*Encyclopédie* de Hegel, mais qu'il utilise tous les écrits de celui-ci et qu'il a pour but d'exposer l'*ensemble* de la Philosophie dans son contenu *définitif,* ce contenu étant précisément le « Savoir » qui constitue la « Sagesse », ce Savoir, bien que constitué progressivement au cours de l'Histoire, étant censé rester sans changement de fond pendant toute la durée du temps où il sera compris par les hommes.

Ce « Savoir » est défini comme étant un « Système ». Sans pouvoir expliquer dès maintenant ce que cela signifie, on peut dire qu'un savoir n'est « systématique » que dans la mesure où sa « structure » est non pas quelconque, mais déterminée par son « contenu » et en outre telle que cette « structure » (en fait « circulaire ») dé-montre la vérité de ce « contenu ».

Sans pouvoir aller ici plus avant dans le commentaire de cette partie du sous-titre, je me contenterai de renvoyer le lecteur aux deux citations qui le suivent et qui permettent de mieux comprendre en quoi le « Savoir » au sens propre se distingue de toute Connaissance (discursive) qui n'en est pas une (Platon) et pourquoi l'homme qui commence à philosopher continue à le faire tant qu'il n'aboutit pas au « *Système* du Savoir » (Kant).

Quoi qu'il en soit, le *Système du Savoir* hégélien n'est pas reproduit tel quel dans le présent ouvrage, mais sensiblement modifié dans sa forme, c'est-à-dire trans-formé. Le sous-titre

précise encore que cette trans-formation est une « mise à jour ».
Ces mots n'ont pas besoin d'être commentés après ce qui a été
dit plus haut. Il suffit de rappeler que, dans et par l'Exposé
qui en a été fait dans ce livre, le *Système du Savoir* de Hegel
a été paraphrasé de façon à être facilement et pleinement
« compréhensible » pour l'auteur et donc, désormais en principe,
pour tous ses *contemporains*. Cependant, pour des raisons dont
je dirai quelques mots en introduisant l'Introduction qui va
suivre, j'ai cru utile d'essayer de faciliter cette compréhension
à certains des lecteurs que je voudrais avoir en faisant précéder
mon Exposé par une Introduction.

Avant de passer à cette Introduction elle-même, il me reste
à commenter le mot : « Essai », qui est le premier mot du sous-
titre que je commente ici et le dernier que je dois expliquer.

Ce mot est plus qu'une « formule de modestie », qui est
presque de rigueur dans un monde « chrétien » ou bourgeois,
mais dont je me serais dispensé si je n'avais pas voulu dire
que les pages qui vont suivre ne sont vraiment, à mes yeux,
qu'un *essai* de mise à jour du *Système du Savoir* hégélien. Ce
qui veut dire que je ne suis moi-même rien moins que satisfait
du résultat obtenu et que je ne m'étonnerais pas si l'essai et
l'effort se soldaient par un échec total. Si j'ai fait l'effort et si
je publie l'essai, c'est uniquement parce que seul cet effort m'a
permis de comprendre ce que je comprends aujourd'hui et parce
que je pense que l'essai en question est nécessaire, même si le
mien est raté. Car ce n'est qu'en mettant à jour le *Système du
Savoir* que Hegel fut le premier à promulguer qu'on peut
espérer de participer soi-même à la Sagesse qui porte à juste
titre le nom d'*hégélienne* et faciliter aux autres cette même
participation.

*

Avec succès ou non, c'est pour contribuer à la propagation
universelle de l'Hégélianisme que j'ai fait précéder mon *Exposé*
mis à jour par mon *Introduction du Système du Savoir* que le
lecteur pourra maintenant lire s'il a encore l'intention de le
faire après avoir lu les pages qui précèdent.

INTRODUCTION
AU SYSTÈME DU SAVOIR

LE CONCEPT ET LE TEMPS

*Was die Zeit betrifft, so ist
sie der daseiende Begriff selbst.*

HEGEL

Étant donné que le Titre est la seule Introduction systématiquement possible d'un ouvrage philosophique, il est naturel
de prendre comme titre de l'Introduction le titre de l'ouvrage
lui-même. Mon Introduction du *Système du Savoir* hégélien (mis
à jour) a donc pour titre les mots : « Le Concept et le Temps ».
Tout comme l'ouvrage lui-même, l'Introduction n'est rien
d'autre que l'explicitation ou le développement discursif du
sens implicite de son Titre. Or, le titre choisi lie par la
conjonction « et » les notions « Concept » et « Temps ». C'est
donc avant tout le sens de ces deux notions qui devra être
explicité dans et par l'Introduction, à partir des sens « immédiats » qu'ont les deux mots en cause pour les lecteurs du
milieu du XXᵉ siècle, qui les « comprennent » sans y avoir
spécialement « réfléchi » eux-mêmes et sans avoir pris connaissance des ouvrages consacrés à des développements discursifs
des sens en question. Je n'ai donc rien à dire de ces deux
notions dans la présente introduction de mon Introduction du
Système du Savoir. Mais je dois y dire quelques mots du sens
à donner à la conjonction « et ».

Dans le titre de l'ouvrage, cette conjonction signifie seulement
qu'il y a un lien positif *quelconque* (c'est-à-dire autre que celui
de l'exclusion mutuelle ou de l'indépendance réciproque) entre
le Concept et le Temps (le point de départ et le terme fixe de
la relation étant, pour le Discours quel qu'il soit et donc pour
la Philosophie, non pas le Temps, mais le Concept). Dans le
titre de l'Introduction, la même conjonction a une signification

plus précise. Ce titre signifie que l'Introduction doit introduire le sens explicite des notions du Concept et du Temps et la conjonction « et » précise que cette introduction se fait par l'introduction du Temps dans le Concept et du Concept dans le Temps.

Ainsi, l'Introduction pédagogique du *Système du Savoir* se décompose systématiquement en trois étapes, qui peuvent être provisoirement définies comme Introduction du Concept, Introduction du Temps et Introduction du Concept dans le Temps en tant qu'introduction du Temps dans le Concept.

La citation de Hegel, jointe au titre de l'Introduction, dit que *le Temps est le Concept lui-même existant-empiriquement*. Le *Système du Savoir* hégélien identifie donc le Concept et le Temps, et on verra que c'est précisément cette *identification* du Temps et du Concept qui distingue le Savoir propre à la *Sagesse (Sophia)* de toute *Philo*-sophie quelle qu'elle soit, qui, n'étant pas encore Sagesse, *sépare* le Temps, où elle *évolue* en tant que *recherche* du Concept uni-total auquel elle aspire comme au terme *final* de son évolution, de ce Concept lui-même, qui est pour elle, par définition, au-delà du Temps auquel elle a elle-même affaire. Toutefois, dans le passage cité, Hegel identifie le Temps non pas au Concept « abstrait » des Philosophes, mais au Concept qui *existe-empiriquement (der daseiende Begriff)*, c'est-à-dire au Concept (Logos) qui a une « présence réelle » dans le Monde *spatio-temporel* et qui est donc situé dans l'Espace *et le Temps*. Or, le Monde spatio-temporel où apparaît le Concept est, pour Hegel comme pour nous, un Monde humain. Dans ce Monde, le Concept *en tant que Concept* se présente comme phénomène *temporel* ou *historique* sous le nom de Philosophie. Le Temps que Hegel a en vue est donc identifié par le *Savoir* à la *Philosophie,* comprise comme existence *temporelle* du *Concept* dans le Monde spatial. Si le *Savoir* n'est, par définition, rien d'autre que le Concept (explicité ou développé discursivement à un degré au moins optimum), il ne se distingue pas non plus du Temps rempli par l'existence-empirique de ce Concept, c'est-à-dire par l'évolution historique de la Philosophie. Ainsi, le *Système du Savoir* s'introduit lui-même comme l'*intégration* de l'évolution philosophique *achevée*. La

Philosophie, dans l'ensemble de son évolution historique, est l'introduction temporelle du *Système du Savoir* qui est, du point de vue systématique, le développement discursif optimum du Concept en tant que tel, c'est-à-dire de l'ensemble « cohérent », voire compréhensible et compréhensif, de tous les sens quels qu'ils soient.

Par conséquent, une Introduction pédagogique du *Système du Savoir* ne peut être que *philosophique* : le Savoir ne peut être introduit là où il n'est pas encore que par la Philosophie. Or, si le Savoir est un et unique par définition, la Philosophie n'est une que dans et par le Savoir ou en tant que Savoir qui l'intègre. Prise *avant* le Savoir, la Philosophie se décompose en éléments-constitutifs *multiples,* qui sont sans liaison entre eux tant qu'ils ne sont pas intégrés dans et par le Savoir. Pour *introduire* le Savoir il faut donc se servir de l'un ou de plusieurs de ces éléments philosophiques, sans pouvoir les prendre tous dans leur unité, car l'unité de tous ces éléments *est* précisément le *Système du Savoir* que l'on veut introduire. Or, *tous* ces éléments philosophiques étant intégrés dans le *Système du Savoir,* c'est uniquement un ou plusieurs éléments-constitutifs de ce dernier qui peuvent servir à l'introduire.

L'Introduction pédagogique du *Système du Savoir* est donc nécessairement constituée, du point de vue systématique, par des éléments-constitutifs de ce *Système* lui-même, qui ont été artificiellement isolés de l'ensemble. Le choix de ces éléments-constitutifs isolés a été fait par l'auteur de l'Introduction en fonction du but pédagogique qu'il se propose, c'est-à-dire en tenant compte de l'état d'esprit et de culture supposé des lecteurs en cause. Que ce choix soit bon ou mauvais (c'est-à-dire pédagogiquement efficace ou stérile), le fait de l'isolement rend absolument nécessaire une paraphrase appropriée des parties du *Système* qui ont été isolées de lui en vue de l'introduction [d'où il s'ensuit qu'aucune partie du *Système,* sa première partie y compris, ne peut servir à l'*introduire* au sens pédagogique de ce mot]. À son tour, la nature de cette paraphrase est codéterminée par le but pédagogique poursuivi.

Sans doute, le choix des éléments en vue d'une Introduction du *Système* et la nature de leurs paraphrases dans cette Intro-

duction ne peuvent être « justifiés » que par la réussite pédagogique de l'Introduction proposée aux lecteurs. Cependant,
une « justification » préalable peut et doit être tentée par l'auteur
dans son introduction de cette Introduction.

Lorsque Hegel a voulu, en 1806, introduire auprès de ses
contemporains allemands le *Système du Savoir* qu'il s'apprêtait
à développer (mais qu'il n'achève qu'en 1817), il isole un
élément-constitutif déterminé de ce *Système* et le paraphrase en
conséquence sous le titre : *Phénoménologie de l'Esprit*.

En ce qui me concerne, c'est cette *Phénoménologie* qui me
servit d'introduction au *Système* hégélien (les écrits pré-phé-
noménologiques de Hegel n'ayant aidé à comprendre la *Phénoménologie* que dans la mesure où ils s'éclairent par la compréhension progressive de cette dernière). À la lumière de ma
propre expérience, je suis enclin à penser que la *Phénoménologie*
est la meilleure de toutes les Introductions possibles du *Système
du Savoir* hégélien. Sans doute, si l'on veut introduire ce *Système*
non pas en Allemagne au début du siècle dernier, mais en
France vers le milieu du siècle en cours, il est indispensable
de remanier profondément le texte de Hegel lui-même afin de
le « mettre à jour ». Mais cette mise à jour une fois faite (et
pédagogiquement réussie), c'est par la *Phénoménologie* qu'on
accède au *Système* (même dans son texte original) avec le
minimum de risque de ne pas le comprendre du tout ou, ce
qui est plus grave, de le mécomprendre.

Le principal avantage de l'Introduction *phénoménologique* (au
sens hégélien et non husserlien, c'est-à-dire en fait platonicien,
de ce mot) consiste dans le fait qu'elle fait disparaître progressivement et en quelque sorte sous les yeux du lecteur le
« point de vue » particulier de la « Réflexion » qui est indispensable dans toute *Introduction philosophique* quelle qu'elle
soit, dans la mesure où elle se distingue du *Système du Savoir*
qu'elle est censée introduire. Au début et pendant tout le
développement discursif de la *Phénoménologie,* un *Nous* « réfléchit » d'un seul et même « point de vue » sur une série de
« phénomènes » où des hommes de types différents disent *Je*
dans des « situations » ou « attitudes existentielles » diverses.

Ces « phénomènes » se suivent dans un ordre dont le *Nous* « réfléchissant » peut (après coup) discursivement rendre compte *à ses propres yeux,* en montrant comment ou, si l'on veut, en dé-montrant pourquoi l'une de ces « situations » résulte de l'autre (qu'elle présuppose en la niant). Au début, le lecteur ne sait pas ce qu'est le *Nous* qui « réfléchit » et il ne peut pas dire ce qu'est son « point de vue ». Mais ce « point de vue » se précise au fur et à mesure que se développe la suite des « phénomènes » sur chacun desquels le *Nous* « réfléchit » en le « justifiant » (après coup) *à ses propres yeux* (en tant que « supprimé-dialectiquement », c'est-à-dire trans-formé par une *négation* active ou agissante qui le *conserve* tout en le *sublimant,* dans et par le « phénomène » qui le suit). Et, à la fin, le *Nous* du début est complètement et parfaitement déterminé par sa coïncidence avec le *Je* de la « situation » révélée en tant que dernier « phénomène », qui conserve, en les sublimant, tous les autres puisqu'il en est la négation totale. En se *trouvant* ainsi *dans* la « situation » au lieu de *réfléchir sur* elle, le *Nous* démontre finalement à lui-même que le « point de vue » qu'il avait dès le début n'en était pas un puisque ce prétendu « point de vue » est la *négation* intégrale ou intégrante de *tous* les points de vue possibles et imaginables pour ce *Nous* qui n'est lui-même rien d'autre qu'une « imagination » de points de vue ou de situations « possibles ».

Or, c'est précisément le *Nous* devenu *Je* à la fin de la *Phénoménologie,* ou, ce qui est la même chose, le *Je* devenu le *Nous* du début par l'évolution décrite dans cette dernière, qui prend pleinement et définitivement conscience de soi (et est parfaitement satisfait par cette prise de conscience) en développant discursivement le « contenu » (« cohérent », c'est-à-dire non « contra-dictoire » et donc « irréfutable ») de ce dont il prend conscience, ce développement discursif étant publié par Hegel sous le nom de *Système du Savoir.* Ainsi, le lecteur de la *Phénoménologie* qui a *commencé* par croire qu'il « fait confiance » à l'auteur en adoptant le « point de vue » de ce dernier, *finit* par s'apercevoir qu'il n'a en réalité « fait confiance » qu'à soi-même. Car au cours de la lecture il aura trouvé le *Je* et le « point de vue » qui sont *siens* et assisté à la trans-formation,

« justifiée *à ses propres yeux* », de ce *Je* en le *Nous* qui n'a aucun
« point de vue » *exclusif* qui lui soit propre. Le lecteur devra
donc ou bien renoncer à toute « situation » susceptible d'être
« justifiée » discursivement (d'une façon « cohérente »), ou bien
reconnaître qu'il se trouve dans la « situation » dont le « sens »
(« existentiel » et « logique ») se développe discursivement en
tant que ce *Système du Savoir* que Hegel a voulu introduire
par sa *Phénoménologie*.

On peut se demander, dans ces conditions, pourquoi je ne
me contente pas de mettre à jour la *Phénoménologie de l'Esprit*
pour introduire le *Système du Savoir* de Hegel.
       Cette méthode d'introduction semble s'imposer d'autant plus
que la *Phénoménologie* a été récemment traduite, commentée et
même interprétée (c'est-à-dire, précisément, « mise à jour ») en
France. Mais en fait, en dépit de tous ces efforts, le texte de
la *Phénoménologie* reste d'un accès extrêmement difficile, notamment s'il s'agit de la comprendre comme il se doit, c'est-à-
dire comme une *Introduction* du Système proprement dit. Sans
doute, une « mise à jour » réussie pourrait-elle alléger l'effort
du lecteur. Mais celle qui existe déjà est à ce point de vue tout
à fait insuffisante. Elle est, en effet, doublement partielle. D'une
part, des éléments constitutifs importants de la *Phénoménologie*
n'y ont pas été interprétés du tout (Chapitres I, II, III, VA).
D'autre part, ce qui a fait l'objet d'une paraphrase n'a été
interprété que dans l'un des deux aspects, différents mais
complémentaires et donc philosophiquement indissociables, qui
constituent, chez Hegel, le tout de son écrit. On peut dire que
le texte hégélien a été interprété seulement en tant que *Phénoméno-logie* et non en tant que Phénoméno-*logie*. Or, c'est
précisément dans ce *dernier* aspect que la *Phénoménologie* fait
fonction d'une *Introduction* philosophique du *Système du Savoir*.
       En fait, la seule *interprétation* (= mise à jour) de la *Phéno-
ménologie* qui existe actuellement se borne à faire voir à un
lecteur moderne les *phénomènes* « existentiels » que Hegel avait
lui-même en vue. Mais cette interprétation omet volontairement
tout *ce qui se révèle* par ces phénomènes, c'est-à-dire tout ce
qui constitue les *sens* ou les *concepts* (= Logoï) impliqués dans

ces derniers. Or, ce sont ces *sens* (discursivement développés ou explicités) qui s'intègrent dans le *Concept* (Logos) uni-total développé discursivement par Hegel dans le *Système du Savoir*. C'est donc la *logie* des phénomènes qui *introduit* philosophiquement ce dernier et non ces phénomènes eux-mêmes en tant que *phénomènes* « existentiels ». Sans doute, sans ces phénomènes, il n'y aurait pas sur terre de *Sens* développable discursivement en *Système du Savoir* (par définition cohérent et complet, c'est-à-dire un et unique). C'est pourquoi l'Introduction philosophiquement adéquate de ce Système doit avoir pour base une *phénoméno*-logie, c'est-à-dire une monstration discursive aux lecteurs des phénomènes « existentiels » qui se sont enchaînés de façon à aboutir au phénomène de l'existence du Sage (nommé Hegel) ayant rendu *publique* sa Sagesse *discursive* en 1817, sous la forme d'un livre (allemand) intitulé *Système du Savoir* (en fait : *Encyclopédie des Sciences philosophiques*). Mais cette *base* « phénoménale » ou « existentielle » ne suffit pas, à elle seule, pour introduire ce *Système* quant à son *contenu* « conceptuel » ou « logique ». Pour le faire, elle doit être complétée par une phénoméno-*logie, définissant* discursivement les *sens* impliqués dans les phénomènes « existentiels » et présentant ces sens comme éléments-constitutifs ou -intégrants du Concept uni-total, qui existe empiriquement, en tant que *Concept,* sous la forme du Livre que la *Phénoménologie* introduit.

Or, c'est précisément cet aspect « logique » de la *Phénoménologie* qui rend son accès si difficile. Ne serait-ce qu'en raison du langage que Hegel doit y employer : langage couramment employé par tout le monde, mais qui est cependant censé exprimer ce que personne ne *dit* (*du moins* explicitement) tant qu'est *vécu* le sens que ce langage exprime.

C'est surtout à cause de ce langage que l'*interprétation* de la *Phénoménologie* s'impose (pédagogiquement) et peut grandement faciliter la compréhension, en séparant artificiellement les *phénomènes* de leur *-logie*. Mais pour pouvoir servir d'Introduction du *Système du Savoir*, la « mise à jour » interprétative doit porter sur les *deux* aspects ainsi séparés et elle doit être faite de façon à permettre la compréhension de leur *fusion* finale dans le *Système* lui-même *. Or, l'expérience montre que, pour être facilement compréhensible, une telle interprétation *complète* de la *Phénoménologie* hégélienne devrait avoir un volume démesuré, dépassant encore le volume déjà beaucoup trop grand de mon Exposé du *Système du Savoir*.

Pour économiser le temps (peut-être moins le temps du lecteur que celui de l'auteur), il a été renoncé, dans le présent ouvrage, d'introduire la mise à jour du *Système du Savoir* hégélien par une mise à jour de la *Phénoménologie* de Hegel.

Ce renoncement étant ainsi « justifié », il s'agit de « justifier », par des considérations préalables, le choix de l'Introduction que le lecteur désireux d'en lire une trouvera dans les pages qui vont suivre, la présence d'une *Introduction* philosophique du *Système du Savoir* ayant été pédagogiquement « justifiée » dans les pages qui servirent d'introduction générale au présent ouvrage.

*

Comme il a été dit plus haut, la présente Introduction a pour but d'introduire le Concept et le Temps, identifiés par Hegel dans le *Système du Savoir,* auprès d'un lecteur qui comprend les sens des deux notions qui leur « correspondent »,

---

* Puisque dans la *Phénoménologie* de Hegel ces deux aspects sont fusionnés dès le début, on peut dire (avec lui) que *cette* Phénoménologie est à la fois *Introduction* du Système et ce *Système* lui-même. En 1806, la *Phénoménologie* a été présentée comme la *Première Partie* du *Système de la Science,* qui devait en avoir deux. Mais il ne s'agissait pas d'une « Partie » au sens courant de ce terme. *Chacune* des deux « Parties » présente le Système *dans son ensemble* quant à son « contenu » : seule la « forme » de la présentation diffère d'une « Partie » à l'autre. La 1ʳᵉ Partie est une présentation *pédagogique,* la 2ᵉ (non écrite) devant être une présentation *systématique* d'un seul et même Système. En fait, la *Phénoménologie de l'Esprit* de 1806 est donc un Système du Savoir qui *implique* tout au long sa propre Introduction. Hegel a dû se rendre compte que cette façon d'introduire le Système présentait, pour le lecteur, des difficultés quasi insurmontables. Quoi qu'il en soit, lorsqu'il publia (en 1817) la « 2ᵉ Partie » (systématique) sous le titre d'*Encyclopédie,* il la fit précéder d'une Introduction qui est tout autre chose que la *Phénoménologie* de 1806 (des éléments, paraphrasés en conséquence, de cette *Phénoménologie* étant inclus dans l'*Encyclopédie* à leur place « systématique », en tant qu'éléments-constitutifs du Système proprement dit). C'est pour les mêmes raisons d'*opportunité* pédagogique que j'introduis dans ce livre le *Système du Savoir* hégélien (mis à jour) tout autrement qu'en mettant à jour la *Phénoménologie* hégélienne.

sans avoir eu affaire à l'explicitation ou au développement discursif du sens de ces notions.

Pour *introduire* le Concept et le Temps de façon à pouvoir les *identifier ensuite,* il faudra « réfléchir » sur eux à partir d'un « point de vue » qui restera « indéterminé » ou « indéfini », voire « injustifié » tant que cette identification ne sera pas faite, c'est-à-dire tant que durera l'*Introduction* au *Système* qu'elle introduit. Dans la mesure où l'on *réfléchit sur* le Concept et le Temps dans l'Introduction, celle-ci sera *philosophique.* La Réflexion (introductive) ne deviendra Savoir (définitif) que dans la mesure où elle sera « déterminée » ou « définie », voire systématiquement « justifiée », dans et par le *Système* lui-même. Mais elle sera « justifiée » pédagogiquement si elle facilite la compréhension de cette sienne « justification » systématique.

Toute la question est de savoir *quelles* réflexions philosophiques sur le Concept et le Temps il faut reproduire dans l'*Introduction* pour faciliter au maximum la lecture compréhensive de l'*Exposé* du *Système* qui développe l'identification discursive des deux notions en cause. J'essayerai donc d'indiquer brièvement les raisons qui ont déterminé le choix que j'ai fait moi-même pour l'*Introduction* qui va suivre.

Le Savoir étant, par définition, *discursif,* le Discours (Logos) est la base même et le point de départ de son Système. On peut donc dire que ce Système identifie le Temps au Concept (plus exactement : la notion du Temps à celle du Concept) et non le Concept au Temps. Par conséquent, pour introduire ce Système, il faut *commencer* par introduire le *Concept* qu'il identifie au Temps (ce Concept étant, d'ailleurs, le Système lui-même).

Étant systématiquement *première,* l'*Introduction du Concept* doit l'être aussi du point de vue pédagogique. En d'autres termes, elle ne doit rien *pré-supposer* chez son lecteur, sauf la faculté de comprendre le sens de ce qu'on dit en général et, en particulier, de ce qu'on dit lorsqu'on parle du *Concept* ou, plus exactement, de sa *Notion.*

C'est pour faire ressortir ce caractère « primaire » de la pre-

mière *Introduction* du *Système du Savoir* que je l'ai intitulée :
Introduction psychologique du Concept.

Il s'agit là, bien entendu, d'une *Réflexion* (philosophique)
sur le Concept. Mais il doit s'agir d'une réflexion « sans parti
pris », c'est-à-dire sans pré-suppositions ou pré-jugés quels qu'ils
soient ou, pour parler avec Hegel, d'une réflexion « immédiate ». C'est dire qu'il faudra réfléchir en s'inspirant du seul
Bon-sens (que le *Système* dé-montrera être identique avec la
Philosophie en tant que telle). Or, on sera, je pense, d'accord
pour dire que la « Philosophie du Bon-sens » par excellence est
celle d'Aristote, ce dernier ayant, d'ailleurs, réfléchi tant sur le
Concept en tant que tel que sur l'existence-empirique de celui-
ci en tant qu'ensemble des Notions. C'est pourquoi j'ai choisi
la réflexion aristotélicienne sur le Concept et les Notions comme
première Introduction du *Système du Savoir* hégélien.

Le sous-titre de cette *Première Introduction* : « D'après Aristote », signifie donc qu'il s'agit là d'une pure « interprétation »,
voire d'une simple « mise à jour », de ce qu'Aristote avait dit
des Notions et du Concept. Toutefois, étant donné qu'il s'agissait de pousser le développement discursif du sens de la notion
« Concept » jusqu'au point où se dé-montre son identification
avec le sens de la notion « Temps », il a fallu (en s'appuyant
sur Kant et Hegel) aller au-delà de ce qu'Aristote a pu faire
lui-même dans cet ordre d'idées. La *Première Introduction,* en
partant du « point de vue » du « simple bon-sens », qui est
aussi le point de départ et de vue d'Aristote, développe donc,
comme on dit, la conception aristotélicienne du Concept jusqu'aux « dernières conséquences logiques » qu'elle implique *en
fait* (et *pour nous,* qui sommes des hégéliens), mais qu'Aristote
(tout comme les Aristotéliciens *stricto sensu*) n'a pas pu en tirer
explicitement.

On pourrait dire aussi que l'auteur de la *Première Introduction* a lu les textes d'Aristote relatifs au Concept de la
même façon dont ils ont été lus par Hegel. Comme il n'a pu
le faire qu'*après* avoir lu Hegel, il a pensé que cette façon de
présenter Aristote au lecteur qui ne connaît *pas encore* ce dernier
peut faciliter à ce lecteur la compréhension de l'identification
hégélienne du Concept au Temps qui fait l'objet de l'*Exposé*

que la *Première Introduction* a pour but d'introduire en partant, en quelque sorte, de zéro.

Quant à la *Deuxième Introduction,* elle a pour but d'introduire le *Temps* (ou la notion du Temps) que l'*Exposé* identifie au Concept (ou à la notion du Concept). Malheureusement, ce qu'on a dit du Temps en se plaçant au « point de vue » du « simple bon-sens » est jusqu'à présent si peu de chose et si « universellement connu » qu'une introduction *psychologique* du Temps m'a paru ne présenter qu'une très faible valeur pédagogique. Il m'a paru préférable de prendre la chose, en quelque sorte, par l'autre bout. C'est donc une *Introduction systématique du Temps* que j'ai choisie pour introduire à nouveau le *Système du Savoir,* comme une identification de la notion du Temps à celle du Concept, *après* l'avoir introduit comme identification de la notion du Concept avec celle du Temps.

L'introduction d'une notion (qui « correspond » à un « phénomène » donné) peut être dite *systématique* dans la mesure où elle indique la place que la notion en question occupe au sein du *Système du Savoir* (dans la forme choisie pour son Exposé). Or, on verra que, dans le *Système,* le Temps (ou, plus exactement, la Spatio-temporalité) identifié *au Concept* n'est rien d'autre que ce que la tradition philosophique a en vue lorsqu'elle parle (depuis Parménide) de l'Être-en-tant-que-tel. La place systématique de la notion « Temps » (= Spatio-temporalité), en tant qu'*identifiée* à la notion « Concept », est donc l'élément-constitutif du *Système* que la tradition philosophique appelle (depuis le XVIIᵉ siècle, semble-t-il) *Ontologie.* L'introduction systématique du Temps ne peut donc être rien d'autre qu'un exposé (« mis à jour ») de l'Ontologie philosophique qui culmine en la partie onto-logique du *Système* hégélien et qui a été développée au cours de l'histoire d'un « point de vue » représentant, à première vue tout au moins, l'extrême opposé de celui du « simple bon-sens ».

Le « point de vue » *ontologique* apparaît pour la première fois dans le *Poème* de Parménide. C'est donc l'évolution de l'Ontologie depuis Parménide jusqu'à Hegel qu'il s'agissait d'exposer (sommairement) pour introduire le *Système du Savoir* en tant qu'identification du Temps au Concept. En fait, cette évolution comporte, entre ses deux extrêmes, *trois* étapes intermédiaires décisives, marquées par les noms de Platon, d'Aristote et de Kant. Pour aller plus vite, j'ai sauté les deux dernières. Ainsi, comme l'indique son sous-titre, la *Deuxième Introduction* introduit systématiquement le Temps (ou la notion du « Temps » au sens large, précisée au cours de l'exposé comme étant celle de la « Spatio-temporalité ») uniquement *d'après Parménide, Platon et Hegel,* étant une « interprétation » ou une « mise à jour » des *Ontologies* parménidienne, platonicienne et « hégélienne » (dans la mesure où l'*Onto-logie* qui a été *isolée* de l'ensemble du *Système du Savoir* peut encore être dite « hégélienne » au sens propre de ce mot) *.

On peut dire beaucoup de choses contre une telle simplification « pédagogique » de la réalité historique. La filiation entre Platon et Parménide est incontestable, du point de vue tant systématique qu'historique. Mais la filiation Platon-Hegel est historiquement artificielle. En fait, Hegel se rattache directement à Kant et le Kantianisme découle non pas directement de Platon, mais de la trans-formation aristotélicienne du Platonisme. Pour aboutir rapidement à Hegel en partant de Parménide, il serait donc plus normal de sauter l'étape « Platon » plutôt que celle que représente Aristote. Cependant, l'étape « Aristote » est inconcevable sans l'étape « Platon », tandis que la philosophie platonicienne peut se concevoir sans ses aboutissements aristotéliciens. Par ailleurs, il aurait été plus naturel, dans une Introduction, de se limiter aux étapes Parménide-Platon (ou Aristote)-Kant et de ne pas parler explicitement

---

* À dire vrai, lorsqu'on *isole* l'Onto-logie hégélienne, elle cesse d'être (un élément constitutif du) *Savoir* et devient *Philosophie* ou *Réflexion* faite d'un « point de vue » qui est tout aussi « indéterminé » qu'« injustifié ». En principe, une *Philosophie* aurait pu impliquer une Ontologie ayant le même « contenu » que celle de Hegel. Mais, en fait, une telle Philosophie n'a jamais existé. Car Hegel a su tirer lui-même *toutes* les conséquences de l'Ontologie « hégélienne » (qui identifie l'Être au Temps et donc le Temps au Concept), de sorte que l'Hégélianisme s'est présenté d'emblée non pas comme une *Philosophie* (ou un [pseudo-] Système *philosophique*), mais comme « *Savoir* absolu » ou *Système* [proprement dit] *du Savoir*. Ainsi, l'*Ontologie* de Hegel lui-même n'est rien moins qu'une Introduction de son Système.

de Hegel. Car, du point de vue systématique, Hegel se borne à transformer en Système du *Savoir* le [pseudo] Système *philosophique* kantien et son rapport avec Kant est analogue, du point de vue historique, à celui qui existe entre Aristote et Platon. Mais précisément parce qu'il s'agit d'un phénomène « de transition », l'Ontologie de Kant ne peut pas être exposée d'une façon à la fois claire et concise à moins d'être transformée en Ontologie « hégélienne ».

C'est pour ces diverses raisons que la Deuxième Introduction ne parle explicitement ni d'Aristote ni de Kant. Elle se borne à interpréter purement et simplement, en le mettant seulement à jour, le contenu ontologique du *Poème* de Parménide, du *Parménide* de Platon et des subdivisions A, B et C(1) du 1er Chapitre de la 1re Section du 1er Livre de la *Science de la Logique* de Hegel. L'Ontologie hégélienne y apparaît comme une *Philosophie* qui résulte d'une « réflexion » (à partir d'un « point de vue » qui n'est pas « déterminé ») sur l'Ontologie platonicienne, laquelle Ontologie se présente elle-même comme le résultat d'une « réflexion » sur la 1re Partie du *Poème* parménidien.

Dans le mode choisi dans les deux premières Introductions, le Concept et le Temps seront introduits *séparément* par une « réflexion » philosophique à partir de « points de vue » *différents* (bien qu'« indéterminés »). Puisque le *Système du Savoir* à introduire *identifie* les deux notions correspondantes, l'Introduction pourrait introduire directement l'*identité* du Concept avec le Temps. On aurait les deux dans une troisième Introduction du *Système du Savoir*. J'ai cru utile de la présenter également.

J'ai intitulé cette *Troisième Introduction* : « Introduction historique du Concept dans le Temps et introduction philosophique du Temps dans le Concept ».

D'une manière générale, la Philosophie peut en effet être définie comme une pénétration progressive du Concept en tant que tel dans le Temps historique ou, ce qui est la même chose, dans le Discours humain qui se développe au cours de l'Histoire. On peut dire que ce Discours est *philosophique* dans la mesure où il se réfère non pas (seulement) au « contenu » des

notions qui le constituent, mais (encore) à la « forme » concep-
tuelle (ou « logique ») de ce « contenu ». C'est dire que le
Discours philosophique traite, en dernière analyse, du Concept
pris en tant que Concept. Or, l'évolution historique de ce
Discours a pour terme final le *Système du Savoir* qui *identifie*
le Concept et le Temps, qui se présentent au début comme
n'ayant rien à voir l'un avec l'autre. On peut donc dire que
l'Histoire de la Philosophie est l'histoire de la pénétration ou
l'« introduction » progressives de la notion du Temps dans celle
du Concept. La Philosophie se présente ainsi, dans son ensemble,
comme une introduction du Concept dans le Temps qui introduit le Temps dans le Concept.

La troisième et dernière Introduction du *Système du Savoir,*
qui synthétise les deux premières, n'est donc rien d'autre qu'un
exposé de l'histoire générale de la Philosophie, celle-ci y étant
présentée comme identification progressive du Concept et du
Temps, qui culmine, c'est-à-dire, s'achève et se parfait, dans
et par, ou, mieux encore, en tant que *Système du Savoir* hégélien.
Cependant, si cette troisième Introduction était vraiment une
Histoire générale de la Philosophie, elle rendrait superflues les
deux premières, puisqu'elle reproduirait leurs contenus. Le fait
qu'elle est précédée par ces deux introductions montre que,
prise en elle-même, elle est incomplète et fragmentaire.

Sans doute, une *Histoire générale de la Philosophie,* complète
et continue, serait une excellente introduction du *Système* hégélien, presque aussi adéquate, du point de vue de la pédagogie
philosophique que l'introduction *phénoménologique.* Mais, de
même que cette dernière, elle aurait dû être démesurément
longue pour être vraiment valable. C'est donc pour économiser
le temps (tant le mien que celui du lecteur) que je me suis
contenté d'un simple *schéma* de l'histoire philosophique, qui
n'est vraiment compréhensible en lui-même que pour ceux qui
connaissent déjà cette histoire par ailleurs. Pour ceux qui ne
connaissent pas cette histoire, la Troisième Introduction ne peut
introduire le *Système* hégélien que dans la mesure où elle est
précédée par les deux autres Introductions. Mais j'ai pensé
qu'elle pouvait être utile même à ceux qui connaissent l'histoire
de la Philosophie, s'ils ne l'ont jamais étudiée (= repensée) en

tant qu'introduction du *Système du Savoir* (qui n'aurait alors pas eu besoin d'être complétée par les introductions psychologique et systématique).

Quoi qu'il en soit, la Troisième Introduction a pour but de montrer comment et pourquoi Hegel a pu, en s'appuyant sur la tradition philosophique qu'il connaissait, identifier le Concept et le Temps et concevoir en conséquence l'Homme comme Négativité agissante, c'est-à-dire comme Néant néantissant dans l'Être qu'il *anéantit* en ne le *concevant* que sous la forme *sublimée* de l'Essence détachée de l'Existence et devenue ainsi Sens pur ou Concept en tant que tel, développé discursivement dans un Discours (Logos) « logique ».

Ici encore les extrêmes philosophiques sont Parménide et Hegel et les étapes intermédiaires s'appellent Platon, Aristote et Kant. Mais, dans le plan historique, il y a eu une Réflexion qui précède celle de Parménide et qui se prolonge au-delà de Hegel. Il m'a paru utile de parler brièvement d'elle aussi. Quant à Hegel, il n'intervient dans cette *introduction* de son *Système* que dans la mesure où il représente le *processus* de trans-formation du [pseudo] *Système philosophique* kantien en *Système* proprement dit *du Savoir*. Or, si l'Hégélianisme n'est rien d'autre que le « Système » kantien *transformé* en *Système du Savoir,* toute la Philosophie qui culmine en ce dernier apparaît comme une Philosophie *kantienne,* où la réflexion qui précède Kant ne fait que préparer la réflexion de Kant lui-même.

Kant est donc la seule « grande vedette » de la Troisième Introduction. Celle-ci se réduit en fait, comme l'indique son sous-titre, à la détermination *de la situation et du rôle de Kant dans l'histoire de la Philosophie,* ce qui exige une « interprétation » ou « mise à jour » relativement poussée du Kantianisme, tandis que les autres mouvements philosophiques ne sont représentés que par des exposés schématiques à peine ébauchés et pratiquement incompréhensibles pour ceux qui ne connaissent pas l'original.

Du point de vue d'un jugement de valeur philosophique, une telle présentation de l'histoire de la Philosophie peut paraître « injuste ». On pourrait pourtant la « justifier » même

de ce point de vue (plus « esthétique » que « philosophique »,
d'ailleurs). Sans doute, Parménide fait figure d'un titan. Mais
il est plus « facile » d'être grand au *début* (et à la fin) d'une
évolution qu'en plein centre de cette évolution même, où par
la force des choses on « doit beaucoup » à ses prédécesseurs.
Quant à Hegel, je serai certes le dernier à ne pas reconnaître
son ascendant prestigieux sur *tous* les autres « penseurs ». Mais
il ne faut pas oublier qu'il doit *tout* au passé (qui, pour lui,
se condense essentiellement dans la philosophie kantienne) et
que *personne* ne pouvait accéder avant Kant à la Sagesse. Certes,
ce n'est pas Kant mais Hegel qui transforma la Philosophie,
qui *recherchait* le Savoir, en *Savoir* acquis. Mais n'est-ce pas
précisément ici qu'il est « juste » de se rappeler la fameuse
image du « nain » (d'une taille qui, en fait, dépasse de très
loin la moyenne!) assis sur l'épaule d'un géant?

Quoi qu'il en soit, c'est le « rapport de grandeur » philosophique : Platon-Kant qui me paraît le plus difficile à établir.
Du point de vue du « génie » philosophique, Platon et Kant
se valent certainement et ils sont comparables à Aristote et
Hegel (ainsi que, probablement, à Parménide). Mais qui d'eux
est plus « grand » historiquement parlant? Il me semble qu'il
est impossible d'y répondre. Car si l'on peut affirmer que tout
ce qui précède Kant est essentiellement pré-*kantien,* on peut
tout aussi bien dire que tout ce qui vient après Platon est
platonicien en dernière analyse. Certes, Hegel n'est « platonicien » que dans la mesure où le sont Kant et donc Aristote.
Mais, au fond, Aristote n'a fait que ramener sur terre les
« découvertes » philosophiques de Platon que celui-ci, à cause
de son tempérament religieux et poétique, a cru à tort avoir
faites dans le « Ciel » (tout comme Hegel n'a eu qu'à éliminer
le « Transcendant » d'origine religieuse de la Philosophie de
Kant pour la trans-former en Savoir ou Sagesse). Et si Hegel
est « inconcevable » sans Kant, qui aurait pu « concevoir » ce
dernier s'il n'était pas précédé dans le temps par le « divin »
Platon?

J'ai l'impression, quant à moi, que toute la lumière de la
Sagesse provient en fin de compte de l'astre binaire dont les
composantes, d'égale grandeur, s'appellent respectivement

« Kant » et « Platon ». Cette lumière ne peut être *vue* par nous que dans la mesure où elle est reflétée par les deux « satellites » des deux astres lumineux, qui ont nom « Aristote » et « Hegel » et qui sont, chose curieuse, très proches d'eux dans l'espace et le temps.

Si, dans la Troisième Introduction, j'ai beaucoup parlé de Kant et presque pas de Platon, c'est uniquement parce que de nos jours encore la Sagesse est essentiellement « hégélienne » et parce que c'est de Kant et non de Platon que provient *directement* la lumière « réfléchie » en elle-même que cette Sagesse reflète.

PREMIÈRE INTRODUCTION
AU SYSTÈME DU SAVOIR

INTRODUCTION PSYCHOLOGIQUE
DU CONCEPT
(d'après Aristote)

> À Platon il faut demander pourquoi les
> Idées... ne sont pas dans le Lieu, puisque le
> Lieu est le participant.
>
> ARISTOTE
> (*Phys.* IV, 2; 209, b; 33)

Lorsqu'on veut *introduire* pour la première fois dans le Discours une notion qui n'y a jamais figuré auparavant, on est obligé de *définir* cette notion ou, plus exactement, son sens. Mais pour pouvoir *définir* le sens d'une notion, il faut la *connaître* déjà.

À première vue, il semble possible de sortir de cette difficulté en disant que la *connaissance* d'un sens peut *précéder* sa *définition* discursive. On pourrait donc *introduire* dans le Discours et y *définir* ce qu'on *connaît* avant tout Discours et donc hors de lui. Ce qu'on connaît ainsi *hors* du Discours et *avant* lui pourrait être soit une « Chose » (existant-empiriquement dans la durée-étendue du Monde où vit l'Homme), soit une « Idée platonicienne » (située hors du Monde spatio-temporel), soit les deux à la fois. Dans les deux cas la Connaissance serait le résultat d'une « contemplation (" vision ") *silencieuse* » ou, si l'on veut, cette « contemplation » elle-même, qui, dans le premier cas, est dite « sensible » et, dans le deuxième, « intellectuelle ». Si l'on admet la coexistence des deux types de « contemplation », la question de leurs rapports mutuels se pose, sans qu'il ait été jusqu'à présent possible d'y répondre d'une façon cohérente. Ceux qui n'ont voulu admettre que la « contemplation intellectuelle », n'ont jamais pu dire ce qu'est une Question (comme, par exemple, celle qu'ils se posent) ou une Erreur (comme, par exemple, celle qu'ils réfutent et qui consiste à nier la « contemplation intellectuelle »). Ceux qui n'ont admis que la « contemplation sensible » n'ont jamais pu dire comment la Connaissance qu'elle est ou qui en résulte peut revêtir une forme *discursive* (comme, par exemple, celle qu'ils lui donnent eux-mêmes). En d'autres termes, ils n'ont jamais pu dire pourquoi les bêtes, qui se livrent à longueur de journée à la « contemplation sensible » des choses n'en *parlent* jamais. Plus de deux mille ans de ces efforts infructueux ne *dé-montrent,* certes, pas le caractère « impossible » ou « contra-dictoire » de l'hypothèse de base qui admet qu'une Connais-sance *pré-* ou *extra-discursive* peut être *introduite* dans le *Dis-cours.* Mais cette expérience historique incite à la prudence. Ceci d'autant plus que l'introspection ne semble pas révéler de Connaissances vraiment *silencieuses* qui puissent être *définies* au sens propre du terme (c'est-à-dire développées *discursivement*) et ainsi *introduites* dans le Discours. On peut, certes, « connaître » une pièce de musique en silence (le silence s'imposant même pour cette sorte de Connaissance) et même, comme on dit à tort, « comprendre » silencieusement son « sens ». Mais il s'est jusqu'à présent révélé impossible de *définir* discursivement ce prétendu « sens » et de l'introduire dans le Discours proprement dit, même « intérieur ». Sans doute, l'introspection n'est-elle pas une *dé-monstration* (puisqu'elle ne *montre* pas aux autres ce qu'elle permet de *voir* soi-même). Mais le « comportement » *(behavior)* humain semble corroborer la révélation introspective. En effet, si l'Homme *parle* beaucoup, il se *tait* aussi par moments. Il peut prendre des attitudes silencieuses qui *excluent* tout discours quel qu'il soit. Inversement, dans certaines atti-tudes humaines *rien* ne peut remplacer le discours. Or, si *toutes* les Connaissances pouvaient être *discursives,* pourquoi y aurait-il un *Silence* spécifiquement humain sur terre (tel qu'un jeu de dés, par exemple)? Et si l'on pouvait *tout* connaître *avant* le Discours, pourquoi les hommes parleraient-ils?

Pour essayer d'éviter toutes ces difficultés, admettons à titre d'hypothèse qu'il soit impossible (voire contra-dictoire) d'*in-troduire* dans le Discours ce qui n'y est pas *déjà.* En d'autres termes, supposons qu'on ne puisse pas *définir* (= développer *discursivement*) le sens d'une notion sans la connaître *discursi-vement,* c'est-à-dire sans l'avoir déjà *définie* (= développée dis-cursivement) d'une façon quelconque.

Nous nous trouvons alors en présence d'un « cercle » discursif, qui peut s'exprimer sous la forme d'une tauto-logie qui dit qu'on ne peut *parler* que de ce dont on *parle*. Si nous ne nous laissons pas effaroucher dès le début, nous pourrons voir que cette « tauto-logie » cesse d'être « stérile » dans la mesure où elle se présente sous la forme d'un *développement discursif* « circulaire » et que ce « cercle » cesse d'être « vicieux » dans la mesure où on le « parcourt » *complètement,* c'est-à-dire en revenant au point de départ (d'ailleurs quelconque). Et nous verrons que si le point d'arrivée *coïncide* avec le point de départ, il en diffère néanmoins, à savoir par le *parcours* qui *sépare* l'arrivée du départ, même si l'on arrive au point précis dont on est parti.

Admettons donc que le *début* d'un discours quelconque soit la *Définition* du sens d'une notion donnée (de la notion CHAT, par exemple). Le corps même du discours sera alors un *Développement* (discursif) du sens en question. Pris dans son *ensemble,* ce Développement ne peut être rien d'autre que la définition de ce sens, car autrement il n'en serait pas le développement. Par conséquent, le discours en question ne peut arriver à sa fin qu'au moment où le sens qu'il développe est *complètement* défini. Sa *fin* est donc une définition du sens considéré. Mais pour qu'il soit un seul et même discours, la Définition de sa fin ne peut pas ne pas coïncider avec celle de son début, car autrement il n'aurait pas parlé de ce dont il parle (et serait ainsi « contra-dictoire »). Le discours part donc de la Définition pour y revenir et il est bien un développement discursif *circulaire* d'un sens donné.

Mais si la Définition de la fin est la même définition que celle du début, puisqu'elle définit un seul et même sens, elle en *diffère* néanmoins. La définition du début est une *Définition-projet* : elle est un simple projet du discours qui va suivre et qui en « découle » ou se « déduit » d'elle, puisque, sans elle, il ne serait pas possible (vu qu'il est impossible de commencer de parler sans savoir de quoi on va parler, ni de continuer à parler sans savoir de quoi on parle). Par contre, la définition de la fin est une *Définition-résumé* : elle résume le discours qui l'a précédée et elle est impossible sans ce discours puisqu'elle ne fait rien d'autre que de le résumer. *Une seule et même*

Définition peut donc *différer* d'elle-même dans la mesure où elle figure en tant que Définition-projet au début d'un discours et comme Définition-résumé à la fin de ce même discours. Quant au discours lui-même, il ne fait qu'*identifier* la Définition-résumé (qui le résume) à la Définition-projet (qui l'a fait naître). Or, en *identifiant* ces deux Définitions il s'*identifie* lui-même à elles, car s'il différait (par son « contenu ») de l'une ou de l'autre (ou des deux à la fois) il ne pourrait pas dire que l'une ne diffère pas de l'autre (et serait ainsi « contradictoire »).

Le Discours dans son *ensemble* est donc *la même* définition qui est à la fois son *début* et sa *fin*. Rien d'étonnant donc que le sens d'une notion ne peut être *discursivement* connu, c'est-à-dire « compris », que dans et par sa Définition et qu'il ne peut être « défini » que s'il est « compris » au sens propre du terme, c'est-à-dire « connu » *discursivement*. La « compréhension » du sens d'une notion *est* sa Définition et sa Définition *est* sa « compréhension », cette Compréhension ou Définition n'étant rien d'autre que le Discours lui-même. La Définition n'*introduit* donc pas un Sens dans le Discours : elle *est* ce Discours et le Discours *est* cette Définition. Avant le Discours qui en est « déduit », la Définition-projet n'est pas « compréhensible », de même que la Définition-résumé n'est « comprise » qu'après le Discours en question. Mais ce Discours lui-même ne peut être « compris » que comme un Développement (discursif) de la Définition-projet et il n'est « compréhensible » (= non « contra-dictoire ») que s'il peut se résumer dans et par une Définition qui est rigoureusement la même que celle qu'il a développée. Ainsi, le sens d'une notion n'est un *Sens* proprement dit que dans la mesure où il se présente comme un *Discours* qui le « développe », ce Développement étant « déduit » d'une Définition initiale (Définition-projet) et « résumé » dans une Définition finale (Définition-résumé), qui est rigoureusement identique à l'initiale.

Supposons que l'on parle du Chat. Tous les discours (non contra-dictoires) sur les chats sont *identiques* entre eux quant à leurs sens parce que chacun d'eux peut être réduit au discours : UN CHAT EST UN CHAT [car tout discours qui dirait qu'un chat *n'est pas* un chat, mais autre chose, serait contra-dictoire (ou « magico-mythologique » s'il affirmait qu'un chat n'est pas *seulement* un chat, mais *encore* autre chose, un « dieu » par exemple)]. Or, la « Sagesse populaire » (le « Bon-sens ») reconnaît déjà que cette « tauto-logie » n'est nullement « stérile ». Et nous pouvons facilement montrer (sinon encore dé-montrer) l'énorme intérêt qu'elle présente si nous imaginons un énorme ouvrage, ayant pour titre : *Le Chat,* contenant tout ce qu'on sait actuellement des chats et comportant un *Résumé* où il serait dit : tout ce qui a été dit précédemment est − *le Chat.*

Toute la question est de savoir comment on peut « déduire » du *Chat* qui est la Définition-projet du sens de la notion CHAT un Développement (discursif) de longueur, certes, variable, voire arbitraire, mais pouvant, à l'heure actuelle, s'étendre sur des milliers de pages et donc durer des centaines d'heures (tout en pouvant être condensé en une seule Définition-résumé : *Chat*).

Pour la « comprendre » (discursivement), nous devons « savoir » (discursivement) ce qu'est une Notion, c'est-à-dire, en dernière analyse, ce qu'est le Concept (compris en tant qu'ensemble de toutes les Notions). Et c'est précisément pour le « savoir » (et le faire savoir) que j'ai entrepris (et publié) le développement discursif qui va suivre.

Du moment qu'il s'agit d'un développement *discursif,* c'est-à-dire d'un Discours, nous devons (en accord avec l'hypothèse que nous avons faite et admise précédemment) *commencer* par une Définition-projet du Concept et *continuer* par un Développement de cette Définition, fait de la sorte qu'il puisse *se terminer* par un Résumé qui coïncide avec la Définition qui lui a servi de point de départ *.

---

* J'ai supposé dès le début dans ce qui précède qu'il s'agit d'*introduire* dans le Discours une notion qui n'y figure pas encore. En d'autres termes, j'ai admis qu'il s'agissait d'introduire discursivement auprès du lecteur une notion dont il n'a encore jamais entendu parler. C'est là, certes, une fiction. En fait, le lecteur a toujours « entendu parler » de la notion (ou de certaines des notions) qu'il trouvera dans le livre qu'il s'apprête à lire. Mais ce fait ne supprime nullement le problème que j'ai posé, car il ne fait que le reculer dans le temps. L'Homme n'a certainement pas « entendu parler » de tout depuis toujours. D'ailleurs, si le lecteur « sait » déjà ce que l'auteur s'apprête à lui dire, il est inutile qu'il le fasse. En règle générale on ne parle

1. LE CONCEPT ET LES NOTIONS

Le sens de la notion : CONCEPT que nous voulons introduire dans et par notre discours peut être défini comme suit :

> *Le Concept est la Totalité-intégrée de ce qui est concevable (pris en tant que concevable).* [En allemand : *Der Begriff ist der Ein-begriff des Begreiflichen (als salchen).*]

On pourrait dire également que

> *Le Concept est le Sens-compréhensif de tout ce qui est compréhensible.*

Placées en tant que Définitions-projets *au début* de notre discours, ces formules discursives n'auraient pour nous rigoureusement aucun sens, si le sens des mots qui y figurent ne figurait pas déjà dans d'autres discours que nous avons émis ou compris auparavant. En supposant que c'est le cas, on peut dire que ces Définitions ont pour nous un sens, à savoir le sens de Définitions dites « nominales ». Elles trans-forment la

qu'à ceux à qui on veut « enseigner » autre chose que ce qu'ils « savent » déjà. S'ils « savent » quelque chose de ce qu'on veut leur dire, c'est qu'ils se « trompent » : ils sont en possession d'une définition du sens de la notion en cause qui est *autre* que la définition que veut en donner (dès le début et en résumé) celui qui leur parle. Le discours doit, dans ce cas, « défaire » le discours que les autres peuvent « déduire » de *leur* Définition-projet et si leur « déduction » est « correcte » (non contra-dictoire), on ne peut le faire qu'en « défaisant » cette Définition elle-même, pour faire « table rase » dans l'esprit de ceux à qui le discours en question s'adresse. Or, cette « table rase » une fois faite, on retombe dans la situation que j'ai envisagée dès le début. Ainsi, le fait psychologique que le lecteur « sait » déjà ce dont l'auteur veut lui parler, non seulement ne supprime pas le problème psychologique que j'ai posé, mais le complique au lieu de le simplifier. Sous cette forme compliquée, le problème en question ne saurait être traité dans cette Introduction, bien qu'en fait j'y essaie de « défaire » (à la suite d'Aristote) certaines « définitions » du Concept et de la Notion qui sont encore ceux aujourd'hui et à partir desquels il est impossible de « déduire » (sans se contre-dire) le discours circulaire qui constitue le *Système du Savoir* hégélien.

configuration typographique ci-contre : CONCEPT en notion CONCEPT parce qu'elles y attachent le sens : *CONCEPT*, ce sens étant défini par une combinaison d'autres notions dont nous sommes censés comprendre par ailleurs le sens.

Mais ces Définitions nominales ne nous disent pas si le Concept qu'elles « définissent » est autre chose encore que la notion : CONCEPT ou, plus exactement, que le sens : *CONCEPT* de la configuration CONCEPT, qui évoque maintenant en nous ce sens lorsque nous la voyons. En d'autres termes, nous ne savons pas encore si le Concept dont nous parlons subsiste d'une façon quelconque *en dehors* de notre discours en ce sens qu'il a déjà subsisté *avant* que ce discours ait été émis ou compris par nous. L'une des formes de cette subsistance « autonome » étant généralement appelée « Réalité-objective », on peut exprimer ce qui précède en disant que les Définitions (nominales) qui introduisent le Concept dans notre discours ne sont pas encore des Définitions « réelles ».

Ainsi, notre deuxième définition nous dit bien *ce* qu'est le Concept, mais elle ne nous dit pas qu'il *est.* Certes, si nous constatons « par ailleurs » que le Concept *est,* nous saurons immédiatement, grâce à cette définition, *ce* qu'il est. Mais nous devons le constater *autrement* qu'en émettant ou en comprenant la définition nominale en question. Sans doute, nous ne pouvons nous poser la question de l'*être* du Concept qu'*après* l'avoir défini nominalement car autrement nous ne saurions pas *qu'est-ce qui* peut ou doit être ou ne pas être. Mais dès que nous avons donné une définition nominale du Concept, la question de son *être* se pose à nous inévitablement ou nécessairement (c'est-à-dire partout et toujours). Nous voyons donc que si la Définition nominale est le *début* inévitable de notre discours, elle ne peut en aucun cas en être la *fin.* Par contre, après avoir dit que le Concept nominalement défini *est,* nous n'aurons plus rien à dire. La Définition réelle *termine* donc le Discours, tandis que la Définition nominale ne peut que l'*engendrer.* En bref, la Définition nominale est une Définition-projet, tandis que la Définition réelle est une Définition-résumé.

Si nous nous référons à notre dernière définition du Concept, nous verrons que la Définition-projet diffère de la Définition-résumé par l'emphase donnée au mot « est ». Cette Définition nominale se transforme en une Définition réelle si l'on « souligne » ce petit mot. En procédant à ce « soulignement » par une simple transposition des mots utilisés, on peut formuler la Définition réelle du Concept comme suit :

> *Le Sens-compréhensif de tout ce qui est compréhensible est et il s'appelle le « Concept ».*

Or, c'est le Discours lui-même qui trans-forme la Définition nominale qui l'engendre (en rendant possible son commencement) en Définition réelle qui l'achève (en le résumant). Le Discours se réfère donc en dernière analyse à l'*être* de ce qui a été défini à son début et sera re-défini à sa fin. Nous pouvons dire par conséquent qu'il se réfère à *autre chose* qu'à lui-même. Le Discours ou, plus exactement, l'attitude discursive se présente lorsqu'on veut savoir si ce qui a été défini (nominalement) *est* ou *n'est pas* ou, si l'on préfère, lorsqu'on fait l'inventaire de ce qui *est* en vue de savoir si ce qui a été (nominalement) défini s'y trouve.

Dans la plupart des cas, cette recherche de l'être ou dans l'être peut s'effectuer et aboutir à partir du seul énoncé de la notion en question. Cet énoncé est alors la Définition-projet (nominale) et elle coïncide « immédiatement » avec la Définition-résumé (réelle), le Discours se réduisant à ce seul (double) énoncé de la notion.

Ainsi par exemple, lorsqu'il s'agit de la notion : CHAT, il peut suffire de voir un Chat pour « comprendre » le sens : CHAT de cette notion de façon à « savoir » à la fois *ce qu'est* le Chat et le fait qu'il *est.* La définition-projet nominale : « Un CHAT est un Chat » devient alors « immédiatement » la définition-résumé réelle : « Un Chat est ou existe et il s'appelle un CHAT ». En d'autres termes, la simple monstration suffit déjà pour « comprendre » une Notion. Le discours « monstratif », sinon « dé-monstratif » qui est censé « développer » le sens d'une telle notion, peut dans ces conditions se réduire au seul énoncé : « Un Chat [CHAT]! » Nous disons dans ce cas que la notion en question est « comprise » par l'Homme d'une façon *immé-*

diate, c'est-à-dire du seul fait que celui-ci a une *existence* humaine (= discursive).

Mais dans d'autres cas, et c'est le cas du Concept, une telle « compréhension » *immédiate* est impossible. Nous avons beau regarder autour de nous, nous ne constaterons jamais, d'une façon *immédiate,* ni la présence ni l'absence du Concept que nous avons (nominalement) défini. Dans ces cas, la recherche *de l'être* du défini ou du défini *dans l'être* (c'est-à-dire dans ce qui n'est pas Néant pur) ne peut se faire et aboutir que si elle est *médiatisée* par un discours qui *développe* le sens (nominalement) défini de la notion en question ou, ce qui est la même chose, la définition(-projet) de ce sens. Tout développement discursif d'une notion qui va au-delà de son simple énoncé est déjà un Discours proprement dit, qui rend possible la recherche *(médiatisée)* de l'*être* du sens de cette notion-là, où il est impossible de le trouver d'une façon *immédiate.* Ainsi, s'il est impossible de trouver *immédiatement* l'être du « Concept » ou le « Concept » dans l'être, il est au contraire très facile de trouver dans l'existence empirique quotidienne le « Concevable » ou le « Compréhensible » dont nos définitions nominales disent que son « Sens-compréhensif » ou sa « Totalité-intégrée » est le « Concept » lui-même. Car nous constatons « immédiatement non seulement qu'il y a, dans le Monde où nous vivons (humainement), des Choses et des Notions, mais encore que ces Notions se « rapportent » aux Choses et que ces Choses « correspondent » aux Notions.

Quoi qu'il en soit, qu'elle soit « immédiate » ou « médiatisée », la recherche en cause n'est possible et ne peut aboutir que si quelque chose d'*autre* qu'une Notion *existe,* si ce quelque chose d'autre est *donné* à l'Homme (c'est-à-dire existe *pour lui*) et s'il y a, entre cette autre *Chose* donnée et la *Notion,* une *relation* (ou « correspondance ») univoque et réciproque telle que l'on puisse dire que partout et toujours (c'est-à-dire nécessairement) une Chose « correspond » à une seule et même Notion (qui peut, d'ailleurs, exister en plusieurs « exemplaires ») et une Notion se « rapporte » à une seule et même Chose (qui peut elle aussi exister en plusieurs « exemplaires »).

Pour parvenir à une « compréhension médiatisée » du sens

de la notion CONCEPT, nous pouvons donc partir de notre « compréhension immédiate » du « rapport » univoque et réciproque qui s'établit entre les Notions et les Choses qui se présentent « immédiatement » à nous dès que nous vivons humainement (= discursivement) dans le Monde qui est le nôtre.

Or, ce « rapport » ou cette « correspondance » entre les Notions et les Choses présentent une « difficulté » (discursive) pour l'homme qui le constate « immédiatement », dès que cet Homme sort de l'« immédiat » de son existence humaine (= discursive) et commence (en devenant Philosophe) à « réfléchir » sur celle-ci et donc sur le rapport entre Notions et Choses qui la « domine » ou la « détermine » (à ses propres yeux). Dès qu'il réfléchit, l'Homme constate qu'il y a (du moins *pour lui*), entre la Notion qui se « rapporte » à une Chose et la Chose qui « correspond » à cette Notion, une *différence* irréductible, qui exclut toute possibilité (pour l'Homme) de *confondre* la Chose et la Notion ou de ne pas *distinguer* l'une de l'autre, bien qu'on soit par ailleurs obligé de les *rapporter* l'une à l'autre dans et par une relation de *correspondance* univoque et réciproque, qui ne peut s'établir que s'il y a quelque chose de *commun,* voire d'*identique* entre la Chose et la Notion qui s'y « rapporte » et donc entre la Notion et la Chose qui lui « correspond ».

Personne, en effet, ne confond un chat avec la notion CHAT. L'échange de la notion CHAT contre un chat coûte souvent de l'argent et exige toujours quelques efforts. Quant à l'échange d'un chat (ou de l'argent qu'il coûte) contre la notion CHAT (bien « définie » ou développée discursivement), il n'est concevable que chez un savant (zoologiste); encore pensera-t-il avoir fait une excellente affaire en y procédant et nullement un acte sans importance. Pourtant, le chat ne peut s'échanger que contre la notion CHAT et non contre une autre notion quelconque. Si l'on veut avoir un chat, on est bien obligé de se servir (explicitement ou implicitement) de la notion CHAT : par exemple, lorsqu'on veut l'acheter par correspondance.

À première vue, cette situation est contra-dictoire (= « incompréhensible »). En effet, comment deux entités aussi *différentes* que le Chat « chosiste » et la notion CHAT peuvent-elles avoir une « correspondance » univoque et réciproque, c'est-à-dire être dans une certaine mesure *identiques?* Or, depuis fort longtemps, l'Homme devenu Philosophe a réussi à faire disparaître ce semblant de contra-diction en *distinguant,* dans la Chose qui existe et qui est donnée ou révélée à l'Homme, ce qu'on a parfois appelé son *Existence* de ce qu'on appelle généralement son *Essence* et, dans la Notion (« comprise » par l'Homme), ce qui s'appelle couramment son *Sens* de ce qu'on peut appeler son *Morphème.* On a pu dire dès lors que l'existence du Chat n'a rigoureusement rien à voir avec le morphème (par exemple graphique, voire typographique) CHAT de la notion CHAT, tandis que l'essence de la Chose en cause est rigoureusement identique au sens *CHAT,* sauf que l'essence du Chat se situe dans la durée-étendue de l'Existence-empirique en tant que Chose (animale), tandis que le sens « correspondant » s'y place en tant que Notion.

Pour parvenir à une « compréhension de la notion » CONCEPT, nous devons donc non seulement « médiatiser » cette compréhension par la « compréhension immédiate » des rapports entre les Notions et les Choses « correspondantes », mais encore « médiatiser » à nouveau cette dernière compréhension par la compréhension (discursive) de la tradition philosophique qui *identifie* l'Essence d'une Chose au Sens de la Notion qui s'y « rapporte », tout en *distinguant* l'Existence de cette même Chose de l'Existence de la Notion qu'est son Morphème.

Voyons comment nous pouvons procéder à la « compréhension » du Concept qu'il s'agit d'introduire dans notre discours, en « médiatisant » cette compréhension par la connaissance de la tradition philosophique que nous venons de rappeler.

Nous avons dit (et il est facile de voir) que le Concept n'est pas une Chose telle que le Chat, par exemple, et qu'il ne se « rapporte » pas non plus, s'il est Notion, à une telle Chose. En effet, il suffit d'avoir une existence humaine (= discursive) pour pouvoir constater, à l'occasion de n'importe quelle perception d'un chat quelconque, que la chose « Chat » correspond à la notion CHAT. Par contre, on ne voit pas très bien à quelle perception de quelle Chose peut se « rapporter » la notion CONCEPT. En outre, il y a actuellement très peu d'hommes sur terre pour lesquels la chose « Chat » n'existe pas et la notion CHAT n'a pas de sens. Par contre, la majorité des personnes ayant une existence authentiquement humaine n'ont jamais eu affaire au Concept et ne peuvent dire ni qu'il *est,* ni *ce qu'il* est. On peut et on doit donc se demander s'il y a vraiment « quelque chose » (sinon une Chose proprement dite) qui « corresponde » à la notion CONCEPT.

Sans doute, l'*existence* de la notion CONCEPT ne fait pas l'ombre d'un doute. Cette notion existe en effet (pour nous) au moins depuis le début du présent discours. À première vue, il s'agit là d'une Notion authentique, en tout point comparable à la notion CHAT, par exemple. Mais nous avons souvent dit en passant qu'il y a des notions « contra-dictoires » (la notion CERCLE-CARRÉ par exemple, ou DIEU), dont la tradition philosophique admet qu'elles ne se « rapportent » à rien et que rien ne leur « correspond ». Il faut donc se demander si la notion CONCEPT n'est pas une (pseudo) Notion de ce genre.

Nous pouvons dire (sans pouvoir le dé-montrer ici) que le caractère non contra-dictoire d'une notion se révèle par le fait que le développement discursif de son sens, « déduit » de son énoncé ou de sa définition-projet nominale, revient, en se terminant par une définition-résumé réelle, à son point de départ, qui est précisément l'énoncé ou la définition-projet de la notion dont le sens a été développé discursivement. Ceci n'est pas nécessairement le cas pour les notions contradictoires.

Ainsi par exemple, le sens de la notion CERCLE-CARRÉ peut être défini, dans un projet de discours censé développer ce sens, en disant que le Cercle-carré est *circulaire.* Mais le développement discursif de ce sens (et donc de cette définition) peut aboutir à un énoncé qui le résume en disant que le Cercle-carré est *carré.* La définition-résumé ne coïncidera pas alors avec la définition-projet, ce qui veut dire que la définition nominale n'a pas été trans-formée par le discours qui la développe en définition réelle. Et on peut exprimer ce fait en disant que le discours en question ne « correspond » pas à un phénomène dont l'essence coïnciderait avec le sens de la notion en question.

Il n'y a pas de *phénomène* Cercle-carré qui « corresponde » à la notion CERCLE-CARRÉ d'une façon réciproque et univoque. Aussi bien le discours qui développe le sens (contra-dictoire) de cette notion n'est-il pas vraiment *compréhensible*. Il faut donc se demander si le discours développant le sens de la notion CONCEPT est *compréhensible* ou non. Or, on ne peut répondre à cette question qu'en procédant à un développement discursif du sens de cette notion de façon à montrer que ce développement revient effectivement à son point de départ (quels que soient le moment et le lieu de ce développement) *.

Ce qui a été dit dans les pages qui précèdent permet d'annoncer un développement discursif du sens de la notion CONCEPT, tel qu'il a été nominalement défini dans la deuxième définition-projet qui a servi de point de départ au présent discours et qui dit, rappelons-le, que

> *le Concept est le Sens-compréhensif de tout ce qui est compréhensible.*

Or, nous pouvons dire maintenant que toute Chose est, par définition, « compréhensible » (dans et par le Sens de la Notion qui s'y « rapporte ») et que, par définition, tout ce qui est « compréhensible » est nécessairement (c'est-à-dire partout et toujours) soit une Notion, soit une Chose qui « correspond » à une Notion. Nous pouvons encore préciser que le Sens fait partie intégrante de la Notion et que le Sens d'une Notion (non contra-dictoire) se « rapporte » nécessairement à l'Essence d'une Chose (autre que la notion elle-même). Nous pouvons donc « expliquer » (= expliciter) que le « Sens » du « Compréhensible » est le Sens d'une Notion qui se « rapporte » à une Chose, en « coïncidant » avec l'Essence de celle-ci. Tout ce qui est compréhensible, – c'est l'ensemble des Choses qui « cor-

---

* Si le discours revenait à son point de départ *sans rien emprunter à d'autres discours,* il s'agirait du Discours uni-total ou circulaire qui développe (sous une certaine forme) le contenu du *Système du Savoir.* Seul *ce* Discours dé-montre vraiment la vérité de ce qu'il dit. Le présent discours fait une masse d'emprunts à d'autres discours et n'est nullement « circulaire ». *Son* retour à *son* point de départ ne *dé-montre* donc rien du tout et ne fait qu'*introduire* la notion (du Concept) définie à son début et à sa fin dans le (futur) Discours réellement « circulaire ».

respondent » aux Notions (pouvant être « comprises »). « Le Sens-compréhensif », – c'est l'ensemble (supposé *un* et *unique*) des Sens de toutes les Notions (« compréhensibles »). Le « Sens » *du* « Compréhensible », c'est-à-dire de la Chose pouvant être « comprise » (dans et par une Notion), est l'Essence de celle-ci, en tant que détachée de son Existence; ou, ce qui est la même chose, ce « Sens du Compréhensible » est le Sens de la Notion (qui se « rapporte » à la Chose), en tant que détaché de son Morphème. « Le Sens-compréhensif » qu'est le Concept est donc le Sens (détaché de tout Morphème) qui embrasse, contient ou intègre les sens de toutes les notions (non contra-dictoires ou se « rapportant » à des Choses), en étant ainsi un en lui-même et unique en son genre, c'est-à-dire uni-total. Ou bien encore le Concept est l'Essence uni-totale (détachée de toute Existence) qui intègre les essences de toutes les Choses (qui « correspondent » à des Notions). En d'autres termes :

> le Concept est l'uni-totalité des Essences
> détachées de l'Existence ;

ou, ce qui est la même chose :

> le Concept est l'uni-totalité des Sens
> détachés de tout Morphème.

Or, si la Chose est par définition « compréhensible », elle peut aussi être dite « concevable ». Ou, si l'on préfère, la Chose est « compréhensible » parce qu'elle est « concevable ». En d'autres termes, toutes les Choses peuvent être trans-formées en Notions « compréhensibles » (c'est-à-dire non contra-dictoires) et donc, par l'intégration des Sens de toutes les Notions qui se « rap-portent » à ces Choses, celles-ci se trans-forment en Concept et c'est précisément pourquoi elles peuvent être dites « conce-vables ». Or, prises en tant que *concevables,* les Choses ne sont rien d'autre que les Notions qui s'y « rapportent » ou, plus exactement, les Sens de ces Notions détachées de leurs Mor-phèmes. Par conséquent, lorsque notre toute *première* définition dit que

> *le Concept est la Totalité-intégrée [= Uni-totalité de ce qui est concevable (pris en tant que concevable)].*

elle n'affirme rien d'autre que la *deuxième* définition, dont nous avons pu (en utilisant la tradition philosophique) « déduire » une *troisième,* dans les deux formes, d'ailleurs équivalentes, énoncées ci-dessus.

On pourrait trouver bien d'autres variantes de la Définition-projet qui servent de point de départ au présent discours. Mais celles que nous avons données suffisent pour permettre son développement.

Dans la mesure où le développement de notre discours sera « circulaire » (ou uni-total), c'est-à-dire dans la mesure où il reviendra à la fin à son point de départ, il montrera d'une part, que la notion CONCEPT n'est pas contra-dictoire et d'autre part, que le Concept lui-même est « quelque chose » d'*autre* que la *notion* CONCEPT, puisqu'il est à la fois l'Uni-totalité des Essences (détachées de l'Existence) des Choses et l'Uni-totalité des Sens (détachés des Mor-phèmes) des Notions, ces Sens coïncident, d'ailleurs avec les Essences.

Le Concept ne sera donc « compris » ou « conçu », comme ce qui « correspond » au sens de la notion CONCEPT qui s'y « rapporte », qu'à la *fin* du discours qui développe (= définit) ou « explicite » le sens « implicite » de cette notion. En d'autres termes, le Concept n'est pas « compris » par l'Homme *au moment même* où est simplement énoncée, par lui, la notion CONCEPT. Le Concept est « compris » non pas par le seul *énoncé* de la notion qui s'y « rapporte », mais par le *développement* discursif (du sens) de cette notion, s'effectuant dans le temps qui *suit* cet énoncé. Et c'est précisément ce que nous voulons dire en disant que la « compréhension » de la notion CONCEPT est non pas « immédiate », mais « médiatisée » par un (plus ou moins long) discours (en fait, comme nous le verrons plus tard : par le Discours uni-total qui est la Totalité-intégrée de tous les discours non contradictoires).

Mais, en nous basant sur nos définitions nominales, nous

pouvons affirmer dès maintenant que lorsque le Concept sera
« compris » ou « conçu », il ne sera pas conçu ou compris comme
une Chose *isolée,* existant *parmi* d'autres Choses. Le Concept
ne pourra être compris que comme l'Uni-totalité qui intègre
l'*ensemble* des Choses qui « correspondent » aux Notions et des
Notions qui se « rapportent » aux Choses. Toute la question
sera alors de savoir si cette Uni-totalité *est* et *ce qu'elle* est.

Or, au *début* de notre discours (et nous ne sommes encore
qu'à son début), l'*Uni*-totalité des Notions et des Choses nous
semble devoir être dite « impossible », puisqu'on a (« à première
vue ») l'impression que la notion qui s'y « rapporte » est une
(pseudo) Notion « contra-dictoire ». En effet, si les Notions et
les Choses ont ceci de commun qu'elles se situent toutes dans
la durée-étendue de ce qu'on peut appeler l'existence-empirique
du Monde où nous vivons, les Notions semblent *différer* radicalement et irréductiblement des entités non notionnelles que
sont les Choses proprement dites.

Certes, en tant que *morphème* (doué de sens), la notion CHAT
existe-empiriquement (en tant que Chose « perceptible ») et est
donc située dans la durée-étendue de notre Monde au même
titre que le Chat qui lui « correspond » et elle est tout aussi
« donnée » à l'Homme que ce Chat lui-même. Il s'agit donc
bien dans les deux cas de « quelque chose » d'*identique*. Mais
nous avons vu que, par ailleurs, une entité notionnelle (la
notion CHAT, par exemple) *diffère* du tout au tout de l'entité
chosiste « correspondante » (de l'animal Chat). On ne voit donc
pas, au prime abord, comment l'ensemble des entités notionnelles et non-notionnelles peut être *un* en lui-même (tout en
étant *unique* « en son genre »), c'est-à-dire vraiment *uni*-total.
On peut se demander, au départ, si nous ne devrons pas revenir
finalement à l'univers à *deux* (ou trois) étages dont parlait
Platon et qu'Aristote a voulu ramener à une construction sans
suprastructure.

Pour dé-montrer que tel n'est pas le cas, nous devrons essayer
de voir et de montrer comment les entités notionnelles et non-
notionnelles (ou « chosistes ») disons pour simplifier, les *Notions*
et les *Choses,* se « comportent » et se « révèlent » (à l'Homme)

dans la durée-étendue de l'existence-empirique (« perceptible »,
voire « perçue ») du Monde où nous vivons.

2. LES NOTIONS ET LES CHOSES
DANS LA DURÉE-ÉTENDUE
DE L'EXISTENCE-EMPIRIQUE

Lorsque l'Homme perçoit la durée-étendue de l'existence-
empirique du Monde où il vit, il y aperçoit à la fois des
Notions et des Choses, qui ont entre elles des « correspon-
dances » réciproques et univoques. Il semble que (surtout à ses
débuts « magico-mythologiques ») l'Homme prend parfois certaines Notions pour des Choses. Mais, en règle générale,
l'Homme les distingue entre elles au point de ne jamais pouvoir
les confondre, même lorsqu'il s'agit d'une Notion et de la
Chose qui lui « correspond ». Du moins est-ce le cas des
hommes tels que nous.

Toutefois, aujourd'hui encore il ne nous est pas facile de
dire *en quoi* une Notion quelle qu'elle soit diffère d'une Chose
quelconque. Le plus souvent nous entendons dire qu'une Notion
quelle qu'elle soit diffère radicalement, voire « essentiellement »
ou « irréductiblement », de n'importe quelle Chose parce qu'elle
est nécessairement *générale* (ou universelle) et *abstraite,* tandis
que la Chose est partout et toujours *particulière* (ou individuelle) et *concrète* (au sens vague de « réelle »).

Tâchons de voir ce que signifie et vaut cette double assertion
en commençant par l'opposition : *général-particulier.*

a. *Le Général et le Particulier*

La prétendue opposition irréductible entre la Notion prétendument toujours *générale* et la Chose soi-disant nécessairement *particulière* peut se révéler être illusoire soit si la Notion
n'est pas nécessairement générale, soit si la Chose n'est pas

partout et toujours particulière. Il faut donc se demander s'il
n'en est pas vraiment ainsi. La Chose ne pouvant « correspondre » à la Notion que dans la mesure où elle est « révélée »
à l'Homme, ce qui ne peut se faire, en dernière analyse, que
par la Perception (au sens large), il faut se demander s'il est
bien vrai que seul le particulier peut être directement perçu.
Si non, la Chose pourrait bien ne pas être particulière. Et si,
par ailleurs, la Notion peut ne pas être générale, on peut se
demander si le degré de la généralité ou de la particularité
d'une Notion ne coïncide pas exactement à celui de la Chose
qui « correspond » à cette Notion.

Dans ce qui suit, nous essayerons de répondre successivement
à ces quatre questions relatives à la généralité et à la particularité
des Choses et des Notions qui existent-empiriquement dans la
durée-étendue perçue ou perceptible.

α. La Particularité des Notions

Peut-on dire en vérité (ou tout au moins sans se contre-dire)
que les Notions sont nécessairement, c'est-à-dire partout et
toujours, *générales*?

Il nous semble que non, si l'on prend cette affirmation, assez
répandue, à la lettre.

En effet, les notions NAPOLÉON ou LA PLANÈTE MARS,
par exemple, ne sont pas plus « générales » que la planète Mars
ou l'homme Napoléon eux-mêmes. Certains objecteront, certes,
qu'il s'agit ici non pas de notions proprement dites, mais de
« noms propres ». Encore faudrait-il dire alors ce que sont les
Noms propres et en quoi ils diffèrent des Notions proprement
dites. Or, jusqu'à présent, on n'a jamais réussi à le faire d'une
façon claire et précise. En tout cas, il serait difficile d'affirmer
que les Notions (non contra-dictoires) sont des « noms *impropres* »
des Choses auxquelles elles se « rapportent » effectivement (c'est-
à-dire dans les cas autres que ceux dont on dit que les hommes
qui les utilisent « commettent des erreurs » ou « se trompent ») *.

---

* Dans ce qui suit, jusqu'à ce que la notion ERREUR apparaisse explicitement
dans le texte, les Notions dont on parle sont, par définition, des Notions « adéquates »,
voire « correctes » ou « vraies », c'est-à-dire, d'une part, non contra-dictoires et, d'autre
part, correspondant effectivement (dans leur sens implicite ou explicite) aux Choses
auxquelles elles sont censées « correspondre ».

Quoi qu'il en soit, l'objection du « Nom propre » ne serait plus valable si l'on prenait comme exemple une notion telle que L'UNIVERS. De toute évidence, cette notion n'est pas plus « générale » que l'Univers (par définition un et unique) auquel elle se « rapporte ». Or, cette notion a bien l'allure d'une Notion authentique. En tout cas, il serait malaisé de refuser de l'appeler « Notion » sous prétexte qu'il s'agit dans ce cas aussi d'un « Nom propre ». Il est, en effet, souvent admis (à tort d'ailleurs, selon nous) que le sens d'un « Nom propre » ne peut pas être défini, c'est-à-dire développé discursivement, parce qu'il n'est pas constitué par une intégration des sens de notions différentes de ce « Nom ». Or, il n'y a pas de doute que le sens UNIVERS du morphème UNIVERS est parfaitement définissable à partir des divers sens qu'il intègre et qui sont tous différents de lui. Il n'y a donc aucune raison de ne pas appeler L'UNIVERS une « Notion » au sens propre et fort de ce terme, bien que tout nous porte à dire que cette notion est « particulière » et non « générale ». Nous pouvons, semble-t-il, en conclure que les Notions ne sont pas nécessairement *plus générales* que les Choses auxquelles elles se « rapportent », car elles ne le sont pas partout et toujours.

β. La Généralité des Choses

On ne peut, certes, pas conclure de ce qui précède qu'il n'y ait pas de notions « générales ». Mais peut-on dire en vérité (ou, tout au moins, sans se contre-dire) que les Choses sont partout et toujours, c'est-à-dire nécessairement, *particulières?*

Quelques exemples nous permettront de constater que la réponse est moins facile qu'on ne le pense habituellement de nos jours.

Lorsqu'un géologue part à la recherche du pétrole, est-ce tel ou tel pétrole « particulier » qu'il cherche, ou du pétrole « en général »? Il nous semble que c'est *le* pétrole « en général » qu'il cherche et qu'il trouve. Toutefois, personne ne voudra dire qu'il a cherché et trouvé non pas une Chose, mais une Notion.

Lorsqu'une banque d'État dépose dans une autre banque d'État dix tonnes d'or, et lorsque celle-ci restitue l'or déposé, ce n'est généralement pas le même or qui retourne à son propriétaire. Il nous semble donc que ce ne sont pas dix tonnes de tel ou tel or « particulier » qui ont été déposées et restituées, mais dix tonnes d'or « en général ». Pourtant, personne ne conteste la « réalité » de l'opération, ni donc la « chosité » de l'or en cause. De même, il nous semble difficile de ne pas dire que la notion OXYGÈNE est une notion « générale ». Mais il est, selon nous, encore plus difficile d'expliquer pourquoi et en quoi l'élément chimique Oxygène, qui correspond à cette notion, est moins « général » que la notion elle-même. Tous seront néanmoins d'accord pour dire que l'Oxygène est une Chose « réelle ».

Si l'on passe du monde chimique au monde biologique, la « généralité » des Choses (découverte, semble-t-il, par Aristote) devient encore plus apparente. En effet, il ne serait certainement pas correct (bien que nullement faux) de dire que telle ou telle souris « particulière » ne peut pas féconder une chatte « particulière » donnée. Il est beaucoup plus normal d'affirmer que *le* Chat et *la* Souris ne sont pas interféconds. De même, si à la suite d'un acccouplement de deux chats naissent des chatons et non des souriceaux, c'est parce qu'il s'agit non pas de tels ou tels chats « particuliers », mais de Chats « en général ». Si l'on voulait moderniser le problème en allant jusqu'aux chromosomes décomposables en gènes, on n'aurait rien changé à la situation, car il faudrait alors progresser jusqu'aux éléments chimiques que constituent les gènes, et on retomberait ainsi dans la sphère des exemples cités précédemment (l'Oxygène).

Nous pourrions donc conclure provisoirement de ce qui précède que si les Notions sont parfois « particulières », les Choses sont souvent « générales ».

γ. La Perception du Particulier et du Général

À vrai dire, lorsqu'on affirme qu'une Notion nécessairement « générale » se « rapporte » à une Chose partout et toujours « particulière », ce qu'on a en vue n'est pas tellement la Chose en tant que telle qui « correspond » à la Notion, que cette Chose en tant que *perçue* par un homme en chair et en os.

Mais est-il exact de dire que les hommes (et les animaux)

perçoivent des choses *particulières ?* La psychologie expérimentale moderne, ainsi que la plus élémentaire introspection (libre de préjugés, bien entendu) semblent s'inscrire en faux contre cette affirmation vieille de plus de deux millénaires.

En effet, que *voit*-on lorsqu'on *regarde* autour de soi ? On voit ici *un* arbre et là *un* chien, ou *une* auto, voire *une* Citroën. Mais on ne *voit* jamais *cette* Citroën particulière portant un numéro de série donné. On constate (malheureusement sans s'étonner) cette cécité sélective qui nous empêche de *voir* les *particularités,* lorsqu'on « confond » par exemple la voiture souvent *vue* d'un ami avec celle qu'on *voit* stationner au bord d'un trottoir et qui appartient, en fait, à un autre.

Un bébé appelle indifféremment « oua-oua » tous les chiens qu'il rencontre, mais se garde bien d'appeler ainsi un chat. Faut-il en conclure qu'il a déjà procédé à un long et difficile effort de « généralisation » ? N'est-ce pas plus naturel de penser qu'il *voit* le Chien avant d'avoir appris à *voir* les chiens de rue différents ? D'ailleurs, tout le monde sait que même un adulte, s'il n'est pas entraîné, ne *voit* que des exemplaires identiques du Mouton là où le berger voit des moutons radicalement différents, dont la différence « saute aux yeux », comme on dit (d'ailleurs à tort). Et quant à pouvoir distinguer « à première vue » une statue originale d'une de ses bonnes copies, seul un expert en serait capable ; et encore.

Un zoopsychologue a fait récemment d'ingénieuses expériences avec des singes (inférieurs !) pour prouver que ces bêtes prétendument intelligentes peuvent procéder à des « généralisations » notionnelles. Il les faisait réagir d'une façon identique à la présentation d'oiseaux différents et en concluait que ces sujets possédaient non pas seulement une perception de tel ou tel oiseau « particulier », mais encore une notion de l'Oiseau « en général ». Si ce savant avait expérimenté avec des grenouilles, il aurait sans nul doute obtenu des résultats encore plus surprenants pour lui. Car les grenouilles sont certainement capables de « généralisations » encore beaucoup plus poussées, et seraient donc en possession de « notions » encore plus « générales », telles que PETIT INSECTE VOLANT, par exemple. Mais le simple bon sens incite à penser qu'au fur et à mesure qu'on descend l'échelle animale on rencontre des perceptions de moins en moins aptes à révéler les « particularités », c'est-à-dire des perceptions ayant des « contenus » d'un caractère de plus en plus « général ».

Enfin, supposons qu'un botaniste découvre une plante d'une espèce encore inconnue. S'il la nomme, il aura sans nul doute créé une nouvelle notion, qui sera dite être « générale ». Mais en quoi le « contenu » de cette notion diffère-t-il de celui de la ou des perceptions que le botaniste a eues en présence de la plante en question, que tous appellent « particulière »?

Au vu de ces exemples, il nous semble permis de dire qu'il est beaucoup plus difficile de *percevoir* le « particulier » que le « général » et qu'il y a, en marge de toute *perception* d'une Chose, des « particularités » de celle-ci à jamais *inaperçues*. Toute Perception « généralise » donc, en quelque sorte, la Chose perçue, en « faisant abstraction » de certaines de ses « particularités ». Et l'on peut se demander, dès lors, si le degré de « généralité » ou de « particularité » d'une notion n'est pas le même que celui qui caractérise la perception de la chose qui « correspond » à la notion en question.

δ. Généralité et Particularité des Notions et des Choses

Ceci étant, ne pourrait-on pas dire qu'une Notion n'est ni plus, ni moins « générale » ou « particulière » que la Chose à laquelle elle se « rapporte »?

Reprenons l'exemple de l'Oxygène. Qu'est-ce au juste que cette chose qu'on appelle Oxygène? La meilleure réponse semble être de dire qu'elle est la totalité de l'oxygène qui existe dans l'univers. Mais la notion OXYGÈNE ne se rapporte-t-elle pas à cette même totalité? En quoi l'Oxygène « réel » ou « chosiste » serait-il alors plus « particulier » ou moins « général » que sa « notion »? On pourrait peut-être dire qu'il « aurait pu » y avoir plus ou moins d'oxygène qu'il n'y en a en réalité. Mais on se référerait alors à un Oxygène qui ne serait que « possible », et non pas à une Chose « réelle ». D'ailleurs, rien n'empêche la notion OXYGÈNE de se « rapporter » à une autre quantité globale d'oxygène que celle à laquelle elle le fait « en réalité ». On pourrait alors essayer de renverser l'objection en disant que

l'univers « réel » *détermine* la quantité d'oxygène « réel » qu'il
contient, tandis que la notion OXYGÈNE, comme nous venons
de le voir, s'accommode de n'importe quelle quantité de l'oxygène « réel » auquel elle se « rapporte ». Mais, selon nous, ce
raisonnement ne serait pas correct. Car ce n'est pas l'Oxygène
« réel » *lui-même* qui détermine sa propre quantité globale.
L'Oxygène ne le fait que dans la mesure où il est impliqué
dans l'Univers (« réel »), avec tous les autres éléments (« réels »)
qui constituent avec lui cet Univers. C'est donc l'Univers, et
non l'Oxygène pris isolément, qui détermine la quantité totale
d'oxygène. Or, ce qui « correspond » à l'Univers n'est pas la
notion OXYGÈNE, mais la notion UNIVERS. Si cette notion
lui « correspond » effectivement, il est en principe possible de
l'analyser de façon à découvrir, entre autres, la quantité d'oxygène qui est l'Oxygène « correspondant » à la notion OXYGÈNE
qu'implique la notion UNIVERS. Dire qu'une telle analyse de
la notion UNIVERS est impossible, c'est dire ou bien que cette
notion ne « correspond » pas vraiment à la « réalité », ou bien,
si c'est le cas, que l'univers « réel » ne détermine pas lui non
plus la quantité d'oxygène qu'il implique. Si cette quantité *est*
(de ce fait) « indéterminée », on peut difficilement considérer
l'Oxygène comme quelque chose de « réel » ou de « chosiste ».
Si la quantité d'oxygène est, au contraire, bien déterminée en
elle-même, sans l'être par l'univers, c'est-à-dire par l'ensemble
de ce qui est Oxygène et de ce qui ne l'est pas, alors la notion
isolée OXYGÈNE doit nécessairement impliquer elle aussi la
notion de la quantité de l'Oxygène auquel elle « correspond ».
Si elle ne l'implique pas, on dira que la quantité « réelle » de
l'Oxygène, bien que parfaitement déterminée « en soi », est
« inconnue ». Mais on ne pourra pas dire alors que la notion
OXYGÈNE (par définition connue) « correspond » parfaitement
à l'Oxygène « réel ». Néanmoins, cette notion peut « correspondre » parfaitement à l'ensemble des *perceptions* qui « révèlent »
aux hommes l'Oxygène « réel » (à un moment donné de l'histoire). Mais cet ensemble des *perceptions* d'oxygène qui, dans
l'homme (pris isolément ou collectivement), « représente »
l'Oxygène « réel » qui existe dans l'univers, n'est ni plus ni
moins déterminé quant à la quantité, c'est-à-dire ni plus ni

moins « général » ou « particulier », que la notion qui lui « correspond » et qui « correspond », à travers lui, à l'Oxygène « réel » lui-même, dans la mesure où celui-ci est « connu ». Quant à l'Oxygène « inconnu », il n'y a évidemment aucun moyen d'en *dire* quoi que ce soit et donc de lui faire « correspondre » une Notion quelconque.

Certaines personnes dont la façon de penser est déterminée par la chimie du XIXe siècle préfèrent peut-être dire que ce qui est vraiment « réel », ce n'est pas la totalité de l'oxygène de l'univers ou l'Oxygène dans sa totalité, mais un atome d'oxygène. Seulement, ce qui « correspond » à l'atome d'oxygène, ce n'est pas la notion OXYGÈNE, mais la notion ATOME D'OXY-GÈNE, qui n'est ni plus ni moins « générale » ou « particulière » que l'atome « quelconque » lui-même. D'autres personnes pourraient alors intervenir pour dire que ce n'est pas un atome « quelconque » d'oxygène « en général » qui est « réel », mais un « certain » atome « particulier ». Mais à moins d'affirmer comme le fait implicitement et inconsciemment la Physique quantique que cet atome « particulier » est « inconcevable » dans quel cas on ne devrait pas en *parler,* mais avoir recours aux seuls *algorithmes* mathématiques, ces personnes devraient admettre qu'il lui « correspond » une notion et que cette notion n'est pas plus « générale » que l'atome lui-même.

Ainsi, la notion OXYGÈNE nous semble admettre exactement les mêmes degrés de « Généralité » ou de « Particularité » que l'Oxygène « réel » ou « chosiste ». Et rien n'empêche, semble-t-il, d'appliquer cette constatation à une Notion quelconque (se « rapportant » à une « réalité chosiste » ou plus simplement à une Chose). Le Général et le Particulier semblent donc se rencontrer tout autant parmi les Notions que parmi les Choses.

Pourtant, le bon sens nous met en garde et nous fait penser que tout ne peut pas être faux dans la tradition millénaire qui oppose les Notions, censées être partout et toujours « générales », aux Choses « réelles », qu'on dit être nécessairement « particulières ».

Avant de nous prononcer définitivement, voyons ce que vaut la dernière assertion rapportée ci-dessus, qui est tout aussi vénérable et qui oppose aux Choses partout et toujours *concrètes* les Notions nécessairement *abstraites*.

b. *L'Abstrait et le Concret*

Ici encore l'opposition peut être illusoire, soit s'il y a des Notions « concrètes », soit si les Choses sont elles-mêmes plus « abstraites » qu'on ne le pense habituellement. Il nous faut donc essayer de voir d'abord ce qu'il en est. Or, les Choses sont dites généralement « concrètes » (au sens de « réelles ») parce qu'elles font l'objet de perception. Il faut donc se demander si c'est bien le Concret qui est perçu et s'il est le seul à l'être, ou si l'Abstrait peut également faire l'objet d'une perception, à moins que seul l'Abstrait soit vraiment perceptible. C'est alors seulement que nous pourrons dire dans quel sens on peut parler (sans se contre-dire) du caractère « abstrait » ou « concret » des Notions et des Choses.

α. Le caractère concret des Notions

Voyons d'abord si nous pouvons dire que les Notions sont partout et toujours *abstraites*.

On dit généralement que la Notion est nécessairement « abstraite » parce qu'en la formant on procède « par abstraction ». Pour transformer une « réalité concrète » ou une Chose en sa notion, il s'agirait de « faire abstraction » de certains éléments, de certaines « qualités » de cette Chose (donnée ou révélée dans son intégrité par la Perception). On simplifierait ou schématiserait en quelque sorte la « réalité concrète » ou la Chose en la « concevant », et la notion qui résulte de cette « conception » de la Chose serait « plus pauvre » que la Chose « conçue » elle-même. Étant plus pauvre en « contenu » que la « réalité concrète » à laquelle elle se « rapporte », la notion serait plus « générale » que celle-ci. Plus une notion est « générale », plus elle est « pauvre en contenu » ou « abstraite »; et inversement, elle est d'autant plus « riche » qu'elle est moins « générale ». Mais en tout état de cause, une notion serait partout et toujours plus

« pauvre » ou plus « abstraite » que la « réalité chosiste » (toujours et partout « concrète ») qui lui « correspond ».

Prenons un exemple pour mieux comprendre cette façon traditionnelle de voir les choses. Voici deux fleurs, qui ne diffèrent que par le fait que l'une est bleue et l'autre rouge. Pour transformer ces deux fleurs en une seule notion FLEUR, il suffirait de « faire abstraction » de leurs couleurs rouge et bleue. On obtiendrait ainsi une seule notion « générale » et « abstraite » qui se « rapporterait » indifféremment tant à l'une qu'à l'autre des deux fleurs « réelles », dont chacune est « particulière » et « concrète ».

Peut-être. Mais n'oublions pas que nous avons convenu de parler de notions qui « correspondent » aux Choses se « rapportant » à elles. Or, il est évident que la notion de quelque chose d'incolore peut se « rapporter » à n'importe quoi, sauf à des fleurs (en admettant que le blanc soit également une couleur). Certes, la notion elle-même n'a pas de couleur. Mais elle n'est pas non plus une fleur. Et si l'on veut qu'elle « corresponde » à la Fleur « chosiste », il faut bien qu'il y ait en elle un élément constitutif qui « correspond » à la couleur de la Fleur au même titre que la notion elle-même « correspond » à la Fleur prise en tant qu'unité intégrale de toutes ses « qualités ».

Il s'ensuit que pour « correspondre » aux deux fleurs de notre exemple, la notion FLEUR doit être non pas privée de tout élément constitutif « correspondant » à la couleur, mais au contraire impliquer à la fois un élément « correspondant » à la couleur rouge et un élément « correspondant » à la couleur bleue.

Ce qui vaut des deux couleurs, vaut bien entendu pour toutes les couleurs et, d'une manière générale, pour toutes les « qualités » des Choses qu'il s'agit de transformer en notions dont on pourrait dire qu'elles leur « correspondent ». Autrement dit, plus une Notion est « générale », plus elle est « riche en contenu » ou, si l'on veut, moins « abstraite ». C'est en « particularisant » les Notions qu'on les « appauvrit », et on les « enrichit » en les « généralisant ». Ainsi par exemple, la notion FLEUR « correspond » non pas à quelque chose d'*incolore,* mais à certaines Choses (qui sont précisément des Fleurs) « pouvant avoir » *toutes* les couleurs qu'ont effectivement eues et ont encore les fleurs réelles de ce monde. Par contre, la notion PAVOT n'implique qu'un seul élément « correspondant » à une couleur, à savoir l'élément qui « correspond » à la nuance du Rouge et qui est précisément le Rouge-pavot.

Si une Notion, dite « générale », est « abstraite » tandis que la Chose est « concrète », ce n'est donc certainement pas parce que le « contenu » de la Notion « générale » est plus *pauvre* que celui de la Chose « particulière » à laquelle la Notion « correspond ». Car, en fait, une Notion (qui n'est pas le Nom-propre d'une Chose unique) est partout et toujours plus « *riche* en contenu » que n'importe quelle réalité chosiste « particulière » qui lui « correspond ».

Cette *richesse* extraordinaire, pour ne pas dire extravagante, des « contenus » des Notions dites « générales » est à première vue déroutante. Mais elle n'est pas unique en son genre. On se trouve en présence d'une situation analogue lorsqu'on a affaire aux algorithmes mathématiques appelés « Tenseurs ».

Lorsqu'on veut appliquer un Algorithme à ce qui se trouve dans un Espace (ou dans un Espace-temps) géométrique, on doit y introduire un « sujet » approprié avec son « point de vue »; et on le fait au moyen d'un Système de coordonnées. De même que dans le Monde où nous vivons les Choses changent d'aspect selon le sujet auquel elles se révèlent (par la Perception) et selon le point de vue auquel se place celui-ci, les entités se trouvant dans l'Espace géométrique (ou, plus généralement, dans l'Espace-temps non physique) changent elles aussi leurs « aspects » en fonction des changements de Systèmes de coordonnées. Mais de même que les Choses de notre Monde restent ce qu'elles sont en elles-mêmes en dépit de leurs changements d'aspect, les entités de l'Espace géométrique ont elles aussi des éléments constitutifs « invariants ». Ce sont ces éléments invariants qu'exprime (= symbolise) un Tenseur. Or, le Tenseur les exprime non pas en « faisant abstraction » des Systèmes de coordonnées, c'est-à-dire des « sujets » et des « points de vue » géométriques possibles et donc des différents « aspects » de l'entité en question, mais en les *impliquant tous* à la fois.

Ainsi, Le Tenseur joue dans le domaine du Silence mathématique (algorithmique) un rôle analogue à celui que joue la Notion « générale » dans le domaine du Discours : il s'enrichit ou se concrétise en se généralisant.

Une image analogique pourrait peut-être nous rendre plus acceptable la richesse « contradictoire » (pour éviter de dire « dialectique ») du « contenu » d'un Tenseur ou d'une Notion. Soit une pomme, rouge d'un côté et verte de l'autre, et soit deux hommes, l'un en face de l'autre, qui regardent chacun l'un de ces deux côtés de la pomme placée entre eux. L'un dira que la pomme est rouge et l'autre qu'elle est verte. Ils peuvent « discuter » indéfiniment là-dessus chacun à partir de son « point de vue » (ou se « disputer » ou même se battre). Mais ils peuvent également tomber d'accord, chacun admettant aussi le « point de vue » de l'autre et disant que la pomme est « à la fois » ou « en même temps » rouge *et* verte (et cet accord sera pour eux deux une seule et même « vérité »). De là à admettre qu'il y a des pommes rouges et des pommes vertes qui sont néanmoins toutes des Pommes, il n'y a qu'un pas. Et si on l'admet, il faudra dire que la notion POMME implique *à la fois* des éléments constitutifs dont l'un « correspond » à la couleur verte et l'autre à la couleur rouge des Pommes « chosistes ».

Si l'on veut éviter cette conséquence, il faut exclure de la notion POMME tout élément « coloré ». Et si l'on veut néanmoins affirmer qu'une telle notion « correspond » aux Pommes « chosistes », il faut dire que ces Pommes elles-mêmes ne sont « en réalité » ni rouges ni vertes, mais incolores. C'est ce qu'on fait souvent, depuis des millénaires. Seulement, lorsqu'on s'engage dans cette voie de l'élimination des « qualités secondes », on s'aperçoit qu'on arrive très vite dans une région, où il y a peut-être des « tourbillons » ou des « particules » de toutes sortes, mais certainement pas de pommes, même « incolores ». Et lorsque le Monde sera réduit « par abstraction » à cette région aride où aucun pommier ne peut pousser, la notion POMME ne « correspondra » plus à rien et ne pourra donc plus être appelée une Notion au sens propre de ce terme.

Si les Notions dites « générales » sont « abstraites », elles le sont donc pour des raisons autres que celles qu'on indique habituellement. En tout cas, nous avons vu que les Notions « générales » ne sont pas « abstraites » dans le sens qu'on donne habituellement à ce terme.

β. Le caractère abstrait des Choses

Voyons maintenant si l'on ne peut pas dire qu'en un certain sens les Choses dites « particulières », dont on parle habituellement, sont elles-mêmes *abstraites*.

Prenons un arbre dit « concret », celui par exemple qui pousse au bord du boulevard en face de ma fenêtre. Si cet arbre est « particulier », c'est qu'il diffère de tout ce qui n'est pas lui. Il faut donc qu'il soit nettement *séparé* du reste du Monde. C'est ainsi qu'on l'*isole* « par la pensée » lorsqu'on en parle comme d'une Chose « particulière » et « concrète ». Mais essayons de l'isoler réellement. Dans l'état actuel de la technique c'est rigoureusement impossible. En effet, comment extraire l'arbre du sol sans l'abîmer en quoi que ce soit. En supposant qu'on y soit parvenu, comment enlever la terre qui adhère aux racines et la poussière déposée sur le tronc et les feuilles, sans parler de l'air qui a déjà pénétré dans l'arbre, mais qui n'est pas encore assimilé par lui? Supposons, par impossible, qu'on ait réussi à faire tout ceci. Qu'arrive-t-il? Notre arbre meurt instantanément et se décompose très vite, c'est-à-dire cesse d'être un Arbre. L'arbre « particulier », c'est-à-dire isolé de tout ce qui n'est pas lui, n'est donc ni « réel » ni « concret » : il est le produit d'une « abstraction », d'ailleurs en fait irréalisable. Si l'on pourrait réellement « faire abstraction » du reste du Monde, on aurait anéanti l'arbre qui y a poussé. Dans la mesure où l'arbre existe, il est lié à ce qui n'est pas lui. On ne peut l'en isoler que « dans la pensée » ou « par abstraction ». L'arbre « particulier », dit à tort « concret », n'est ainsi lui-même qu'une « abstraction ».

De même, la table « particulière » sur laquelle j'écris en ce moment n'est une Chose « réelle » ou « concrète » que dans la mesure où le plancher l'empêche de tomber du septième étage et de cesser d'être une Table en se brisant. Mais le plancher et la maison tout entière ne tiennent que parce qu'ils s'appuient sur le sol, qui fait lui-même partie de la planète Terre. Or, il n'y aurait certainement pas de maisons, ni de tables, sur la Terre, si celle-ci ne faisait pas partie d'un Système *solaire*. Et ce Système est difficilement concevable en dehors de la Galaxie, qui est une nébuleuse spirale parmi d'autres. Or, ne parlet-on pas déjà d'un Système qui unifierait en un seul tout l'ensemble des nébuleuses spirales? Qui sait alors quelle catastrophe se produisant sur la Terre devrait être imaginée si l'on supprimait « par abstraction » une seule des nébuleuses spirales faisant partie du Monde où nous vivons, cette catastrophe pouvant, bien entendu, anéantir la table en question. Ainsi, la « réalité » de ma table, dite « particulière » et « concrète », dépendrait de l'ensemble du Monde au même titre que la « réalité concrète » de l'arbre « particulier » dépend du sol où il pousse et de l'air qu'il respire (c'est-à-dire de nouveau du Monde dans son ensemble).

Fort heureusement, on ne peut rien supprimer réellement « par abstraction » et ma table ne court pratiquement aucun risque. Mais il est bien évident que si l'on pouvait vraiment la « particulariser », c'est-à-dire l'isoler effectivement du reste du Monde, elle cesserait de ce fait d'être ce qu'elle est, à savoir une Table, sur laquelle je peux, par exemple, écrire.

À l'encontre de ce qu'on dit généralement, nous sommes donc portés à penser que les Choses « particulières », loin d'être « concrètes », ne sont même pas « réelles ». Elles sont *abstraites* au sens le plus propre du terme. Car *dans la réalité* les Choses font partie intégrante et intégrale du Monde un et unique où nous vivons et elles ne peuvent en être séparées ou transformées en Choses « particulières » que « par abstraction ».

γ. La Perception du Concret et de l'Abstrait

En parlant du caractère dit général des Notions, nous avons vu que ce ne sont pas les Choses elles-mêmes qu'on leur oppose habituellement en disant qu'elles sont « particulières », mais les « contenus » des Perceptions (humaines ou animales). De même, ce qu'on oppose à la notion ARBRE, dite « abstraite », n'est généralement pas l'Arbre lui-même, mais le « contenu », dit « concret », de la *perception* d'un arbre (effectivement perçu par un être humain ou animal).

Or, il suffit de regarder d'un peu plus près les choses pour voir que nous sommes alors en pleine « abstraction ». En effet, dans la mesure où la Perception « révèle » une « réalité chosiste », celle-ci n'est certainement pas un « Objet » (perçu) *isolé* du « Sujet » (percevant) : disons un arbre *isolé* de l'homme qui le regarde. La Perception « révèle » certains aspects de l'*interaction* entre le « sujet » *et* l'« Objet » : entre l'homme *et* l'arbre, par exemple (cette interaction ne pouvant, d'ailleurs, s'effectuer que dans un « milieu » approprié, où baignent les deux à la fois). La perception humaine d'un Arbre est tout aussi impossible sans l'homme percevant (l'arbre) que sans l'arbre perçu (par l'homme). Parler de l'arbre perçu par l'homme sans parler de l'homme qui perçoit cet arbre, c'est de nouveau avoir affaire à une « abstraction » au sens le plus fort de ce terme, à une « abstraction » qui est tout aussi irréalisable qu'inconcevable.

Dès que l'on veut, par la voie de la Perception, atteindre le Concret et éviter l'Abstrait, il faut donc compléter la chose perçue par l'homme qui la perçoit. Or, l'homme capable de *percevoir* est un homme en chair et en os, qui, en tant que tel, doit vivre dans un Monde formant un tout avec lui. Mais le Concret n'est pas un Monde *quelconque* : c'est (pour nous) le Monde un et unique, où nous vivons effectivement. Par conséquent, en se servant de la « médiation » par la Perception, on aboutit au même résultat qu'en prenant un contact « direct » avec les Choses par la Pensée discursive : on voit que les Choses « particulières » ne sont ni « concrètes » ni « réelles », mais des pures « abstractions », isolées ou « abstraites » du Monde un et unique où nous vivons et que nous percevons. C'est uniquement de ce Monde (l'Univers) qu'on peut dire (sans se contre-dire) qu'il est une Chose *concrète* et *réelle*.

δ. Le caractère abstrait et concret des Notions et des Choses

Si la seule « réalité chosiste » *concrète* est l'unique Monde où nous vivons, pris dans son ensemble indivis, qui implique la

totalité des Perceptions qui le « révèlent », peut-on dire de cette
« réalité concrète » qu'elle est une Chose « particulière » ?

On répugne quelque peu à le faire. Pourtant, si le contraire
du Particulier est le Général, on répugne encore plus à appeler
« générale » la « réalité » sans nul doute *concrète* qu'est le Monde
où nous vivons. Par contre, l'expression « Réalité universelle »
ne nous choquerait pas dans ce contexte, bien qu'elle ait à peu
près le même sens. De même, l'expression « Réalité individuelle » nous choquerait ici tout aussi peu, bien que l'Universel
semble être le contraire de l'Individuel qui coïncide, à première
vue, avec le Particulier. À dire vrai, le Monde n'est « individuel » ou si l'on veut « particulier » que dans la mesure où il
est *un* (et unique); et il est « universel » ou, si l'on veut,
« général » parce qu'il implique *tout*. Or, l'*un* qui est *tout* (ce
qui est la même chose que le *tout* qui est *un*) peut être dit
total. Aussi bien peut-on dire que la seule Chose concrète est
Totalité, qui est tout aussi universelle qu'individuelle et où le
Particulier coïncide avec le Général.

Mais nous avons vu plus haut que la notion qui « correspond » au Monde (= Univers) a exactement le même « contenu »
que ce Monde lui-même. Ce « contenu » doit donc être dit
concret. En d'autres termes, il est une *Totalité,* au même titre
que le Monde. C'est un contenu « universel » ou « individuel »
où le Général coïncide avec le Particulier. Nous sommes donc
obligés de dire que la notion MONDE (ou UNIVERS) est tout
aussi *concrète* que la Chose à laquelle elle se « rapporte ».

En définitive, si l'on ne peut pas dire qu'une Notion est
nécessairement abstraite, il faut admettre qu'il n'y a qu'une
seule Notion vraiment concrète. Mais parmi les Choses il n'y
en a également qu'une seule qui soit concrète au sens propre
et fort du terme, à savoir la Chose qui « correspond » à l'unique
Notion concrète, cette Notion étant elle-même concrète précisément parce qu'elle se « rapporte » à une Chose qui l'est
également. Si la Chose *concrète* est le Monde ou l'Univers qui
est la *totalité intégrée* des Choses quelles qu'elles soient, la
Notion *concrète* qui s'y « rapporte », à savoir la notion MONDE
ou UNIVERS, doit être la *totalité intégrée* des Notions quel-

conques prises en tant que telles, c'est-à-dire en tant que *Sens* liés à des Morphèmes (leur Sens *intégré* étant lié aux morphèmes MONDE ou UNIVERS). Les Choses *particulières* ne sont isolées de leur Totalité réelle que *par abstraction*. Elles sont donc toutes nécessairement *abstraites,* dans la mesure même où elles sont *particulières*. C'est pourquoi sont également *abstraites* toutes les Notions particulières qui se « rapportent » à ces Choses particulières. Ces Notions *abstraites* ou *particulières* ne peuvent être détachées de leur Totalité notionnelle qu'en tant qu'éléments-constitutifs, artificiellement isolés, du développement discursif du sens de la Notion totale, par définition une et unique. Et si les Choses particulières ne sont « réelles » ou « chosistes » qu'en tant qu'éléments intégrants et intégrés de la Totalité une et unique des Choses (par définition perceptibles, directement ou indirectement), les Notions particulières (qui ont le même degré de Généralité ou de Particularité que les Choses qui leur « correspondent ») n'ont un « sens » ou ne sont « notionnelles » qu'en tant qu'éléments intégrés et intégrants de la Totalité une et unique des Notions prises en tant que Notions, c'est-à-dire, si l'on veut, encore de la Totalité des Choses, ces Choses étant cette fois prises en tant que « concevables » ou « conçues ».

En bref, la seule et unique Notion *concrète* (à la fois particulière et générale, c'est-à-dire totale ou individuelle) que nous avons trouvée n'est rien d'autre que la notion CONCEPT, telle que nous l'avons définie (au titre de projet de recherche) au début même du présent discours.

c. *L'Abstraction généralisante et le Détachement du* hic et nunc

Il semble résulter de ce qui précède qu'il n'y a aucune différence entre les Notions et les Choses. L'unique Notion concrète se « rapporte » à l'unique Chose concrète, cette Notion et cette Chose étant toutes deux totales. Les autres Notions sont tout aussi abstraites que les Choses qui leur « correspondent ». Et ces Notions abstraites ont le même degré de généralité ou de particularité que les Choses abstraites aux-quelles elles se « rapportent ».

Pourtant, le bon sens nous oblige à dire qu'il y a une différence irréductible entre une Notion et une Chose, même lorsqu'il s'agit de la Chose qui « correspond » à la Notion en question. Nous devons donc essayer de voir en quoi consiste cette différence des Notions et des Choses, d'où elle provient et ce qu'elle signifie.

α. La Différence des Notions et des Choses

Prenons (« par la pensée ») un éléphant vivant et essayons de l'introduire dans l'*ici* et le *maintenant* (dans le *hic et nunc*) par exemple dans la pièce du septième étage où j'écris en ce moment ou dans la pièce où vous êtes en train de lire ces lignes. Nous constatons que c'est pratiquement impossible. Mais s'il s'agissait d'introduire le même éléphant *ailleurs,* dans une cage appropriée du jardin zoologique par exemple, il serait fort possible et relativement facile de le faire, même *maintenant.* D'ailleurs, il serait possible, sinon facile, de l'introduire même *ici,* mais seulement *plus tard,* lorsqu'on aurait par exemple renforcé le plancher ou élargi la porte ou fait venir, s'il y a lieu, une grue mécanique suffisamment haute et puissante pour le faire entrer par la fenêtre. Mais une fois introduit dans une pièce d'habitation humaine, l'éléphant vivant serait extrême-ment encombrant : je n'aurais plus pu y écrire et vous n'auriez pas pu y lire. Par contre, il suffit de transformer un Éléphant vivant en une notion ÉLÉPHANT (même si cette notion est particularisée jusqu'à devenir la notion CET-ÉLÉPHANT-CI), pour que les difficultés et l'encombrement susmentionnés dis-paraissent comme par enchantement. En effet, je viens d'intro-duire la notion ÉLÉPHANT dans cette pièce (et même en plusieurs exemplaires) sans nul effort appréciable de ma part et j'ai pu loger dans une surface d'environ 25 sur 5 millimètres un ÉLÉPHANT notionnel qui, certes, « existe » tout autant qu'un Éléphant vivant, mais qui n'« existe » que dans le mode du morphème typographique ÉLÉPHANT et du sens *ÉLÉ-PHANT* que nous avons, vous et moi, « dans nos têtes ».

Pour faire perdre à Napoléon une bataille, en 1806 et près

de la ville d'Iéna, on a dû déplacer et mettre en ligne des milliers d'hommes et projeter dans l'air des masses considérables de divers métaux. Et on a néanmoins échoué. Mais transformons Napoléon en notion NAPOLÉON et livrons-le à un historien ou à un romancier. Ils arriveront sans nul doute, s'ils le veulent, à faire perdre au NAPOLÉON notionnel cette même bataille d'Iéna que le Napoléon vivant a gagné en 1806. Certes, le romancier devra faire un effort d'imagination et l'historien devra soutenir l'assaut de ses collègues ou même du public lettré dans son ensemble. Mais leurs efforts n'auront aucune commune mesure avec ceux qu'ont dû faire en 1806 à Iéna les adversaires du Napoléon vivant, sans pour autant réussir.

Les Mammouths ont disparu du monde vivant depuis des millénaires et il y a tout lieu de supposer qu'ils n'y vivront jamais plus. Mais la notion MAMMOUTH ne s'est pas évanouie pour autant et elle continue à « exister » aujourd'hui dans le monde réel, tout comme elle y « existait » à l'époque paléolithique.

Enfin, pour me trouver là où se trouve un ours blanc vivant, je devrais sans nul doute quitter Vanves, où je me trouve en ce moment, car il n'y a pas d'ours blancs vivant à Vanves. Mais je peux avoir dès maintenant un contact direct avec la notion OURS BLANC sans bouger d'un millimètre.

On pourrait accumuler indéfiniment des exemples de ce genre. Mais ceux qui ont été cités suffisent pour nous faire voir ce qu'avaient en vue ceux qui ont dit ou répété que les notions sont nécessairement « générales » et « abstraites », par opposition aux Choses qui sont partout et toujours « particulières » et « concrètes ».

Si nous avons trouvé plus haut que ces formules sont inadéquates, nous devons essayer d'en trouver de meilleures. Il serait, en effet, contraire au bon sens de nier la différence radicale entre les Notions et les Choses que nous ont fait voir les cas exemplaires montrés ci-dessus. Nous devons, au contraire, essayer de préciser cette différence et d'expliquer pourquoi on a pu la présenter comme une différence entre la Généralité abstraite des Notions et la Particularité concrète des Choses.

Somme toute, ce qu'on reproche en quelque sorte aux Notions lorsqu'on les compare aux Choses, c'est leur manque total d'efficacité et de résistance. La Réalité chosiste agit et résiste à l'action, tandis que les Notions sont en elles-mêmes passives et elles n'opposent aucune résistance lorqu'on agit sur ou contre elles.

Sans doute, dans la mesure où une Notion est elle-même une Réalité chosiste ou une Chose, c'est-à-dire dans la mesure où elle est un Morphème (doué d'un Sens), elle est opérante et résistante comme n'importe quelle autre Chose réelle. Dans le Monde où vit l'Homme, les « discours » prononcés ou écrits agissent et réagissent au même titre que les « corps ». Mais il est facile de constater que les « discours » dépendent des « corps » dans leurs actions. Si un « corps » peut agir et résister sans « discours », le « discours » ne peut exercer une action et opposer une résistance qu'à condition d'être « traduit » en mouvements « corporels » proprement dits (c'est-à-dire en mouvements autres que ceux qu'exige la seule production du « discours »).

La bataille d'Iéna, par exemple, a dû être nécessairement précédée par un grand nombre de discours (par des plans stratégiques, des ordres tactiques, etc.) et sans ces *discours* les armées adverses ne se seraient ni constituées ni mises en branle et il n'y aurait pas eu de bataille du tout. Mais si Napoléon s'était contenté de *parler* de cette bataille, il n'aurait pas ébranlé le monde politique où il vivait. De même, un écriteau : « Champ miné! Danger de mort! » interdit, en règle générale, l'accès d'un champ tout aussi bien que ne le ferait un mur haut de quatre mètres. Mais si quelqu'un voulait pénétrer dans ce champ, en dépit de l'interdiction purement verbale, il aurait pu le faire beaucoup plus facilement que s'il devait escalader le dit mur.

D'une manière générale, les Notions n'ont aucune action efficace *immédiate*. Leur effet « réel » est partout et toujours *médiatisé* par des actions « corporelles » qui constituent, en dernière analyse, soit une lutte entre les hommes, soit un travail humain. Encore les Notions ne peuvent-elles être « traduites » par des Luttes ou des Travaux que dans la mesure où elles impliquent un Morphème (dont le Sens est « compris »). Quant au Sens d'une Notion, isolé de son Morphème, il est complètement inefficace, même s'il « subsiste » d'une façon quelconque.

Si nous réexaminons maintenant les exemples cités précédemment, nous verrons que l'action et la résistance efficaces des Choses dont il y a été question tiennent uniquement et exclusivement à la *localisation spatio-temporelle* de ces Choses. C'est *à Iéna* qu'on n'a pas pu battre Napoléon; mais on a pu le faire ailleurs, par exemple à Waterloo. Ayant voulu le battre, on a échoué *en 1806*; mais on a réussi *plus tard,* par exemple en 1814. C'est *ici* qu'il est impossible d'introduire un Éléphant, mais non pas *ailleurs*; et si l'on ne peut pas l'introduire ici *maintenant,* on pourrait le faire *plus tard.* De même, c'est *maintenant* qu'on ne peut pas voir un Mammouth vivant; mais *auparavant,* à l'âge des cavernes, c'était parfaitement faisable. Et quant à l'Ours blanc, si je ne peux pas le voir *à Vanves,* je peux le voir (plus tard) par exemple *à Vincennes* (au Jardin zoologique).

Si donc Napoléon, le Mammouth, l'Éléphant et l'Ours blanc n'étaient pas indissolublement liés à leurs *hic et nunc* respectifs, ils n'auraient pu avoir ni l'action, ni la résistance qu'ils ont eues ou qu'ils ont effectivement, même si rien n'était changé en eux par ailleurs. Si l'Ours blanc en question n'était pas confiné en ce moment dans sa cage au Zoo de Vincennes, pourquoi ne pourrais-je pas le voir et le voir tel qu'il est « en soi » au même moment à Vanves? Si l'existence des Mammouths n'était pas confinée dans un laps de temps qui s'est entièrement écoulé il y a quelques dizaines de millénaires avant l'instant présent, pourquoi ne pourrais-je pas les voir tels qu'ils sont « en soi » à l'heure qu'il est? Si Napoléon (tel qu'il est « en soi ») n'était pas à Iéna en 1806, on ne voit absolument pas comment il aurait pu y gagner une bataille en cette année. Enfin, si un Éléphant (laissé par ailleurs tel quel) pouvait être détaché de son *hic et nunc,* à la suite de quoi il n'occuperait plus aucune portion dite « finie » de l'espace ni de temps, on ne voit absolument pas pourquoi je n'aurais pas pu alors l'introduire immédiatement dans la pièce où j'écris, sans faire aucun effort.

En bref, Napoléon, l'Ours blanc, le Mammouth et l'Éléphant, dès qu'on les détache de leurs *hic et nunc* respectifs, deviennent tout aussi peu agissants et résistants que les notions qui leur « correspondent ». Ainsi, il suffirait de détacher une Chose « réelle » (dite « particulière » et « concrète ») de son *hic et nunc,* en la laissant par ailleurs telle quelle, pour pouvoir la manier *comme si* elle était une Notion (dite « générale » et « abstraite »), ou, plus exactement, comme si la Chose était la Notion qui s'y « rapporte ».

Nous sommes ainsi tout naturellement amenés à nous demander si, en détachant les Choses « réelles » de leurs *hic et nunc* respectifs, tout en les laissant par ailleurs intactes, on ne les transforme pas en Notions proprement dites. La Chose « réelle », moins son *hic et nunc,* serait précisément ce qu'on appelle la *notion* de cette Chose. Et la Notion serait dénuée d'action et de résistance efficaces (ou, si l'on veut, elle serait « abstraite » et « générale ») précisément parce qu'elle est une Chose *privée de son hic et nunc.* Mais, à la seule exception du *hic et nunc,* la Chose ne se distinguerait pas de la Notion qui s'y « rapporte » et la Notion ne différerait en rien de la Chose qui lui « correspond ».

β. Le Détachement du *hic et nunc*

Notre identification, encore hypothétique, de la Notion avec la Chose détachée de son hic et nunc paraît, à première vue, paradoxale. Dans ces conditions, nous ne pouvons être sûrs, dès le début, que cette hypothèse n'est pas « absurde » ou, en d'autres termes, qu'elle est apte à être ou à devenir vraie, que si nous pouvons la rattacher à une tradition philosophique encore vivante et aussi « vénérable » (c'est-à-dire ancienne et désintéressée) que celle, déjà « reprise » par nous (au double sens de ce terme), qui oppose aux Notions « générales » et « abstraites » les Choses « particulières » et « concrètes ».

Une telle tradition authentiquement philosophique existe effectivement et elle s'est maintenue jusqu'à nos jours, bien qu'elle remonte à la nuit des temps. Elle a été explicitée dès

Socrate au moins et elle semble avoir atteint son point culminant, sinon sa forme définitive, dans les écrits d'Aristote.

J'ai en vue la tradition que nous avons également déjà utilisée (sans vraiment la « reprendre ») et qui fait une distinction radicale entre l'*Essence* (« idéelle », « formelle », « intelligible », etc.) d'une Chose « réelle » et son *Existence* (« matérielle », « physique », « empirique », etc.). D'après cette tradition, l'Existence d'une Notion donnée ou, plus exactement, de son Morphème, n'a rigoureusement rien à voir avec l'Existence de la Chose à laquelle cette Notion se « rapporte ». Par contre, il y aurait entre le Sens de cette Notion et l'Essence de la Chose qui lui « correspond » un lien très intime, qui pourrait aller jusqu'à l'identité complète.

Il nous faut maintenant examiner de plus près cette façon philosophique traditionnelle de voir les choses, en nous demandant si nous ne pouvons pas la « reprendre » pour notre compte de façon à y trouver une dé-monstration de la vérité de l'hypothèse à laquelle nous a amené l'examen de l'autre tradition, qui oppose le Général abstrait notionnel au Particulier concret chosiste.

Il n'y a pas encore très longtemps, on a cru pouvoir *détacher* l'Essence d'une Chose « réelle » et *isoler* cette Essence en la *séparant* de son Existence, par des moyens purement mécaniques. Ainsi par exemple, on croyait obtenir l'*Essence* de Rose en distillant des pétales de roses dans un alambic. On constatait alors avec satisfaction que l'Essence ainsi obtenue était *détachée* du *nunc* des fleurs « correspondantes », puisqu'elle survivait à leur destruction. L'Essence en question était encore là longtemps après qu'ont cessé d'exister les fleurs en question, dont elle a été « extraite ». De même, l'Essence *détachée* du *hic* de ces fleurs, puisqu'on pouvait la mettre dans des flacons. Une fois mise dans un flacon bien bouché, l'Essence de Rose pouvait être transportée n'importe où et elle se conservait indéfiniment, tandis que les Roses elles-mêmes étaient liées au sol et périssaient nécessairement au bout d'un temps assez court.

Nous savons aujourd'hui que ce qu'on obtient par des procédés de ce genre n'a rien à voir avec l'*Essence* qu'a en vue la tradition philosophique en question. Pour nous, les huiles qu'on obtient en distillant des Fleurs et que les Droguistes appellent (en souvenir d'un passé encore proche dont ils ne se souviennent pourtant pas eux-mêmes) « essentielles », font en fait partie de l'*Existence* des Fleurs, au même titre que les pétales distillés. Mais nous continuons tous à croire que nous sommes capables d'*extraire* l'Essence de l'Existence et de la *détacher* du *hic et nunc* de cette dernière, de façon à pouvoir la transporter où bon nous semble et de la conserver indéfiniment, malgré les limites spatiales et temporelles imposées à l'Existence « correspondante ». Seulement, nous conservons ces Essences *détachées* non plus dans des flacons ou des boîtes, mais dans des mots et des discours (par exemple imprimés).

En reprenant la terminologie que nous avons utilisée dès le début, nous pouvons dire que nous assimilons tous, plus ou moins « inconsciemment » ou « spontanément », le *Sens* d'une Notion donnée à ce qu'on a appelé l'*Essence* de la Chose « correspondante » et que nous voyons une certaine analogie entre le mode d'être du *Morphème* de la dite Notion et celui de la *Chose* « elle-même » à laquelle cette Notion se « rapporte ».

En fait, il n'y a nul doute (pour nous) que dans le monde où nous vivons, les Morphèmes *existent* au même titre que les Choses dites « réelles », pour la simple raison que les Morphèmes sont eux-mêmes des Choses « réelles », qu'on peut parfaitement *percevoir* (voir, entendre, toucher) comme n'importe quelle autre Chose. On peut dire que l'Essence de la Rose *existe* (pour nous) dans la Rose « réelle » au même titre que le Sens ROSE *existe* (pour nous) dans le Morphème ROSE qui est imprimé sur ce papier. Ce qui est beaucoup plus délicat, c'est la réponse à la question de savoir où, quand et comment subsistent l'Essence *séparée* de son Existence chosiste et le Sens *détaché* de son Morphème. On peut même se demander si un Sens ou une Essence *isolés* peuvent *subsister* d'une façon quelconque. En effet, que devient l'Essence de la Rose qui est (déjà) détachée de son Existence et non (encore) attachée au Morphème ROSE? On a dit qu'elle subsiste précisément en tant qu'Essence « pure » ou Sens « pur ». Mais quelle est la nature exacte de

cette « subsistance » ? Et quels sont les rapports entre le Sens
« pur » et l'Essence « pure » ?

Sans nul doute, cette question est capitale pour la compréhension discursive du monde où nous vivons et de notre vie
discursive dans ce monde. Mais nous pouvons ne pas y donner
de réponse dans le contexte présent. Pour justifier cette omission
(provisoire), il suffira d'attirer l'attention sur le fait que la
question en cause ne se pose pas uniquement à propos de
l'Essence et du Sens. On pourrait, en effet, se demander tout
aussi bien ce que devient et comment subsiste la Rose « réelle »
ou « chosiste » elle-même *entre* l'instant t_o de son existence
« empirique » dans un *hic et nunc* donné et l'instant « suivant »
de cette même existence (tout comme on peut se demander
où, quand et comment, c'est-à-dire dans quel mode d'être,
s'*incurve* une courbe géométrique *entre* ses « points », en *chacun*
desquels elle *coïncide* avec une *droite* et en dehors desquels elle
ne semble pas « subsister » du tout). Plus simplement, je peux
me demander où se trouve et comment « subsiste » la feuille
de papier *blanc* que j'avais ici *(hic)* sous ma main il y a cinq
minutes et qui est maintenant *(nunc)* en partie recouverte de
morphèmes tracés de ma main à l'encre *bleue* (qui, d'ailleurs,
« deviendra » *noire,* on ne sait trop à quel « instant » du temps
en dehors duquel ces morphèmes ne semblent avoir aucune
« subsistance »).

En laissant de côté ces questions embarrassantes, mais nullement particulières à la question qui nous préoccupe en ce
moment et qui a trait aux Notions, nous nous contenterons de
constater que la Notion est censée établir un « rapport » univoque et réciproque (= bi-univoque) entre l'*Essence* d'une Existence chosiste donnée et le Sens d'un Phénomène, d'ailleurs
quelconque, auquel le Sens est lié dans et par cette Notion
même. Ce « rapport » bi-univoque est un fait qui est, pour
nous, incontestable, du moins dans tous les cas où nous
employons une Notion « correctement ». En effet, chaque fois
que l'un d'entre nous dit à une fleuriste (qui a des Roses) :
« Donnez-moi des roses », il s'attend à obtenir des Fleurs
« réelles » ou « chosistes » et (sauf incompréhension ou erreur
de la part de la fleuriste) il s'attend à obtenir précisément des

Roses et non pas des Fleurs « quelconques ». Grâce à la Notion, on peut donc échanger le Sens qui existait dans un morphème ROSE contre l'Essence qui existe dans les Fleurs du même nom *. De même, lorsqu'on appelle quelqu'un au téléphone, il finit généralement par venir à l'appareil et (sauf erreur ou mauvaise volonté de sa part) c'est bien lui qui répond et non une autre personne « quelconque » (à moins qu'on se soit trompé de nom ou de numéro). Dans certains cas, le « rapport » bi-univoque entre une Chose et une Notion ou, plus exactement, entre le Sens admis (« compris ») d'un Morphème et ce que la tradition philosophique a appelé l'Essence d'une Existence « chosiste », est particulièrement spectaculaire et impressionnant. Un tel cas se produit par exemple dans une roseraie, lorsqu'on trouve en même temps sur une seule et même ronce le bouton d'une Rose d'une race déterminée et l'écriteau portant le morphème dont le Sens « correspond » à l'Essence de cette même race de Roses. Dans ce cas, l'Essence et le Sens ont en quelque sorte le même *hic et nunc*. Les deux se trouvent simultanément dans le voisinage immédiat l'un de l'autre et l'Existence chosiste de l'Essence (à savoir la bouture) occupe à peu près le même espace que l'Existence du Sens (à savoir l'écriteau porteur du morphème). Et, chose curieuse, dans l'état actuel de nos techniques, ce n'est pas la bouture c'est-à-dire la Rose « réelle » ou « chosiste », mais uniquement le morphème de l'écriteau qui peut nous révéler (en nous révélant au même temps son propre Sens) l'Essence de la Rose en question et nous faire connaître ici et maintenant la fleur que cette Rose ne portera probablement que l'année suivante et qu'on devra peut-être aller voir ailleurs pour pouvoir reconnaître la race de la Rose sans l'aide d'aucun écriteau **.

---

* En fait, pour qu'un tel échange s'effectue, le morphème vocal : « Donnez-moi des roses » doit être accompagné d'un morphème typographique appelé « billet de banque » (le Sens des deux morphèmes étant supposé être « compris » par la fleuriste). Mais dans le présent contexte on peut sans inconvénients faire abstraction de cette complication, par ailleurs fort intéressante et importante.

** En principe, cet exemple n'est pas plus impressionnant que n'importe quel autre. Mais en fait, étant, dans la vie courante, un cas relativement rare d'utilisation des Notions, il peut plus facilement faire voir ce qu'il y a de vraiment « miraculeux » dans cette utilisation. Pour la même raison on pourrait encore mentionner le cas de

Ces exemples montrent clairement (sans le démontrer) qu'il y a pour le moins une analogie profonde de structure entre les Choses et les Notions et que les Sens des Notions « correspondent » d'une manière intime aux Essences des Choses. Il ne nous reste plus qu'à voir quelle est la nature exacte de cette « correspondance » entre les Essences et les Sens pour savoir (ou comprendre discursivement) ce que sont les Notions et donc ce qu'est le Concept.

L'*Essence* d'une Chose a ceci de particulier qu'elle est nécessairement liée à une Existence parfaitement *déterminée* [par elle (?)]. L'essence de la Rose, par exemple, ne peut *exister* (comme existe une Chose) que dans les Roses ; elle ne saurait jamais et nulle part avoir une *existence* « chosiste » dans une Pierre, dans un Animal, ni même dans une Plante quelconque qui ne serait pas une Rose. D'une manière générale, nous sommes (actuellement) tous d'accord pour dire qu'une Essence donnée ne peut *exister* que dans des Choses qui ne diffèrent pas « essentiellement » entre elles et nous admettons que les Choses ne différant pas « essentiellement » entre elles dans leurs Existences ont une seule et même Essence.

Certes, les hommes n'ont pas toujours pensé ainsi. À l'âge dit « magique » (qui s'est perpétué, d'ailleurs, jusqu'à nos jours et ceci en chacun de nous) on admettait que, dans certains cas, une Essence (ou, plus exactement, puisqu'il s'agit d'« Essences

la *télépathie*. Ceux qui la nient ou l'admettent sont généralement d'accord pour y voir quelque chose de « miraculeux ». Or, il n'y a aucune différence de principe entre la lecture compréhensive d'une lettre ou d'un livre et la « lecture télépathique » de la « pensée » d'un être humain. En effet, on admet couramment aujourd'hui que toute « pensée » humaine existe sous forme de processus cérébraux « réels » ou « chosistes », qui produisent semble-t-il des ondes électro-magnétiques, appelées « ondes de Berger ». Rien d'impossible alors que ces ondes engendrent dans un autre cerveau humain des processus appropriés de « pensée », tout comme le font des paroles lues ou entendues. En fait, les ondes de Berger ont tout aussi peu ou tout autant de commun avec la « compréhension » par un autre de la « pensée » qu'elles « réalisent » que les ondes sonores d'un morphème vocal ou les ondes lumineuses (d'ailleurs elles aussi électromagnétiques) projetées par un morphème graphique ont ou n'ont pas de commun avec la « compréhension » par autrui du discours « réalisé » par les ondes « chosistes » avec tout ce qui peut en résulter dans le Monde. (Si j'évoque ici la Télépathie, ce n'est ni pour la faire admettre, ni pour montrer sa « banalité » ; je le fais uniquement pour faire voir que la « compréhension » du discours d'autrui est un « miracle », qui ne cesse pas d'être « miraculeux » du fait qu'il est « compréhensible ».)

magiques », un *Mana*) peut fort bien *exister* dans les Choses qu'on considère par ailleurs comme « essentiellement » *différentes*. Ainsi par exemple, personne n'a jamais pu confondre, dans la vie courante, un Homme avec un Léopard. Mais certains « Primitifs » prétendent de nos jours encore qu'il y a des hommes qui, tout en étant et restant des Hommes, sont par moments des Léopards. D'innombrables « mythes » (totémiques ou autres) nous parlent encore d'Animaux incontestables qui, néanmoins, sont en même temps des Hommes authentiques et se comportent, parfois, en tant que tels, tout en étant et restant les Animaux qu'ils sont par ailleurs (mais non pas nécessairement *ailleurs* que là où ils sont des Hommes à un moment donné).

En découvrant qu'un chat est partout et toujours un Chat et qu'il ne peut jamais et nulle part être quelque chose d'autre, les Philosophes grecs ont mis fin une fois pour toutes à ces errements *. Depuis cette découverte, vraiment révolutionnaire, du lien *indissoluble* entre l'Essence d'une Chose et l'Existence de cette même Chose, aucun homme sensé (qui, par définition, évite de se contre-dire) n'a plus jamais douté du fait qu'il y a un rapport bi-univoque entre une Essence donnée et une Existence « chosiste ». En rattachant par un lien bi-univoque et indissoluble l'Essence à l'Existence, les Grecs ont supprimé la possibilité même de la Magie en tant que telle, fondée sur la négation ou la non-reconnaissance d'un tel lien. Mais ils ont *conservé* la grande découverte des Magiciens d'antan, à savoir la distinction radicale entre l'Existence qu'ils appelaient « profane » et que nous appelons « empirique » et le Mana (qui était pour eux « sacré » et qui est resté pour nous, depuis Platon, « idéel » ou « intelligible » et en tout cas « essentiel ») conservante et conservatrice de la Magie pour les Grecs. Dans cette suppression la notion du Mana a été transformée ou *sublimée* en celle de l'Essence. En fait et pour nous, l'Essence « grecque »

---

* Le fait que des Primitifs (sous les tropiques ou à Paris) continuent de nos jours encore à admettre (explicitement ou implicitement) la conception « magique » du rapport entre l'Essence et l'Existence, prouve seulement que l'existence humaine « culturelle » ou discursive, voire historique, comporte des « fossiles vivants », tout comme le fait la vie « naturelle », végétale ou animale.

ne diffère en rien du Mana « magique », sauf qu'elle ne peut *exister* que dans une Chose parfaitement *déterminée,* tandis que le Mana était censé pouvoir trouver une Existence dans *n'importe quelle* Chose « librement choisie », en quelque sorte, par lui ou par le Magicien. La notion du Mana, ainsi « sublimée » par les Philosophes grecs en la notion de l'Essence, est la notion de base de toute Science au sens propre du mot. Vouloir nier la découverte grecque de l'Essence et revenir à la notion magique du Mana, ce serait donc vouloir nier la Science en tant que telle, en dépit de ses innombrables réussites techniques, ce qui est vraiment impossible pour quelqu'un qui est censé posséder un minimum de bon sens *.

Admettons donc comme une donnée « indiscutable » l'assertion (d'origine grecque) selon laquelle l'Essence d'une Chose est nécessairement (c'est-à-dire partout et toujours) liée à un type déterminé d'Existence « chosiste » et que toutes les Existences « chosistes » de ce type ont toujours et partout (c'est-à-dire nécessairement) une seule et même Essence. Désormais, tous les chats auront en fait, pour nous, une seule et même Essence, qui est précisément celle du Chat; nous n'essayerons même pas de chercher cette Essence ailleurs que dans un Chat et nous admettrons que cette Essence ne peut *agir,* par exemple attraper des souris ou marcher le long d'une gouttière, que par le truchement d'un Chat vivant « ordinaire », apte à faire tout ce que peuvent faire les Chats, mais « essentiellement » incapable de faire quoi que ce soit d'autre.

Or, si nous passons maintenant de l'*Essence* du Chat au *Sens* de la notion CHAT, nous verrons qu'il n'en va plus du tout de même. Le sens CHAT *existe* dans le morphème CHAT au même titre que l'Essence du Chat *existe* dans l'organisme vivant

---

* J'ai dit plus haut que le bon sens nous conseille de ne pas rejeter complètement les « traditions vénérables ». Or, en ce qui concerne la durée, la tradition magique bat tous les records. Mais pour être « vénérable », une tradition doit être non seulement très ancienne, mais encore (le plus possible) « désintéressée ». Or, la Magie a toujours servi les *intérêts* des hommes : par opposition à la Philosophie, la Magie est essentiellement « intéressée ». C'est pourquoi, sans heurter le bon sens, la Philosophie peut « justifier » les Grecs qui ont tué la Magie en dépit de son grand âge. Ceci d'autant plus que la suppression de la Magie par les Grecs avait un caractère « dialectique » ou « conservatif » et ne signifiait donc nullement un « rejet complet ».

d'un Chat ou dans un chat tout court. En particulier, un morphème CHAT peut être *perçu* (entendu, vu, etc.) tout comme peut l'être un chat quelconque ou n'importe quelle autre Existence chosiste. Mais si toutes les Choses qui « incarnent » l'Essence du Chat sont partout et toujours des Chats, tous les morphèmes qui « incarnent » le Sens *CHAT* n'ont pas nécessairement la forme (vocale, graphique, etc.) CHAT. Si l'on compare tous les morphèmes qui existent actuellement sur terre et qui ont (pour celui qui les compare) un seul et même sens *CHAT*, on verra qu'ils diffèrent entre eux beaucoup plus qu'un Chat ne diffère d'un Chien par exemple. Pourtant, la différence entre un Chien et un Chat suffit pour que l'Essence du Chat ne puisse avoir une Existence chosiste que dans ce dernier et non dans le premier. D'ailleurs, qu'y a-t-il de commun entre un morphème vocal et un morphème graphique ou mimique? Néanmoins, ils peuvent tous avoir un seul et même Sens, qui *existe* en chacun d'eux.

Par ailleurs, nous avons vu précédemment qu'en ce qui concerne le « contenu », il n'y a aucune différence entre l'Essence du Chat et le Sens *CHAT* de la notion CHAT. Ce qui distingue radicalement l'Essence du Sens, c'est donc le fait que l'Essence est liée à une Existence chosiste d'un type *déterminé* d'une façon univoque, tandis que le Sens peut être lié à une Existence chosiste *quelconque* (à condition qu'elle soit un Morphème). En d'autres termes, le Sens se comporte exactement comme est censé se comporter le Mana « magique ». On pourrait dire que le Sens est l'« Essence » de la Notion (ou de son morphème), à condition d'admettre que *cette* « Essence » a tous les caractères qu'est censé avoir le Mana qu'a en vue la Magie. On pourrait donc dire que la Notion est une entité « magique » ou « sacrée », tandis que la Chose est une entité « scientifique » ou « naturelle » (voire « profane »). Ou bien encore, on pourrait dire qu'une seule et même « entité » (dont nous ne pouvons pas encore dire *ce* qu'elle est) peut *exister* en tant qu'Essence, dans la mesure où elle est liée à une Chose « naturelle » et en même temps, sinon au même endroit [le sens *JE* n'est pas une Essence, comme nous le verrons plus tard] en tant que Sens, dans la mesure où elle se rattache à une Chose « magique », qui n'est, d'ailleurs, rien d'autre qu'un Morphème *.

Il est clair que la constatation de la différence « essentielle » entre le Sens et l'Essence a une importance capitale. Il est donc nécessaire de s'y arrêter quelque peu, afin de se rendre compte de toute sa portée, bien que cette constatation nous paraît aujourd'hui « triviale » ou « banale », c'est-à-dire, si l'on préfère, « nécessairement et universellement valable ».

Reprenons l'exemple de la Rose. Non seulement l'Essence de la Rose, liée à l'Existence («naturelle») de la rose d'une rose donnée, mais encore le Sens ROSE, lié à l'Existence («magique») d'un morphème donné, ont un *hic et nunc* déterminé. La rose et le morphème donnés existent *ici et maintenant* : le *hic* de la rose est, disons, le jardin de mon voisin, et le *hic* du morphème ROSE est l'endroit précis qu'il occupe sur cette feuille de papier, les deux *hic* étant supposés se situer dans un seul et même *nunc,* qui est celui où j'écris ces lignes. Certes, un morphème ROSE peut exister ailleurs que sur ce papier et une rose ailleurs que chez mon voisin; les deux peuvent en outre exister avant ou après le moment du temps sus-mentionné. Mais ni le morphème ni la plante en question ne peuvent exister n'importe où et n'importe quand. Les *hic et nunc* du morphème et de la plante ne peuvent se situer qu'à l'intérieur d'un « lieu » déterminé au sein du Monde spatio-temporel où nous vivons (que les Grecs appelaient « Cosmos »), ce « lieu » pouvant être appelé, avec Aristote, le « Topos » du morphème ou de la plante qui est une Rose.

* Certains Philosophes grecs ont commis au début une grave erreur, en admettant qu'il y a un lien bi-univoque indissoluble non seulement entre l'Essence et l'Existence, mais également entre le Sens et le Morphème. Cette erreur peut s'*expliquer* par le mépris que les Grecs avaient pour les Barbares, qui étaient censés ne pas *parler* du tout, du moment qu'ils ne parlaient pas grec. Mais aucun argument valable ne peut le *justifier.* Aussi bien les Grecs eux-mêmes ont-ils rapidement reconnu le caractère *arbitraire* (appelé à tort « conventionnel ») du lien qui rattache le Sens au Morphème. Quant à une autre erreur des Philosophes grecs (cette fois permanente et générale chez eux), qui consiste à assimiler l'Homme à une Chose « naturelle » et à chercher, par conséquent, en lui, comme s'il était une sorte de Chat, une Essence « scientifique », – nous n'avons pas à nous en occuper ici, le sujet devant être traité dans la Troisième Introduction.

Or, si nous comparons le Topos du morphème ROSE et celui de la Rose « chosiste », nous constatons, d'une part, qu'ils ne se recouvrent pas nécessairement, et que, d'autre part, l'un est beaucoup plus vaste que l'autre. Ainsi par exemple, le *hic et nunc* de la rose envisagée se situe nécessairement au sein du Topos, où il y a, entre autres, de la terre, de l'eau et de l'air, tandis que le *hic et nunc* du Morphème en question doit se situer dans un Topos, où il y a, nécessairement, entre autres, du papier et de l'encre, mais où la terre, l'eau et l'air peuvent manquer, de même que l'encre et le papier peuvent manquer dans le Topos qui ne peut pas être dépassé par le *hic et nunc* à la rose. Or, il est évident que le Topos de la rose est extrêmement limité en comparaison avec le Topos du morphème. Comparons-les, par exemple, du point de vue de la température. Une Rose cesse à coup sûr d'exister à 180° au-dessous de zéro et à 100° au-dessus, tandis qu'un Morphème, s'il est localisé dans une tablette en terre réfractaire par exemple, peut facilement exister à des températures comparables à celle de l'air liquide ou de l'arc électrique. De même, s'il est impossible de faire exister une Rose (à ciel ouvert) au-delà du cercle polaire, rien ne s'oppose à ce qu'un Morphème existe actuellement aux environs immédiats du Pôle sud (en supposant que Bird, par exemple, l'y ait déposé). Enfin, il semble impossible qu'une Rose puisse exister pendant plus d'un siècle, tandis qu'un Morphème peut exister pendant des millénaires.

Sans nul doute, la puissance vraiment extraordinaire dont l'Homme dispose actuellement dans le Monde où il vit tient au fait qu'il est seul à y pouvoir manier non seulement des Essences liées à des Existences « naturelles » ou à des Choses, mais encore des Sens rattachés à des Existences « magiques », c'est-à-dire à des Morphèmes. C'est l'extension pratiquement illimitée du Topos de l'Existence « magique » qui permet à l'Homme (seul capable de se situer dans ce Topos, tout en existant aussi dans le Topos propre à la Chose « naturelle » qu'il est lui-même) de contourner et d'encercler en quelque sorte les Choses « naturelles » qu'il ne saurait vaincre en les attaquant de front, mais qui sont pratiquement sans défense contre ses attaques indirectes ou obliques (chères aux grands stratèges militaires), confinées qu'elles sont dans le champ clos et exigu du Topos qui leur est propre. Et c'est pourquoi, soit dit en passant, le terme « Existence *magique* » est approprié pour désigner le mode d'existence des Sens liés à des Morphèmes. En effet, en liant l'Essence à l'Existence *naturelle* d'une façon bi-univoque et indissoluble, mais en sauvegardant le caractère absolument arbitraire (sinon « conventionnel ») du lien qui unit un Sens au Morphème, la Science a fini par obtenir des résultats qui dépassent de loin tout ce qu'un Magicien tant soit peu honnête, réduit à ses seules « formules magiques », a jamais rêvé de pouvoir promettre au plus crédule de ses clients. Aussi bien la Science moderne est-elle beaucoup plus « magique » que n'importe quelle Magie proprement dite.

Mais ce n'est pas cet aspect de la question qui nous intéresse dans le présent contexte. Ce que nous devons constater, souligner et retenir, c'est le fait que le *hic et nunc* d'une Chose « naturelle » n'a rigoureusement rien à voir avec le *hic et nunc* d'une Notion, même si le Sens de celle-ci ne diffère en rien (quant à son « contenu ») de l'Essence de celle-là.

Bien entendu, l'*Existence* (« naturelle ») de l'Essence de la Rose a nécessairement un *hic et nunc* et ne peut pas en avoir plusieurs à la fois, de même que l'*Existence* (« magique ») du Sens ROSE a elle aussi nécessairement un et un seul *hic et nunc*. Si deux roses ne peuvent pas pousser en même temps au même endroit, il n'y a non plus aucun moyen de loger deux morphèmes ROSE dans la même portion de l'espace, par exemple sur cette feuille de papier. Dès qu'il s'agit de roses « chosistes » et de morphèmes ROSE, nous ne pouvons faire autrement que de suivre Aristote, qui nous dit qu'une seule et même entité ne peut pas *exister* au même *moment* en des *lieux* différents. Rien d'étonnant donc qu'un morphème ROSE ne puisse pas exister dans le même *hic et nunc* qu'une rose qui fleurit. Ce qui est remarquable, c'est le fait que le *hic et nunc* d'une rose peut ne pas faire partie du même Topos que le *hic et nunc* d'un morphème ROSE. Or, l'Essence de la Rose et le Sens ROSE sont, semble-t-il, une seule et même entité. Du moins n'avons-nous aucun doute que cette Essence et ce Sens ont quelque chose de commun ou en commun, même si nous ne pouvons pas dire *ce* qu'est l'entité qui leur est commune.

Pour que cette entité « inconnue » puisse à la fois subsister en tant qu'Essence de la Rose, qui est liée à une Existence (« naturelle ») ayant un *hic et nunc* au sein d'un Topos déterminé, et en tant que Sens ROSE, rattaché à une Existence (« magique ») ayant un *hic et nunc* au sein d'un Topos qui n'a rien à voir avec le Topos précédent, il faut (bien que cette condition nécessaire ne soit pas suffisante) que l'entité commune en question ne soit elle-même liée à aucun *hic et nunc* situé au sein d'un Topos déterminé quelconque. En d'autres termes, cette entité n'a pas de *hic et nunc* du tout. Car ce qui n'est pas confiné dans une étendue spatio-temporelle déterminée quelconque ne peut *a fortiori* être ni *ici*, ni *maintenant*, le *hic* et le *nunc* étant nécessairement situés dans des limites déterminées du temps et de l'espace, c'est-à-dire nécessairement dans les limites d'un Topos, même si la notion du Topos est prise au sens le plus large.

En bref, ce que l'Essence et le Sens ont *en commun*, c'est le *Détachement du hic et nunc.* On ne peut pas dire *où* et *quand* existe l'entité commune du Sens et de l'Essence et on ne peut pas le dire pour la simple raison que, par définition, elle n'*existe* pas du tout. L'Existence a nécessairement un *hic et nunc*, peu importe que ce soit l'Existence « naturelle » d'une Chose ou l'Existence « magique » d'une Notion (cette Existence étant son Morphème). Ce qui est détaché du *hic et nunc* est donc par cela même détaché de l'Existence en tant que telle. Inversement, si les Notions et les Choses ont chacune leur *hic et nunc*, celui-ci tient à ou provient de leurs Existences et non pas de leurs Sens ou de leurs Essences, de sorte qu'en les détachant de leurs Existences on les détache du même coup de leurs *hic et nunc.* Dans la mesure où l'« entité commune » en question est partout et toujours associée aux divers *hic et nunc* d'Existences *déterminées* et *identiques* entre elles, elle est dite être l'*Essence* d'une *Chose* (dont l'*Existence* est alors appelée « naturelle »); mais dans la mesure où cette même « entité » s'associe aux divers *hic et nunc* d'Existences *quelconques* et *différentes,* elle est appelée le *Sens* d'une *Notion* (dont l'Existence, dite alors « magique », est un *Morphème*).

γ. L'Abstraction généralisante

Après ce qui précède, nous pouvons dire, semble-t-il, comment la Chose peut se trans-former en Notion (qui est dite se « rapporter » à cette Chose) ou, plus exactement, comment ce qui est l'Essence d'une Chose peut devenir et être ce qu'est le Sens d'une Notion, sans pour autant avoir cessé d'être cette même Essence.

Nous pouvons dire tout de suite qu'une Chose se transforme en Notion à la suite de ce qu'on pourrait appeler une *Abstraction généralisante*. Mais il s'agit de voir ce que c'est. Il s'agit de savoir de quoi et comment se fait l'« abstraction » et pourquoi cette abstraction « généralise ».

Prenons une Chose du genre de celles dont nous avons parlé jusqu'ici (une Rose, par exemple). Dans la mesure où elle *existe*, elle est nécessairement *liée* à un *hic et nunc*. Détachons-la de son *hic et nunc* (sans nous demander pour le moment comment et pourquoi nous pouvons le faire). En le faisant, nous la *détachons* de son *existence*, mais nous ne la faisons pas disparaître complètement. La Chose détachée de son *hic et nunc* et donc de son *existence* ne s'*anéantit* pas et n'est pas Néant pur. Elle « subsiste » dans un mode d'être que nous ne savons pas encore définir, mais dont nous savons qu'il est tel qu'il peut avoir ou recevoir une *existence* authentique, qui est cependant *autre* que celle que la Chose avait *avant* l'opération de son détachement du *hic et nunc* et qu'elle continue à avoir *indépendamment* de ce détachement. Cette « deuxième » *existence*, qui a son propre *hic et nunc*, absolument différent et indépendant du précédent, est l'existence d'un Morphème. Nous avons ainsi trans-formé une Chose en une Notion ou, plus exactement, l'Essence d'une Chose en Sens de la Notion qui s'y « rapporte ».

Ou bien encore : Si nous voulons assigner l'*existence* à un Sens donné, nous devons lui associer un *hic et nunc*; nous pouvons le faire soit en produisant un nouveau morphème auquel le Sens en question sera lié, soit en rattachant ce dernier à l'un des morphèmes déjà existants; mais nous pouvons également attacher ce même Sens à une Chose « naturelle », quitte à l'appeler désormais l'Essence de cette Chose.

Que peut-on en conclure? Qu'une Chose se transforme en Notion dans et par un processus, dont nous ignorons encore le pourquoi et le comment, mais dont nous savons déjà qu'il détache la Chose en question et, par conséquent, son Essence, de son *hic et nunc* et donc de son Existence. Ce processus n'*anéantit* pas la Chose et se contente de la détacher de l'existence et donc du *hic et nunc,* en la laissant par ailleurs absolument intacte. Sans être Néant pur, cette ex-Chose et ex-Essence ne peut néanmoins *exister* que lorsqu'un Acte (dont nous n'essayerons pas ici de préciser la nature, mais dont nous admettrons, sans le démontrer, qu'il est propre à l'Homme et ne s'effectue qu'en et par lui) lui assigne une *existence* nouvelle et donc un nouveau *hic et nunc,* qui sera celui d'un Morphème dont cette ex-Essence deviendra le Sens. Puisque c'est une *ex-*Essence, c'est-à-dire une Essence *détachée* de toute Existence et de tout *hic et nunc,* qui *existe* à nouveau en tant que Morphème, l'Existence et le *hic et nunc* de celui-ci pourront être *quelconques.* Mais si l'on veut revenir du Sens de ce Morphème « quelconque » à l'Essence qui, ayant été détachée du *hic et nunc* de l'Existence de la Chose dont elle est l'Essence, est devenue ce Sens dans et par l'Acte (humain) qui l'a liée au Morphème, on retrouvera fatalement la Chose en question avec le *hic et nunc* de son Existence rigoureusement déterminé, qui est partout et toujours le même. En d'autres termes, le Sens détaché du *hic et nunc* de l'existence de son Morphème, tout en n'étant pas Néant pur, ne peut *exister* qu'en tant qu'Essence d'une Chose « naturelle », indissolublement liée dans son Existence à un *hic et nunc* déterminé.

D'ailleurs, le processus qui détache l'Essence d'une Chose de son Existence n'affecte pas cette Chose elle-même, ni même son Essence, qui restent, après ce processus de trans-formation, exactement ce qu'elles étaient avant lui et ce qu'elles sont, par conséquent, indépendamment de lui. Ce qui a été l'Essence d'une Chose « naturelle » reste à jamais et partout cette même

Essence, même si un processus de trans-formation l'a détachée du *hic et nunc* de son Existence et même si un Acte (humain) en a fait le Sens d'une Notion, qui existe en tant que Morphème dans un autre *hic et nunc*.

Une Chose « naturelle » se trans-forme donc en Notion (qui se « rapporte » à cette même Chose) à la suite d'un Acte humain qui *présuppose* le processus de nature très spéciale, qui détache la Chose (ou son Essence) de son *hic et nunc* (et donc de son Existence). La Notion étant en fin de compte le *résultat* de ce processus, nous devons nous demander si la nature de celui-ci ne détermine pas la nature de la Notion de telle sorte qu'il soit possible de la définir (conformément à la « vénérable » tradition philosophique que nous avons « reprise ») comme une entité *sui generis, abstraite* et *générale*. Autrement dit, nous devons nous demander si le processus en question est vraiment, comme nous l'avons dit plus haut, une Abstraction généralisante qui aurait, étant tel, pour résultat final (à condition d'être médiatisé par un Acte humain) la *Généralité abstraite* qu'on appelle traditionnellement une Notion.

Notre façon de présenter la Notion ne choquerait pas au moins le bon sens (bien qu'elle soit contraire à maints préjugés du jour), si nous pouvions montrer qu'elle nous permet de rejoindre la conception traditionnelle que nous avons précédemment « reprise ». Or, c'est ce qui semble être le cas.

En effet, dire que la Notion qui se « rapporte » à une Chose est cette Chose même en tant que *détachée* de son *hic et nunc,* c'est dire que la Notion est le résultat d'un processus d'*abstraction.* On *fait abstraction* du *hic et nunc* d'une Chose, en passant de cette Chose à la Notion « correspondante » (ou, si l'on préfère, en transformant la Chose en cette Notion). Étant le *résultat* d'une *abstraction,* la Notion peut bien être dite *abstraite,* par opposition à l'existence de la Chose « correspondante », laissée et restée intacte dans son *intégrité.*

On a, certes, toujours su qu'en formant une Notion on faisait abstraction du *hic et nunc* de la Chose « correspondante ». Mais on a souvent admis que pour former une Notion il fallait faire abstraction d'autres choses encore que du *hic et nunc.*

Nous avons vu plus haut qu'il n'en est rien ou, plus exactement, qu'il est contra-dictoire de faire, d'une part, « correspondre » la Notion à une Chose prise en bloc et, d'autre part, d'en éliminer des éléments qui « correspondent » à des éléments constitutifs de cette même Chose. Or, en présentant maintenant la Notion comme le résultat d'un Acte qui se contente de rattacher à un Morphème la Chose « correspondante » préalablement détachée de son *hic et nunc,* mais laissée par ailleurs intacte, nous évitons d'emblée cette contra-diction.

D'une manière générale, en admettant que la Notion d'une Chose « réelle » est cette Chose *elle-même,* prise dans l'*intégrité* de ses éléments-constitutifs « internes » et seulement *détachée* de son *hic et nunc* (et donc de son *existence*), on comprend mieux comment et pourquoi une Notion peut se « rapporter » ou « correspondre » exactement à une Chose. On peut maintenant préciser que « rapport » et « correspondance » entre une Chose et sa Notion signifient ici « identité » des deux c'est-à-dire leur « coïncidence » parfaite, sauf en un point, à savoir que la Chose et la Notion, dans la mesure où elles *existent* toutes deux, ont des *hic et nunc* différents (et diffèrent également quant à leur Topos).

Mais en admettant que la Notion s'obtient à partir de la réalité de la Chose dans et par un Acte qui fait *abstraction* du *hic et nunc* de celle-ci, on comprend pourquoi la tradition philosophique affirme que les Notions sont nécessairement *abstraites,* par opposition à la Réalité chosiste, qui est partout et toujours *concrète.* Nous avons vu que le « concret » signifie, en dernière analyse, « efficace » et qu'« abstrait » équivaut en fin de compte à « inopérant ». Or, nous comprenons maintenant pourquoi les Essences des Choses « réelles » qui sont *indissolublement* liées au *hic et nunc* d'une Existence *déterminée,* qui est toujours la même, peuvent *agir* les unes sur les autres d'une façon *immédiate,* tandis que le Sens d'une Notion reste essentiellement *inopérant* même s'il *existe* dans un *hic et nunc* en tant que Morphème, vu qu'il n'y a aucune liaison *nécessaire* entre le Sens et son Morphème, qui peut être *quelconque* et qui ne peut pas, par conséquent, être le véhicule de l'action *immédiate* de son Sens. L'action du Sens sur la Réalité chosiste doit donc nécessairement être *médiatisée* par le *hic et nunc* d'une Existence, qui serait liée au Sens d'une façon tout aussi bi-univoque que le Morphème, mais qui serait tout aussi *déterminée* par son Sens que l'Existence de la Chose l'est par son Essence. C'est dire que le Sens d'une Notion ne peut *agir* efficacement que s'il détermine non seulement l'Existence d'un Morphème, mais encore celle d'une Chose « naturelle » (qui devient de ce fait « magique »), cette Chose étant en fait le corps qui *agit* en fonction du Sens en question.

Mais allons plus loin. Si la Notion est *abstraite* (= inopérante) parce qu'il y est fait *abstraction* du *hic et nunc* de la Réalité chosiste « correspondante », on peut dire que la Notion est nécessairement *générale,* par opposition à la Chose, qui est toujours et partout *particulière.* En effet, il est facile de voir que « faire abstraction » ou « détacher » *du hic et nunc* et « généraliser » ne font qu'un; il s'agit dans les deux cas d'un seul et même Acte.

La Philosophie a reconnu depuis longtemps que l'Espace-temps, qui est le « réceptacle » ou, plus exactement, l'unité intégrée de tous les *hic et nunc,* est le *Principe de l'individuation* de la Réalité chosiste et qu'il est impossible de parler, sans se contre-dire, d'un autre Principe d'individuation quelconque. Or, s'il en est ainsi, détacher du *hic et nunc,* c'est détacher de l'Espace-temps et donc de l'« Individualité » elle-même, c'est-à-dire précisément de ce que la tradition appelle la « Particularité ». En ce point la Philosophie est, d'ailleurs, en parfait accord avec le bon sens. Personne (sauf Leibniz, chez qui le bon sens a été parfois défaillant) ne nie le fait que des entités, par ailleurs rigoureusement *identiques,* peuvent *différer* néanmoins en raison de leur *hic* ou de leur *nunc* ou des deux à la fois. Personne (pas même Leibniz) ne voudra nier, par exemple, qu'il y a dans l'Espace « géométrique » une infinité de points « différents », qui sont pourtant rigoureusement *identiques* quant à leur « contenu propre » ou leur « nature intrinsèque » et qui sont « distingués » uniquement par leur localisation. Rien ne nous empêche donc d'admettre qu'une *seule et même* entité puisse *exister,* soit en tant que Sens d'une Notion, soit comme Essence d'une Chose, en un grand nombre d'exemplaires *dif-*

férents, qui diffèrent *uniquement* par le *hic et nunc* de leur *Existence* (« magique » ou « naturelle »). Inversement, on ne comprend absolument pas comment il peut y avoir *plusieurs* entités, ayant exactement le *même* « contenu », si ces entités n'ont aucun *hic et nunc.* En particulier, on ne comprend pas comment un seul et même Sens ou une seule et même Essence peuvent se *multiplier* sans *exister* en des *lieux* ou à des *moments* différents, c'est-à-dire sans se distinguer par leurs *hic et nunc.*

Disons donc qu'une seule et même Notion peut *exister* en plusieurs exemplaires, à condition d'exister dans des *hic et nunc* différents. Quant au *Sens* de ces multiples Notions, pris indépendamment de son *existence* dans les *hic et nunc* des Morphèmes de ces mêmes Notions, il n'a par définition aucun *hic et nunc* qui lui soit propre, puisqu'il est le résultat d'une *abstraction* du *hic et nunc* quel qu'il soit. On ne saurait donc dire (sans se contre-dire) que le Sens pris en tant que tel peut être « multiple ». Or, si l'on ne peut même pas dire que le Sens *peut* être multiple, il vaudrait mieux ne pas dire qu'il est « numériquement *un* ». Il serait plus correct de dire que tout Sens est nécessairement (c'est-à-dire partout et toujours, dès qu'il *existe*) « unique en son genre ». C'est dire, en d'autres termes, que tout Sens est « total » ou, ce qui est la même chose, que *tous* les Sens qui *existent* dans des *hic et nunc* différents « ne font qu'*un* (Sens) ».

Nous admettons (provisoirement) qu'il y a *plusieurs* Sens qui *diffèrent* entre eux par leurs « contenus » : le sens CHAT de la notion CHAT est *autre* que le sens ROSE de la notion ROSE. Mais nous avons vu que le « contenu » déterminé d'un Sens donné est partout et toujours un *seul et même* Sens, ce Sens « un et unique », voire « total », pouvant d'ailleurs « correspondre » ou se « rapporter » à un grand nombre de Réalités chosistes ou de Choses *existantes* et *exister* lui-même dans de multiples Morphèmes, chacune de ces Choses et chacun de ces Morphèmes ayant un *hic et nunc* qui *diffère* de ceux des autres.

Cette façon de voir les choses a longtemps semblé assez satisfaisante. Cependant, à un moment donné, la multiplicité des Choses qui « correspondent » à un seul et même Sens (ou qui ont une seule et même Essence) a semblé présenter des difficultés. C'est en essayant de résoudre ces difficultés qu'on a parlé des Notions d'une façon qui nous a paru inacceptable, parce qu'elle nous a semblé impliquer une contra-diction.

On avait constaté (sans doute depuis longtemps, mais sans s'en préoccuper, au début, outre mesure) que les différents « exemplaires » d'une seule et même « espèce » (c'est-à-dire d'une seule et même Essence, susceptible d'exister également, en tant qu'un seul et même Sens, dans différentes Notions, qui ne diffèrent entre elles que par leurs Morphèmes et les *hic et nunc* de ceux-ci) ne sont jamais rigoureusement identiques et diffèrent entre eux par autre chose encore que par leur *hic et nunc* respectif (ce qui a impressionné Leibniz, on ne sait trop pourquoi, au point de l'égarer dans sa recherche philosophique). Ainsi par exemple, les dimensions des Chats d'une même « race » (ou « sous-espèce ») *varient* sensiblement (bien que dans certaines *limites* déterminées). Sans doute (quoi qu'en ait dit Leibniz) on ne peut pas dire qu'il soit *impossible* (contra-dictoire) que deux chats de la même « race » aient rigoureusement la même dimension et soient même rigoureusement identiques à tous les points de vue (sauf celui de leur localisation dans l'espace-temps). Néanmoins, la « variation individuelle » est un *fait* indéniable. Or, de toute évidence, le Sens, par définition « un et unique » ou « total », n'admet *aucune* variation.

Il a donc semblé que, dans une Notion, rien ne peut « correspondre » aux *variations* des Choses auxquelles cette Notion se « rapporte ». D'où l'idée que la Notion « générale » est « moins riche en contenu » que les Choses « particulières » qui lui « correspondent », que l'on « fait abstraction » de certaines « qualités » et non pas seulement du *hic et nunc* de la Chose « concrète » lorsqu'on la transforme en Notion qui s'y « rapporte ».

Or, nous avons déjà pu constater que cette façon de voir implique des difficultés insurmontables et aboutit à une contra-diction. En effet, si la taille des chats d'une race donnée « varie », on ne peut certainement pas « en faire abstraction » en formant une Notion qui se « rapporte » à cette race. Car, d'une part, le Sens d'une telle Notion implique nécessairement un élément constitutif qui se « rapporte » à la *taille* des chats en question et, d'autre part, la *variation* de cette taille s'effectue nécessairement dans certaines *limites* qui sont *déterminées* pour ou, si l'on veut, par la race en cause. Il doit donc y avoir dans le Sens de la Notion qui se « rapporte » à cette race un élément constitutif qui « correspond » non seulement à la *taille* « en général », mais encore aux *limites* de la variation de cette taille et donc à ces *variations* elles-mêmes.

Fort heureusement, la biologie métrique moderne permet de résoudre la difficulté mentionnée, sans avoir recours à une contra-diction. En effet, les biologistes ont constaté que les « variations » en question ne sont nullement « arbitraires » ou quelconques, mais obéissent à une *loi,* statistique certes, mais néanmoins rigoureuse au point d'être « mathématisable ». En fait, toute « variation individuelle » quelle qu'elle soit peut être représentée sur un graphique et l'on voit alors qu'elle est conforme à une « loi », qui s'exprime mathématiquement par une fonction ou une courbe dite de Gauss ou « courbe en cloche ». Ceci est vrai à tel point, que si l'on constate que le graphique qui reproduit les résultats des mesures empiriques d'un lot de « variations individuelles » présente des sommets multiples, on peut être sûr qu'il s'agit d'un mélange de plusieurs « races » (« lignées pures »). En effet, la « réalité » de ces « races » peut généralement être dé-montrée, en les isolant effectivement les unes des autres au moyen de ce qu'on appelle la « sélection ». Quoi qu'il en soit de cette dé-monstration, lorsqu'il s'agit d'une « lignée pure », c'est-à-dire précisément d'un ensemble d'exemplaires d'une seule et même *Espèce* au sens propre (aristotélicien) de ce mot (ces « exemplaires » étant, par définition, l'Existence, diversifiée dans ses *hic et nunc,* d'une seule et même Essence, susceptible d'être le seul et même Sens de plusieurs Notions), les limites des « variations individuelles » peuvent être déterminées empiriquement et on peut constater que ces « variations » elles-mêmes sont conformes à une « loi *générale* », c'est-à-dire à une loi *unique* qui est la même pour *toutes* les variations quelles qu'elles soient et qu'on pourrait donc appeler « totale ».

Il suffit, par conséquent, de dire que le Sens d'une Notion donnée implique non seulement des éléments-constitutifs qui

se « rapportent » à toutes les « qualités » de la Réalité chosiste
« correspondante », mais encore un élément-constitutif qui se
« rapporte » à la « loi » qui régit toutes les « variations individuelles » de ces « qualités », ainsi qu'aux limites entre les-
quelles ces « variations » se font ou peuvent se faire conformément à cette loi, pour pouvoir dire que le « contenu » ou
l'Essence de la Réalité chosiste *coïncide* rigoureusement avec le
« contenu » (ou le Sens) de la Notion qui se « rapporte » à cette
Réalité. Certes, un seul « exemplaire » d'une Chose donnée
n'épuise pas, en règle générale, le « contenu » du Sens de la
Notion qui se « rapporte » à cette Chose. Mais si ce Sens
(n'ayant pas de *hic et nunc*) doit être dit « un (en lui-même)
et unique (en son genre) », c'est-à-dire « total », il faut dire
que c'est la *totalité* des « exemplaires » de la Chose en question
qui lui « correspond », et non pas tel ou tel « exemplaire »
particulier, *isolé* des autres. Or, rien n'empêche de dire que
cette *totalité* « correspond » *parfaitement,* quant à son « contenu »,
au « contenu » du Sens en cause, de sorte qu'il est plus correct
de parler d'« identité » que de « correspondance » ou de « rapport ».

Le fait qu'un seul et même Sens d'une Notion ou de plusieurs
Notions « identiques » puisse être « identique » aux « contenus »
de *plusieurs* « exemplaires » d'une Chose ne soulève pas de
difficultés particulières. Le Sens est « un et unique » ou « total »
pour qu'il *n'ait pas* de *hic et nunc,* ayant été *détaché* (« par
abstraction ») du *hic et nunc* d'une Chose. Or, une Chose qui
a été *détachée* d'un *hic et nunc* donné, peut (et *doit* même,
pour *exister*) être rattachée (ultérieurement) à un autre *hic et
nunc* (à l'intérieur du même Topos). Ainsi par exemple, on
peut facilement transplanter l'« exemplaire » d'une Rose; on
peut le faire exister simultanément en des *hic* différents au
moyen de boutures; on peut, enfin, ramener une de ces « boutures » au *hic* de la plante « mère », même si celle-ci a cessé
entre-temps d'exister (de vivre). Sans doute, une Chose « naturelle » donnée ne peut changer de *hic et nunc* qu'à l'intérieur
d'un seul et même Topos (« naturel »). L'Essence de la Chose
en question, est, par définition, indissolublement liée à l'Existence de cette Chose, ne peut donc *exister* qu'au sein du même

Topos. Mais dans la mesure où la Chose ou, si l'on préfère, son Essence a été détachée (« par abstraction ») de *tout hic et nunc quel qu'il soit,* elle peut, en principe, être rattachée (ultérieurement) à *n'importe quel hic et nunc.* C'est pourquoi l'Essence d'une Chose peut non seulement *exister* « en plusieurs exemplaires » *dans des hic et nunc* différents au sein du Topos « naturel » de cette Chose, mais encore devenir et être le Sens d'une Notion qui peut *exister* (en tant que Morphème) « en plusieurs exemplaires » au sein d'un Topos (« magique ») très différent du Topos « naturel » en cause. Ainsi, une seule et même Essence de la Rose peut exister et se multiplier partout où peuvent exister (vivre) les Roses, tandis que le Sens ROSE peut exister et « se multiplier » partout où peuvent exister les notions ROSE (c'est-à-dire partout où un Morphème, d'ailleurs quelconque, peut avoir ce sens pour un être vivant que nous supposons être un Homme).

Aristote a vu et dit qu'une entité, quelle qu'elle soit, qui *existe* à un *moment (nunc)* donné, ne peut pas *exister* en des *endroits (hic)* différents. Mais il n'a pas voulu dire par là qu'une entité qui, en tant que telle, n'*existe* pas du tout et n'existe par conséquent ni à un *moment (nunc),* ni en un *endroit (hic)* quels qu'ils soient, ne puisse pas *exister* (= s'incarner ») au même *moment* (en tant qu'Essence ou en tant que Sens) en des *endroits* différents, ou au même *endroit* à des *moments* différents, ou enfin en des *endroits* différents à des *moments* différents (les deux dernières possibilités étant ouvertes même aux Réalités chosistes, peu importe qu'elles soient des Morphèmes ou des Choses « naturelles »). Tout ce qu'Aristote veut dire (en accord avec l'ensemble de la Philosophie grecque qui est encore la nôtre) et faire admettre (par tous ceux qui ne veulent ni se contre-dire ni s'adonner à la Magie quelle qu'elle soit, qui ne peut, d'ailleurs, être non contra-*dictoire* que dans la mesure où elle reste *silencieuse*), c'est que l'entité en question, qui n'*existe* pas en tant que telle et n'a donc *aucun hic et nunc,* ne peut *exister* (« s'incarner ») autrement qu'en existant dans des *hic et nunc* et en y existant de telle sorte que ce qui y *existe* ne puisse pas se trouver *au même nunc* dans des *hic* différents. En outre, Aristote admet (toujours en accord avec l'ensemble de la Philosophie qui a été intégrée dans le tout cohérent du *Système du Savoir* hégélien) que si, en tant que Sens des Notions, la dite entité peut avoir une Existence « magique » (c'est-à-dire un Morphème) pratiquement *quelconque,* elle ne peut avoir, en tant qu'Essence des Choses « naturelles », qu'une Existence parfaitement *déterminée,* qui ne peut se distinguer d'elle-même ou « se multiplier » qu'en se situant dans des *hic et nunc* différents. Mais rien de tout ceci ne s'oppose ni à ce que *plusieurs* Choses « naturelles » aient une *seule* Essence, qui soit la même pour *toutes* les Choses « identiques », c'est-à-dire ne diffèrent entre elles que par leurs *hic et nunc*; ni à ce que *plusieurs* Notions aient un *seul* Sens, non seulement si ces Notions ne diffèrent entre elles que par les *hic et nunc* de leurs Morphèmes « identiques », mais même si elles ont des Morphèmes différents; ni, enfin, à ce qu'une Essence (par définition « totale » ou « une et unique ») puisse *coïncider* parfaitement avec un Sens (lui aussi « un et unique » ou « total » par définition), de façon à ce qu'on puisse dire que cette Essence et ce Sens ne sont que deux « aspects » ou « éléments-constitutifs », différents mais complémentaires et donc indissociables, d'une *seule et même* entité.

Reste à savoir ce qu'est cette « entité » privée d'*existence* et donc du *hic et nunc.*

Tout ce que nous pouvons en dire pour le moment (en résumant tout ce qui précède), c'est : qu'elle est *une* (en elle-même) et *unique* (en son genre) ou, si l'on veut, *totale*; qu'elle se présente à nous à la suite (ou comme résultat) d'un processus *sui generis* qu'on peut appeler un processus d'*Abstraction généralisante*; et qu'elle peut *exister* (dans un *hic et nunc*), soit en tant qu'Essence de Choses « naturelles » ou de Réalités chosistes *particulières* et *concrètes,* soit (par l'intermédiaire d'un Acte humain) en tant que Sens de Notions *générales* et *abstraites,* au sens que la tradition philosophique que nous avons « reprise » attribue à ces quatre mots.

3. LES NOTIONS,
LE CONCEPT ET LE TEMPS

En partant du résumé qui vient d'être fait, voyons d'abord si l'entité qui nous intéresse ne peut pas être définie exactement comme a été défini le *Concept* au début du présent discours. Si oui, nous tâcherons de voir ensuite *ce qu'est* le Concept ainsi défini, entre-temps reconnu comme étant l'« entité » en question.

a. *Les Notions et le Concept*

Nous avons, d'une part, admis que les Notions peuvent se distinguer les unes des autres par leurs Morphèmes et les *hic et nunc* de ces derniers, mais encore par leurs Sens (dans la mesure où ces Sens ont des « contenus » différents). Mais nous avons, d'autre part, reconnu qu'un Sens donné peut *exister* dans des Morphèmes *différents* (tandis que l'Essence ne peut *exister* que dans une seule et même Existence « chosiste », qui n'est susceptible de différer d'elle-même ou « se multiplier » que dans et par ses *hic et nunc*). Nous pouvons donc dire qu'un Sens peut exister dans le *hic et nunc* d'un Morphème (« en principe ») *quelconque* ou, ce qui est la même chose, dans un *hic et nunc* quelconque (au sein du Topos « magique » qui est le « lieu naturel », si l'on peut dire, des Choses « magiques » que sont les Morphèmes ou les Choses « naturelles », vocales, graphiques ou autres, doués de Sens). Or, s'il en est ainsi, rien ne s'oppose à ce que plusieurs Sens *différents* (quant à leur « contenu ») *existent* dans un *seul et même hic et nunc*, voire dans un seul et même Morphème. Rien ne s'oppose donc à ce que *tous* les Sens (chacun étant, par définition, différent, quant à son « contenu », de tous les autres) *existent* dans un *seul* Morphème, d'ailleurs quelconque, qui peut être, par exemple,

le morphème (typographique) CONCEPT (par exemple celui
qui existe *hic et nunc* sur cette feuille de papier) *.

Or, un morphème n'est Morphème que dans la mesure où
il a un Sens et ce Sens est par définition « un et unique » ou
« total ». On peut donc dire que le sens CONCEPT du morphème CONCEPT, c'est-à-dire de la notion CONCEPT, est
l'« unique unité », ou la « totalité », ou la « totalité intégrée »,
ou l'« uni-totalité », etc., des Sens, c'est-à-dire de « tout ce qui
est concevable, pris en tant que concevable ou conçu ». Et nous
retrouvons ainsi la définition du Concept qui a servi de point
de départ ou de projet au présent discours et qui résume
maintenant tout ce qui y a été dit jusqu'ici.

Prise en tant que *Sens,* par définition privé de *hic et nunc,*
l'« entité » que nous avons trouvée dans notre discours, se révèle,
par ce discours, comme susceptible d'exister dans le *hic et nunc*
d'un seul Morphème, que rien n'empêche d'être le morphème
CONCEPT, qui a le sens CONCEPT, précédemment défini. Ainsi,
on peut dire que cette « entité » *est* le Concept et qu'elle peut,
par conséquent, être (discursivement) définie, par exemple,
comme étant

   – le Sens compréhensif de tout ce qui est compréhensible;

ou

   – l'Uni-totalité de ce qui est concevable (pris en tant
que concevable).

Nous avons ainsi retrouvé le Concept sous la forme d'une
co-existence de *tous* les Sens des Notions (non-contra-dictoires)

---

* Même lorsque ce morphème n'existait que « dans une pensée » (« dans ma tête »),
il *existait* indiscutablement et donc avait un *hic et nunc* (je « pense » dans mon corps
et non ailleurs, et je « pense » à un moment donné du temps). Il faut dire, dans ce
cas, que j'étais moi-même le morphème en question. Dans la mesure où un homme
pense (discursivement), il est un Morphème, au même titre que le discours qu'il
prononce ou écrit. En effet, où est la limite entre le « moi » et le « non-moi » quand
je « pense en parlant »?! Mais je n'ai pas à m'occuper de cet aspect de la question
dans la présente Introduction.

quelles qu'elles soient dans un *seul et même hic et nunc,* qui est (pour nous, ici et maintenant) le *hic et nunc* du morphème CONCEPT de la notion CONCEPT, ayant (pour nous) le sens *CONCEPT,* qui n'est précisément rien d'autre que la totalité intégrée des Sens quels qu'ils soient et qui n'a, par conséquent, aucun sens *autre* que ces Sens pris dans leur *ensemble.* Nous ne devons nullement être choqués d'avoir retrouvé le Concept sous cette forme de la *co-existence* des Sens. Car il n'y a là rien de choquant pour la tradition philosophique qui est la nôtre. En effet, cette « co-existence » n'est rien d'autre que la fameuse « interpénétration, communauté ou communion des genres » (κοινωνία τῶν γένων) dont Platon parlait dans le *Sophiste.* Sans admettre la possibilité de cette « co-existence », il est impossible de rendre discursivement compte de la possibilité du Discours (ou, si l'on préfère, à tort d'ailleurs, de la Pensée) et de sa Vérité, ainsi que de l'Erreur discursive et de la Contradiction. C'est parce que des Sens, différents au point d'être contraires, peuvent exister dans un seul et même Morphème, qu'il peut y avoir des Notions contra-dictoires, qui n'ont pas de sens (discursivement développable) précisément parce que les Sens contraires qu'elles impliquent se détruisent mutuellement. Mais c'est aussi parce que des Sens, qui sont différents sans être contraires, co-existent dans une seule et même Notion que le Sens « implicite » (un et unique) de celle-ci peut être « défini » ou « *développé* discursivement » en une suite de notions ayant des sens distincts, qui se « suppriment » mutuellement d'une façon dite « dialectique », c'est-à-dire en se concevant et en se sublimant en le sens « développé » d'un seul et même Discours cohérent. Et c'est parce que *tous* les Sens peuvent coexister en une *seule* Notion (CONCEPT), que le Discours qui la « développe » est uni-total, c'est-à-dire *un* en lui-même et *unique* en son genre, qui est précisément la *Vérité* discursive, où les Erreurs des co-existences *partielles* des Sens se neutralisent mutuellement dans la co-existence *totale.*

Mais n'insistons pas sur cet aspect de la question. Tâchons plutôt de dire *ce qu'est* le Concept retrouvé sous la forme de

la co-existence des Sens de toutes les Notions (non contra-
dictoires).

Pour y arriver, le mieux semble être de voir comment
s'effectue le processus d'abstraction généralisante qui trans-
forme une Chose « naturelle » en ce qui peut devenir (à la suite
d'un Acte fini) le Sens d'une Notion.

b. *Le Concept et le Temps*

Notons d'abord qu'il n'est pas nécessaire, pour trans-former
une Réalité chosiste en Sens (virtuel) d'une (future) Notion,
de la détacher séparément de son *hic* et de son *nunc*. Il suffit,
en effet, qu'elle soit détachée du *hic* pour qu'elle se détache
par cela même, pour ainsi dire « d'elle-même » ou « automatiquement », du *nunc*. Inversement, la détacher du *nunc,* c'est
la détacher automatiquement, par cela même, du *hic*.

Bien entendu, il ne s'agit pas de détacher une Chose (« naturelle ») de son *hic* donné pour la situer dans un autre *hic*
quelconque. Ce n'est certainement pas en *déplaçant* les Choses
d'une façon quelconque dans l'espace, qu'on les transforme en
Notions. Pour qu'elle puisse devenir (et être) Notion, la Réalité
chosiste doit (d'abord) être détachée de tout *hic* quel qu'il soit
(la Réalité chosiste elle-même n'étant, d'ailleurs, nullement
affectée par ce « détachement »). Pour qu'une Chose puisse
exister quelque part en tant que Notion, elle ne doit (d'abord)
être (exister) *nulle part* (tout en pouvant rester et exister, en
tant que Chose, là où elle est). Or, une Réalité chosiste qui
existe dans un *nunc* donné existe nécessairement *quelque part.*
Une Réalité qui n'existerait *nulle part,* qui n'aurait pas de *hic,*
ne pourrait donc exister à aucun *moment* donné du temps : elle
n'aurait pas de *nunc* et n'existerait donc *jamais.* N'existant
nulle part, n'existant *jamais,* elle n'*existerait* pas du tout. Elle
ne peut *être* « quelque chose » qu'en subsistant « en dehors »
du *hic et nunc,* en tant que « détachée » de son *hic et nunc* et
de tout *hic et nunc.* Il suffit donc qu'une Chose soit « détachée »
de son *hic* sans être située dans un autre *hic* quelconque pour

qu'elle se transforme de ce seul fait en *Sens,* susceptible d'exister dans le *hic et nunc* du Morphème d'une Notion. Considérons un exemple familier. Quelqu'un laisse tomber un vase qui se brise. Le vase entier était dans la main; les débris sont sur le plancher. Mais *où* est le vase entier? Plus dans la main, puisqu'elle est maintenant vide. Pas non plus sur le plancher, puisque c'est le vase brisé qui est là. Et on aura beau chercher, on ne trouvera le vase (précédemment) entier (maintenant brisé) *nulle part.* Pourtant, ce vase entier *est* d'une façon quelconque, puisqu'il n'est pas Néant pur (où il n'y a pas de vases, ni entiers, ni brisés) : il continue donc à *être* entier après avoir été brisé. On continue à distinguer nettement ce vase entier du vase *brisé,* ainsi que de tous les *autres* vases; − l'« identifier » d'une façon univoque en le distinguant de tout ce qui n'est pas lui; si on l'a « aimé », on l'aime encore; sa « perte » est « irréparable », car il est lui-même « irremplaçable », vu que tout vase « de remplacement » serait un *autre* vase. On l'a bien « perdu »; mais on sait ne pouvoir le retrouver nulle part. Cependant, il faut bien admettre qu'il *est,* d'une certaine façon, puisqu'on peut dire *ce qu'il est,* tandis qu'on ne peut *rien* dire du Néant pur. C'est pourquoi l'on dit qu'on en a « conservé le souvenir » et qu'on « a une notion » de ce qu'il est. Or, la notion en question, comme toute Notion, a un Sens. Ainsi, le vase entier, qui n'*existe nulle part* après avoir été brisé, subsiste, en tant que détaché de son *hic* et de tout *hic,* comme Sens d'une Notion.

Supposons maintenant qu'une réalité chosiste soit détachée de son *nunc* et de tout *nunc* quel qu'il soit. C'est dire qu'elle n'existera *jamais,* puisqu'il n'y aura plus pour elle aucun moment auquel elle aurait pu exister. Un tel moment lui appartiendrait, en effet, en propre; il serait *son nunc*; mais, par définition, elle est censée ne pas en avoir. Or, tout ce qui existe *quelque part* y existe nécessairement à un *moment* donné. Une Réalité chosiste détachée de son *nunc* et n'en ayant plus du tout ne saurait donc être trouvée *quelque part.* Du seul fait de ne plus avoir de *nunc,* elle ne saurait plus avoir de *hic.* Une Réalité chosiste qui n'existe *jamais* n'existe donc, de ce seul fait, *nulle part.* Elle n'*existe* pas du tout. Par conséquent, dans la mesure où elle est « quelque chose » et non Néant pur, elle est non pas une Chose, mais tout au plus le Sens virtuel d'une éventuelle Notion.

Reprenons l'exemple du vase brisé et appliquons-lui le raisonnement qu'Épicure a fait à l'occasion d'un même genre d'événement (qui, cependant, en règle générale, frappe davantage les hommes, même quand ils sont Philosophes). Tant que le vase est entier, il est entier; dès qu'il est brisé, il est brisé. Tout le monde savait ça. Mais Épicure semble avoir été le premier à le « remarquer ». Quoi qu'il en soit, il en a tiré certaines « conséquences » qui ne nous intéressent d'ailleurs pas dans le présent contexte. Mais on n'a pas l'impression qu'il s'est posé la question de savoir *ce qu'est* le vase et *où* est le vase « après » avoir été entier et « avant » d'avoir été brisé. Or, il faut bien qu'« entre-temps » ce vase *soit* « quelque chose ». Car s'il n'y avait « entre-temps » que du Néant, ou « rien du tout », le vase *brisé* ne serait pas un *vase* brisé, ni encore moins *ce* vase brisé.

Constatons d'abord que l'« entre-temps » en question est indispensable. D'une part, si le vase entier n'avait pas un *dernier nunc,* il resterait *toujours* entier, ce qui n'est pas le cas, et si le vase brisé n'avait pas de *premier nunc,* il ne commencerait *jamais* d'exister, tandis que les débris sur le plancher montrent bien qu'il existe. D'autre part, il faut bien qu'il y ait quelque chose « entre » ce dernier *nunc* du vase entier et ce premier *nunc* du vase brisé. S'il n'y avait *rien* qui les sépare ou s'ils n'étaient séparés par *rien,* ils coïncideraient. Or, en fait, ils ne coïncident nullement, puisque dans l'un le vase est entier et dans l'autre – brisé et puisqu'aucun vase ne peut être « en même temps » entier et brisé. En outre, il faut bien qu'il y ait quelque chose « entre » ces deux *nunc* « consécutifs », puisque ce n'est que dans cet « intervalle » que le vase a pu « se briser ». Ce qui « sépare » ou « délimite » les *nunc* en question peut s'appeler leurs « limites » ou, si ces « limites » n'en font qu'une, leur « limite *commune* ». Quoi qu'il en soit, il s'agit certainement de quelque chose qui *est* et non de ce qui *n'est* pas : s'il est difficile de dire ce qu'est une « limite », on ne peut certainement pas dire qu'elle n'est *rien du tout.* Seulement, la

« limite » qui *sépare* les deux *nunc* en question ne peut être elle-même un *nunc*. Car s'il s'agissait d'un (seul et même) *nunc*, le vase aurait dû y être (comme l'a « fait remarquer » Épicure) soit brisé soit entier, tout « tiers état » étant *toujours* exclu (comme la Philosophie le dit explicitement au moins depuis Aristote et, implicitement, depuis qu'elle existe). L'« entre-temps », qui se situe entre le dernier et le premier *nunc* en question, n'est donc pas un *nunc* (et on pourrait dire que si ces *nunc* sont séparés aussi nettement et radicalement qu'ils le sont, c'est précisément parce qu'ils sont séparés par quelque chose qui n'est pas eux-mêmes ; ce « quelque chose », étant « *autre* chose » qu'eux, leur permet d'être « séparés » ou « différents » bien qu'ils soient rigoureusement « identiques » entre eux en tant que *nunc*). C'est pourquoi le vase, qui a déjà cessé d'être entier sans avoir (encore) commencé d'être brisé, n'existe *jamais* (ou n'existe dans *aucun nunc*), c'est-à-dire n'*existe* pas du tout. Et il est facile de voir que de ce seul fait de n'exister jamais ou pas du tout, il n'existe *nulle part.* Car partout *où* les vases existent, ils sont soit entiers, soit brisés, le « tiers état » étant *partout* exclu (conformément à la conception philosophique précitée, explicitée par Aristote).

Or, ce vase qui n'existe *nulle part* ni *jamais,* qui n'*existe* donc pas du tout, ayant cessé d'*exister* en tant qu'entier sans avoir commencé d'*exister* en tant que brisé, *est* néanmoins et, loin d'être Néant pur, il est un *vase* et même *ce* vase. S'il n'*était pas* du tout, le vase brisé coïnciderait avec le vase entier, ces « deux » vases n'étant séparés par *rien* l'un de l'autre. Or, le vase brisé ne coïncide nullement avec le vase entier, puisque l'on peut, par exemple, conserver un liquide dans celui-ci, mais non dans celui-là. Si le vase d'« entre-deux-*nunc* » continuait à *être* « quelque chose », mais cessait, pendant cet « entre-temps », d'être un *vase,* quelque chose de brisé serait, certes, séparé et distinct de quelque chose d'entier. Mais, dans ce cas, le « quelque chose de brisé » ne serait pas un *vase* brisé et un *vase* ne pourrait jamais se briser, ce qui est contraire à notre hypothèse (et au bon sens).

On est donc obligé de dire que dans l'« entre-temps » qui sépare les deux *nunc* « consécutifs » en question, le vase cesse d'*exister* dans un *hic et nunc,* sans pour autant cesser d'*être* non seulement « quelque chose », mais encore un *vase* et même *ce* vase. Or, il a été jusqu'à présent impossible aux hommes de dire (sans se contre-dire) *ce qu'est* ce vase, s'ils ne voulaient pas dire qu'il est un *Sens* « pur », qui, en tant que tel, fait « partie intégrante » du *Concept* uni-total et qui n'*existe* que dans la mesure où il est le Sens d'une *Notion* qui existe en tant que *Morphème,* d'ailleurs quelconque.

Notons, pour terminer l'analyse discursive de notre exemple, que dire d'un vase qu'il n'*existe nulle part ni jamais,* équivaut à dire de lui qu'il *est partout et toujours.* En effet, s'il n'*était pas* du tout, il ne serait *rien* ou serait *Néant pur* et ne serait donc certainement pas un *vase.* Il *est* donc, sans nul doute possible, puisque nous en *parlons* comme d'un *Vase* *. Mais nous avons dit que *ce* Vase n'*existe* nulle part ni jamais. C'est donc que *ce* Vase *est* « ailleurs » que *quelque part* et « en dehors » de tout *moment* quel qu'il soit. Le Vase qui n'*existe* jamais ne peut *être* qu'« entre-temps », c'est-à-dire *entre* deux *nunc* « consécutifs », ces *nunc* étant *séparés* en tant que *nunc* sans être séparés *par* un *nunc* quelconque. De même, le Vase qui n'*existe* nulle part ne peut être qu'*entre* deux *hic* « contigus » ou « voisins », qui sont *séparés* en tant que *hic* sans être séparés *par* un *hic* quelconque. Or, le Vase qui *est* « entre » deux *hic* sans exister dans un *hic* « intermédiaire » n'est lié à *aucun hic,* ni par conséquent aux deux *hic* en cause, de même que le Vase qui *est* « entre » deux *nunc* sans exister dans un *nunc* « intermédiaire » n'est pas lié aux deux *nunc* en question. C'est dire que ce Vase peut se situer « entre » deux *hic* et deux *nunc*

---

* Cette absence de tout doute possible a été bien vue, mais mal interprétée, par Descartes. En fait et pour nous, il n'y a aucune différence de principe entre la notion JE et la notion VASE. Dès qu'on « comprend » les notions en question, on est certain, sans nul doute possible, que le sens VASE de la notion VASE, tout comme le sens JE de la notion JE *est* (« quelque chose » et non pas « rien »). L'*être* du sens JE n'implique ni plus ni moins l'*existence* d'un Je dans un *hic et nunc* que l'*être* du Sens VASE n'implique l'*existence* d'un Vase dans un *hic et nunc.* L'*existence,* ici et maintenant, d'un Vase ou d'un Je ne se révèle que dans et par la Perception (qui implique, entre autres, ce qu'on appelle « sens proprioceptif »). Quant à la question de savoir *ce qu'est* un Je qui *existe* dans un *hic et nunc,* et si ce Je est autre chose encore que le sens JE de la notion JE qui existe (en tant que Morphème) dans ce même *hic et nunc,* je n'ai pas à m'en occuper dans cette Introduction.

quelconques. Par conséquent, s'il se situe « entre » deux *hic et nunc* donnés, il sera situé « entre » tous les *hic et nunc* quels qu'ils soient. C'est dire, en d'autres termes, que le Vase qui n'*existe nulle part* ni *jamais, est partout* et *toujours.* N'*existant* « dans » aucun *hic,* ni « dans » aucun *nunc,* il *est* « entre » *tous* les *hic* et *tous* les *nunc* qui existent.

C'est précisément parce que le Vase, détaché de tout *hic et nunc, est* toujours et partout, qu'il *peut exister* partout et toujours, c'est-à-dire dans n'importe quel *hic et nunc,* en tant que Sens d'une Notion. Mais il n'*existe effectivement,* en se situant dans un *hic et nunc* « particulier », que si ce *hic et nunc* est celui d'un Morphème ayant le sens *VASE.*

Sans nous poser, dans cette Introduction du Concept, la question (capitale et difficile entre toutes) de savoir comment un Sens peut parvenir à l'*existence* en se liant à un Morphème, pourquoi l'Homme est le seul être susceptible d'établir une telle liaison et par quel Acte il est capable de le faire, voyons comment et pourquoi les Choses « naturelles » se détachent de leurs *hic et nunc* respectifs de façon à devenir susceptibles d'exister, en tant que Sens des Notions, dans les *hic et nunc* des Morphèmes. Car dans et par la présente Introduction nous ne voulons introduire dans notre discours que le *Concept* et non la *Notion.* C'est uniquement pour introduire le Concept en tant que tel que nous avons utilisé notre connaissance « immédiate » des Notions (d'ailleurs « médiatisée », au cours de cette introduction, par notre connaissance de la tradition philosophique qui s'y rapporte). Or, le Concept en tant que tel s'introduit par le seul processus d'abstraction généralisante que nous avons en vue, et non pas par l'Acte humain qui constitue une Notion, en liant la Chose détachée de son *hic et nunc* par ce processus d'abstraction, au *hic et nunc* d'un Morphème (émis ou compris).

Nous avons vu que pour détacher une Réalité chosiste de son *hic et nunc,* il n'est pas nécessaire de la détacher *séparément* de son *nunc* et de son *hic.* Une Chose détachée de son *hic* se détache par cela même de son *nunc* et de tout *nunc.* De même, le détachement du *nunc* entraîne pour ainsi dire automatiquement le détachement du *hic* et de tout *hic*. La liaison entre le *hic* et le *nunc* est telle qu'une Chose ne peut ni se situer dans un *hic* sans exister dans un *nunc,* ni exister dans un *nunc* sans se situer dans un *hic*. Inversement, ce qui ne se situe *nulle part* n'existe *jamais* et ce qui n'existerait *jamais* ne pourrait pas se situer *quelque part*.

Toute la question est donc de savoir si le processus d'abstraction généralisante qui détache une Chose de son *hic et nunc* peut et doit s'amorcer par un détachement du *hic* ou prendre son origine dans un détachement du *nunc*.

Or, un détachement du *hic* semble impossible tant que la Chose se maintient dans *son nunc* ou dans un *nunc* quel qu'il soit. Zénon déjà a cru avoir dé-montré (sans réussir à « convaincre » qui que ce soit, mais sans jamais avoir été discursivement « refuté » d'une façon vraiment satisfaisante) qu'un tel détachement est rigoureusement impossible. Plus exactement, il a montré qu'on se contre-dit lorsqu'on dit qu'une Chose se détache de son *hic* « pendant » qu'elle se maintient dans son *nunc*. Quoi qu'il en soit de cette dé-monstration éléatique de l'impossibilité du mouvement (dont nous n'avons pas à nous occuper en ce lieu), ce n'est pas (comme nous l'avons déjà fait remarquer) en déplaçant une Chose dans l'espace qu'on la rend apte à devenir le Sens d'une Notion. Or, on ne voit pas que le détachement d'une Chose de son *hic, dans un nunc donné* (en supposant qu'un tel détachement soit possible), puisse être discursivement défini autrement qu'en disant qu'il s'agit d'un *déplacement* (ou d'un « début » de *déplacement*) spatial.

Par contre, non seulement on ne se contre-dit pas en disant qu'une Chose qui se maintient dans *son hic* ou dans un *hic* quelconque peut être détachée de son *nunc,* mais on se contre-dirait si l'on voulait nier qu'elle s'en détache effectivement, voire « nécessairement », c'est-à-dire partout et toujours ou dans *tous* les *hic* et dans *tous* les *nunc* où elle *existe*. En effet, en le niant, on aurait dit que la Chose *ne dure pas dans le temps*. Or, ce qui ne *dure* pas du tout ne saurait être appelé « Chose » au sens propre (et « immédiat ») de ce mot.

Une Chose « proprement dite » doit être dite *durer dans le temps*. Or, pendant tout le temps que *dure* une Chose, elle se *détache* à chaque instant de l'instant (du *nunc*) où elle existe (dans un *hic*). Étant rappelé qu'une Chose détachée de son *nunc* l'est aussi de son *hic*, il faut dire que toute Chose qui *dure* se détache à chaque instant de sa durée, de son *hic et nunc*. Sans doute, en cessant d'*exister* dans un moment *(nunc)* donné de sa durée, c'est-à-dire en se *détachant* d'un *nunc*, la Chose qui *dure* existe « immédiatement » dans le moment « consécutif » de cette même sienne durée. Néanmoins, elle a « entre temps » cessé d'exister dans un *nunc* quel qu'il soit (précisément parce que cet « entre temps » n'*existe* pas et n'est donc pas un *nunc*) et, par conséquent, dans un *hic* quelconque (puisque tout est ou existe nécessairement dans un *nunc*). C'est pourquoi, soit dit en passant, la Chose qui *dure* (c'est-à-dire qui se *détache* de son *nunc*, au lieu d'y être irrémédiablement liée, à l'instar de la prétendue « Chose » éléatique) peut exister, dans le *nunc* « consécutif », dans un *hic* « autre » que celui où elle existait dans le *nunc* « précédent », cet « autre » *hic* pouvant, d'ailleurs, tout aussi bien être *identique* au *hic* qu'on peut également appeler « précédent » à cause de sa liaison indissoluble avec son *nunc* *.

Quoi qu'il en soit, « entre » chaque couple de *nunc* « consécutifs » de sa *durée*, la Chose qui *dure* est par définition *détachée* de tout *nunc* et donc de tout *hic*. Or, nous avons vu que c'est précisément en tant que *détachée* de son *hic et nunc* et de *tout hic et nunc* que la Chose est cette « entité » *sui generis* dont nous avons pu dire qu'elle est apte à être (ou à devenir) le Sens d'une Notion (et d'*exister* en tant que Sens, si « entre temps » ou dans l'« entre temps » de son « détachement », un Acte, que nous considérons, par pure hypothèse, comme exclusivement et « spécifiquement » humain, l'a liée au *hic et nunc* de l'existence d'un Morphème, d'ailleurs « quelconque »).

---

* En tout état de cause, le *hic* « précédent », pris en tant que *hic* et non en tant que Chose-dans-un-*hic*, est rigoureusement *identique* au *hic* « consécutif » (de même que sont identiques entre eux les *nunc* pris en tant que tels et non comme Chose-dans-un-*nunc*). D'où la « Relativité du mouvement », dont nous n'avons, d'ailleurs, pas à nous occuper ici.

Le *Processus d'abstraction généralisante,* qui trans-forme une Réalité-chosiste ou une Chose en ce qui est susceptible d'être le Sens d'une Notion et d'*exister* en tant qu'un tel Sens dans le *hic et nunc* d'un Morphème (émis ou « compris » par un homme), est donc bien, comme nous l'avons dit, un Processus de « nature spéciale » ou *sui generis,* puisqu'il est effectivement « unique en son genre ». C'est le processus de la *Durée* d'une Chose dans le temps.

Le Processus en question n'est donc rien de moins qu'un Acte. C'est un processus que Chaque Chose « proprement dite » doit « subir » *passivement* « partout et toujours » (c'est-à-dire « nécessairement »), sans qu'il lui soit toutefois « imposé » *activement* par qui que ce soit ou quoi que ce soit d'*autre* qu'elle-même. La Chose « subit » ce processus du seul fait qu'elle *existe,* c'est-à-dire se situe dans un *hic et nunc* et *dure* en se *détachant* « à chaque instant » de son existence ou de sa durée, de ce *hic et nunc.* En d'autres termes, il suffit qu'une Chose *dure dans le temps* pour qu'un *Processus d'abstraction généralisante* la rende apte à être le Sens d'une Notion qui se « rapporte » à cette Chose qui dure. Mais, c'est la Chose *elle-même* qui « subit » le Processus en question, du seul fait qu'elle *dure,* c'est-à-dire dès qu'elle commence à durer et pendant tout le temps qu'elle dure dans le temps. C'est pourquoi on peut dire que la Chose *elle-même* (qui dure) « correspond » à la Notion qui s'y « rapporte ».

Étant *détachée* de tout *hic et nunc,* la Chose, par définition, n'*existe* « nulle part », ni « jamais ». Mais n'étant limitée à aucun *hic et nunc* et n'étant pourtant pas Néant pur (dont on ne peut rien *dire,* sauf qu'il n'est *rien*), la Chose *est* « partout et toujours » (c'est-à-dire « nécessairement »). Étant « partout et toujours », elle est « totale », voire *une* « en elle-même » et *unique* « en son genre ». Mais, puisque, par définition, elle n'est telle que dans la mesure où elle *dure* ou *existe,* en existant dans un *hic et nunc,* rien en elle ne s'oppose à ce qu'elle existe dans plusieurs *hic et nunc* « différents ». Or, les *hic et nunc* eux-mêmes peuvent différer les uns des autres soit à la fois par le *hic* et par le *nunc,* soit par le *hic* seulement ou seulement par le *nunc.* Une seule et même Chose « détachée » ou « totale »

peut donc exister dans chacun de ces *hic et nunc* « différents »
et chacun de ces différents *hic et nunc* devra être appelé « son
hic et nunc ». Dans tous ces *hic et nunc* qui sont « siens », la
Chose « totale » *existera* en tant qu'*Essence* et ces siens *hic et
nunc* pourront être appelés les *hic et nunc* « naturels » de son
Existence « naturelle » (ou « chosiste »). Mais puisque le Processus d'abstraction généralisante de la durée de la Chose dans
le temps la détache de tout *hic et nunc* quel qu'il soit, il la
détache aussi du *hic et nunc* qui est *sien* et de *tous* les *hic et
nunc* qui sont siens. Rien dans la Chose « détachée » ou « totale »
ne l'empêche donc d'exister dans un *hic et nunc* qui serait *autre*
que ceux qui sont *siens*. Mais, par définition, rien *en elle* ne
peut déterminer le *hic et nunc* qui n'est pas *sien* et qui ne peut
être que le *hic et nunc* d'une Existence qui n'est pas *sienne*.
C'est pourquoi il faut un Acte, et un Acte *extérieur* à la Chose,
un Acte qui ne serait pas *sien*, pour que la Chose « détachée »
de tout *hic et nunc*, qui est *sien*, dans et par le Processus
d'abstraction généralisante qu'est sa durée dans le temps, *existe*
dans un *hic et nunc* autre que le sien et donc autre que « naturel »
ou « chosiste ». Or, cet Acte nous est connu (d'une manière
« immédiate » et « médiatisée » par la tradition philosophique)
comme l'Acte humain de la « compréhension » d'un Morphème
(créé ou préexistant) qui a pour Sens la Chose « détachée » ou
« totale » en question, ce Morphème étant l'Existence « magique »
(ou « notionelle ») de celle-ci. Le *hic et nunc* d'un Morphème
constitué (à partir de la Chose « détachée ») par un tel Acte
peut être « quelconque » en ce sens qu'il n'est « déterminé » ni
par la Chose « détachée », ni par les *hic et nunc* de l'Existence
« naturelle » de cette Chose (c'est-à-dire de l'Existence qu'est
sienne ou « chosiste »), mais uniquement par l'Acte (ou par
l'Homme) qui la constitue. Mais ce *hic et nunc* ne peut être
« non-naturel », voire « magique » ou « notionnel », c'est-à-dire
autre que ceux qui « appartiennent en propre » à la Chose (qui
dure), que s'il *diffère* de ces derniers, ce qu'il ne peut faire
qu'en différant d'eux soit par le *hic,* soit par le *nunc,* soit par
les deux à la fois. Enfin, puisque le *hic et nunc* de l'Existence
« magique » ou « notionnelle » qu'est le Morphème *pré-suppose*
l'Acte humain « compréhensif » et puisque cet Acte *présuppose*

lui-même le Processus d'abstraction généralisante qu'est la durée de la Chose dans le temps, le *nunc* du Morphème (qui est un élément-constitutif de la Notion se « rapportant » à la Chose qui dure) ne peut nulle part ni jamais être *antérieur* au « premier » *nunc* de la durée de la Chose qui « correspond » au Sens du Morphème en cause, bien que ce *nunc* « magique » puisse être indéfiniment *postérieur* à tout *nunc* « naturel » de la durée de la Chose en question *.

Mais nous n'avons pas à nous occuper davantage des Notions ni de quoi que ce soit d'autre, puisque nous avons déjà trouvé ce que nous cherchons, à savoir le *Concept*.

En effet, nous cherchons le Concept qui a été discursivement défini, dans le *projet* même de notre recherche, comme

— *Totalité-intégrée du Concevable (pris en tant que concevable)*

ou, ce qui s'est révélé être la même chose, comme

— *Sens-compréhensif de tout ce qui est compréhensible.*

Or, nous avons montré entre temps (en supposant que nous ayons réussi à le faire sans l'avoir dé-montré) que cette « Totalité-intégrée » (qui peut, en principe, *exister* aussi en tant que ce « Sens-compréhensif ») ne peut *être* rien d'autre que la Totalité-intégrée (c'est-à-dire l'ensemble un en lui-même et

---

* Nous savons, certes, d'une manière « immédiate » (qui n'est, d'ailleurs, vraiment « médiatisée » par la tradition philosophique qu'à partir de Hegel, qui fut le premier à dé-montrer ce qu'Aristote avait montré sans que personne n'ait voulu le voir), que certaines Notions existent *avant* les Choses auxquelles elles se « rapportent ». Ainsi par exemple, la notion AVION a existé avant que n'existe l'Avion lui-même. Mais nous ne pouvons pas aborder ce problème dans l'Introduction. Disons seulement que dans ces cas l'existence de la Chose pré-suppose un Acte humain, qui est en quelque sorte l'inverse de l'Acte « notionnel » dont nous avons parlé dans le texte. Disons encore que dans ces cas il ne s'agit pas de *Notions* proprement dites, mais d'une « Fonction de Notions » (dont chacune pré-suppose le Processus sus-mentionné) qui ne peut être constitué (par l'Homme) que dans la mesure où (une partie de) la Totalité-intégrée qui est *Concept* est devenue Sens (Partiellement) compréhensif dans et par un Discours (fragmentaire) cohérent (au moins au sens de non-contra-diction).

unique en son genre) des Choses *détachées* de tout *hic et nunc* (et donc de *leurs hic et nunc*) dans et par le *Processus d'abstraction généralisante* qu'est la *durée* de ces Choses dans le temps, ces Choses étant prises en tant que *détachées* de tout *hic et nunc* et non en tant que *liées* ou « rattachées » aux *hic et nunc* de leur Existence (= durée) « naturelle » (= « chosiste ») ou « magique » (= « notionnelle »).

Le Concept *est* donc maintenant, pour nous. Il est, pour nous, l'ensemble des Choses qui *sont* ou « subsistent » (en tant que *détachées* de tout *hic et nunc* de leur Existence (« chosiste » ou « notionnelle ») qui *dure dans le temps*. Pour nous, l'ensemble est *un* (en lui-même) et *unique* (en son genre), c'est-à-dire uni-total (voire intégré dans sa totalité), parce que nous avons vu que les Choses, *détachées* des *hic et nunc,* sont toutes à la fois *partout,* puisqu'elles n'*existent* « nulle part », et *toujours,* puisqu'elles n'*existent* « jamais ».

Or, si toutes les Choses durent *dans le temps* et qu'elles se détachent de tout *hic et nunc* pendant *tout le temps* qu'elles durent; si la durée d'une Chose est l'ensemble des *nunc* de son existence et si tous ses *nunc* sont *dans le temps* (pendant lequel dure la Chose en question), – l'ensemble de ce qui est « entre » les *nunc* qui constituent, dans leur ensemble, la durée, n'est rien d'autre que le *Temps* lui-même qui *existe* en tant que durée de l'ensemble des Choses qui durent en lui *.

La « Totalité-intégrée » des Choses détachées de tout *hic et*

---

* Cette façon d'introduire le Temps dans notre discours ou, en d'autres termes, cette manière d'introduire la notion TEMPS, peut paraître quelque peu « cavalière ». En y regardant de plus près on peut voir qu'elle l'est moins qu'elle ne paraît à première vue. Quoi qu'il en soit, il ne faut pas perdre de vue que ce n'est pas la notion TEMPS, mais uniquement la notion CONCEPT que nous voulions introduire dans et par la présente *Première Introduction* (la notion TEMPS devant être introduite par et dans la *Deuxième Introduction*). Tout ce que la présente Introduction prétend montrer (sans le dé-montrer), c'est qu'en essayant de dire (sans se contredire) *ce qu'est* le Concept, on est finalement amené à dire qu'il n'est rien d'autre que le Temps. Certes, la notion TEMPS est ainsi introduite non pas « en tant que telle », mais en tant que « médiatisée » par la notion CONCEPT (elle-même « médiatisée » par la tradition philosophique relative aux Notions, dont nous avons par ailleurs une connaissance « immédiate »). Toutefois, le sens de la notion TEMPS ainsi « médiatisée » semble ne pas être en contra-diction avec celui de la notion TEMPS que nous connaissons d'une manière « immédiate » (encore que cette connaissance « immédiate » est, en fait, « médiatisée » pour chacun de nous par l'ensemble des connaissances discursives qu'il possède).

nunc (qui *existe* en tant qu'ensemble des Choses qui durent dans le temps en existant dans les *hic et nunc* différents), que nous pouvons maintenant appeler « Concept », ne peut être dite *être* (autre chose que Néant pur dont on ne peut rien *dire*) que si l'on dit qu'elle est « Temps ».

Ainsi, en *résumant* tout ce qui précède, nous pouvons *définir* discursivement le Concept, que nous avons cherché et trouvé, en disant que

– *Le Concept est le Temps.*

Quant à son « contenu », la Définition-résumé du Concept qui vient d'être donnée ne diffère en rien de la Définition-projet de ce Concept même. Mais elle peut s'interpréter de deux façons différentes, dont l'une seulement est « correcte » dans le contexte de la présente Introduction.

La *première* interprétation consisterait à dire que c'est uniquement grâce au Temps ou, plus exactement, grâce au fait que la Chose (= Réalité chosiste) dure dans le Temps, que l'Essence de cette Chose se *distingue* de son Existence (dans un *hic et nunc* donné) et se *détache* du *hic et nunc* de cette Existence (ou de la Chose qui existe) « à chaque instant », de façon à avoir « entre temps », c'est-à-dire « toujours » (et « partout »), une subsistance « détachée » (du *hic et nunc* de l'Existence ou de la Chose qui existe) ou « pure », qui la rend apte à exister dans un ou plusieurs « autres » *hic et nunc,* non seulement en tant qu'Essence de Choses, mais aussi en tant que Sens des Notions (= Réalités notionnelles). S'il n'y avait pas de *Temps,* si des Réalités chosistes ne *duraient* pas dans le Temps, leurs Essences seraient *indissolublement* attachées aux *hic et nunc* de leurs Existences (chosistes) et ne pourraient pas exister, dans d'« autres » *hic et nunc,* en tant que Sens de Réalités notionnelles : la *distinction* même entre Essence et Existence n'aurait ainsi aucun sens et il n'y aurait pas de *Sens* du tout, ni donc de Morphèmes hors desquels aucune Notion ne peut exister *.

---

* La Philosophie a reconnu depuis longtemps que dans l'« Être-*éternel* », c'est-à-dire dans la « Réalité » (chosiste?) qui est censé ne pas *durer* dans le *Temps,* l'Essence

On pourrait dire en outre que c'est uniquement grâce à l'*unité* « spécifique » ou « générique » du Temps ou, plus exactement, grâce au fait que toutes les Choses (qui durent) durent dans *un seul et même* Temps, que les Essences de ces Choses, détachées de leurs Existences (et coïncidant, du fait de ce « détachement », avec les Sens détachés des Morphèmes des Notions qui se « rapportent » à ces Choses), s'intègrent en *un seul et même* Tout, qui peut être appelé « Concept ». S'il n'y avait pas de *Temps,* si les Réalités chosistes ne *duraient* pas dans le Temps, elles seraient irréductiblement *différentes* (ne serait-ce que par les *hic* de leur existence) les uns des autres, de sorte qu'il n'y aurait rien qui puisse « correspondre » au sens de la notion CONCEPT, défini comme « Totalité-intégrée » : cette notion n'aurait ainsi aucun sens et ne serait donc pas une Notion proprement dite (censée intégrer en un seul Tout les Sens de toutes les Notions quelles qu'elles soient), à moins qu'on ne veuille appeler « Notion » un « Morphème » dont le « Sens » est *contra-dictoire* (au lieu de l'appeler « Symbole »).

Quant à la *deuxième* interprétation possible de la Définition-résumé : « Le Concept est le Temps », elle est en quelque sorte l'inverse de la première. Cette interprétation consiste à dire que c'est parce qu'il y a des Notions dont les Sens (*distincts* de leurs Existences que sont les Morphèmes) se « rapportent » à des Choses, que les Essences de ces Choses se *distinguent* de leurs Existences et se *détachent* des *hic et nunc* de ces Existences, ce *détachement* n'étant rien d'autre que la *durée* des dites Choses *dans le Temps.* S'il n'y avait pas de Réalités notionnelles, aucune

coïncide avec l'Existence, de sorte qu'on peut tout aussi bien dire que cet « Être » n'a pas d'Existence (= n'existe pas), étant Essence « pure », qu'affirmer qu'il n'a pas d'Essence (= n'est pas « essentiel »), étant Existence « pure ». Mais la Philosophie n'a jamais pu dire pourquoi et comment la notion ÊTRE-ÉTERNEL peut se « rapporter » à cet « Être-éternel », vu que l'*existence* de cette notion, qui est le morphème ÊTRE-ÉTERNEL n'a « de toute évidence » rien à voir avec l'*existence* de cet « Être-éternel » (qui *est,* par définition, cette existence même). Or, dire que la notion ÊTRE-ÉTERNEL ne peut pas se « rapporter » à l'« Être-éternel », c'est dire qu'elle n'a pas de sens. Le prétendu Sens ÊTRE-ÉTERNEL n'en est donc pas un. Mais puisque les notions ÊTRE et ÉTERNITÉ, prises isolément, en ont un, il faut dire que le « Sens » ÊTRE-ÉTERNEL est *contra-dictoire* en lui-même (comme l'est, par exemple, le « Sens » CERCLE-CARRÉ). Pris en tant que *dénué* de Sens, le « morphème » ÊTRE-ÉTERNEL est non pas Morphème d'une Notion, mais *Symbole.*

Réalité chosiste ne se *distinguerait* en Essence et Existence, aucune ne se *détacherait* de son *hic et nunc,* aucune ne *durerait* donc dans le Temps et il n'y aurait pas de Temps du tout. En outre, on pourrait dire que c'est parce que les Sens des Notions, détachés de leurs Morphèmes, s'intègrent en un seul et même Tout, que toutes les Choses (qui « correspondent » aux Notions) durent dans *un seul et même* Temps, de sorte qu'il y a un Temps *un* en lui-même et *unique* en son genre. Si les Sens de toutes les Notions (non contra-dictoires) ne s'intégraient pas en un *seul et même* Sens-compréhensif, il n'y aurait pas de Totalité-intégrée qu'on pourrait appeler « Temps ». Sans nul doute, c'est cette *deuxième* interprétation qui est la seule « correcte » dans le contexte du discours qui constitue la présente Introduction. Car cette *Première Introduction* introduit (à partir de notre connaissance « immédiate », « médiatisée » par l'ensemble de nos connaissances discursives qui implique une connaissance de la tradition philosophique) la notion CONCEPT, et non pas la notion TEMPS. Le Temps n'a donc été introduit dans notre discours qu'en tant qu'un « aspect » du Concept. Plus exactement, la notion TEMPS s'est présentée à nous comme un « élément-constitutif » de la notion CONCEPT, au cours du développement discursif du sens de cette notion, défini dans une Définition-projet. Et cet élément-constitutif s'est révélé être tel qu'il peut à lui seul suffire pour définir la notion en question dans une Définition-résumé, qui dit que

– *Le Concept est le Temps.*

Mais rien ne dit que la *première* interprétation n'est pas valable. Elle peut fort bien s'avérer être licite, voire inévitable, dans la *Deuxième Introduction,* dans et par laquelle nous essayerons d'introduire la notion TEMPS, indépendamment de la notion CONCEPT.

Quoi qu'il en soit de l'interprétation à retenir, notre discours a montré (en supposant qu'il a réussi à le faire sans l'avoir dé-montré) que notre Définition-résumé « coïncide » avec notre Définition-projet. En d'autres termes, nous avons montré qu'il n'y a aucune « contra-diction » entre ces deux Définitions. Et puisque la deuxième a été « déduite » de la première dans et par notre discours, ce discours a montré qu'il n'est pas « contra-dictoire » en lui-même.

Or, à la fin de ce discours nous avons pu « résoudre » la difficulté qui s'est présentée à nous à son début, à savoir la difficulté de *distinguer* radicalement la Notion de la Chose (« correspondante ») et d'établir un *rapport* univoque et réci-proque entre elles. Et nous n'avons pu résoudre cette difficulté qu'en disant que les Choses et les Notions *durent* dans un seul et même *Temps,* qui détache les Essences des Choses de leurs Existences et les rend aptes à exister en tant que Sens dans les Morphèmes des Notions.

*

En résumant l'ensemble de la présente Introduction (« psy-chologique ») du Concept, en vue de la future Introduction (« systématique ») du Temps, nous pouvons dire ce qui suit.

Chaque Chose « naturelle » (= Réalité chosiste) *existe* à un *moment (nunc)* donné dans un *endroit (hic)* donné. Chaque Réalité chosiste est donc « nécessairement », c'est-à-dire « par-tout et toujours », *attachée* à un *hic et nunc* « naturel ».

Mais, en *existant,* chaque Chose *dure* dans le Temps. En *durant,* elle se *détache* « à chaque moment » du moment déter-miné (du *nunc*) auquel elle existe (ou est « réellement présente » dans un endroit déterminé (dans un *hic*). En se détachant de son *nunc,* la Chose se détache par cela même de son *hic.* En *durant,* la Chose se détache donc de son *hic et nunc* (« naturel »).

En tant que *détachable* de son *hic et nunc* (« naturel »), la Chose est *Essence.* En tant qu'attachée à ce *hic et nunc,* elle est *Existence* (cette sienne Existence étant l'existence de son Essence).

La Réalité-chosiste *détachée* (dans et par sa durée dans le temps) de son *hic et nunc* « naturel » et *rattachée* (par un Acte humain dont nous ne parlons pas dans cette Introduc-tion) au *hic et nunc* « magique » d'une Réalité notionnelle

(= Notion, qui existe et dure dans le temps en tant que Morphème), est *Sens*. La Réalité notionnelle qui a ce Sens est dite se « rapporter » à la Réalité chosiste qui a ce Sens pour Essence et cette Réalité chosiste est dite « correspondre » à cette Réalité notionnelle.

La Chose (déjà), *détachée* de son *hic et nunc* « naturel » (= chosiste) et non (encore) *rattachée* à un *hic et nunc* « magique » (= notionnel), n'a aucun *hic et nunc* et n'*existe* donc « jamais », ni « nulle part ». Mais, n'étant pas Néant pur, elle *est* (= subsiste en tant qu') une « entité » *sui generis*, qui est « partout et toujours » (= « nécessairement »).

Chacune de ces « entités » étant « partout et toujours », leur *ensemble* est lui aussi « toujours et partout ». Prises dans leur *ensemble,* ces « entités » constituent donc un *seul et même* Tout, qui est leur « Totalité-intégrée » (= « Unitotalité »).

Dans la mesure où chacun des éléments-constitutifs de cette Totalité peut *exister* « à la fois » comme Essence de Réalités chosistes et Sens de Réalités notionnelles, les Réalités chosistes sont dites être *concevables* (dans et par les Réalités notionnelles qui s'y « rapportent »). La Totalité en question peut donc être définie comme *Totalité-intégrée de ce qui est concevable (pris et tant que concevable).* Mais pour la même raison pour laquelle les Réalités chosistes sont dites être *concevables,* les Réalités notionnelles peuvent être dites *compréhensibles* (dans et par les Réalités chosistes « correspondantes »). La Totalité-intégrée en cause peut donc être également définie comme *Sens-compréhensif de tout ce qui est compréhensible.*

Au début de notre discours, cette Totalité-intégrée a été appelée Concept. À la fin du même discours, ce mot « Concept » a, pour nous, un sens. Nous nous trouvons donc en présence d'une notion CONCEPT, qui existe, par exemple, *ici et maintenant* (= *hic et nunc*) en tant que morphème typographique CONCEPT, qui est imprimé sur cette page et qui est « compris » par moi et vous. Or, ce morphème n'est « compris » que dans la mesure où il a le sens *CONCEPT,* qui a été défini au début du présent discours et discursivement développé depuis le début de façon à ce que le développement en question puisse être résumé en disant que

— *Le Concept est le Temps.*

Or, le sens CONCEPT du morphème CONCEPT et donc de la notion CONCEPT n'est rien d'autre que *le Sens-compréhensif de tout ce qui est compréhensible,* c'est-à-dire de toutes les Notions qui ont un Sens (ou qui ne sont ni des « Morphèmes » *dénués* de sens, ou des *Symboles,* ni des Morphèmes dotés d'un « Sens » *contradictoire* en lui-même). Mais ce sont les Sens des Notions (« proprement dites ») qui rendent *concevables* les Choses, dans la mesure où ils existent en elles en tant que leurs Essences. On peut donc dire que le Sens-compréhensif CONCEPT de la notion CONCEPT n'est rien d'autre que *la Totalité-intégrée de ce qui est concevable (pris en tant que concevable).*

Comme toute Totalité-intégrée, cette Totalité s'implique elle-même. Le Sens-compréhensif de la notion CONCEPT implique donc, entre autres, le sens CONCEPT de cette notion. C'est cette implication du Sens-compréhensif en lui-même, c'est-à-dire l'intégration de *tous* les Sens en un *seul* Sens, qui est le *Concept* ou, ce qui est la même chose, le *Temps,* où durent « à la fois » les Choses *concevables* et les Notions *compréhensibles* (qui se « rapportent » à ces Choses) et où les Essences des Choses, détachées des *hic et nunc* de leurs Existences, s'intègrent en un seul et même Tout.

*

Dans la présente introduction (supposée réussie) du Concept (qui est la *première* Introduction de l'Exposé du *Système du Savoir* hégélien), nous avons vu et montré (sans le dé-montrer) que le Concept n'est rien d'autre que le Temps. Mais nous n'y avons pu ni montrer, ni voir si le Temps lui-même n'est rien d'autre que le Concept. Pour nous, le Concept s'est réduit au

Temps et ne peut désormais être rien d'autre qu'un élément-constitutif du Temps. Mais nous ne savons pas encore si le Temps se réduit au Concept et s'il n'est pas autre chose encore que celui-ci *.

* Dans la présente Introduction (ainsi que dans les deux autres) le mot « Temps » est pris dans son sens le plus large (voire discursivement « indéfini »). Dans l'Exposé, ce sens sera défini comme l'unité-intégrée des sens « Spatio-temporalité », « Espace-temps » et « Durée-étendue » et c'est la Spatio-temporalité qui sera identifiée au Concept que nous venons de définir. – De même, le mot « Être » (ainsi que ses dérivés) est pris ici au sens large ou « indéfini » : il n'est « défini » que « négativement », comme ce qui n'est ni Néant pur, ni Existence. Dès la Deuxième Introduction, nous verrons que ce qui n'est pas Néant pur peut être soit l'Être (proprement dit), soit la Différence (entre l'Être et le Néant) et que le Concept (identifié au Temps) est précisément cette Différence. – Les autres « termes techniques » de cette Introduction, à savoir les termes : Chose (= Réalité chosiste ou « naturelle »), Existence (chosiste ou « naturelle » et notionnelle ou « magique »), Essence, Notion, Morphème (= Réalité notionnelle ou « magique »), Sens et Concept, sont repris tels quels dans l'Exposé. Sauf que « Existence » s'y dit « Existence-empirique », que « Réalité(-objective) » y a un tout autre sens qu'ici, et que « Chose » y est remplacé par « Phénomène » (le terme « Chose » y étant réservé aux « Choses-inanimées »). On pourrait encore ajouter qu'un « Morphème » dénué de Sens sera, dans l'Exposé, appelé : « Symbole » et un « Morphème » dont le Sens ne peut pas être détaché : « Signe ». Quant aux Morphèmes au Sens contradictoire, ils seront appelés : « Pseudo-notions ».

DEUXIÈME INTRODUCTION AU SYSTÈME DU SAVOIR

INTRODUCTION LOGIQUE DU TEMPS
(d'après Platon)

Un, deux, trois, — où est le quatrième?

(PLATON dans le *Timée*)

En ce qui concerne le Temps, disait Hegel, *il est le Concept lui-même qui existe-empiriquement.* Nous aurions pu prendre ce texte, extrait de la *Phénoménologie de l'Esprit,* comme Définition-projet de la notion TEMPS, que nous voulons introduire dans et par la présente *Deuxième Introduction* de notre Exposé du *Système du Savoir* hégélien. Afin de développer cette définition, en vue d'introduire le Temps dans notre discours, nous aurions pu suivre la même méthode « psychologique » que nous avons précédemment suivie en introduisant le Concept. Pour le faire, nous aurions dû prendre pour point de départ notre connaissance « immédiate » du Temps et la « médiatiser » ensuite par le rappel de la tradition philosophique qui se réfère à la notion TEMPS que nous voulons introduire en développant discursivement son sens. Nous aurions pu voir alors si ce sens coïncide ou non avec celui de la notion CONCEPT.

Mais, lorsqu'il s'agit du Temps, cette méthode « psychologique » d'introduction paraît peu appropriée du point de vue pédagogique. D'une part, notre connaissance « immédiate » du Temps est telle qu'il est très difficile de l'exprimer et de la développer discursivement de façon à aboutir à une Définition-résumé qui ferait apparaître l'identité foncière du Temps et du Concept. D'autre part, la tradition philosophique relative à la nature du Temps est infiniment plus pauvre que celle qui a trait à la nature des Notions et des Choses et que nous avons utilisée pour introduire le Concept. À dire vrai, la Philosophie nous apprend fort peu de chose sur *ce qu'est* le Temps en tant que tel et la plupart des Philosophes (sans parler de Théologiens) ont très sérieusement mis en doute, voire résolument nié, le fait même que le Temps *est,* au sens propre et fort du mot « être ». C'est pour cette double raison que nous avons adopté, dans cette *Deuxième Introduction,* la méthode « systématique », afin d'y introduire la notion TEMPS de façon à pouvoir l'identifier finalement à la notion CONCEPT, introduite « psychologiquement » dans et par notre *Première Introduction.*

Conformément à cette méthode, c'est une connaissance (discursive) « médiatisée » d'emblée par la tradition philosophique que nous utilisons du début jusqu'à la fin du présent discours introductif, où la notion à introduire ne fait, d'ailleurs, son apparition que vers la *fin* du développement.

Pour introduire le Temps dans notre discours, afin de pouvoir rendre discursivement compte, entre autres, du fait (reconnu « immédiatement ») que notre discours (comme tout Discours d'ailleurs) ne peut développer son sens qu'en se développant lui-même *dans le temps,* nous aurions dû, semble-t-il, *commencer* par trans-former le Temps lui-même, où dure notre discours, en la notion TEMPS et développer discursivement le sens de cette notion. Le développement de ce sens serait précisément le « contenu » de notre discours discursif du sens TEMPS de la notion TEMPS, puisque ce discours est censé introduire la notion TEMPS. Mais puisque, pour des raisons pédagogiques, nous ne voulons commencer ni par notre connaissance « immédiate » du Temps, ni par la tradition philosophique relative au Temps, force nous est de *commencer* par *autre* chose que par la notion TEMPS. Toute la question est de savoir *par quoi* nous pouvons et devons *commencer.*

Or, nous avons vu dans la *Première Introduction* qu'une Notion ne peut avoir un Sens proprement dit (c'est-à-dire un Sens non contra-dictoire et détachable de son Morphème) que si elle se « rapporte » à *autre* chose encore qu'à elle-même et donc à « quelque chose » et non au Néant pur (dont on ne peut, par définition, rien dire de « sensé » *). La notion TEMPS

* La « notion » NÉANT n'est pas une Notion proprement dite, car elle n'a pas de

se « rapportant » au Temps, le Temps doit être « quelque chose »
pour que cette notion ait un sens quelconque. Avant de pouvoir
introduire la *notion* TEMPS, en introduisant par cela même le
Temps dans notre *discours,* nous devons donc introduire le
Temps dans l'*être* ou, plus exactement, dans la *notion* ÊTRE.
Mais nous ne pouvons le faire qu'*après* avoir introduit cette
dernière notion.

Nous devons donc *commencer* notre discours introducteur du
Temps ou de la notion TEMPS par une introduction de la
notion ÊTRE. C'est en *développant* discursivement le sens de
cette notion ou de sa Définition-projet, que nous pouvons
espérer introduire la notion TEMPS de façon à pouvoir identifier, *à la fin* de son développement discursif, sa Définition-
résumé à la Définition-résumé de la notion CONCEPT, qui
résume le sens développé de notre *Première Introduction.*

Or, c'est précisément à une telle introduction de la notion
TEMPS par le truchement de la notion ÊTRE ou, ce qui est
la même chose, c'est à une introduction de la notion TEMPS
dans la notion ÊTRE, que la Philosophie a progressivement
procédé au cours de son histoire « occidentale », plus de deux
fois millénaire. C'est donc l'Histoire de la branche « occidentale » de la Philosophie qu'il s'agit de re-présenter, dans et par
cette *Deuxième Introduction,* qui est censée être une introduction
de la notion TEMPS ou, si l'on préfère, une introduction du
Temps dans notre présent discours, qui est lui-même une
introduction du Discours uni-total que nous développerons
dans notre Exposé en tant que mise à jour du *Système du Savoir*
hégélien.

Toutefois, dans le présent discours introductif, seules les trois
étapes vraiment fondamentales, irréductibles et décisives seront
re-présentées (sous une forme « compréhensive », censée être
facilement « compréhensible »). Ces étapes sont marquées par

Sens proprement dit, c'est-à-dire de Sens développable discursivement (sans contra-
diction). NÉANT est, si l'on veut, une *Pseudo-notion,* qui peut être substituée à
n'importe quelle Pseudo-notion ou « Notion » ayant un « Sens » *contra-dictoire.* Pris
en tant que morphème *dénué de sens,* NÉANT *est un Symbole* (qui peut avantageusement
être remplacé par le symbole « mathématique » ZÉRO, 0, ou par un autre symbole
quelconque).

les noms de Parménide, de Platon et de Hegel. Et c'est en représentant la dernière étape hégélienne que nous pourrons voir et montrer (sans toutefois le dé-montrer dans cette *introduction*) que la notion TEMPS, introduite discursivement dans la notion ÊTRE, n'est rien d'autre que la notion CONCEPT qui a été introduite dans et par notre *Première Introduction* du *Système du Savoir*.

Cette introduction hégélienne du Temps dans l'Être et son identification au Concept nous permettent de comprendre comment et pourquoi le *Concept* ne peut *exister* (en tant que développement discursif du sens de la notion CONCEPT = TEMPS) que dans la forme du *Discours* (uni-total) qui se « développe » (ou dure) *dans le temps* ou, si l'on veut, *en tant que Temps,* puisque le Temps est nécessairement *pour nous* (qui en *parlons*) non seulement *Temps,* mais encore la *notion* TEMPS, ayant le *sens TEMPS.*

Avant de montrer comment la Philosophie a introduit (progressivement) le Temps dans l'Être, en finissant par l'identifier au Concept, nous devons voir *ce qu'est* l'Être où le Temps est censé pouvoir et devoir être introduit (le fait *que* cet Être *est* étant admis d'emblée, par définition).

Après avoir vu (dans la 1ʳᵉ Section) qu'il s'agit non pas de l'Être *en tant que tel,* mais de l'Être *dont on parle,* nous montrerons (dans la 2ᵉ Section) comment ont parlé de cet Être les trois très grands Philosophes qui vont nous guider dans notre introduction de la notion TEMPS en vue de son identification avec la notion CONCEPT. Enfin (dans la 3ᵉ et dernière Section), nous verrons et montrerons (sans encore le dé-montrer) que la notion TEMPS, introduite par nous à la suite des trois Philosophes en cause, n'est effectivement, pour nous comme pour Hegel, rien d'autre que notre notion hégélienne CONCEPT.

1. L'ÊTRE EN TANT QUE TEL
ET L'ÊTRE-DONT-ON-PARLE
(L'ÊTRE-DONNÉ)

Il va de soi ou, si l'on préfère, il est « évident » qu'on ne peut *parler* que de ce *dont on parle*. Plus exactement, il suffit de dire qu'on ne peut parler que de ce dont on parle pour constater qu'il est impossible de le « contredire » sans se contredire (c'est-à-dire sans annuler le sens même de ce qu'on dit). En particulier (ou « en général »), si l'on veut parler de l'Être, on ne peut le faire, sans se contredire (c'est-à-dire sans annuler le sens de ce qu'on dit), qu'en parlant de l'Être-dont-on-parle. Cette « évidence » ou « vérité première », voire « banalité », n'a évidemment jamais été contestée où que ce soit par qui que ce soit. Mais, dans la vie courante, on s'abstient, à juste titre, de le formuler explicitement. Quant à la Philosophie, elle a aussi omis de le faire à ses débuts. Or, tant que cette « évidence » n'a pas revêtu une forme discursive explicite, on n'a pas pu la *développer* discursivement ou, comme on dit, on n'a pas pu « en tirer les conséquences ». En fait, le développement discursif de l'« évidence » en cause a commencé avec Platon. Mais les dernières « conséquences » n'en ont été tirées que par Hegel, c'est-à-dire à la fin de l'évolution philosophique. Car Hegel fut le premier à pousser ce développement discursif jusqu'au point où il devient « incontestable » que l'Être-dont-on-parle est un Être « temporalisé » (qui peut, étant tel, impliquer le discours « vrai » qui en parle).

Le fait que le développement discursif en question a duré plus de deux mille ans montre clairement qu'il est, en dépit des apparences, extrêmement difficile *. Rien d'étonnant donc

---

* Cette « difficulté » semble avoir surtout des causes « psychanalytiques ». Car (comme nous le verrons plus tard) ce développement a pour dernière « conséquence » un athéisme radical, c'est-à-dire l'affirmation explicite de la finitude (= mortalité) de l'Homme, que les hommes n'ont jamais voulu accepter sans y être « contraints ». Or,

que ce développement ait donné lieu (vers la fin de l'évolution de la Philosophie, du moins en Occident) à des « erreurs » et qu'on a parfois cru pouvoir en tirer des « conséquences » qui sont, en fait et pour nous, « erronées ».

La principale « conséquence erronée » est connue sous le nom d'*Idéalisme*. Du fait « incontestable » qu'on ne peut *parler* que de ce dont on parle, on a voulu « déduire » l'affirmation que ce dont on ne parle pas n'*est* (n'existe) pas. En fait, l'Idéalisme se développait discursivement de façon à éviter la formule « brutale » qui vient d'être écrite et qui permet de voir « immédiatement » que la prétendue « déduction » (ou « preuve », voire dé-monstration) n'est qu'une « erreur logique ». La notion DISCOURS, « claire et distincte » au sens cartésien de ces mots, était remplacée par la notion « vague et obscure » PENSÉE. On disait donc que c'est ce qu'on ne *pense* pas qui n'*est* pas. Encore évitait-on de préciser qui ou quoi était le « sujet » de cette « pensée ». Pour ne pas trop heurter le bon sens, on se contentait généralement de prévenir qu'il ne s'agissait pas de vous ou de moi, ni d'aucun homme en chair et en os, mais d'un « Sujet en général ». Toutefois, pour que le morphème SUJET-EN-GÉNÉRAL ait un sens quelconque et pour que ce sens soit aussi proche que possible du sens *SUJET-HUMAIN*, on disait que tout homme *peut* penser tout ce que *pense* le « Sujet » en cause. Ainsi, l'Idéalisme peut s'exprimer discursivement en disant que ce qui ne *peut pas* être « pensé » (par un homme quelconque) n'*est* pas. On en concluait, entre autres, que le Contra-dictoire n'*est* pas (sans pouvoir, bien entendu, ni expliquer ce qu'*est* une Contra-diction, ni rendre discursivement compte du fait qu'il « y a » des Contra-dictions).

Si nous revenons à notre formule plus « compréhensible », nous pouvons dire que l'Idéalisme affirme que ce dont on ne peut pas *parler* n'*est* pas. Or, il suffit de compléter cette assertion pour la rendre « incontestable » ou « irréfutable ». En effet, aucune personne de bonne foi (et donc aucun Philosophe) ne

étant donné que les philosophes sont censés être « contraints » par la contra-diction, ils ont inconsciemment évité de pousser le développement discursif en question jusqu'au point où le caractère contradictoire de la Pseudo-notion ÊTRE-ÉTERNEL (= DIEU) devient « incontestable ».

voudra contester que ce dont on ne peut pas parler n'est pas *ce dont on parle.* Mais toute personne de bonne foi devra également reconnaître que le seul fait qu'on ne peut parler que de ce dont on parle ne permet nullement de supprimer, comme le fait l'Idéalisme, les quatre derniers mots (soulignés) dans la phrase précédente.

Sans doute ne peut-on pas dire (comme le fait le Réalisme, qui « contredit » l'Idéalisme sans supprimer la contra-diction ou l'« erreur logique » qui est à la base de ce dernier) que ce dont on ne peut pas parler *est* (= existe) [ou *peut* être (= exister)]. Car le dire, c'est *dire* que ce dont on ne peut pas parler *est.* C'est donc *parler* de ce dont on ne *peut pas* parler. Or, parler de ce dont on dit qu'on ne peut pas en parler, c'est « de toute évidence » se contre-dire. L'Idéalisme a donc raison de « critiquer » le Réalisme. Mais on peut le « réfuter » lui-même en se servant du même « raisonnement ». En effet, *dire* que ce dont on ne peut pas parler *n'est pas,* c'est encore *parler* de ce dont on dit qu'on ne peut pas parler et c'est donc à nouveau se contre-dire.

En fait, tout ce qu'on peut déduire (sans se contre-dire) du fait (formulé discursivement) qu'on ne peut *parler* que de ce *dont on parle,* se réduit à l'affirmation (ni « idéaliste », ni « réaliste », mais simplement conforme au « bon sens ») que ce dont on ne *peut pas* parler n'est pas ce dont on *parle.* Cette « banalité » ou tauto-logie partage avec toutes les Tauto-logies l'avantage (philosophique) d'être « vraie ». Si tous les « penseurs » étaient sensibles à la Contra-diction (et non seulement au fait qu'elle s'avère être « inefficace »), la tauto-logie en question aurait en outre l'avantage d'étouffer dans l'œuf toute tentative de *parler* de l'Ineffable. Mais l'expérience montre que les discours et les écrits sur ce « thème » continuent à foisonner, ce qui prouve que la Contra-diction n'arrête que les Philosophes (dignes de ce nom). Encore faut-il que le Philosophe *constate* une contra-diction dans son discours. Or, au début de la Philosophie (et longtemps après) la contra-diction en question n'était pas « apparente » et des Philosophes authentiques se contredisaient « implicitement » sans s'en rendre compte.

C'est que, dans le cas qui nous intéresse, la Contra-diction se camoufle aisément. On constate, par exemple, qu'il est possible d'*être* ou d'*exister* (humainement) pendant qu'on se *tait* (même « intérieurement ») et on en « déduit » que l'Être peut se « révéler » dans et par le Silence (humain) et que le fait d'*être* est, par conséquent, « indépendant » du fait d'en *parler* (ou même d'y « penser »). On a même affirmé que c'est uniquement le Silence qui « révèle » l'Être « en tant que tel », tout discours (= « pensée » discursive) ne « révélant que l'Illusion ou le Néant. Ou bien on admettait que le Silence « révélait » ce qui est [?] « au-delà » de l'Être. Et ainsi de suite.

En fait, un peu de réflexion (« désintéressée ») pourrait faire voir qu'il s'agit dans tout ceci d'une contra-diction diversement camouflée. En effet, on *dit* qu'on est (= existe) en se taisant. Ici encore, c'est donc le *discours* qui « révèle » l'*être* (silencieux) et qui « révèle », bien entendu, l'être (silencieux) *dont on parle*. Ce n'est pas le Silence lui-même, mais le *discours* sur le Silence qui « révèle » l'être du Silence (dont on parle) ou l'Être « en général » (dont on parle). Quant au Silence, on ne peut certainement pas *dire* qu'il « révèle » l'Être (qu'il tait) ou le Néant (qu'il tait) ou l'Au-delà-de-l'Être (qu'il tait). On ne peut même pas *dire* qu'il ne « révèle » *rien*. Tout ce qu'on peut *dire* du Silence (sans se contre-dire), c'est qu'il ne « révèle » rien *de ce dont on parle*. Autrement, on pourrait *parler* de ce que le Silence tait et le silence (dont on parle) ne serait pas le Silence (dont on voulait parler). Plus exactement, il s'agirait d'un silence qui tait ce qu'on peut *dire*. Ce serait un silence purement « accidentel », qui n'aurait aucune « raison d'être » et qui ne pourrait être « justifié » (discursivement) que comme on « justifie » une « étourderie » ou un « mensonge (par omission) ». Or, ce n'est certainement pas un silence de ce genre qu'avaient en vue les Philosophes qui ont parlé du Silence.

Quoi qu'il en soit, si la tauto-logie que nous considérons (« on ne peut parler que de ce dont on parle ») a engendré des « erreurs », c'est dire qu'elle n'est pas « stérile », contrairement à ce qu'on dit souvent des Tauto-logies (bien que la Mathématique permette de constater au moins la « fécondité » des Tauto-logies, dénuées de sens ou « symboliques »). Aussi bien a-t-elle donné naissance à des « vérités » discursives, connues

en Philosophie dès son début et appelées plus tard « ontolo-
giques ».

Nous avons dit qu'on ne peut parler *que* de ce dont on
parle. Nous pouvons dire aussi, avec la même « évidence »,
qu'on *parle* nécessairement (c'est-à-dire partout et toujours) de
tout ce dont on parle. Et nous pouvons développer discursivement cette dernière Tauto-logie de la façon suivante.

Tout ce dont on parle a *en commun* le fait qu'on en parle.
Il y a donc quelque chose de *commun* dans *tout* ce dont on
parle : *tout* ce qu'on *dit* a ceci de *commun* qu'on le *dit*. Étant
donné qu'il n'est pas contra-dictoire de *parler* de ce qu'on dit
de même qu'il n'est pas contra-dictoire de parler du Silence
(dont on parle en disant que c'est du *Silence* qu'on parle), on
peut *parler* de ce qui est *commun* à *tout* ce qu'on dit. *Parlons*
donc de ce qui est commun à tout ce qu'on dit (et donc aussi
à ce qu'on dit en en parlant). Or, nous ne pouvons *parler*
qu'en développant discursivement le sens d'une *notion* (ce sens
étant partout et toujours lié à un morphème, d'ailleurs quelconque). Nous devons donc former la notion que nous voulons
développer discursivement. Choisissons (« arbitrairement ») à
cette fin un morphème, soit, « pour fixer les idées », la configuration typographique ci-contre ÊTRE. Assignons à ce morphème le sens *ÊTRE*, ce qui nous donne la notion ÊTRE. Dans
et par une Définition-projet nous pouvons développer discursivement la notion ainsi formée en disant que la notion ÊTRE
signifie (ou a pour sens) ce qui est commun à *tout* ce dont on
parle.

Jusqu'ici tout a été très facile et allait, en quelque sorte, de
soi. Mais si nous voulons aller plus loin, nous devons commencer à faire très attention (si nous ne voulons pas faire « fausse
route », c'est-à-dire nous engager sur une voie sinon « sans
issue », du moins telle qu'elle nous « égarera » en ce sens qu'elle
ne nous ramènera jamais à notre départ).

Fixons donc d'abord notre terminologie (pour avoir un « point
fixe » pouvant servir de « point de repère » ou, plus exactement,
de « point de départ » et donc de « point de retour »). À cette
fin, *explicitons,* dans la notion elle-même, son sens *implicite,*

qui a été développé par nous en sa définition-projet. Pour le faire modifions ou, ce qui est plus commode, complétons le morphème ÊTRE de façon à avoir le morphème ÊTRE-DONT-ON-PARLE et disons que la notion ÊTRE-DONT-ON-PARLE a le sens *ÊTRE-DONT-ON-PARLE,* qui signifie tout ce qui est *commun* à *tout* ce dont on parle (d'une façon quelconque, même contra-dictoire, à condition qu'on *parle* au sens propre de ce mot, c'est-à-dire qu'on se serve de *Notions* au sens large ou de Morphèmes *doués de Sens* développables discursivement, contradictoires ou non, qui en sont *détachables*) *.

En utilisant, en vue de son développement discursif, la notion (à sens « implicite ») ÊTRE on court le risque de faire fausse route en parlant non pas de l'Être *dont on parle,* mais de l'Être *en tant que tel.* Parfois, la route est d'ailleurs faussée dès son point de départ, lorsque la notion « implicite » ÊTRE est dès le début explicitée en notion ÊTRE-EN-TANT-QUE-TEL. Car en fait et pour nous, cette notion est « incontestablement » contra-dictoire, si « en tant que tel » signifie (comme c'est habituellement le cas) : « pris indépendamment du fait qu'on en *parle* ». En effet, dès qu'on *parle* de quelque chose, on ne peut pas le « prendre » *indépendamment* du fait qu'on en parle. Si l'on peut, bien entendu, parler de l'Être pris en tant que *tel,* c'est-à-dire en tant qu'Être, il est impossible que cet Être ne soit pas l'Être *dont on parle.* Afin d'éviter les malentendus qui se sont produits dans le passé, il vaut donc mieux éviter la notion ENTRE-EN-TANT-QUE-TEL et se servir dès le début de notre notion ÊTRE-DONT-ON-PARLE.

Toutefois, ne serait-ce que pour simplifier l'écriture, nous utiliserons le morphème ÊTRE-DONNÉ au lieu du morphème ÊTRE-DONT-ON-PARLE (qui est cependant le morphème « immédiat » de la notion en question). D'ailleurs, l'utilisation de la notion ÊTRE-DONNÉ présente un avantage certain dans

---

* Disons (en anticipant sur l'*Appendice*) qu'un morphème dont le sens ne peut pas être *détaché* est non pas un Morphème proprement dit, mais un *Signe* (qui est un phénomène *vital* et non *humain*), tandis qu'un « morphème » *dénué* de Sens est un *Symbole* (qui est un phénomène *silencieux* et non *discursif*). Dans la présente *Deuxième Introduction* nous n'aurons affaire qu'aux Morphèmes proprement dits, qui constituent les bases des *Pseudo-notions,* lorsque leurs Sens (détachables) sont contra-dictoires et des *Notions* proprement dites, lorsqu'ils ne le sont pas.

le cadre de la présente *Introduction*. D'une part, en utilisant cette notion, nous indiquons d'emblée que nous développerons discursivement une notion *philosophique*. En effet, toute Philosophie au sens propre du mot s'est partout et toujours préoccupée de la question de savoir comment est « donné » ce dont elle parle (même si elle oubliait le fait qu'elle en *parlait* ou ne tirait pas toutes les conséquences de ce fait). C'est le Non-philosophe ou le « Profane » (« savant » ou autre) qui parle des choses sans se *préoccuper* de la question de savoir comment elles lui sont *données* (et, en tout cas, comment il se fait qu'il en *parle*). Dans la mesure où il parle de l'Être, le Profane a donc tendance à dire qu'il parle de l'Être *en tant que tel* (et à commettre toutes les « erreurs » qui en « découlent »). Afin de souligner que nous parlons de l'Être en Philosophes, nous parlerons donc, avec tous les Philosophes, de l'Être-*donné* (bien que les Philosophes se soient généralement contentés du morphème ÊTRE). Mais en utilisant la notion ÊTRE-DONNÉ au lieu de la notion ÊTRE-DONT-ON-PARLE, nous indiquons que la Philosophie n'a pas identifié « immédiatement » le sens -*DONNÉ* au sens -*DONT-ON-PARLE*, cette identification, que *nous* admettons dès le début, n'ayant été faite par la Philosophie que « progressivement », au cours de son évolution historique.

Notre terminologie une fois fixée, nous constatons qu'il n'est pas contra-dictoire de vouloir *parler* de l'Être-donné (c'est-à-dire développer discursivement la notion ÊTRE-DONNÉ ou, ce qui est la même chose, son sens *ÊTRE-DONNÉ*) et nous essayerons de le faire.

Le morphème grec de la notion ÊTRE étant ON et celui de la notion DISCOURS, LOGOS, nous appellerons notre discours sur l'Être : « Ontologie », en appelant du même nom tout discours proprement philosophique de ce genre. En décomposant le mot (ou, si l'on veut, le morphème) « Ontologie » en « Onto-*logie* », nous indiquons que l'Onto-logie parle exclusivement (sinon toujours explicitement, du moins implicitement, c'est-à-dire en fait et donc pour nous) de l'Être *dont on parle* ou, en d'autres termes, de l'Être *donné*. En disant tout ce qu'elle peut dire de l'Être dont elle parle, l'Onto-logie devra donc parler aussi du fait qu'elle en *parle*. Elle devra donc, tôt ou tard, parler du discours qu'elle est elle-même. En parlant de l'Être, l'Onto-logie parle donc aussi (du moins implicitement ou, si l'on préfère, « virtuellement ») d'elle-même. Et c'est précisément dans la mesure où elle le fait qu'elle est une Onto-*logie*. En tant qu'Onto-*logie* (ou Philosophie), l'Onto-logie est donc un discours « circulaire » en ce sens qu'il ne se dépasse jamais lui-même tout en s'impliquant en lui-même et qu'en se développant, il ne s'écarte jamais de son point de départ au point de ne plus pouvoir y revenir. Étant le développement discursif de la notion ÊTRE-DONNÉ qui signifie le commun de tout *ce dont* on parle, l'Onto-logie ne peut s'achever qu'en revenant à son point de départ, qui est l'origine même de la notion en question, c'est-à-dire le sens commun de tout ce dont on *parle,* ce Sens commun étant le Concept, tel que nous l'avons défini dans notre *Première Introduction.*

Le mot « *Onto*-logie » indique, d'ailleurs, lui-même que le discours « circulaire » de l'Onto-logie parle non pas de n'importe quoi, mais exclusivement (et même explicitement) de l'*Être* (donné). On peut même le préciser en disant qu'elle parle de l'Être *en tant que tel,* à condition de ne pas oublier qu'il s'agit de l'Être-en-tant-que-tel-*dont-on-parle* (ou dont parle l'Onto-logie en question). En d'autres termes, l'Onto-logie parle non pas de *ce dont* on parle, mais de l'*être* de ce dont on parle. Ce qui veut dire, en fait et pour nous, qu'elle parle exclusivement de ce qui est *commun* à *tout* ce dont on parle, sans parler aucunement de *ce dont* on parle, c'est-à-dire de ce qui *distingue* (irréductiblement) un discours quelconque de tous les autres. On peut en « déduire » que l'Être (donné) dont parle l'Onto-logie est *uni-total,* c'est-à-dire *un* en lui-même et *unique* en son genre. En effet, l'Être (donné) est *un* en lui-même puisqu'il est, par définition, ce qui est *commun* à tout ce dont on parle. S'il y avait des Êtres *différents,* deux cas devraient être distingués. Dans un cas, les Êtres différents ne seraient pas *communs* à tout ce dont on parle; par définition, aucun d'eux ne devrait, dans ce cas, être appelé « Être ». Dans l'autre cas, chacun des différents Êtres serait commun à tout ce dont on parle; dans ce cas, on pourrait « faire abstraction » de ce qui distingue ces Êtres et ne parler que de ce qu'ils ont en commun; par définition, c'est uniquement ce commun qui pourrait être appelé « Être ». En toute hypothèse, l'Être (donné) est donc, par définition, *un* en lui-même. De même, il est en toute hypothèse *unique* en son genre ou *total,* puisqu'il est, par définition, sans exception possible, commun à *tout* ce dont on parle. Par définition, le discours onto-logique parle donc de l'*Uni-totalité.* Et c'est précisément parce que ce discours parle de l'Uni-totalité qu'il est lui-même *un* en lui-même ou *unique* en son genre, c'est-à-dire uni-total. C'est cette *uni-totalité* de l'Onto-logique qui se développe discursivement dans et par le discours onto-logique *uni-total* et se dé-montre par la *circularité* de ce discours.

Après ce qui a été dit précédemment, il doit être clair que l'Onto-logie uni-totale ou circulaire, qui parle de l'Être-donné et en dit (du moins implicitement ou « virtuellement ») tout ce qu'on peut en dire, n'est rien moins qu'« idéaliste ». Car en parlant exclusivement de l'Être dont elle *parle,* l'Onto-logie ne peut rien dire de l'Être dont elle ne *parle* pas; en particulier, elle ne peut donc pas affirmer, comme le fait l'Idéalisme, que cet Être n'*est pas* ou qu'il est Néant pur. Mais, pour la même raison, l'Onto-logie n'est pas non plus « réaliste ». Car elle ne peut pas non plus affirmer, comme le fait le Réalisme, que l'Être dont elle ne parle pas *est.*

Certes, il est très tentant de développer une Onto-logie « réaliste », en parlant de l'Être comme le Profane parle de ce dont il parle, c'est-à-dire en *oubliant* qu'il en *parle.* Et cette tentation est si forte que certains Philosophes (par ailleurs authentiques) se sont parfois « oubliés » (en tant que Philosophes) au point d'avoir cru pouvoir « justifier » ou « démontrer » discursivement leur « Ontologie » « réaliste », en fait non philosophique ou « profane » (généralement appelée alors « théologie ») en raisonnant comme suit.

L'ÊTRE est une *notion.* Une Notion, quelle qu'elle soit, n'a un Sens (dans notre cas, le sens *ÊTRE*) que si elle se « rapporte » à « quelque chose » d'*autre* qu'elle-même qui lui « correspond ». Sinon, il s'agit d'un « morphème » dénué de sens, c'est-à-dire d'un *Symbole* et non d'une *Notion* proprement dite (supposée non contra-dictoire). Ainsi par exemple, le (pseudo)morphème ABRACADABRA a, si l'on veut, un (pseudo)sens (pour ceux qui le « connaissent ») : pour ceux qui le « connaissent », ABRACADABRA est effectivement autre chose qu'un simple dessin quelconque, par exemple ⌇⌇⌇ Q ⌇⌇⌇. Mais le (pseudo) sens *ABRACADABRA* de la (pseudo)notion ABRACADABRA ne se « rapporte » (si le mot « rapporte » doit être utilisé ici, d'ailleurs à tort) qu'à cette notion elle-même. On peut, certes, dire que *ABRACADABRA* est le (pseudo)sens du (pseudo)morphème ABRACADABRA; mais si l'on veut développer discursivement ce (pseudo)sens, tout ce qu'on peut en dire, c'est que c'est le sens du (pseudo)morphème en question. Et c'est précisément pourquoi il vaut mieux dire qu'ABRACADABRA n'a pas de *Sens* proprement dit (par définition *développable discursivement,* c'est-à-dire autrement que par le seul énoncé de la notion correspondante ou par le simple rappel du morphème de celle-ci) et qu'il ne diffère d'un simple dessin quelconque que dans la mesure où c'est un *Symbole* (= « morphème » dénué de sens) *. Or, si ÊTRE est non pas un *Symbole,* mais le morphème d'une *Notion* proprement dite (supposé non contra-dictoire), la notion ÊTRE doit se « rapporter », dans et par son sens *ÊTRE,* à « quelque chose » d'*autre* qu'elle-même : c'est dans ce cas seulement qu'elle aura un *Sens* proprement dit (par définition discursivement *développable*). Ce « quelque chose d'autre » que la notion ÊTRE est précisément l'Être *en tant que tel,* qui « correspond » à la notion ÊTRE qui s'y « rapporte ». C'est de cet *Être-en-tant-que-tel* qu'est censée parler l'Ontologie « réaliste » (généralement appelée « Théologie »).

---

* On pourrait dire aussi qu'ABRACADABRA est un morphème qui a un (pseudo)Sens qui, par définition, se « rapporte » à « autre chose » qu'au morphème lui-même, par exemple le « sens » de guérir certaines maladies. Mais il faut ajouter alors que ce (pseudo)sens ne peut pas être *détaché* de son morphème (d'ailleurs écrit en triangle). Dans ce cas, il vaut mieux dire qu'ABRACADABRA est un *Signe* (si l'on veut, un « signe magique »). Ce signe peut être *efficace* (en supposant, par exemple, qu'il le soit dans un traitement « psychosomatique ») comme peuvent être efficaces les « signes » ou « signaux » d'animaux ou, disons, la fièvre, qui est à la fois (pour nous) le « signe » d'une maladie et, parfois, un moyen efficace utilisé par l'organisme malade pour se guérir.

Mais nous pouvons facilement rectifier ce raisonnement en disant que la (pseudo)Ontologie « réaliste » *parle* nécessairement (= partout et toujours) de l'Être-en-tant-que-tel, de sorte qu'elle n'a aucun moyen de parler d'autre chose que de l'Être *dont elle parle*, c'est-à-dire de l'Être-donné dont est censée parler l'Onto-logie authentiquement philosophique que nous avons en vue et qui est tout aussi « réaliste » qu'« idéaliste ».

Sans doute, si l'on ne disait que la *vérité*, si *tout* ce qu'on dit était *vrai*, on pourrait dire d'ores et déjà (même sans *définir* ou *développer* le sens « immédiat » ou implicite de la notion VÉRITÉ) que tout ce dont on parle *est* tel qu'on le *dit* être. On pourrait donc dire que l'Onto-logie parle non seulement de ce qui est commun à tout ce dont on *parle,* mais encore de ce qui est commun à tout ce qui *est,* ce qui est *commun* à tout ce qui *est* étant précisément l'Être-en-tant-que-tel qu'a en vue la (pseudo)Ontologie « réaliste ». Mais si *tout* ce qu'on dit est vrai et si, par conséquent, l'Onto-logie est *vraie* elle-même, si, en d'autres termes, tout ce qu'elle *dit* de l'Être est *vrai* et tout ce qui est *vrai* « par rapport » à l'Être est *dit* par elle, il n'y a aucune raison de donner à l'Onto-logie (vraie) une interprétation « réaliste » plutôt qu'une interprétation « idéaliste ». En effet, pourquoi supposer, comme le fait le Réalisme, que l'Être *est* « indépendamment » du discours (onto-logique) qui en *parle,* si ce discours dit de l'Être *tout* ce qu'on peut en dire en disant *vrai*? On peut tout aussi bien affirmer, comme le fait l'Idéalisme, que l'Être n'*est* rien d'*autre,* ni donc de *plus,* que ce qu'on dit lorsqu'on *parle* de lui.

Par conséquent, dès que l'Onto-logie est vraiment *vraie,* c'est-à-dire dès qu'elle dit toute la vérité et ne dit rien d'autre que la vérité (sur l'Être dont elle parle), il n'y a aucune raison de préférer l'interprétation « réaliste » à l'interprétation « idéaliste » ou, inversement, de préférer l'Idéalisme au Réalisme. En fait, dans et pour l'Ontologie *vraie,* ces deux interprétations n'en font qu'une, car il n'y a aucun moyen de les distinguer. L'Idéalisme ne peut donc être opposé au Réalisme que par rapport à, ou à l'intérieur d'une Onto-logie « erronée » ou du moins *susceptible* de l'être, dans la mesure où elle n'a pas (encore) réussi à dé-montrer sa vérité. Or, chose curieuse, c'est au Réalisme qu'il faut donner la préférence dans le cadre d'une Onto-logie qui ne s'est pas démontrée être *vraie*.

En effet, bien que la (pseudo)Ontologie dont on ne peut donner qu'une interprétation *idéaliste* est par définition « erronée » (au sens large de « non démontrée être vraie »), elle est, également par définition, incapable de rendre (discursivement) compte de la possibilité même de l'Erreur quelle qu'elle soit, ni donc de la sienne propre. Car si l'Être n'est rien d'autre, ni de plus que ce qu'on le dit être, on ne voit pas comment on pourrait dire quelque chose de *faux* ou d'*erroné*, ni, par conséquent, pourquoi un discours quel qu'il soit, et en particulier le discours onto-logique lui-même, a besoin d'une *dé-monstration* de sa *vérité* (au lieu de se contenter d'une simple *monstration* ou « contemplation », voire d'une « évidence » *immédiate*). Or, l'expérience montre que sans dé-monstration (ou, ce qui est la même chose, sans « réfutation » des discours « erronés , ou en tout cas sans pré-supposition de la *possibilité* de l'Erreur) aucun discours ne réussit à s'imposer comme vrai *partout et toujours,* c'est-à-dire « nécessairement ».

Par contre, la (pseudo)Ontologie « réaliste », tout « erronée » qu'elle est elle-même, rend d'emblée (discursivement) compte de la *possibilité* d'une Ontologie *erronée*. En effet, si l'Être est plus ou autre chose encore que ce qu'on en *dit*, il est possible de *dire* de lui ce qu'il *n'est pas,* c'est-à-dire de se « tromper » (sur l'Être). D'une manière générale, le Réalisme rend compte de la possibilité de l'Erreur. Il admet par conséquent (du moins implicitement) la possibilité qu'il soit erroné lui-même et donc que soit fausse toute Ontologie « réaliste ». Si la (pseudo) Ontologie « réaliste » [généralement appelée « Théologie »] est, en fait et pour nous, par définition *erronée,* elle est, pour nous et en fait, une Erreur qui, contrairement à l'erreur qu'est la (pseudo)Ontologie « idéaliste » [qu'on pourrait appeler « Anthropologie », à condition de préciser qu'« Anthropos » (= « Sujet en général ») est ici identique au « Théos » de l'On- tologie « réaliste » et n'est rien moins que l'Homme en chair et en os que nous sommes nous-mêmes], peut se *dé-montrer* elle-même en tant qu'*erreur* (ou, si l'on préfère, se « réfuter » en tant qu'erreur en essayant de se démontrer en tant que vraie)

et se *trans-former* en *vérité* dans et par cette *dé-monstration* (ou
« réfutation ») même de son *erreur.*

Or, si un Philosophe (qui, par définition, recherche la *Vérité*)
a à choisir entre deux erreurs, il préférera sans nul doute possible
celle qui est susceptible de se trans-former (en se développant
discursivement au cours du temps) en vérité à celle qui, par
définition, en excluant d'elle-même la possibilité même de son
erreur, sera partout et toujours identique à elle-même, c'est-à-
dire erronée (à moins d'être « réfutée », de l'extérieur en quelque
sorte, par l'erreur qui s'oppose à elle et qui est, entre temps,
devenue vérité). C'est pour cette même raison que nous « jus-
tifions », en tant que Philosophes, le choix de la Philosophie,
qui commença par développer l'Onto-logie en lui donnant une
interprétation « réaliste » et en la présentant comme une *Onto-*
logie plutôt que comme une *Onto-logie.*

En fait, l'interprétation réaliste de l'Ontologie détermine
tout aussi peu son « contenu » que ne le fait son interprétation
idéaliste. C'est pourquoi l'Onto-logie dite « idéaliste » coïncide
pour nous avec l'Onto-logie dite « réaliste », tout comme ces
soi-disant « deux » Onto-logies coïncident *en vérité* ou dans
l'Ontologie *vraie.*

Nous verrons, en effet, que le « contenu » de l'Onto-logie
est constitué exclusivement par le développement (discursif)
du « noyau » de la définition-projet de la notion ÊTRE-DONNÉ,
ce « noyau » disant que l'Être-donné (dont parle l'Onto-logie)
est *commun* à *tout,* c'est-à-dire *uni-total.* Tout le reste n'est
qu'*interprétation* de l'Onto-logie et non l'Onto-logie elle-même
(ou son « contenu »). En effet, qu'on interprète le « noyau »
comme le fait le Réalisme (en mécomprenant cette interprétation), et qu'on dise que l'Être est commun à tout *ce qui est,*
ou qu'on adopte l'interprétation susceptible d'être mécomprise
dans le sens de l'Idéalisme et qu'on dise que l'Être est commun
à tout *ce qu'on dit* (ou « pense »), il n'en restera pas moins que
l'Être est *commun* à *tout* et donc *uni-total.* Le « contenu » de
l'Onto-logie est précisément le développement (discursif) du
sens de la notion ÊTRE-UNITOTAL ou UNITOTALITÉ-QUI-
EST. Quant aux *interprétations* de cette Onto-logie ou du

discours qui parle de l'Être-unitotal, elles n'ont un sens et ne peuvent donc être vraies ou fausses ou, plus exactement, correctes ou incorrectes, que dans et par le *Système du Savoir* qui a l'Onto-logie pour élément-constitutif.

Or, le *Système du Savoir* (discursif) est, par définition, lui-même uni-total ou « circulaire ». Il doit donc rendre (discursivement) compte de lui-même pris en tant que Discours. Au sein du *Système,* l'Onto-logie doit par conséquent (explicitement) parler de l'Être-*dont-on-parle* (= Être-*donné*). Il semble donc que c'est l'interprétation idéaliste de l'Onto-logie qui est « correcte », puisque c'est elle qui s'insère « correctement » (c'est-à-dire sans contra-diction) dans le *Système.* Mais nous verrons que le *Système* dé-montre le Discours comme se référant à autre chose encore qu'à lui-même. C'est donc l'interprétation réaliste du discours onto-logique qui semble s'insérer « correctement » dans le *Système du Savoir,* par définition « circulaire » ou vrai. Mais nous avons vu que l'Onto-logie qui se dé-montre comme *vraie* (ce qu'elle ne peut vraiment faire qu'en s'insérant sans contradiction dans le *Système*) n'est ni « réaliste », ni « idéaliste », pour ne pas dire qu'elle est « idéaliste » et « réaliste » à la fois. D'où nous pouvons conclure qu'en tant qu'*insérée* dans le *Système,* l'Onto-logie n'a pas besoin d'être *interprétée* du tout. Il suffit de la *définir* comme discours sur l'Être en tant que tel, cet Être étant lui-même défini comme Être-dont-on-parle (= Être-donné), c'est-à-dire comme Unitotalité-qui-est ou comme ce qui est *commun* à *tout* ce dont on *parle* et qui *est* tel que l'Onto-logie le *dit* être, puisque l'Onto-logie est par définition *vraie* dans la mesure même où elle est insérée (sans contra-diction) dans le *Système.*

Mais n'étant pas encore *dans* le *Système,* puisque nous voulons seulement l'*introduire,* nous devons *interpréter* l'Onto-logie (que nous développerons) et donc *choisir* entre les deux interprétations « possibles », respectivement préconisées par l'Idéalisme et par le Réalisme. Or, nous avons vu que dans la mesure où nous voulons parler en Philosophes, notre choix de l'interprétation *réaliste* est en quelque sorte déjà fait. Nous avons vu aussi que ce choix est celui-là même que la Philosophie a fait à son début. Nous n'avons donc qu'à prendre pour début de

notre développement de l'Onto-logie (que nous faisons en vue
d'introduire le Temps dans l'Être, pour identifier le Temps au
Concept) le début du développement historique de la Philosophie, dans la mesure où celle-ci se voue au discours onto-
logique. Et nous verrons qu'il nous suffira de re-présenter le
développement historique du discours onto-logique de la Philosophie pour arriver au point final que nous voulons atteindre,
qui se révélera être le point même dont nous sommes partis
dans notre *Introduction* du *Système,* ce point étant la notion
CONCEPT.

2. L'ÊTRE-DONNÉ ET LE TEMPS

Comme je l'ai déjà dit, l'évolution historique de l'Onto-
logie s'est effectuée en trois étapes décisives. L'étape du début
est représentée pour nous par Parménide, celle de la transition
ou du développement par Platon et celle de la fin par Hegel.
Parménide est le premier à nous parler non pas de *ce qui*
est, mais de l'Être en tant que tel. Il peut donc être considéré
comme le « père » de l'Onto-logie proprement dite ou explicite.
En vrai Philosophe, Parménide parle de l'Être *donné* ou de
l'Être dont on *parle.* Mais dans sa hâte d'arriver à la fin du
discours onto-logique, il oublia que ce discours *parlait* de
l'Être-dont-on-parle. Aussi bien a-t-il pu se tromper et croire
que l'Être-dont-on-parle et le Discours-qui-en-parle ne font
qu'Un. Du coup, il identifia l'Être-*un* à l'Éternité.
En réfléchissant longuement sur l'Onto-logie de Parménide,
la Philosophie s'aperçut, en la personne de Platon, que l'Éternité
qu'est l'Être-*un* était, par définition, *ineffable.* Pour pouvoir
rendre compte du *discours* onto-logique, Platon se vit ainsi
obligé à admettre que l'Onto-logie parlait de l'Être-*deux,* qui
est *éternel* (ou co-éternel à l'Éternité), sans être l'Éternité elle-
même. Il s'aperçut cependant que si l'on peut *parler* de l'Être-
un éternel, on peut en dire *n'importe quoi.* C'est en faisant
ancrer le discours (onto-logique) qui se « rapporte » à l'éternel

Être-deux, dans le Silence qui est censé « révéler » l'Éternité qu'est l'Un ineffable, que Platon a cru pouvoir arrêter les flots du Discours et les figer à jamais en tant que Vérité discursive, par définition une et unique ou partout et toujours identique à elle-même. Mais il n'y réussit pas.

Après Platon, le discours onto-logique continua à se développer dans le temps ou à « évoluer », voire « progresser ». Ainsi, Aristote rectifie « immédiatement » l'Onto-logie platonicienne, en découvrant dans le Temps lui-même l'Éternité à laquelle Platon a cru devoir « rapporter » le discours ontologique pour le rendre *vrai*. Cette découverte aristotélicienne fut exploitée et développée lentement pendant de longs siècles et ce n'est que Kant qui réussit à en tirer explicitement tous les avantages philosophiques qu'elle impliquait. Il le fit en « rapportant » le Discours (onto-logique) vrai non plus à l'Éternité parménido-platonicienne qu'Aristote découvrit *dans* le Temps, mais au Temps lui-même.

Mais nous ne parlerons ici ni d'Aristote, ni de Kant, et passerons « directement » de Platon à Hegel. Car Kant n'a pas pu ni voulu trans-former la Philosophie en Sagesse ou Savoir et reste donc, tout comme son « prédécesseur » Aristote, un Philosophe *platonicien,* faisant ainsi, pour nous, partie de l'étape de l'évolution onto-logique marquée par l'onto-logie de Platon.

C'est Hegel le premier qui débarrassa le Discours philosophique de la nostalgie du Silence, en dé-montrant dans et par le Discours lui-même sa propre Vérité, de sorte que le Discours, cessant d'être philosophique, devint Savoir (discursif) ou expression discursive de la Sagesse, que la Philosophie cherchait dès son début sans encore avoir osé l'atteindre. Hegel put le faire en ayant vu, montré et dé-montré que l'Onto-logie en tant que discours sur l'Être, ne peut être *vraie* (en se dé-montrant telle) que si l'Être est non pas Deux, comme le pensait Platon, ni Un, comme le croyait Parménide, mais Trois (comme le disaient les Chrétiens, en développant discursivement, dans leur « Théologie », les débuts onto-logiques timides du *Néo*-platonisme). C'est de cet Être-*trois* ou de cette *Tri-unité* qui *est,* que Hegel a parlé dans son onto-logie qui est la nôtre et donc, pour nous, l'Onto-logie tout court. C'est cette Onto-logie hégélienne qui dé-montre que l'Être-*trois* n'est ni Éternité, ni l'Éternel, mais le Temps lui-même ou, plus exactement, la Spatio-temporalité qui *est* et qui n'est rien d'autre que le Concept (le Concept se développant discursivement dans le Temps en tant que Discours uni-total ou « circulaire », qui implique comme élément-constitutif l'Onto-logie et dé-montre la vérité de celle-ci, en se dé-montrant soi-même comme Vérité discursive).

a. L'Être-un et l'Éternité (d'après Parménide)

Parménide fut, semble-t-il, le premier à parler explicitement (dans la 1re Partie de son *Poème,* qui contient son onto-logie) non pas seulement de *ce qui* est, mais encore de l'Être *en tant que tel* (qui, en fait et pour nous, est l'Être-donné, dans la mesure où Parménide en *parle*), cet Être étant (pour lui comme pour nous) ce qui est *commun* à *tout* ce qui *est* (ou, si l'on préfère, à tout ce qui n'est pas Néant pur). Ainsi, l'Être a été d'emblée présenté par la Philosophie comme *un* en lui-même (en tant que *commun* à tout) et *unique* en son genre (en tant que commun à *tout*) *.

---

* On pourrait dire que déjà le « premier » Philosophe (qui est, pour notre tradition, Thalès) a parlé de l'Être un et unique. En effet, l'Eau de Thalès est, sans nul doute *une* en elle-même et *unique* en son genre, étant *commune* à *tout* ce qui *est.* Mais tous les prédécesseurs de Parménide n'ont parlé de l'Être qu'*implicitement.* En effet, l'Eau de Thalès n'est pas, pour celui-ci, l'Être *en tant que tel* dont la Philosophie parle (explicitement) à la suite de Parménide. Certes, l'Eau est, pour Thalès, autre chose que l'eau qu'il buvait et que nous buvons encore aujourd'hui : l'Eau existe dans l'eau au même titre que dans toutes les autres choses. Mais en appelant « Eau » ce que Parménide appellera « Être », Thalès montre qu'explicitement il parlait encore de *ce qui* est et non de l'Être en tant que tel. Implicitement (et pour nous) il parlait de l'Être; mais, pour lui, l'Être était Eau et non pas *autre* chose encore, tandis que, pour Parménide, l'Être est *tout* ce qui *est.* L'Illimité d'Anaximandre est déjà beaucoup plus proche de la notion onto-logique Être, introduite et définie par Parménide. Mais tous les prédécesseurs de Parménide semblent avoir négligé de parler du « rapport » entre le Discours (Logos) qui parlait de l'Être et de l'Être dont on parle. En ce sens ils parlaient de l'Être en Savants, et non en Philosophes. En d'autres termes, il n'y avait pas d'Onto-*logie* proprement dite avant Parménide (et c'est pourquoi il n'y avait pas non plus d'*onto*-logie, mais seulement des discours sur *ce qui* est). Le cas d'Héraclite est, cependant, douteux, vu la pauvreté et l'état défectueux de la tradition parvenue jusqu'à nous. À première vue, ce serait un prédécesseur « immédiat » de Parménide, celui-ci ayant systématisé en Onto-logie ce qu'Héraclite disait de l'*unité* et de l'*unicité*

Parménide établit l'*unité* et l'*unicité* de l'Être dont il *parle*, en fait et pour nous par un raisonnement « réaliste » ou « objectif ». L'Être est *unique* (en son genre, c'est-à-dire en tant qu'Être), parce qu'il est le commun de *tout* ce qui *est* d'une façon quelconque. En effet, il n'y a *rien* qui *soit* en dehors de la communauté de *tout* ce qui *est;* or, cette communauté est précisément l'Être en tant que tel; ce qui est censé être en dehors de l'Être n'*est* rien du tout et ne saurait donc *être* quoi que ce soit, par exemple : *être* un autre Être; *tout* ce qui *est* est donc *un seul* être. Or, l'Être seul et unique est *un* en lui-même. En effet, étant *commun* à tout ou le *même* en tout, il est *homogène* en lui-même ou, ce qui est la même chose, « absolument » ou « nécessairement » (si l'on veut : partout et toujours) *identique* à lui-même. Si *tout* ce qui est a *en commun* le fait d'être, ce n'est pas le fait d'*être* qui peut *distinguer* ce qui *est* (d'une façon quelconque) de ce qui *est* (d'une autre façon quelconque); or, l'être *commun* de tout ce qui est, est précisément l'être de l'Être ou, plus simplement, l'Être en tant que tel car l'être de l'Être est l'Être, tout comme le rouge du Rouge est le Rouge; ce n'est donc pas l'Être qui peut *distinguer* quoi que ce soit (qui *est*) de quoi que ce soit (qui *est*); et puisque tout ce qui *est* est *dans* l'Être, l'Être (qui n'est rien d'autre que l'ensemble de ce qui *est*) ne peut rien distinguer *en lui-même,* ni par conséquent se distinguer *de lui-même;* or, comme il n'y a *rien* qui *soit* en étant *autre* que l'Être ou *en dehors* de l'Être, *rien* ne peut distinguer quoi que ce soit dans l'Être, ni par conséquent distinguer l'Être de lui-même. En bref (à moins de se contre-dire), l'Être dit *unique* doit « nécessairement » être dit *un,* et l'Être dit *un* doit être « nécessairement » *unique.*

Parménide n'aurait pas été Philosophe (mais seulement ou simplement « Savant ») s'il avait (lui-même) totalement ignoré le fait (et le problème) du Discours (Logos), en *parlant* (en

de *tout* ce qui est, et en Énergo-logie (confondue, d'ailleurs, avec la Phénoméno-logie) ce que ce dernier disait du caractère « contraire » et « mouvant » de tout ce qui est objectivement réel et « phénoménal ». – Nous aurons à revenir sur cette question dans la 3ᵉ *Introduction.* Le sens de la présente Note ne peut, d'ailleurs, être pleinement compris qu'après la lecture de l'*Exposé* du *Système du Savoir.*

fait) de l'Être. En réalité, il ne l'a ni ignoré ni négligé. Il a seulement « fait abstraction » de ce fait, afin d'établir d'une façon « objective » ou « réaliste » l'unité et l'unicité de l'Être (dont il avait introduit la notion). Il avait lui-même toujours à l'esprit et il a rappelé plusieurs fois à son lecteur que celui-ci avait affaire (en le lisant) à un homme qui pense et qui *parle* (de l'Être). Certes, bien qu'il disait souvent « Je », Parménide a « ignoré » le fait que le discours qu'il avait présent à l'esprit et dont il signalait l'existence au lecteur, était, en fait (et pour nous), un discours de « Monsieur Parménide ». En tout cas, il ne semble pas avoir voulu résoudre, ni même poser explicitement le problème impliqué dans ce fait. Mais s'il a « oublié » son discours, il s'est souvenu *du* discours (sur l'Être) et a vu le problème que le *Discours* (vrai) posait. Toutefois, il ne s'est souvenu du Discours que pour le soumettre au même raisonnement « objectif » ou « réaliste » qu'il appliquait en fait, dans et par son discours à l'Être en tant que tel. Parménide a *parlé* du Discours. Mais il en a parlé (pour nous) en « oubliant » (lui-même) non seulement que c'était *lui* qui en parlait, mais même qu'il en *parlait.*

Parménide semble avoir raisonné comme suit. D'une part, tout Discours parle de quelque chose qui *est* d'une façon quelconque [ne serait-ce que comme « objet » du Discours (qui *est* en tant que Discours)]. D'autre part, le Discours lui-même *est* d'une certaine façon. Le Discours *(noein)* et son « objet » *(noima)* ont donc *en commun* le fait d'*Être.* C'est dire qu'ils font tous deux partie de l'Être. Or, puisque l'Être est, par définition, un en lui-même et unique en son genre, le Discours et son « objet » ne font eux-mêmes qu'*un.* Le Discours est donc lui-même un et unique et son « objet » (un et unique) n'est rien d'autre que l'Être en tant que tel. Cette coïncidence parfaite ou identité absolue du Discours (vrai) [sur l'Être] et de son « objet » [qui est l'Être] est précisément la *Vérité* (discursive) que recherche la Philosophie.

Certes, sans être un Sceptique, Parménide n'ignorait pas l'existence de l'Erreur. Mais ayant « ignoré » ou « oublié » que son propre discours [sur l'Être] (qui, pour lui, était censé être *vrai*) était (en fait et pour nous) un discours de « Monsieur

Parménide » (qui, pour nous, était susceptible de se *tromper*), il a cru pouvoir établir et maintenir une définition « objective » ou « réaliste » de la Vérité discursive (une et unique), qui excluait la possibilité même de l'existence des erreurs [en ne permettant pas d'en parler sans se contre-dire], que Parménide ne s'interdisait pourtant pas de « refuter » discursivement.

Parménide semble avoir raisonné de la façon suivante, afin de « justifier » sa définition de la Vérité en dépit du fait de l'existence des erreurs. (Cf. le 6ᵉ Fragment dans l'édition Diels.) Le Discours *vrai* (que recherche la Philosophie) est par définition *identique* à lui-même ou, si l'on préfère, il est partout et toujours (c'est-à-dire nécessairement) *le même*. Le « Discours erroné » par contre, s'il pouvait être, par impossible, un et unique, serait tantôt ce qu'il est et tantôt son contraire, puisqu'il dirait à la fois ce qu'il dit et le contraire de ce qu'il dit. On pourrait dire aussi que le « Discours erroné » (ou que tout discours erroné) est caractérisé en dernière analyse par le fait que l'Être et le *Non*-Être (le Néant) y sont à la fois identifiés et distingués. Le « Discours erroné » n'est donc ni *un*, ni *unique*, mais irréductiblement *multiple* (en lui-même et dans son genre). C'est pourquoi on peut dire qu'à tout discours erroné s'oppose nécessairement (partout et toujours) un *autre* discours erroné qui dit le *contraire* de ce qu'il dit (les deux « contraires » étant, par définition, « irréductibles » l'un à l'autre). Ou bien, on peut dire, pour se servir du langage imagé parménidien, que lorsqu'on se meut (discursivement) dans l'Erreur, on parcourt toujours et partout chaque chemin *deux* fois : une fois dans un sens et l'autre fois en sens inverse. C'est dire que tous les discours erronés s'annulent mutuellement, couple par couple. Ainsi, bien que chaque discours erroné semble *dire* quelque chose, pris dans leur *ensemble,* ils ne disent *rien*. Ce qui *reste* après cette annulation mutuelle, ce qui *est* en permanence, ce ne sont donc pas les « contenus » (contraires) des discours erronés, mais les discours eux-mêmes, qui *sont* en tout état de cause et qui *sont* tous d'une seule et même façon. Or, dans la mesure où ils *sont,* les discours (quels qu'ils soient) font partie intégrante de l'Être un et unique, où rien ne peut être distingué de quoi que ce soit. Il n'y a donc, « en réalité » ou « en vérité », qu'un seul et même discours (Logos), qui dans la mesure où il *est,* n'étant pas *Néant* pur, ne diffère en rien de l'Être en tant que tel, un et unique. C'est ce Discours un et unique, qui coïncide avec un seul et même Être, que Parménide appelle *Vérité.* Les erreurs discursives s'annulant mutuellement, la Vérité (une et unique) ne détruit ni l'unité, ni l'unicité de l'Être. L'Être reste donc « absolument » *homogène* en lui-même, c'est-à-dire « nécessairement » (partout et toujours) *identique* à lui-même, en dépit du fait qu'il est (aussi) Discours ou Vérité (discursive) *.

Or, l'*homogénéité* « absolue » ou la « nécessaire » *identité* de l'Être (« vrai ») excluent de celui-ci toute *distinction,* toute *différence* quelles qu'elles soient. En particulier, doit être exclue de l'Être (« vrai ») : toute différence entre le passé, le présent et l'avenir, c'est-à-dire toute durée dans le Temps et donc le Temps lui-même. C'est ce que Parménide affirme effectivement, en y insistant à maintes reprises : *L'Être n'a pas été et ne sera*

---

* On pourrait « moderniser » comme suit (d'une façon « physiquement » incorrecte d'ailleurs) l'image de Parménide. L'Erreur serait semblable à une « Matière » constituée uniquement par des électrons, dont la moitié sont électriquement négatifs et la moitié positifs ; tous les couples de signes contraires finissent par entrer en collision et s'annuler mutuellement ; l'ensemble des électrons devient alors un espace rempli dans toute son étendue par une onde (complexe) électromagnétique, électriquement neutre (qui serait censée ne pouvoir jamais se décomposer en électrons de signes contraires). Cette image a l'avantage d'être en même temps une critique. D'après l'image, dès que les charges électriques « positives » et « négatives » des électrons s'annulent mutuellement, les électrons eux-mêmes cessent d'exister en tant qu'électrons. Or, il est facile de voir qu'il en va de même chez Parménide. En effet, d'après Parménide, la Vérité discursive se réduit en dernière analyse au Discours (onto-logique) qui dit que l'Être est et que le Non-Être (= Néant) n'est pas, tandis que tous les discours erronés peuvent être réduits à un seul Discours (contra-dictoire), disant que l'Être n'est pas et que le Non-Être est. Or, si l'on applique à ces deux Discours « résiduels » la thèse parménidienne de l'*annulation* (mutuelle) des « contraires », il faut admettre que leurs « contenus » contraires doivent eux aussi s'*annuler* mutuellement de sorte qu'il ne reste plus de « contenu » (discursif) du tout. Certes, l'*être* des deux Discours contraires se maintient (et ils coïncident en un seul être), mais *aucun* d'eux ne se maintient en tant que *Discours,* puisqu'ils ne *disent* plus rien dans leur *ensemble* (cet ensemble n'ayant pas de « contenu » discursif). En d'autres termes, en coïncidant dans l'Être avec l'Être, les Discours cessent d'être des *discours.* L'Être est bien un et unique, mais il n'implique pas de Discours. Il est donc ineffable (ou muet) et on ne comprend pas comment on peut en *parler* (ni, encore moins, comment « Monsieur Parménide » a pu en parler). – C'est, comme nous le verrons, ce que dit en substance Platon dans le dialogue « Parménide ».

pas, parce qu'il est tout entier dans le maintenant (nun), un et indivisible (éd. Diels, Frg. 8, 5-6). Or, de toute évidence, ce « maintenant » parménidien, qui n'est ni précédé par un passé, ni suivi par un avenir, doit (si l'on ne veut pas introduire la notion contradictoire NUNC-STANS) être appelé « Éternité », l'Éternité étant comprise non pas comme l'intégration de la totalité du Temps, mais comme son absence totale. En admettant que cette Éternité *est* d'une façon quelconque, nous devons dire que, pour Parménide, l'Être-un n'est pas « éternel » (puisqu'il n'est rien d'autre que *lui-même*), mais *est* l'Éternité, tout comme il *est* le Discours (Logos) *.

b. *L'Être-deux et l'Éternel (d'après Platon)*

Nous avons vu que, pris en lui-même, le « raisonnement » onto-logique de Parménide est « irréfutable ». Si la notion ÊTRE-UN était *possible* en tant que *Notion,* son sens ne pourrait être développé discursivement (sans contra-diction) que de la façon dont ceci a été fait dans la 1re Partie du Poème parménidien. En d'autres termes, s'il était *possible* de *parler* de l'Être-un et si on voulait le faire sans se contre-dire, on devrait « nécessairement », c'est-à-dire partout et toujours, dire de lui

---

* Tout en niant la durée *temporelle* de l'Être, Parménide admet explicitement son extension *spatiale* (cf. *ibid.,* Frg. 8, 42-49). Nous verrons par la suite qu'il s'agit là nécessairement d'une erreur (= contra-diction), puisque le Temps et l'Espace sont en fait indissolublement liés l'un à l'autre. D'ailleurs, le caractère « erroné » du raisonnement de Parménide relatif à l'extension spatiale peut être constaté directement. Parménide dit (2, 2-4) qu'on ne peut pas détacher ce qui *est* de sa liaison « immédiate » avec ce qui *est* de façon à donner à l'Être une structure discontinue. (Il n'y a *rien* en dehors de l'Être et donc rien qui puisse séparer l'Être de lui-même ou constituer des séparations dans l'Être.) Il en conclut correctement qu'on ne peut ni diluer, ni *condenser* l'Être, et dit que l'Être est toujours « partout dense » (8, 25). Mais il a tort de dire (implicitement) que tout ce qui ne peut pas être *condensé* est par cela même *étendu* : il aurait dû (sinon pu), penser au « point géométrique ». En fait, si l'*identité* de l'Être avec lui-même exclut sa durée *temporelle,* elle exclut également son extension *spatiale,* car cette extension conditionne (ou est conditionnée par) une *différence* [de l'identique]. En réalité, l'Être de Parménide est non pas, comme il le dit, une « Sphère » (sans frontières extérieures, mais limitée en elle-même par sa propre étendue; cf. 8, 29-33), mais un seul « point géométrique » sans aucune étendue propre (qui est présent, dans son *identité* avec lui-même, sans se *distinguer* de lui-même en tant que passé ou à venir).

exactement ce qu'en a dit Parménide. Une fois admis en tant que *Discours,* le discours onto-logique parménidien se dé-montre donc lui-même comme *Vérité* (discursive). Ainsi, Par-ménide serait non pas le premier Philosophe (qui, par défini-tion, *cherche* la Vérité discursive), mais le premier Sage (qui, également par définition, *possède* cette Vérité en tant que *Savoir* ou *Système du Savoir)* et il n'y aurait pas eu de Philosophie du tout dans l'Histoire de l'Homme. La Vérité (= Sagesse) par-ménidienne se serait maintenue partout et toujours dans son identité avec elle-même, en regard des erreurs multiples et variées, qui ne s'opposeraient pas à la Vérité en tant qu'Erreur pour la simple raison que chaque erreur serait annulée par une erreur « contraire » la « contredisant ».

Si nous ne voulons pas, avec le Sceptique, considérer les vingt-cinq siècles d'histoire philosophique comme une histoire des annulations réciproques des affirmations « contradictoires » (qui, de ce fait, seraient toutes « erronées » au sens parmé-nidien du mot); si en d'autres termes, nous ne voulons pas assimiler la Philosophie à l'*Erreur* (discursive), mais y voir, avec tous les Philosophes proprement dits, une *recherche,* nullement « désespérée », de la Sagesse ou de la *Vérité* (dis-cursive) (qui a finalement été *trouvée* pour nous par Hegel), nous devons nous poser (avec Platon) la question de la *possibilité* même du *discours* onto-logique parménidien, pris en tant que Discours. En d'autres termes, nous devons nous demander s'il est *possible* de parler de l'Être-un dont Parménide a effective-ment *parlé.*

Car s'il s'avère *impossible* de *parler* de l'Être-un parménidien, le *discours* onto-logique de Parménide se « réfute » lui-même (en se dé-montrant être contra-dictoire en lui-même) ou bien de se démontrer en tant que Vérité (discursive). Si l'Être-un est rigoureusement *ineffable* (= « abscons »), l'Être dont on *parle* (= l'Être-donné) et dont a *parlé* Parménide ne *peut pas* être tel qu'il a été *dit* être dans le *Poème* parménidien. Or, nous avons vu (avec Parménide) que, d'une part, l'Être-un *coïncide* « nécessairement » avec le Discours et que, d'autre part, il *coïncide* tout aussi « nécessairement » avec l'Éternité. Si l'Être-un est *ineffable,* nous devons donc dire : ou bien, si l'Être-donné est l'Éternité, que cet être ne peut pas *coïncider* avec le Discours, de sorte que le Discours *vrai* ou la Vérité *discursive* sont impossibles (comme l'admet partout et toujours le Sceptique); ou bien, si l'Être-donné peut *coïncider* avec le Discours de façon à ce que *soit* la Vérité discursive, que cet Être ne peut être l'Éternité elle-même (comme la Philosophie proprement dite a fini par l'admettre, dès Platon).

Nous devons « nécessairement » le *dire*. Mais, bien entendu, nous ne devons le dire que si nous voulons *parler*. L'homme qui veut vivre (même honnêtement) dans le *silence* n'est pas inquiété par le fait que l'Être-un est *ineffable*. Si l'Être en tant que tel exclut ou n'implique pas le Discours, on peut parfaitement s'impliquer dans l'Être et donc *être* dans la mesure où l'on est *silencieux*. Sans doute ne pourrait-on pas alors *dire* ce que nous venons de dire, puisque la notion même ÊTRE ne *serait* pas. Mais pour celui qui ne *veut* pas *parler*, il n'y aurait là aucun mal. Sans doute ne pourrait-il pas *dire* (sans se contredire) comment il se fait que d'autres que lui *parlent* effectivement; mais il n'aurait nulle envie de le dire du moment qu'il s'est résigné au Silence. Quoi qu'il en soit, rien ni personne ne peut « réfuter » (discursivement) celui qui ne *dit* rien.

Mais les Philosophes (Parménide y compris) *parlent* par définition. Le Philosophe est l'homme qui ne se résout pas au silence et le Silence ne résout rien pour lui. La Philosophie doit donc *parler* de tout et, en parlant de *tout,* elle ne peut éviter de parler de l'Être (qui est commun à tout ce dont on parle). Or, si l'on peut montrer (discursivement) que l'Être-un parménidien est *ineffable* et si un Philosophe (tel Parménide) *dit* de l'Être qu'il est Un (= Éternité), il se *contre-dit* du seul fait de le *dire*. S'il veut *parler* tout en ne voulant pas se *contre-dire,* le Philosophe devra donc dire de l'Être autre chose que ce qu'a dit Parménide en parlant de l'Être-un (= Éternité).

Sans doute l'expérience quotidienne montre-t-elle que des hommes (essentiellement non silencieux) se contre-disent en parlant sans le remarquer et ne sont nullement déconcertés lorsqu'on leur montre qu'ils le font (quitte à dire que leur « cœur » a des « raisons », pourtant en fait discursives, que la « Raison » ne connaît pas, bien qu'elle soit discursive elle aussi, par définition). Mais, par définition, le Philosophe ne veut pas se contre-dire. Il veut *parler,* mais il ne se décide à le faire que si ce qu'il dit n'est pas contra-dictoire, du moins pour lui. On pourrait même dire que le Philosophe ne parle que pour ne pas se contre-dire. Quoi qu'il en soit, un discours contra-dictoire, même s'il est « efficace », n'a aucune valeur pour un philosophe pris en tant que Philosophe. Un Philosophe pro-prement dit ne peut donc pas parler de l'Être comme l'a fait Parménide, si on lui montre (discursivement) qu'il se *contre-dit* en *parlant* de l'Être-un.

Certes, il y a eu et il y a encore des philosophes qui ont désespéré de la Philosophie. En montrant (discursivement) le caractère contra-dictoire de tous les discours qu'ils émettent ou comprennent, ils cessent (par définition « sans raison ») de croire au Discours non contra-dictoire et donc à la Vérité discursive. Aussi bien ces Sceptiques peuvent-ils admettre la coïncidence de l'Être avec l'Éternité, qui exclut la possibilité de sa coïncidence avec le Discours. Mais s'ils restent suffi-samment Philosophes pour ne parler que lorsqu'ils croient pouvoir dire *vrai,* ils se résignent au Silence (et sont alors discursivement « irréfutables », en renonçant à la Philosophie). Dans la mesure où ils *parlent,* ils ne peuvent le faire que par « intérêt », c'est-à-dire en raison de l'« efficacité » de leurs discours (par exemple sur le plan de la vanité), et ils se contredisent, par conséquent, s'ils disent que leur discours est *philosophique,* c'est-à-dire « désintéressé » ou émis *uniquement* parce qu'il est *vrai* (ce qu'il ne peut être s'il est contra-dictoire).

Un philosophe proprement dit ne peut donc se dire être Philosophe ni lorsqu'il se *tait* sur l'Être, ni lorsqu'il se *contre-dit* en *parlant* de l'Être-un parménidien, ni lorsqu'il parle (en Sceptique) de l'Être qui coïncide avec l'Éternité et ne peut pas, de ce fait, coïncider avec le Discours. Dès que la Philosophie montre (discursivement) que l'Être-un (= Éternité) est « néces-sairement » *ineffable,* le Philosophe qui *parle* de l'Être doit donc « nécessairement » dire (contre Parménide) que cet Être-donné ne coïncide pas avec l'Éternité.

Le caractère *ineffable* de l'Être-un parménidien semble pour la première fois avoir été vu et montré (discursivement) par Platon. Cette monstration discursive, qui est une « réfutation » de l'Ontologie parménidienne, c'est-à-dire une dé-monstration du caractère contra-dictoire de cette dernière, se trouve dans le grand Dialogue platonicien que la tradition intitule *Parménide*.

Dans ce Dialogue, Platon a également essayé de rectifier l'erreur de Parménide. Mais la rectification de cette erreur s'est révélée difficile. En fait, elle a coûté à la Philosophie plus de deux mille ans d'efforts à peu près continus. Car ce n'est que Hegel qui a pu achever le processus de la rectification progressive de l'erreur onto-logique de Parménide tenant à son éternité.

Quoi qu'il en soit, pour introduire la solution hégélienne du problème onto-logique, nous ne saurons faire mieux que de commencer par présenter à nouveau la critique de Parménide faite par Platon. Mais avant d'essayer de comprendre le sens et la portée de la critique platonicienne, nous avons intérêt à rechercher nous-même le point faible de l'armure par laquelle Parménide a cru pouvoir protéger partout et toujours l'Éternité qu'est l'Être-un dont il a parlé.

Fort heureusement, ce point faible se trouve dans les fragments mêmes qui sont parvenus jusqu'à nous. En effet, Parménide dit (4, 7-8), d'une part, qu'on ne peut ni « penser » le Non-être (= Néant), ni l'exprimer (= en parler) dans un *discours*. Mais il *dit* (6, 1-2), d'autre part, que l'Être est et que le Néant (= Non-Être) n'est pas. En d'autres termes, si la contra-diction qui réside, pour nous, dans l'acte même de *parler* de l'Être-un en fait *ineffable* n'est, chez Parménide, qu'implicite, celui-ci se contredit explicitement lorsqu'il *parle* du Néant qu'il dit lui-même être *ineffable*.

Si nous voulons « refuter » Parménide, toute la question est donc de savoir si celui-ci est vraiment *obligé* de *parler* du Non-Être (= Néant), même s'il ne veut parler que de ce qui *est*. En d'autres termes, la question est de savoir si la 1re Partie du *Poème* parménidien peut être intitulée : « De l'Être » ou si elle doit s'intituler : « De l'Être et du Néant »? Or, c'est précisément à cette question qu'a répondu Platon dans son dialogue « Parménide » *.

Le *Parménide* compte, à juste titre, parmi les écrits philosophiques les plus difficiles. Mais la « constatation » discursive (= le Fait-défini-discursivement) qui semble être à la base des « raisonnements » qu'on y trouve peut être formulée d'une façon extrêmement simple et présentée comme « évidente », voire « incontestable » ou « irréfutable ».

En réfléchissant sur le *Poème* de Parménide, Platon a dû constater qu'il est rigoureusement impossible de *dire* (explicitement) d'une chose quelconque ce qu'elle *est,* sans dire en même temps et par cela même (ne serait-ce que d'une façon implicite) ce que cette même chose *n'est pas* **.

En effet, dire (explicitement) d'une Couleur par exemple, qu'elle est rouge, c'est dire implicitement, mais nécessairement (dans la mesure où l'on ne veut pas énoncer une (pseudo)notion à sens contradictoire du type CERCLE-CARRÉ) qu'elle n'est pas bleue, verte, jaune, etc. De même, lorsqu'on dit (explicitement) qu'une Fleur est rouge, on dit nécessairement, bien qu'implicitement, d'abord qu'elle n'est pas bleue, etc., ensuite qu'elle n'est pas une chose non colorée et, enfin, qu'elle n'est pas quelque chose qui n'est pas une Fleur ou qui est une Non-Fleur.

Certes, en règle générale on n'a pas de morphèmes *irréductibles* dont le sens serait NON-ROUGE, NON-COLORÉ, NON-

* Nous verrons plus tard que la formule : « L'Être *et* le Néant » n'est pas correcte. Mais ce qui importe pour le moment, c'est de voir la nécessité d'introduire dans le discours onto-logique *autre* chose encore que l'Être, c'est-à-dire le *Non*-Être ou le Néant, sans nous préoccuper pour le moment du *rapport* entre le Néant et l'Être. – Chose curieuse, bien que Parménide n'ait pas introduit explicitement le Néant dans son discours censé être vrai (plus exactement : bien qu'il n'ait pas tiré de conséquences de l'introduction involontaire du Néant dans son discours sur l'Être), il a rejeté, comme erronée, la formule : « L'Être *et* le Néant » (cf. 8, 40), mais admis comme valable (et même *seule* valable ou « nécessaire »!) la formule : « L'Être *ou* le Néant » (8,16) qui est très proche de la formule hégélienne : « L'Être *différent* du Néant. »
** Les « identifications discursives » (= Définitions « nominales ») suivantes sont « évidentes » sans commentaire : 1) Être = non-Néant = non-Non-Être = non-non-Être = Être; 2) L'Être est = l'Être n'est pas Néant = le Néant n'est pas l'Être = le Néant n'est pas. La formule : « Le Néant n'est pas » ne dit donc rien d'autre, ni de plus ou de moins, que la formule : « L'Être est. » Il est donc impossible de *dire* : « L'Être est », sans *dire* : « Le Néant n'est pas. »

FLEUR, etc. Mais il est évident que ceci tient exclusivement aux besoins de l'emploi « pratique » (efficace) du Discours. En principe, rien n'empêche de créer des morphèmes de ce genre et on l'a fait parfois. Par ailleurs, le morphème BLANC a souvent le sens *INCOLORE,* et le morphème INCOLORE (d'ailleurs proche parent des morphèmes irréductibles) pourrait facilement être remplacé par un morphème irréductible quelconque. D'une manière générale, le Morphème d'une Notion pouvant être, par définition, *quelconque,* on ne peut pas dire que les notions du type NON-ROUGE (dont le sens a un caractère « négatif ») ne sont pas des Notions proprement dites ou « véritables » parce que leurs morphèmes ne sont pas irréductibles à d'autres morphèmes (dont le sens a un caractère « positif »).

On dit souvent, il est vrai, que les notions telles que NON-ROUGE ne sont pas des « vraies » Notions parce que leur sens est « infini », « illimité » ou « indéterminé ». Mais cette façon de parler n'est certainement pas correcte. En effet, le Non-rouge par exemple, auquel se « rapporte » par son sens la notion NON-ROUGE, n'est pas une entité *quelconque* ou « indéterminée », mais au contraire une entité bien *déterminée* par l'exclusion du Rouge, c'est-à-dire une entité qu'on peut parfaitement *distinguer* de tout ce qui n'est pas elle, à savoir de tout ce qui n'est pas non-rouge parce que c'est rouge. De même, le sens de la notion COULEUR-NON-ROUGE par exemple, n'est nullement « illimité ». En fait, ce sens est même plus *limité* dans son « contenu » que celui de la notion COULEUR tout court, par exemple. Car la Couleur « en général » est à la fois rouge, bleue, blanche, verte, jaune, etc., tandis que la Couleur-non-rouge est tout ceci, sauf rouge. Enfin, si l'on veut dire que, par exemple, le sens de la notion FLEUR-NON-ROUGE (ou du « jugement » : Cette-fleur-n'est-pas-rouge) est *« infini »,* il faudra en dire autant des sens des notions FLEUR-COLORÉE ou FLEUR tout court et donc du Sens de toute Notion quelle qu'elle soit. Car si l'ensemble des entités nommables (c'est-à-dire des entités qui « correspondent » à des Notions qui s'y « rapportent ») et de leurs déterminations ou qualités exprimables dans un discours (qui développe le sens de la notion « correspondante ») est « fini », l'ensemble déterminé des entités auxquelles se « rapportent » les sens des notions NON-ROUGE ou INCOLORE par exemple, est tout aussi peu « infini » que celui des entités qui « correspondent » aux sens des notions telles que ROUGE ou COLORÉ. Par contre, si l'on affirme (en supposant que cette affirmation ait un sens) que l'ensemble des entités nommables est « infini », on n'a aucune raison de supposer que les sous-ensembles des entités dites, par exemple, « rouges » ou « colorées », ne seraient pas « infinis » au même titre que les sous-ensembles formés par les entités dont on dit qu'elles sont « non-rouges » ou « incolores ». On a même de bonnes raisons d'affirmer le contraire. Car si aucun des sous-ensembles déterminés « positivement » comme ensembles d'entités dites « rouges », « colorées », etc., n'était « infini », l'ensemble des entités nommables ne saurait lui-même être « infini » qu'à condition que soit « infini » l'ensemble des sous-ensembles (« finis ») déterminés « positivement » ou qu'il y ait des sous-ensembles « infinis » dont la détermination discursive « positive » soit impossible. Mais une entité dont on ne pourrait pas dire (« positivement ») *ce qu'elle est,* serait par définition *ineffable.* On ne peut donc pas, par définition, inclure les sous-ensembles (« finis » ou « infinis ») indéterminables « positivement » dans l'ensemble que nous envisageons, puisqu'il ne s'agit d'envisager que l'ensemble des entités *nommables.* Il faudrait donc admettre, dans l'hypothèse du caractère « infini » de cet ensemble et du caractère « fini » de tout sous-ensemble déterminé ou défini « positivement », que c'est l'ensemble des sous-ensembles (« finis ») « positivement » déterminables ou définissables qui est « infini ». Or, ceci signifierait (en supposant que ça *signifie* quelque chose) qu'on ne peut jamais et nulle part dire effectivement tout ce qu'il est possible de dire. Le Discours pris dans son ensemble n'épuiserait donc jamais son sujet comme on dit. Le discours ne serait jamais achevé nulle part. Il ne *coïnciderait* donc pas avec l'Être (dont il parle) et il serait par conséquent impossible de dire qu'il est *vrai,* ni même qu'il est vraiment un Discours, car on ne peut pas savoir si un discours *inachevé* a vraiment un Sens (contradictoire ou non). On ne peut éviter cette « conséquence » *sceptique* qu'en

admettant, soit la « finitude » de l'ensemble des entités nommables, soit, si l'on tient à son « infinité », le caractère « infini »
du Sens (et donc de son développement discursif) de certaines,
au moins, des Notions « positives », telles que FLEUR par
exemple. Quoi qu'il en soit du sens de cette dernière assertion
(en supposant qu'elle en ait un), on ne peut certainement pas
dire que les notions du type NON-ROUGE ne sont pas des
Notions « véritables » uniquement en raison du (prétendu) fait
que leurs sens sont « infinis » *.

Or, dès qu'on admet que les notions « négatives » du type
NON-ROUGE ou NON-FLEUR sont des Notions tout aussi
authentiques que les notions « positives » du type ROUGE
ou FLEUR, il devient « indéniable » qu'il est rigoureusement
impossible de *dire* (explicitement) d'une chose ce qu'elle *est,*
sans dire par cela même (du moins implicitement) ce qu'elle
n'est pas. Car il suffit, par exemple, de dire (explicitement)
de la chose dont on parle qu'elle *est* une Fleur, pour pouvoir
constater « immédiatement » qu'on dit (implicitement) par

---

  * Un Théologien (chrétien) pourrait dire que l'ensemble des entités nommables est
« infini » uniquement parce qu'une seule de ces entités est « infinie », à savoir l'entité
qui « correspond » au sens de la notion DIEU. Si l'on pousse ce Théologien dans ses
derniers retranchements discursifs, il dirait que ce Dieu « infini » ne peut être discursivement déterminé ou défini que dans le mode « négatif » : tout ce qu'on peut *dire*
de Dieu c'est qu'il *n'est pas* Non-Dieu (= Créature). Ce Théologien (qui est supposé
être resté à l'écart des événements cartésiens chers à Pascal) dirait donc que tous les
Sens sont « finis », sauf le sens de la notion (« négative ») DIEU. Mais nous constatons
qu'une entité dont il est *impossible* de dire (« positivement ») ce qu'elle *est,* est *ineffable.*
Pour nous, la notion (nécessairement « négative ») DIEU du Théologien en question
est donc une *Pseudo*-notion, car elle a un sens (dit « infini ») contra-dictoire. En effet,
si l'on développe discursivement ce sens (à la suite du Théologien en cause), il faut
nécessairement *dire* (tôt ou tard) que Dieu est *ineffable,* c'est-à-dire *parler* de Dieu
tout en *disant* qu'il est *impossible* d'en *parler,* ce qui est, « de toute évidence », contra-
dictoire. Un philosophe, pris en tant que Philosophe, n'inclura donc pas la notion
(théologique) DIEU dans son discours (philosophique). Mais cette Pseudo-notion
(contra-dictoire) une fois éliminée, le Philosophe sera d'accord avec le Théologien
chrétien pour dire que tous les sens des notions proprement dites (« positives » et
« négatives ») sont « finis ». Seulement, pour lui qui a éliminé la Pseudo-notion (dite
« infinie ») DIEU, le Sens de l'ensemble de toutes les Notions (proprement dites), qui
est le Sens du Discours uni-total (c'est-à-dire cohérent et achevé) qu'est le *Système du
Savoir,* est fini lui aussi. Le Philosophe admettra donc que le sujet de son discours
philosophique (par définition cohérent, c'est-à-dire *un* en lui-même) peut être totalement épuisé au cours d'un temps « fini ». C'est ainsi que le Philosophe pourra ne
pas être Sceptique en refusant d'être Théologien.

cela même de cette même chose qu'elle *n'est pas* une Non-fleur.

C'est une constatation (discursive) triviale, c'est-à-dire « évidente » de ce genre qui est, semble-t-il, à la base des « raisonnements » qui se trouvent dans le *Parménide* de Platon (cf. 160, e-161, a). En tout cas, nous pouvons faire, à partir d'une telle constatation discursive « platonicienne », le raisonnement suivant.

Dire (explicitement) ce qu'une chose *est*, c'est « nécessairement » dire par cela même (ne serait-ce qu'implicitement) ce que cette chose *n'est pas*. Ainsi par exemple, dire qu'une Fleur *est* rouge, c'est dire (entre autres) qu'elle *n'est pas* bleue. Or, dire (explicitement) ce qu'une chose *n'est pas,* c'est dire (du moins implicitement) ce qu'*est* quelque chose d'*autre* que la chose dont on parle (explicitement). En fait, on ne *dit* qu'une Fleur *n'est pas* bleue, par exemple, que lorsqu'on sait ou suppose que d'*autres* Fleurs le *sont* ou, tout au moins, qu'il y a quelque chose qui *est* bleu ou peut l'*être*. Par conséquent, dès qu'on *dit* quelque chose, c'est-à-dire dès qu'on énonce une Notion proprement dite (qui a, par définition, un Sens développable discursivement sans contra-diction), on parle (explicitement ou implicitement) non pas d'une *seule* entité, mais de *deux* entités [au moins]. Si donc l'entité dont on voudrait parler était absolument et rigoureusement « unique au monde », on ne pourrait rien en *dire* du tout (sans se contre-dire). C'est pourquoi l'Un-tout-seul qu'est l'Être-un de Parménide est rigoureusement et absolument *ineffable,* pour nous comme pour Platon, qui dit dans le *Parménide,* en parlant de l'Un parménidien, ce qui suit :

> à lui n'appartient aucun nom ; il n'y en a ni définition ni science ni sensation ni opinion ; ...il n'est donc personne qui le nomme, qui l'exprime, qui le conjecture ou le connaisse ; il n'y a pas un être qui ait, de lui, sensation. (142, a ; trad. Dies.)

Or, nous *parlons* de l'Être (et Parménide en a *parlé* lui aussi). Dans la mesure où nous sommes Philosophes, nous *devons* en *parler,* mais nous ne pouvons en parler en Philosophes que si nous croyons pouvoir dire que ce que nous en disons est *vrai*. Mais, dit Platon (du moins implicitement),

> si nous affirmons dire *vrai*, force nous est aussi d'affirmer *dire ce qui est* *. (*Ibid.*, 161, e.)

Ainsi, nous *devons* parler de l'Être. Et dans la mesure où nous *voulons* en parler dans le mode de la Vérité, nous *devons* dire, avec Platon, que l'Être [dont nous *parlons*, c'est-à-dire l'Être-*donné*] est non pas Un (ou l'Être-un), commme le disait à tort Parménide, mais [au moins] Deux (ou l'Être-deux).

Le premier pas de ce « raisonnement » platonicien, qui introduit la notion ÊTRE-DEUX, n'est pas « évident », du moins à première vue. Mais en y réfléchissant, on finit (tôt ou tard) par constater qu'il est « irréfutable ». Réfléchissons-y donc, par exemple de la façon suivante.

Si, le Rouge étant une Couleur, il n'y avait pas d'*autres* Couleurs que le Rouge, les notions ROUGE et COULEUR seraient « identiques » ou coïncideraient absolument quant à leurs sens. ROUGE et COULEUR seraient deux morphèmes différents ayant un seul et même sens. On pourrait dire alors, si l'on veut, qu'on est en présence d'une seule et même notion, qui peut avoir trois morphèmes différents, à savoir les morphèmes COULEUR-ROUGE, ou ROUGE tout court, ou COULEUR tout court. On se serait, d'ailleurs, probablement contenté d'un morphème unique (qui pourrait être quelconque) pour cette seule et même notion.

De même, si toutes les Fleurs étaient rouges, on aurait, certes, besoin de la notion ROUGE (en supposant que tout ne soit pas rouge), mais la notion FLEUR-ROUGE serait rigoureusement identique, quant à son sens, à la notion FLEUR tout court. Dans ces conditions, le morphème FLEUR-ROUGE serait non pas le morphème d'une notion FLEUR-ROUGE, distincte (par son sens) de la notion FLEUR, mais le morphème de la

---

* Bien entendu, Platon lui-même écrit (= « pense ») ici : « dire ce qui *est* ». Mais rien ne nous empêche de lire (= « comprendre » ou « penser ») : « *dire* ce qui est ». C'est en tout cas ainsi que la Philosophie lit ce texte depuis Kant.

définition ou du développement discursif du sens de cette dernière notion, le morphème en question, prenant alors (du moins en français) la forme LA-FLEUR-EST-ROUGE ou TOUTES-LES-FLEURS-SONT-ROUGES.

Un autre exemple, tiré du discours [par ailleurs contradictoire] de la Physique moderne, pourrait peut-être aider à emporter la « conviction ». Il est en effet « évident » que la Physique n'a pu parler de particules (électriquement) « négatives » que parce qu'elle pouvait en même temps parler aussi de particules qui *ne l'étaient pas,* étant (électriquement) « positives ». Certes, la Physique connaissait aussi des particules (électriquement) « neutres ». C'est pourquoi elle a pu parler de particules « chargées », sans préciser autrement la nature de leur « charge » (dite « électrique »). Mais il est « évident » qu'elle n'aurait pu le faire si elle ne pouvait pas parler en même temps aussi des particules (dites « neutres ») qui *n'étaient pas* « chargées ». Et, encore une fois, la Physique n'a pu énoncer la notion CHARGE-POSITIVE, distincte (par son sens) de la notion CHARGE, que parce qu'elle a en même temps énoncé la notion CHARGE-NÉGATIVE, à la fois distincte de la notion CHARGE et identique à la notion CHARGE-NON-POSITIVE. Autrement dit, la Physique n'a pas pu dire ce qu'*est* la particule « chargée positivement » sans dire en même temps qu'elle *n'est pas* « chargée négativement » et qu'il y a d'*autres* particules qui le *sont* *.

Ce sont des constatations de ce genre que Platon généralise et résume en disant qu'il est absolument impossible de *parler* (explicitement) [sans se contre-dire] du *Même* sans en même

---

* Il est intéressant de noter que la Physique moderne n'a pas pu construire une théorie « cohérente » et « conforme à l'expérience » en utilisant la seule notion de « Particule chargée », qui serait alors équivalente à la notion de « Particule » tout court, mais a dû opérer avec *deux* notions distinctes : « Particule chargée-négativement » et « Particule-chargée-positivement ». Dirac a dû admettre qu'il ne peut y avoir d'électrons négatifs que dans la mesure où il y a des électrons positifs, et inversement. D'après cette conception, généralement admise à l'heure qu'il est, le nombre total des électrons négatifs est toujours rigoureusement égal au nombre des électrons positifs. La Physique quantique ne pourrait donc *parler* [dans le mode de la vérité] des électrons négatifs sans *parler* des électrons positifs pour la bonne raison que les uns ne peuvent pas *exister* ou *être* sans les autres.

temps et par cela même parler (du moins implicitement) de *l'Autre.*

Si nous voulons *dire* quoi que ce soit du Même (c'est-à-dire de ce dont nous parlons [explicitement]), avec l'intention de ne pas nous contre-dire, nous devons dire que le Même *est* tout ce qu'il *est.* Mais le Même *est* tout ce qui *n'est pas* autre que lui, c'est-à-dire tout ce qui *n'est pas* l'Autre de lui (dans la mesure où l'Autre est *autre* que le Même). L'Autre *est* donc tout ce qui est *autre* que le Même, c'est-à-dire tout ce que le Même *n'est pas.* Dire ce qu'*est* le Même, c'est donc dire ce qu'il *n'est pas,* et le dire, c'est dire tout autant ce qu'*est* l'Autre que ce que l'Autre *n'est pas.* Par conséquent, un seul et même discours parle « nécessairement » (implicitement ou explicitement) du Même autant que de l'Autre. Il n'y a donc de Discours [ayant un sens non contra-dictoire et donc susceptible d'être vrai] que là où il y a à la fois un Même et un Autre, ou, si l'on préfère, le Même et l'Autre. L'Un-tout-seul ne saurait ni engendrer un Discours, ni faire l'objet d'un Discours, le sens (non contra-dictoire) de tout Discours [censé pouvoir être vrai] étant « nécessairement » (c'est-à-dire partout et toujours) *dédoublé,* puisque ce sens se « rapporte » à la fois, d'une part, à ce qu'*est* et donc à ce que *n'est pas* le Même dont parle (explicitement) le Discours et, d'autre part, ce que *n'est pas* et donc ce qu'*est* l'Autre dont le Discours ne parle pas (explicitement). En particulier (ou en général) aucun discours onto-logique ne saurait se « rapporter » à l'Être-un parménidien, qui serait (étant, par définition, l'Un-tout-seul) un Même sans l'Autre, parce qu'un discours ne peut parler (sans se contre-dire) du Même qu'en parlant en même temps et par cela même de l'Autre. Le discours onto-logique ne peut donc pas être *vrai,* s'il n'y a pas d'Autre dans et pour ce discours, c'est-à-dire si le Même est, pour et dans ce discours, l'Un-tout-seul parménidien.

L'Autre *est* ce que le Même *n'est pas.* Si donc le Même est *un,* c'est-à-dire s'il n'est pas *multiple,* l'Autre le sera. Dans ce cas, l'« Autre » sera « Les Autres » (comme c'est le cas dans la 3ᵉ hypothèse du *Parménide*). Mais si (comme c'est le cas dans la 2ᵉ hypothèse du *Parménide*), en raison du fait que la multiplicité est *commune* à *tout* ce qui est multiple, on *réunit* tous les multiples en un seul et même Tout, c'est le Même qui sera *multiple* et c'est alors l'Autre qui ne le sera pas ou qui sera *un*. On peut également, en raison du fait que l'être est commun à tout ce qui est, réunir tous les êtres en un seul et même Tout. Si l'on parle de ce Tout de l'être, qui est l'Être uni-total, il faudra dire alors [si l'on ne veut pas se contre-dire, afin de pouvoir dire *vrai*] que le Même (dont on parle [explicitement]) *est* l'Être et l'on dira par cela même (du moins implicitement) que l'Autre (dont on ne parle pas [explicitement]) *n'est pas* l'Être ou, ce qui est la même chose, que l'Autre est le Non-être ou le Néant. Or, puisqu'il est impossible, en général, de parler (sans contra-diction) du Même sans parler de l'Autre, il n'est pas possible, en particulier, de parler (explicitement) de l'Être sans parler (du moins implicitement) du Néant.

Platon répond ainsi par l'affirmative à la question que nous avons posée plus haut, à la fin de notre analyse critique de l'onto-logie de Parménide. Lorsque Parménide *dit* [en une seule et même phrase (6, 1-2)] non seulement que l'Être *est,* mais encore que le Néant *n'est pas* [après avoir affirmé (4, 7-8) que le Néant est *ineffable*], il ne s'agit pas d'un lapsus de sa part ou d'une « inconséquence » évitable : on est vraiment *obligé* de *parler* du Non-Être (= Néant) ou de ce qui *n'est pas,* même si l'on *voulait* parler « exclusivement » de ce qui *est* ou de l'Être.

En définitive, Platon aboutit, dans son *Parménide,* aux conclusions suivantes.

L'Être-un de Parménide, qui est par définition l'Un-tout-seul, est rigoureusement *ineffable.* S'il est « révélé » ou « donné » à l'Homme, il ne peut l'être que dans et par le *Silence* ou, si l'on préfère, en tant que Silence [qu'on pourrait appeler « mystique », parce que, en « révélant » (silencieusement) ce qu'*est* l'Un, ce Silence est « aveugle » pour tout ce qui *n'est pas* l'Un, c'est-à-dire pour tout le Multiple qui est dans ce monde et qu'est le Monde] *. Si l'on veut *parler* (sans se contre-dire), il

---

* Platon le dit (explicitement) dans sa 7ᵉ *Lettre.* La question de l'authenticité de cette *Lettre* est, d'ailleurs, sans importance, puisque Platon le dit aussi (implicitement)

faut donc parler non pas de ce qui est Un et tout seul, mais de ce qui est [au moins] *Deux*. L'Être-donné, c'est-à-dire l'Être *dont on parle,* n'est donc pas l'Être-*un* de Parménide, mais [au moins] l'Être-*deux*. Par conséquent, le discours onto-logique ne peut être *vrai* que s'il parle à la fois du Même et de l'Autre, qui sont, dans et pour ce discours, la *dyade* Être – Non-être ou Être-Néant.

On peut facilement en « déduire », toujours en accord avec le *Parménide* de Platon (166, c), qu'un discours quel qu'il soit (pensé, écrit sous une forme quelconque, mimé en silence ou prononcé de vive voix, par un homme ou par un phonographe), même si l'on y dit n'importe quoi (pourvu que ce qu'on y dit ait un sens non contra-dictoire), parle « nécessairement », en dernière analyse (du moins implicitement), à la fois du Néant et de l'Être et peut donc toujours être intitulé ou tout au moins avoir pour sous-titre : *Discours sur l'Être et le Néant.* Tout ceci ne veut cependant nullement dire que Platon jette par-dessus bord l'Un-tout-seul parménidien. Il le maintient, bien au contraire, dans son intégrité, tout en le déclarant rigoureusement ineffable et en le situant, en conséquence, hors ou « au-delà » de l'Être-donné dont il parle dans son onto-logie et qui est pour lui l'Être-deux. Platon le fait avec d'autant plus d'ardeur obstinée (et de bonne conscience philosophique) qu'il est profondément convaincu d'avoir (discursivement) montré dans son *Parménide* (cf. 135, b-c et 166, b) que sans l'Un-tout-seul *ineffable* le Discours lui-même ne saurait être *vrai*. Pour lui, éliminer complètement et définitivement l'Un-tout-seul,

> ce sera là anéantir la vertu même de la dialectique (135, c; trad. Diès),

dans le *Parménide* que personne ne conteste. – La tradition nous apprend que Platon a écrit un traité sur l'Agathon, c'est-à-dire sur l'Un ineffable. L'histoire philosophique a jeté, par pudeur, un voile opaque sur cette « inconséquence » du grand Philosophe, en ne nous transmettant pas l'écrit en question. Depuis, il est vrai, la lacune a été largement comblée. Mais la Philosophie proprement dite n'y est heureusement pour rien, car les discours qui *parlent* de l'*Ineffable,* c'est-à-dire de ce dont on ne peut pas *parler,* peuvent tous être classés dans la catégorie des discours « théologiques ». D'ailleurs, chez Platon lui-même, l'Agathon était déjà Théos.

puisque, en dernière analyse,

> si l'Un [ineffable] n'est pas, rien [de ce dont on parle] n'est
> (166, b; trad. Diès).

Mais il n'en reste pas moins que, d'après et depuis Platon, le Philosophe ne doit *parler* que de ce qui est « essentiellement » ou irréductiblement *dyadique*. Aussi bien, l'Être-donné dont parle l'Ontologie est-il, depuis et d'après Platon, non plus l'Être-un dont parlait (sans avoir la possibilité de le faire) Parménide, mais [au moins] l'Être-deux.

La partie « critique » du *Parménide,* dans laquelle Platon montre que l'Un-tout-seul est ineffable et que, par conséquent, l'Être-donné dont *parle* l'Onto-logie doit être « plus que » Un, est relativement facile à comprendre et à paraphraser de façon à pouvoir être acceptée comme valable par le lecteur moderne. Par contre, la partie « positive », où Platon essaye de « justifier », en la remaniant, la doctrine parménidienne de l'Un, est difficilement accessible à la compréhension et à la paraphrase. Car si la « critique » de Platon est « correcte » ou « irréfutable », son raisonnement « positif » est « erroné » ou tout au moins provisoire et insuffisant. Mais avant de soumettre ce raisonnement à la « critique » hégélienne, nous devons essayer de le reconstituer, sans trop nous écarter de ce qu'a dit Platon lui-même *.

* Pour faciliter une éventuelle comparaison de ce qui va suivre avec le texte de Platon, il est peut-être utile de rappeler brièvement la structure du *Parménide*. Ce Dialogue a deux Parties. La 1ʳᵉ Partie (127, d-135, c) est reliée à la 2ᵉ Partie (137, c-166, c) par quelques remarques relatives à la Dialectique (135, c-137, c). La 2ᵉ Partie a trois Sections. Dans la 1ʳᵉ Section (137, c-142, a) on montre que l'*Un* parménidien est *ineffable.* Dans la 2ᵉ Section (142, b-155, e) on montre qu'il est possible de *parler* de l'Un-qui-est ou de l'Être [= Être-donné] parce que cet Être est essentiellement *Deux* [= Être-deux] (142, e-143, a). [Platon semble dire que l'Un est ineffable parce qu'il est en dehors du Temps (cf. 141, e-142, a)]. Dans la 3ᵉ Section (155, e-166, c) on montre qu'il est possible de *dire n'importe quoi* de l'Être dyadique, en étant obligé de dire le contraire de ce qu'on a dit, dès qu'on a dit quelque chose, de sorte qu'il est impossible de distinguer le discours [onto-logique] *vrai* du discours [onto-logique] *faux*, si le Discours se réfère uniquement à l'Être (qui est Deux). La conclusion de la 2ᵉ Partie (et donc du Dialogue) semble ainsi être purement sceptique (le Discours onto-logique étant assimilé à ce que Parménide appelle l'Opinion; cf. Fragm. 6, 8-9). Mais si l'on tient compte de ce qui est dit dans la *1ʳ Partie*, on voit

Platon veut dé-montrer [mais il échoue] que si l'on élimine complètement l'Un ineffable (dont Parménide avait le tort de *parler*) en *parlant* (ce qui est parfaitement possible) de l'Être qui est Deux, on peut et doit en dire *n'importe quoi,* car tout

qu'il n'en est rien. Si l'on applique au Discours onto-logique « contra-dictoire » contenu dans la 3ᵉ Section de la 2ᵉ Partie, ce que, dans la 1ʳᵉ Partie, Platon dit de l'Idée à propos du Discours « phénoménologique » (qui est le discours de l'homme de la rue), on voit que toutes les « opinions contradictoires » sur l'Être (qui est Deux) peuvent être organisées en un seul et même Savoir discursif *vrai,* si l'on « rapporte » ce Discours vrai à l'Un parménidien (ineffable). En effet, Platon dit que si l'on ne pouvait pas « rapporter » un ensemble de « Phénomènes » multiples (de chevaux, par exemple) à une seule et même « Idée » (à l'idée CHEVAL), on ne pourrait jamais savoir si ce qu'on dit de ces « Phénomènes » est vrai ou faux, tandis qu'il est parfaitement possible de le faire dès que tous les « Phénomènes » multiples dont on parle sont « rapportés » à l'« Idée » qui leur « correspond » (à laquelle ils « participent »). Ce qui vaut pour chaque ensemble de Phénomènes, vaut aussi pour l'ensemble de tous les Phénomènes qui *sont.* Cet ensemble « uni-total » étant l'Être [-donné], on constate qu'on ne peut distinguer le vrai du faux en partant de l'Être que si on le « rapporte » à ce qui est *commun* à *tout* ce qui *est.* Ce « commun » à « tout » est, par définition, l'Un [car si l'Être est Deux, c'est quand même l'Un qui est « commun » aux « deux » : 2 = 1 + 1] (cf. 165, e-166, b). Le Discours (qui se réfère toujours à Deux) n'est donc *vrai* (= un et unique) que dans la mesure où il se « rapporte » (en dernière analyse) à l'Un ineffable. – À première vue, il semble paradoxal que dans le *Parménide* Platon assimile l'Idée à l'Un, dont il montre dans le même Dialogue (et dit explicitement dans la 7ᵉ *Lettre*) qu'il est *ineffable.* C'est pourquoi on a souvent cru que la 1ʳᵉ Partie du *Parménide* contenait une « réfutation » de la théorie platonicienne des Idées. Mais, en fait, il n'en est rien et le paradoxe n'est qu'apparent. D'une part, l'emboîtement des Idées n'est ni « infini », ni même indéfini, car il aboutit tôt ou tard à l'Un (ineffable) : l'argument dit du « troisième homme » n'est là que pour « dé-montrer » (à tort) que le Discours cesse d'être vrai et même d'avoir un sens quelconque s'il n'aboutit pas, en dernière analyse, à l'Un (qui ne se « révèle » à l'Homme que dans et par le Silence). D'autre part, prise en elle-même, l'Idée est effectivement *ineffable,* d'après Platon. L'Homme ne peut rien *dire* d'une Idée s'il ne perçoit pas le ou les Phénomènes qui « correspondent » (« participent ») à cette Idée : pour pouvoir *parler* de CHEVAL, il faut avoir vu des Chevaux (ou au moins un cheval). [Sur ce point Platon est d'accord avec Aristote.] Seulement, on ne peut dire rien de *vrai* des Phénomènes, si l'on ne se réfère pas aux *Idées* auxquelles les Phénomènes « correspondent » et si ces Idées elles-mêmes ne sont pas « rapportées » à l'Un (ineffable). [Sur ce dernier point Aristote n'est plus d'accord avec Platon.] Prise en elle-même, indépendamment des Phénomènes qui lui « correspondent », une Idée est tout aussi *ineffable* que l'Un (auquel « corres-pondent » ou « participent » toutes les Idées) : on ne peut rien en *dire* au moyen de *mots.* Mais on peut lui assigner un *nombre.* En effet, puisque les Idées *sont* et puisque l'Être est *Deux,* l'ensemble des Idées peut être ordonné à l'aide d'une division dichotomique et donc numéroté. Chaque Idée sera ainsi un Nombre. Si l'on considère une Idée en elle-même (indépendamment des Phénomènes « correspondants »), on ne pourra rien *dire* d'elle, sinon indiquer son Nombre (qui *est,* si l'on veut, l'Idée elle-même, mais qui n'est pourtant pas le Sens d'un *mot,* ce que l'Idée est également). Or, un Nombre n'est possible que s'il y a l'Un. On ne peut donc rien *dire* du tout

discours (cohérent!) sur l'Être se trans-forme « nécessairement » en son *contraire*. En d'autres termes, si, en parlant de l'*Un* on se contre-dit du seul fait qu'on en *parle* (puisqu'on peut discursivement dé-montrer que l'Un est *ineffable*), on *contre-dit* inévitablement *tout ce qu'on dit* de l'Être-deux (bien qu'il ne soit nullement contra-dictoire d'en *parler*). Il faut donc ou bien renoncer à toute Vérité discursive et se résigner soit au Silence total, soit aux éternelles « contra-dictions » du Sceptique, ou bien admettre qu'il y a, « au-delà » de l'Être-deux dont on *parle*, l'Un-tout-seul ineffable, qui ne se « révèle » à l'Homme que dans et par le Silence (dont Platon parle explicitement dans la 7ᵉ *Lettre*), mais qui permet au Philosophe, grâce à cette « révélation silencieuse », d'ordonner des discours sur l'Être (et donc sur tout ce qui *est*) en un Discours un et unique qui peut et doit être appelé *Vérité* (discursive).

Cette [pseudo] dé-monstration est présentée dans le *Parménide* sous une forme implicite (qu'il appartient au lecteur du Dialogue d'expliciter, afin de le comprendre et d'être ainsi « convaincu »). Si on l'explicite, en la « modernisant », on peut voir qu'elle est « correcte » ou « irréfutable » jusqu'à un certain point, mais qu'à partir de ce point elle devient « erronée », parce que Platon ne voit pas (ou ne veut pas voir) la « conséquence » qu'il faudrait en tirer en fait (et que nous en tirerons nous-mêmes, à la suite de Hegel, qui fut le premier à le faire).

Le début « correct » du « raisonnement » platonicien est simple et il peut être re-présenté au lecteur moderne comme suit.

La Vérité discursive (que recherche la Philosophie) est un Discours vrai [qu'un Philosophe quelconque est censé pouvoir

de l'Idée si on ne la « rapporte » pas (en tant que Nombre) à l'Un *ineffable*. Si on le fait, on peut d'abord indiquer son *Nombre* et ensuite, après avoir perçu les Phénomènes « correspondants », on peut lui assigner un *Nom* (= Mot doué de Sens) et en *parler* (au sens propre). Le Nombre de l'Idée fixe sa place dans la hiérarchie du « Monde intelligible » et cette place « idéelle » détermine le lieu (le Topos) de l'existence des Phénomènes « correspondants » dans le « Monde réel » (dans le Cosmos). Or, parler d'un Phénomène dans le mode de la Vérité, c'est lui assigner, dans le Discours (Logos), une position homologue à sa situation dans le « Monde réel » (qui est elle-même homologue à la place de l'Idée « correspondante » dans le « Monde intelligible »). Par conséquent, un Discours n'est *vrai* que dans la mesure où il « rapporte » les Phénomènes [qui *apparaissent*] aux Idées et les Idées (= Nombres) [qui *sont*] à l'Un ineffable [qui est au-delà de l'Être].

émettre un jour]. Or, le Discours ne peut être dit et ne peut se dire *vrai* que s'il est *un* en lui-même (= « cohérent » ou non contra-dictoire) et *unique* en son genre (c'est-à-dire non contre-dit par un autre discours « cohérent », quelconque), voire uni-total. Par ailleurs, un Discours n'est *vrai* que dans la mesure où il « coïncide » par son Sens ou son « Idée » avec *ce qu'est* (en tant qu'Essence ou « Idée ») ce dont il parle. En dernière analyse, le Discours n'est donc *vrai* que s'il « coïncide » avec l'Être-donné dont il parle (explicitement, en tant que discours onto-logique, ou implicitement, en tant que discours phéno-méno-logique, qui parle explicitement de *ce qui* est). Mais on a [« correctement »] dé-montré précédemment que l'Être-donné est Deux. Si le Discours « coïncide » avec l'Être-donné (et il doit nécessairement le faire pour pouvoir être dit vrai et se dire être vrai), il est donc lui-même Deux et non pas Un. Le Deux de l'Être étant l'être du Même et de l'Autre, le Discours (qui « coïncide » avec l'Être) est lui-même non seulement le Même ou son Même, mais encore l'Autre ou son Autre. Le Discours n'est donc pas seulement le *même* discours qu'il est lui-même, mais aussi un autre discours, qui est un discours *autre* que le discours qu'il est lui-même. Ainsi, tout discours qui coïncide avec l'Être-donné est nécessairement « contre-dit » par un autre discours, qui est son « contraire » et qui dit le « contraire » de ce qu'il dit lui-même. C'est pourquoi on peut et doit dire *n'importe quoi* de l'Être-donné, sans jamais pouvoir dire que ce qu'on dit est *vrai* (puisque le « contraire » de ce qu'on dit devrait alors également être dit « vrai ») ou *faux* (car on ne peut pas dire qu'un discours qui « coïncide » avec l'Être dont il parle ou avec l'être de ce dont il parle soit « faux », car on ne pourrait pas dire alors ce qu'est un discours « vrai »).

Si l'on constate que, jusqu'au point atteint, le développement du « raisonnement » platonicien est « correct » [et il l'est, en fait, même si *mon* exposé de ce raisonnement n'a pas pu « convaincre » le lecteur *], il est « naturel » de le prolonger en

---

* La « conviction » par un « raisonnement » présuppose une décision (« libre ») de *parler* sans se *contre-dire* et dépend (dans une large mesure) de la valeur *pédagogique* de l'« exposé » du raisonnement en cause. En principe, on peut constater « immédia-tement » qu'un « raisonnement » (= développement discursif) est « correct » ou « cohé-

disant [comme l'a fait Hegel] que l'Être-donné, dont parle l'Onto-logie, est au moins Trois et peut-être plus encore, puisqu'il ne peut être ni Un, ni Deux. Mais en arrivant à ce point de son « raisonnement », au lieu de *progresser* vers la Trinité, Platon *s'arrête* à la Dyade et *régresse* vers l'Unité parménidienne. Pour nous, cette attitude « réactionnaire » de Platon n'est pas *imposée* par le « raisonnement » déjà développé par lui et *fausse* le développement qu'il va en faire. Avant de poursuivre dans la bonne direction (avec Hegel), à partir du point déjà atteint (avec Platon), le « raisonnement » platonicien exposé ci-dessus, nous pouvons donc et peut-être devons-nous demander pourquoi Platon a préféré rebrousser le chemin plutôt que d'avancer droit devant lui, sans se préoccuper de ce qu'il a laissé derrière soi, ni de ce qui l'attend au terme de sa route.

On pourrait dire, à première vue, que Platon s'est arrêté à l'Être-deux parce qu'il a été fasciné par la *Dichotomie* qu'il semble avoir été le premier à découvrir. En constatant que tout *ce qui est* peut et doit être réparti entre ce qui est A et ce qui n'est pas A ou ce qui est non-A (l'A étant, d'ailleurs, quelconque) et en montrant ainsi que l'Être-donné *lui-même* est *au moins* Deux, Platon aurait pu croire [à tort] que l'Être-donné est Deux *seulement* (Être-donné = Être-*deux*). Des « erreurs » de ce genre sont effectivement fréquentes et « psychologiquement compréhensibles » (bien que « logiquement injustifiables »). Mais dans le cas de Platon une telle « explication » peut difficilement être proposée. D'une part, parce qu'un penseur du rang de Platon aurait dû constater l'insuffisance de la Dichotomie, qu'a constatée son élève Aristote (et dont celui-ci lui a peut-être parlé de son vivant), qui a vu [peut-être à

rent », c'est-à-dire exempt de contra-diction. Mais pour pouvoir dire que la « conclusion » à laquelle il aboutit (= son *Résultat*) est *vraie,* il faut dé-montrer ou « déduire » aussi sa « prémisse » (= son *Début*). Si on le fait par un *autre* « raisonnement », on se trouve à nouveau devant la même exigence de dé-monstration. Pour que la « conclusion » d'un raisonnement (et donc ce raisonnement lui-même) soit (non seulement « correcte », mais encore) *vraie,* il faut donc que le raisonnement lui-même dé-montre sa « prémisse » en dé-montrant sa « conclusion ». Le Raisonnement n'est donc *vrai* que s'il est « circulaire » (dans quel cas il l'est « nécessairement », c'est-à-dire partout et toujours). On ne peut donc dé-montrer la *vérité* du raisonnement exposé ci-dessus qu'en l'insérant (sans contradiction) dans un Discours plus vaste et en montrant que ce Discours est « circulaire ». C'est ce que Hegel prétend avoir fait.

la suite d'Héraclite] que dans le monde où nous vivons et dont
nous parlons il y a partout et toujours (c'est-à-dire « nécessairement ») quelque chose qui est « entre les deux » choses
(« contraires ») qui sont [ce qui ne l'a pas empêché, soit dit en
passant, d'attribuer (en accord avec Platon) une portée *onto-*
logique au Principe *logique* (bien que non « dialectique ») du
« Tiers exclu » (probablement par crainte « irraisonnée » d'une
rechute dans les « errements » magico-mythologiques)]. D'autre
part, parce que Platon savait bien (ayant probablement été le
premier à le découvrir) que le Discours est *Trois,* puisqu'il a
vu et montré (dans et par chacun de ses *Dia-*logues) que toute
affirmation « dé-montrée » [comme susceptible d'être *vraie*]
résulte [en tant que « Synthèse »] de la « confrontation discursive » de la Discussion, voire de la « Dialectique » de *deux*
affirmations « immédiates » contraires [qui sont la « Thèse » et
l'« Anti-thèse »]. Puisqu'il admettait que le Discours *vrai*
« coïncide » avec l'Être (dont le Discours parle), il lui aurait
été « naturel » ou « facile » d'en « déduire » [comme le fait plus
tard Hegel] que l'Être-donné est lui-même *Trois* ou l'*Être-trois.*

Force nous est donc d'admettre qu'un « motif » très puissant
a « obligé » Platon de s'arrêter à l'Être-deux et de régresser vers
l'Un de Parménide, au lieu de progresser vers l'Être-trois
hégélien [ou tout au moins vers la « Trinité » de la Théologie
néo-platonicienne et chrétienne]. À mon avis, ce « motif » ne
peut être autre que *religieux.* Je pense que Platon n'a pas pu
avancer jusqu'au discours onto-logique sur l'Être-trois parce
qu'il n'a pas voulu abandonner le discours « théologique » sur
l'Un *transcendant* par rapport à l'Être-donné, bien qu'il ait vu
et montré que cet Un était rigoureusement *ineffable.* Platon a
peut-être pré-vu que le discours sur l'Être-trois aurait [tôt ou
tard] pour « conséquence » d'exclure complètement l'Un parménidien du Discours [*vrai* ou tout au moins non contra-
dictoire] et il a certainement pré-jugé de cette « conséquence »
en disant qu'elle est « fausse » [parce que, pour lui, elle ne
devait pas être vraie]. En vivant dans le monde où nous vivons
et en parlant de ce monde, Platon n'a pas voulu admettre qu'il
est *vrai* de *dire* que rien n'est *autre* que ce monde, qu'il n'y
a rien d'*autre* que ce monde, que rien n'est *au-delà* du monde

où il vivait et où il parlait ou, en d'autres termes, qu'il n'y a pas d'Au-delà ou de « Dieu » du tout. En tant que Religieux, Platon avait « besoin » de la *Transcendance*. En tant que Philosophe, il avait « besoin » de *parler*. C'est pourquoi Platon devint Théologien et *parle* effectivement (implicitement, comme dans le *Parménide*, et même, semble-t-il, explicitement, comme dans l'écrit perdu sur l'Agathon-Theos) de l'Un parménidien, dont il croit [à tort] avoir montré qu'il est [?] au-delà de l'Être et dont il dit par ailleurs [avec raison] qu'il est *ineffable*. En tant que Théologien ou « Philosophe religieux », Platon croit devoir *parler* « à tout prix » de l'Un *transcendant* [par rapport à tout ce qui *est* et dont on parle] et [donc] *ineffable,* même si le prix de ce discours théologique est la Contra-diction [prix qu'il aurait dû refuser de payer s'il n'était *que* Philosophe]. C'est ce pré-jugé « théologique » [« justifiable » uniquement par un « motif » religieux] qui, à mon avis, a « obligé » Platon de dévier du droit chemin de son raisonnement et, au lieu de le poursuivre, de revenir par un « raccourci » contra-dictoire au point de départ parménidien. Et c'est peut-être précisément parce qu'il avait *hâte* d'y revenir que Platon s'est « égaré » en route et a « égaré » la Philosophie pour des siècles [jusqu'à ce que Hegel l'ait ramenée sur la bonne voie, qui, toute « droite » qu'elle était, s'est révélée apte à pouvoir ramener finalement la Philosophie au point dont elle est partie avec Parménide, en passant par la « bifurcation » ou le « point critique » qu'avait atteint Platon et auquel nous nous trouvons nous-mêmes en ce moment, après avoir cheminé à sa suite] *.

---

* Nous verrons plus tard que l'Homme est *religieux* lorsqu'il aspire (en tant qu'Homme) à la Satisfaction [qui résulte de sa Reconnaissance « universelle » en fonction de son Action « personnelle » ou « libre »], mais ne croit pas [dans la mesure où il est un Religieux] pouvoir l'obtenir en vivant dans le monde où il vit et dont il parle [parce qu'il ne croit pas à l'*Efficacité* de son Action], tout en *espérant* l'obtenir *au-delà* de ce Monde [c'est-à-dire dans le Monde « divin » ou en « Dieu »]. [La Religiosité repose donc sur un « Complexe d'infériorité » qu'on peut, si l'on veut, « *psych*analyser », mais qui est, pour la Philosophie hégélienne, c'est-à-dire « en *dernière* analyse » un refus *irréductible* (c'est-à-dire « libre ») de l'Action-négatrice (= Liberté) dans le monde où l'on vit (et dont on parle ou ne parle pas)]. Nous verrons aussi que la Religiosité s'accommode parfaitement du Silence et est donc, en principe, exempte de Contra-diction et par conséquent discursivement « irréfutable ». Mais si, pour un « motif »

Quoi qu'il en soit, ayant atteint le point du « raisonnement »
[correct] que nous avons atteint nous-mêmes dans l'exposé qui
précède, Platon a poursuivi [en se « trompant »] le raisonnement
en cours de la façon qui pourrait être exposée à peu près comme
suit.

Tout discours quel qu'il soit [en fait : tout discours non
contra-dictoire et donc susceptible d'être vrai] est « nécessairement » Trois en ce sens qu'il est triadique ou triple en lui-
même. Le Discours *vrai* est donc « nécessairement » triple ou

quelconque, le Religieux veut *parler,* il se *contre-dit* « nécessairement », c'est-à-dire
partout et toujours. Le Religieux qui *parle* en tant que Religieux part de la *Transcendance*; il émet donc un discours « *théo*logique »; or, le Transcendant est, par
définition, *ineffable* (car il est dit être *au-delà* de *tout* ce dont on parle « par ailleurs »
et qui a *en commun* le fait qu'on en *parle*); toute « Théo*logie* » est donc, par définition,
contra-dictoire. Tout ce que peut un Religieux non silencieux, c'est « camoufler » au
moins la Contra-diction inhérente à son discours « théologique ». La façon, sinon la
« meilleure », du moins la plus « subtile » ou « astucieuse » de le faire, c'est de parler
le langage du Sceptique. Car le Sceptique croit pouvoir dé-montrer discursivement
que *tout* discours est contra-dictoire, de sorte qu'il n'y a aucune raison spéciale (du
moment que l'on *parle*) de renoncer au Discours « théologique ». Mais si le Sceptique
est tant soit peu « philosophe » (c'est-à-dire « désintéressé » à tous les sens de ce terme,
pourtant très large, et donc « conséquent avec lui-même »), il se résignera au Silence;
car, si le Discours ne doit « servir » à rien sauf à lui-même, en se dé-montrant être
vrai, ça « ne sert à rien » de parler en se contre-disant (puisque la Vérité discursive
ne peut pas, par définition, être contra-dictoire). Le Religieux sceptique renoncera donc
à la Philosophie, c'est-à-dire à la recherche de la Vérité *discursive* et vivra en Religieux
silencieux (par définition discursivement « irréfutable »). Si un Religieux *parle,* c'est
qu'il n'est pas vraiment « sceptique », ni, encore moins, Philosophe : car il ne peut
parler que par « intérêt » (ce qui présuppose, en lui, la foi en l'*efficacité* de son discours
théologique contra-dictoire), même si cet « intérêt » n'est rien de plus ni d'autre que
son « Salut », c'est-à-dire la Satisfaction (dans l'Au-delà) par la Reconnaissance « universelle » (par Dieu) de sa « Personnalité » (par définition *non-agissante,* au sens propre
et fort qu'a le terme « Action » [l'Action étant, par définition, *efficace*], c'est-à-dire
contemplative ou purement « théorique », voire « visionnaire »). – Sans doute, le Bouddhisme est une Religion authentique, qui est *discursive* et *athée* (Dieu = Nirvana =
Néant). Il semble donc qu'il est possible de *parler* en tant que Religieux sans se
contre-dire (en disant que le Transcendant ineffable est le Néant, c'est-à-dire le Rien,
ou, en d'autres termes, en ne *disant rien* du Transcendant). Mais alors, tout ce que
le Religieux peut dire (sans se contre-dire), c'est qu'en dehors (ou « au-delà ») du
Discours (nécessairement « athée » en ce sens qu'il ne parle que de l'Immanent ou du
« Profane ») il y a le Silence et que c'est dans et par le Silence qu'il peut chercher son
« Salut » religieux (ou la « Satisfaction » religieuse, appelée « Béatitude », c'est-à-dire
la Reconnaissance universelle) qu'un homme religieux est censé pouvoir obtenir en
vivant dans le monde où il vit et dont il peut, s'il le veut, parler, sans y *agir* au sens
propre du terme, c'est-à-dire sans trans-former ce monde par une Action (négatrice
ou « libre ») *efficace.*

Trois lui aussi. Par ailleurs, le Discours *vrai* « coïncide » avec l'Être dont il parle. Or, l'Être-donné est « nécessairement » dyadique en ce sens [dit, à tort, Platon] qu'il est *seulement* Deux. Par conséquent, pour être *discours* (qui est *Trois*) tout en étant *vrai,* c'est-à-dire tout en « coïncidant » avec ce dont il parle, le Discours doit parler non pas de l'Être [dont on parle] (qui est *Deux*), mais de *Trois.* Or, Platon admet [à tort] que 3 ne peut être que 1 + 2 (ou 1 + 1 + 1, 2 étant 1 + 1). Par conséquent, le Discours ne peut être *vrai* que s'il parle non seulement de l'Être-donné (platonicien, qui est 2) [dont il doit parler *explicitement*], mais encore de l'Un-tout-seul (parménidien, qui est 1) [dont il ne peut parler qu'*implicitement,* l'Un étant « ineffable »].

Il résulte de ce raisonnement [erroné] de Platon que le Discours (vrai) est inséparable du Silence. En effet, d'une part, l'Un est *ineffable* : on ne peut donc pas en *parler* au sens propre du mot; il ne peut se « révéler » (ou être « donné ») à l'Homme que dans et par une « vision mystique » *silencieuse* (c'est-à-dire non *discursive,* voire « directe » ou « immédiate », pour ne pas dire « instantanée ») [qui est « aveugle » pour tout ce qui n'est pas l'Un]. Mais, d'autre part, le Discours ne peut être *vrai* que s'il se « réfère » [aussi] à cet Un ineffable. Le Discours *vrai* [sur l'Être-donné] doit donc « impliquer » le Silence [sur l'Un ineffable ou transcendant par rapport à l'Être-donné et le Discours qui en parle] : il doit non seulement *partir* du Silence [ce qui est effectivement « nécessaire », si le Discours doit *commencer*], mais encore *revenir* au Silence; le Silence doit l'accompagner tout au long. En d'autres termes, le Discours sur l'Être-donné ne peut être Vérité discursive (ou Savoir) que s'il enrobe en quelque sorte le Silence qui « révèle » [sans aucune « médiation »] l'Un-tout-seul « transcendant » [par rapport à l'Être dont on parle, en développant (discursivement) *dans le temps* la « vision immédiate » *instantanée,* qui peut s'effectuer n'importe quand et n'importe où, c'est-à-dire à n'importe quelle « distance »] *.

---

* On pourrait dire que chaque Dialogue de Platon est une « image » de cette façon curieuse (et nullement « évidente ») de voir les choses, d'après laquelle on ne peut

Tout « erroné » qu'il soit, le raisonnement platonicien que nous avons exposé contient néanmoins un « noyau de vérité », ce qui « explique » (sans la « justifier ») la « méprise » de Platon. Ce qu'il y a d'« irréfutable », c'est que le Discours ne peut être *vrai* qu'à condition d'être Trois ou triadique, voire « trinitaire ». En effet, s'il n'y avait pas de « troisième (ou " moyen ") terme », toute « Thèse » s'opposerait nécessairement, c'est-à-dire partout et toujours, à une « Anti-thèse » et il n'y aurait pas de « Synthèse » une et unique possible, ce qui veut dire qu'il n'y aurait pas de *Vérité* discursive du tout. Mais Platon a eu tort de vouloir compléter la Dyade de l'Être-donné dont il parlait par l'Unité de l'Un-tout-seul dont parlait (à tort) Parménide, au lieu de rechercher (comme le fit Hegel) dans l'Être lui-même (dont on parle) la Trinité nécessaire à la *Vérité* du Discours triadique ou « dialectique » qui s'y « rapporte ».

J'ai essayé de donner une « *explication* psychologique » de cette « erreur » de Platon. Quant à Platon lui-même, il a essayé, au contraire, de la « *justifier* logiquement ». Mais, bien entendu, cette prétendue « justification » est, en fait et pour nous, tout aussi « erronée » que la thèse qu'elle prétend « justifier ».

Cette « justification » revient, en dernière analyse, à dire (sans jamais pouvoir le dé-montrer) que Deux est Un plus Un (2 = 1 + 1). En d'autres termes, Platon postule [à tort] que la Dyade, non seulement *implique,* mais *pré-suppose* l'Unité. Pour lui, il y a donc quelque chose de *commun* même entre le Même et l'Autre, à savoir le fait que l'Autre est tout aussi *un* que le

---

dire vrai que si l'on se *tait* [aussi], tout en ne pouvant se *taire* « en vérité » [c'est-à-dire humainement] que dans la mesure où l'on *parle* [non seulement du Silence lui-même (ce qui ne serait nullement contra-dictoire), mais encore de *ce sur quoi* on se *tait* (ce qui est contra-dictoire dans la mesure où ce silence est « justifié » par l'affirmation qu'il est *impossible* d'en *parler*)]. En effet, dans tout Dialogue véritable, une Thèse explicitement discursive s'oppose à une Anti-thèse, qui est explicitement discursive elle aussi. Mais dans un Dialogue platonicien (qui est un Dialogue authentique), la Synthèse discursive n'est jamais explicitée. Elle n'est présente qu'*implicitement* dans le discours dia-logué et c'est à l'auditeur ou au lecteur du Dialogue qu'il appartient de l'*expliciter*. Or, si les interlocuteurs du Dialogue *parlent,* ses auditeurs (car les Dialogues platoniciens étaient *parlés* ou « joués » du vivant de leur auteur) se *taisent.* C'est donc *en silence* ou du Silence que jaillit la Vérité une et unique, engendrée par le choc des deux Opinions discursives « contraires ». Seulement, cette Vérité n'est Savoir que dans la mesure où elle est elle-même *discursive.* Et c'est là que réside la Contra-diction dans la Théologie platonicienne.

Même. L'Être-donné, qui est le Même *et* l'Autre, est donc, pour Platon, l'Être-*deux* (ou 2) parce qu'il est Un *et* Un (ou 1 + 1). Par conséquent, dit-il, si l'Être-donné est Deux, c'est qu'il y a « avant » lui un Un qui est *tout seul* et qui n'est *deux* que dans et par l'Être-donné ou, plus exactement, en tant que cet Être. Et cet Un qui est « avant » et donc « en dehors » de l'Être-donné, n'est rien d'autre que l'Un-tout-seul (ineffable) de Parménide.

Il résulte de ce raisonnement [erroné] de Platon que l'Un parménidien (qui est l'Un-tout-seul et non pas, comme le disait Parménide, l'Être-un) est *au-delà* de l'Être-donné (qui est, pour Platon, l'Être-deux). L'Un (= « Dieu ») est *transcendant* par rapport à l'Être (et donc à l'être que nous sommes nous-mêmes et dont nous parlons en vivant dans le monde). En tant que « transcendant », l'Un est rigoureusement *ineffable* et, dans la mesure où il est « donné » à l'Homme, il ne se « révèle » que dans et pour ou, si l'on préfère, en tant que *Silence* (humain).

Mais si nous commettons, avec Platon, l'« inconséquence » d'*appeler* ce prétendu Ineffable : « Un » (= « Theos », = « Agathon »), c'est-à-dire de le *nommer* en lui « rapportant » le morphème UN (= 1) non pas comme un « Symbole » dénué de Sens (discursivement développable), mais comme le morphème de la notion UN qui a le sens *UN* (= *UN-TOUT-SEUL*), nous pouvons et devons développer ce sens discursivement, comme le fait Platon lui-même. Or, Platon reprend à son compte le développement discursif de ce sens qu'a déjà effectué Parménide. Il reconnaît que l'Un ne peut pas se *distinguer* de lui-même et en déduit, avec Parménide, que cet Un ne peut pas être *disséqué* en passé, présent et à venir. L'Un est donc, pour Platon comme pour Parménide, ni Temps ni durée dans le Temps, ni même Durée « éternelle » : il est l'*Éternité* elle-même ou, comme on le dira plus tard [en se servant d'une notion qui fait apparaître dans son énoncé même le caractère contradictoire de son sens], le *Nunc stans*. Mais, plus logique encore que Parménide lui-même, Platon déduit également du sens de la notion UN que l'Un ne peut pas non plus se *différencier* en tant qu'Espace. L'Un n'est donc pas plus spatial que temporel, il ne s'*étend* (dans l'Espace ou en tant qu'Espace) pas plus qu'il ne *dure* (dans le Temps ou en tant que Temps) et son « image » (« géométrique ») est ainsi bien plus un « Point » qu'une « Sphère ».

Quant à nous, nous ne pouvons pas ne pas admettre que ce développement discursif parménido-platonicien du sens de la notion Un est « logiquement correct ». Mais si nous ne voulons pas oublier, comme semble parfois l'avoir fait Platon lui-même, la monstration (discursive) platonicienne du caractère *ineffable* de l'Un, nous devons dire (si nous ne voulons pas nous contredire) que le Sens de cette notion *n'est pas* développable discursivement. Autrement dit, tout développement discursif de la notion UN sera, pour nous, *contra-dictoire*. Pour nous, la *notion* UN n'est donc qu'une *Pseudo-notion,* c'est-à-dire une Notion à Sens contradictoire. Dans la mesure où nous voulons éviter la Contra-diction, l'UN sera pour nous non pas une Notion, qui a par définition un sens discursivement développable (contra-dictoire ou non), mais un *Symbole* par définition *dénué* de Sens (développable *discursivement*), c'est-à-dire un Morphème dont le « Sens » ou la « Signification » ne se « rapportent » qu'au Morphème lui-même, ce qui veut dire précisément que ce Morphème *n'a pas* de Sens proprement dit. Ce « Morphème » n'est donc qu'un *Pseudo-morphème,* puisque, par définition, tel Morphème proprement dit a un Sens ou une Signification qui se « rapporte » à autre chose encore qu'au Morphème lui-même (même si ce Sens ne peut pas être *détaché* de son Morphème, dans quel cas on a affaire à un *Signe* et non à une Notion ou Pseudo-notion) et c'est ce Pseudo-morphème que nous avons appelé « Symbole ». Mais le Symbole est quand même un Pseudo-*morphème,* même s'il n'est qu'un *Pseudo-*morphème, car comme tout Morphème (qui n'est pas un « Signe »), il est par définition *quelconque.* Ainsi par exemple, on peut dire, avec Platon, que l'Un est [aussi] Agathon et [ou] Théos. Mais, pour nous, les pseudo-morphèmes UN, AGATHON et THÉOS sont « équivalents » non pas parce qu'ils ont *le même Sens,* mais uniquement parce qu'ils *n'ont pas de Sens du tout.* Ce ne sont pas trois *Notions* ayant le même Sens (et différant uniquement par leurs Morphèmes), mais trois *Symboles* « équivalents » qui peuvent partout et toujours se « substituer » l'un à l'autre (ce qui peut s'écrire ou se prononcer : UN ≡ AGATHON ou UN ≡ THÉOS, etc.).

Une telle « substitution » de Symboles n'est « impossible » ou « interdite » (par définition) que là, où il s'agit de deux Symboles « différents », c'est-à-dire de deux Pseudo-morphèmes (par définition) non « substituables » en raison du fait (« convenu ») que le Pseudo-sens (qui, par définition, ne se « rapporte » qu'à un Pseudo-morphème) de l'un des deux pseudo-morphèmes ne se « rapporte » pas (aussi) à l'autre pseudo-morphème. Or, Platon (à la suite de Parménide) dit que l'Un (= Théos) est Éternité (ou Point). Pour nous l'UN et l'ÉTERNITÉ sont donc deux Symboles, dont aucun n'a de Sens proprement dit, mais qui sont « équivalents » parce que le pseudo-sens de l'un est aussi le pseudo-sens de l'autre. Nous pouvons donc, à la suite de Platon, prononcer : UN = ÉTER- NITÉ = THÉOS, etc. et nous servir « indifféremment » des pseudo-morphèmes UN ou ÉTERNITÉ ou THÉOS, etc. Mais en écrivant ou en prononçant un quelconque de ces pseudo-morphèmes, nous engendrons, pour nous, non pas une (seule et même) Notion, ni même une (seule et même) Pseudo-notion, mais uniquement un (seul et même) Symbole, absolument dénué de toute espèce de Sens développable *discursivement* (ou, si l'on veut, n'ayant qu'un *Pseudo*-sens).

Mais il en va autrement pour Platon lui-même (qui suit en ce point Parménide). Pour lui, il s'agit là de *Notions* dont il développe *discursivement* le Sens. Or, nous constatons que Platon trans-forme le symbole UN = ÉTERNITÉ non pas en Notion proprement dite, mais en *Pseudo*-notion. Car en développant le prétendu « Sens » de la soi-disant « Notion » par- ménidienne UN, Platon nous montre (discursivement) que ce sens est « nécessairement » *contra-dictoire,* ce qui veut dire précisément, pour nous, que dans la mesure où l'UN n'est pas un Symbole (dénué de Sens proprement dit ou ne possédant qu'un Pseudo-sens), il n'est qu'une Pseudo-notion douée d'un Sens (proprement dit) par définition contra-dictoire. Car si l'UN a un sens quelconque, c'est que c'est une Notion, c'est-à-dire déjà un Discours, et puisque l'Un est par ailleurs discursivement montré comme étant *ineffable,* tout *discours* sur l'Un est, par

définition, contra-dictoire en lui-même, du moins implicitement. [C'est pourquoi la contra-diction implicite du pseudo-
sens de la pseudo-notion ÉTERNITÉ a été explicitée plus tard
sous la forme de la pseudo-définition de l'Éternité comme de
ce qui est un *Nunc stans*.]

Quoi qu'il en soit, en traitant l'UN non pas comme Symbole,
mais comme Notion (qui n'est, en fait et pour nous, qu'une
Pseudo-notion), Platon en « déduit » certaines « conséquences »
relatives à l'Être-donné [qui sont « vraies » dans la mesure où
elles peuvent s'insérer sans contra-diction dans le *Système du
Savoir* hégélien, mais qui ne sont pas démontrées par la « déduction logique » platonicienne, puisque celle-ci a pour point de
départ la pseudo-notion, par définition contra-dictoire, qu'est
l'UN parménidien].

Si l'Un est l'Éternité et s'il est *au-delà* de l'Être-donné qui
est l'Être-*deux*, l'Éternité est *au-delà* de l'Être-donné et celui-
ci n'est pas l'Éternité [ce qui est « vrai », en fait et pour nous].
Mais dans la mesure où [comme dit, à tort, Platon] Deux
« pré-suppose » Un et « participe » à Un, l'Être-donné « pré-
suppose » l'Éternité et « participe » à elle. Et on peut l'exprimer
en disant que l'Être-donné est l'*Éternel*, que l'Être-deux est co-
éternel à l'Éternité.

En d'autres termes, l'Être-deux platonicien est Identité sans
Différence [et ce n'est donc pas une Totalité proprement dite,
mais bien plutôt une Unité]. Sans doute, étant Deux ou Non-
Un, l'Être-donné est, d'après Platon, essentiellement *multiple*.
Mais chaque élément-constitutif de l'Être-deux ne pouvant *être*
que dans la mesure où il est *un*, c'est-à-dire parce qu'il « participe » à l'Un et donc à l'Éternité, l'Être-donné platonicien est
une Multiplicité d'entités partout et toujours, voire *éternellement*, identiques à elles-mêmes. Ainsi, l'Être-donné (= Être-
deux) est, pour Platon, l'ensemble des *Idées* « éternelles », qui
s'*ordonnent* (en un seul et même Tout) en tant que *Nombres*,
eux aussi « co-éternels » à l'Éternité de l'Un.

C'est cet ensemble (un et unique) d'Idées-Nombres qui est,
pour Platon, le Concept. Loin d'être Temps [comme le dira
Hegel] ou de « participer » au Temps [comme aurait pu le dire
Platon], le Concept platonicien est au contraire « éternel » et il

« participe » à l'Éternité (dont il tire son unité ou son identité avec lui-même). Dans la mesure où la Vérité ou le Savoir sont *discursifs,* c'est-à-dire dans la mesure où le Concept devient le Sens un et unique de Notions ordonnées en Discours (Logos) par définition non contra-dictoire, les sens des notions et le Sens du Discours vrai se « rapportent », d'après Platon, non pas au Temps [comme le dira Kant], ni même à ce qu'il y a d'« éternel » (ou de « co-éternel » au Temps) dans le Temps [comme l'a dit Aristote, encore du vivant de Platon, semble-t-il], mais à l'Éternel qu'est le Concept ou l'Être-deux « idéel » et « dé-nombrable », qui n'est « éternel » que dans la mesure où il « participe » à l'Éternité qui est l'Un, étant ainsi « co-éternel » *à elle* (de même qu'il est un et unique à cause de sa « participation » à l'unité et à l'unicité de cet Un, qui est *transcendant* à l'Être-donné [et donc au Discours lui-même]).

Tout comme Parménide, Platon ne trouve et ne montre le Temps et la Durée temporelle (ainsi que l'Étendue spatiale) que dans les « Phénomènes » [qui sont, pour nous, l'Existence-empirique « révélée » dans et par la Perception (Existence ou Durée-étendue que Platon « confond » plus ou moins avec la Réalité-objective ou l'Espace-temps)]. Sans doute, le Discours platonicien est-il censé se « rapporter » (par son Sens) *aussi* à ces Phénomènes (plus ou moins étendus et durables) et la Vérité discursive ou le Savoir ont pour but de les « sauver ». Mais, en fait, le « Savoir » platonicien (c'est-à-dire sa Philosophie) ne « sauve » les Phénomènes qu'en « faisant abstraction » de leur « devenir », c'est-à-dire de leur durée temporelle [ainsi que de leur étendue spatiale (ce que Platon lui-même n'ose cependant pas faire), du moins dans le *Timée,* en les réduisant aux Nombres « pythagoriciens »]. Dans le discours de Platon, les Phénomènes sont trans-formés en Notions parce qu'ils sont détachés non pas seulement de leurs *hic et nunc* respectifs, mais encore de la Durée [ainsi que de l'Étendue] en tant que telle. C'est ainsi que les Phénomènes deviennent chez Platon et sont, pour lui, non pas seulement Sens des Notions (situées dans la Durée-étendue par leurs Morphèmes), mais encore Idées-Nombres « éternels ».

D'après Platon, le Discours n'est vraiment vrai, il n'est *Savoir* discursif, que parce que les Phénomènes « participent » aux Idées-Nombres. En d'autres termes, le Discours qui, par son Sens, se « rapporte » aux Phénomènes, ne peut être *vrai* que s'il se « rapporte » aux Phénomènes uniquement dans la mesure où ceux-ci *coïncident* avec les Idées-Nombres *éternels* (c'est-à-dire partout et toujours identiques à eux-mêmes). Si le Discours *vrai* est *un* en lui-même et *unique* en son genre, c'est-à-dire s'il est *la Vérité* discursive ou *Savoir* proprement dit, c'est uniquement parce que chaque Idée (qui est le Sens d'une Notion ou d'un élément-constitutif du Discours) « participe » à l'Un par sa propre *unité*. Ainsi, le Discours philosophique platonicien [qui n'est, pour nous, qu'un *Pseudo*-savoir ou une « erreur »] ne « sauve » les Phénomènes qu'en les « réduisant aux Idées-Nombres « éternels » et en « réduisant à l'unité » de l'Un ces derniers, cet Un transcendant (= Agathon = Théos = Éternité) ne se « révélant » lui-même en tant que tel que dans et par le Silence ou en tant que Silence (humain).

Nous pouvons donc dire, en résumant notre interprétation de l'Onto-logie philosophique platonicienne, que cette Onto-logie (« erronée ») ne permet de « sauver » les Phénomènes qu'en les « tuant », c'est-à-dire en les privant de toute *durée* temporelle [ainsi que de toute *étendue* spatiale]. Car le Discours platonicien ne se « rapporte » au Temps ou à la Durée d'aucune manière. Aussi bien Platon est-il incapable de rendre discursivement compte du fait [qu'il « connaît », sans peut-être s'en « rendre compte »] que tout discours (humain) a partout et toujours (c'est-à-dire « nécessairement ») une *durée* temporelle qui lui est propre et que le discours onto-logique a eu une *histoire* (ne serait-ce que celle qui a eu lieu pendant le temps qui s'est écoulé entre le discours onto-logique de Parménide et celui de Platon lui-même), ni d'« expliquer » (sans se contre-dire) comment et pourquoi un *Discours* (censé être vrai) peut *développer successivement* ou étendre *dans le Temps* ce que « révèle » ou voit *d'un seul coup d'œil* la « contemplation mystique », qui est *instantanée* et *silencieuse,* de l'Un « transcendant » ou « divin ».

c. *L'Être-trois (la Tri-nité) et la Spatio-temporalité (d'après Hegel)*

Du point de vue de la Philosophie, la solution platonicienne du problème de l'Être dont on parle et de la Vérité discursive est très loin d'être satisfaisante, précisément parce que l'Être-donné est, pour Platon, l'Être-*deux*.

Si l'Être-donné est Deux et Deux seulement, il « présuppose » nécessairement l'Un-tout-seul, qui est de ce fait « transcendant » par rapport à l'Être-donné. Car le Deux [qui n'est pas Trois ou un Non-Deux autre que Un] ne peut effectivement être rien d'autre que Un *et* Un (1 + 1 = 2) et n'est donc rien tant que l'Un n'est pas (comme le dit Platon dans le *Parménide*). Or, Platon a lui-même montré (discursivement) que l'Un est ineffable. Dans la mesure où un philosophe platonicien ne *veut pas* se contre-dire (et, par définition, ne *peut pas* le faire en tant que Philosophe, ce qui peut s'exprimer aussi en disant qu'il ne *doit pas* le faire), il est donc obligé, « en dernière analyse », de se résigner au *Silence* et de renoncer ainsi à la Philosophie (celle-ci étant, par définition, *discursive*). Si le Platonicien veut *parler*, il ne peut le faire, « en dernière analyse », qu'en parlant de l'Être-*deux*. Il peut, certes, le faire sans se contre-dire du seul fait qu'il en *parle*. Mais le même Platon a (discursivement) montré que si l'on *parle* de l'Être-*deux*, on est obligé de dire aussi le *contraire* de ce qu'on a dit, peu importe, d'ailleurs, ce qu'on a dit. Ainsi, le philosophe platonicien ne peut *parler* qu'en renonçant à dire *vrai*, ce qu'il ne peut de nouveau faire qu'en renonçant à la Philosophie elle-même (celle-ci étant, par définition, une recherche de la *Vérité* discursive). Dans la mesure où il parle, le Platonicien doit donc (comme l'ont effectivement fait les émules « académiques » de Platon) ou bien *parler* pour le seul plaisir de contre-dire ou se risquer à un *silence* qui est, pour nous, plus « désespérant » encore que la contra-diction, dans la mesure où il est « désespéré » pour le Silencieux lui-même, n'étant ni « religieux », ni même « mystique » et n'ayant, d'une manière générale, aucune

« valeur » propre au Silence en tant que tel. Mais si, ne voulant ni se « satisfaire » en silence, ni « désespérer » en sceptique, le Platonicien parle et prétend dire *vrai,* il ne peut le faire que dans le mode de l'*Erreur* « dogmatique ». Car nous avons vu qu'en le faisant, il se contre-dit du seul fait qu'il *parle* (avec l'intention de dire *vrai*) et l'histoire de la Philosophie nous montre que les discours platoniciens « dogmatiques », par définition « théologiques » (puisque se référant, en dernière analyse, à l'Un = Agathon = Théos), sont partout et toujours, c'est-à-dire « nécessairement », *contra-dictoires* en eux-mêmes, du moins dans la mesure où ce sont des discours proprement dits, c'est-à-dire des développements discursifs de notions (en fait : de pseudo-notions) doués de sens (en fait : de sens contradictoire).

En bref, par son Onto-logie de l'Être-*deux,* complétée par une Théologie de l'Un-tout-seul, Platon a, en fait, obligé ses émules à choisir entre trois attitudes « existentielles » possibles (pouvant, d'ailleurs, se combiner entre elles), qui sont et ont effectivement été soit le Silence « mystique » d'un Ammonius Saccas quelconque (généralement inconnu à cause de son silence même), soit une Théologie contra-dictoire (par exemple néo-platonicienne ou chrétienne), soit enfin le Scepticisme (« académique »). Or, il est clair qu'aucune de ces trois « solutions » du problème platonicien ne peut satisfaire la Philosophie en tant que telle.

N'étant pas, en fait, *satisfaisante* de point de vue philosophique, la pseudo-solution platonicienne du problème de l'Être-donné et de la Vérité discursive (= Savoir) n'a pu être que *provisoire* en Philosophie. Sans doute, ce (triple) « provisoire » platonicien a duré plus de deux mille ans et il n'a pu être remplacé par le « définitif » que grâce au génie philosophique exceptionnel de Hegel *.

* Sans doute, Hegel n'a pu aboutir que parce qu'il y a eu un *progrès* philosophique entre lui-même et Platon. Les principales étapes de ce progrès sont marquées par les grands noms d'Aristote (qui « rapporte » le Sens à l'Éternel *dans le Temps*) et de Kant (qui « rapporte » le Sens « schématisé » *au Temps* lui-même). Mais, pour simplifier, je saute ces étapes dans la présente *Introduction.* J'aurai l'occasion d'évoquer Aristote et de parler longuement de Kant dans la 3ᵉ *Introduction.* — Bien entendu, la solution

Mais la solution définitive du problème en cause ayant été trouvée *avant* nous, il nous est relativement facile de savoir ce qu'elle est et de voir comment Hegel a pu la trouver, en partant de ce qu'il savait de ce qu'ont dit sur la question ses « prédécesseurs ».

C'est peut-être lors d'une « réflexion » sur le *Parménide* (à l'occasion, peut-être, d'une « réflexion » sur Parménide) que Hegel a résolu le problème qui nous occupe dans la présente *Introduction*, en « découvrant » que *l'Être et le Néant*, dont parle l'onto-logie platonicienne, est en fait non pas Deux ou Être-*deux*, comme le disait Platon lui-même, mais Trois ou Être-*trois* (comme le disaient timidement les Théologiens néo-platoniciens et comme l'affirme « dogmatiquement » la Théologie chrétienne). Quoi qu'il en soit, c'est en partant du *résultat* de la « critique » platonicienne de Parménide que nous essayerons de re-présenter la « critique » hégélienne de Platon, qui aboutit à la solution définitive du problème de la Vérité discursive (et donc de la Philosophie) en permettant de définir l'Être-donné comme étant non pas l'*Un*-tout-seul parménidien, ni l'Être-*deux* platonicien, mais l'Être-*trois* de l'Onto-logie (d'abord néo-platonicienne et chrétienne et, finalement) hégélienne.

Nous avons pu résumer la « critique » de Parménide contenue dans le *Parménide* de Platon en une seule phrase, pouvant servir de titre à ce Dialogue platonicien, ce titre étant, d'après Platon, le sous-titre « sous-entendu » de *tout* discours où l'on parle de quelque chose avec l'espoir ou la prétention de dire *vrai*, c'est-à-dire au moins sans se contredire. Le titre « passe-partout » en question était, comme s'en souvient sans doute le lecteur, la phrase : *L'Être et le Néant,* disant (implicitement) que tout discours parle (« nécessairement ») non pas de l'*Un,* mais de *Deux,* de sorte que l'Être-donné dont on parle est l'Être-*deux* et non pas l'Un-tout-seul.

Or, on s'aperçoit au premier coup d'œil que cette phrase

implique, en fait, non pas *deux,* mais *trois* éléments-constitutifs, à savoir : « l'Être », « et » et « le Néant ».

Cette structure triadique ou « trinitaire » de la phrase qui résume, d'après Platon, l'Onto-logie, n'a certes pas échappé à Platon lui-même. C'est même probablement parce qu'il s'en est rendu compte qu'il a identifié à *Trois* tant le Discours (Logos) en tant que tel que l'Âme (= l'Homme) qui émet ou « comprend » tout discours (proprement dit) quel qu'il soit.

Quoi qu'il en soit, en « réfléchissant », avec Platon, sur la structure commune à tout discours (qui parle de quelque chose avec la possibilité de dire *vrai,* c'est-à-dire sans se contre-dire), nous pouvons constater nous-même que Platon avait raison de dire que le Discours est *Trois.*

En effet, parler de quelque chose avec l'intention de dire vrai, c'est nécessairement dire (partout et toujours) *la même chose* du Même. Or, nous avons vu qu'il est absolument impossible de *parler* (explicitement) du Même sans parler (du moins implicitement) par cela même de l'Autre. Pourtant, si l'on veut dire *vrai,* on ne peut pas dire que parler du Même est *la même chose* que parler de l'Autre. Sinon il faudrait dire de l'Autre *la même chose* que du Même, ce qui serait par définition contradictoire. Il faut donc pouvoir *distinguer* ce qu'on dit du Même de ce qu'on dit de l'Autre. Or, on peut effectivement le faire parce qu'en parlant *du Même* on en parle *explicitement,* tandis qu'en parlant explicitement du Même on ne parle qu'*implicitement* (bien que « nécessairement » c'est-à-dire partout et toujours) de l'Autre. Le discours est donc nécessairement *double* : explicite quant au Même (dont on parle) et implicite quant à l'Autre (dont on ne parle pas explicitement). Autrement dit, dans tout Discours il y a (partout et toujours) *deux* discours, qui n'en font qu'*un* et ne *sont* donc qu'*un.* Mais si le Discours est *un* en lui-même, c'est que le discours (explicite) sur le Même n'est pas « sans rapport » avec le discours (implicite) sur l'Autre. Sinon, il y aurait *deux* discours (indépendants) et il n'y aurait aucun moyen de n'en faire qu'*un,* en les « réduisant » à un seul Discours ou, plus exactement, en les intégrant en un seul Discours. Dans ces conditions, on ne pourrait parler que *des* discours et non pas *du* Discours (un et unique) et la notion même VÉRITÉ (discursive) perdrait alors tout son sens. On pourrait dire, à la rigueur, que les deux discours « irréductibles » l'un à l'autre, c'est-à-dire « contraires », ne sauraient être « vrais » à la fois, mais il serait impossible de dire que l'un d'eux *est* « vrai », ni, encore moins, lequel l'est *.

S'il y a Vérité discursive ou discours vrai, c'est-à-dire Discours au sens propre du terme, il y a donc nécessairement (= partout et toujours) un *rapport* entre le discours sur le Même et le discours sur l'Autre, même si ce rapport n'est autre que celui de l'*exclusion* mutuelle (peu importe, d'ailleurs, que les discours en question soient explicites ou implicites).

Si le discours (virtuellement vrai) sur le Même est nécessairement (= partout et toujours) aussi un discours (du moins implicite) sur l'Autre, il doit donc être (partout et toujours) également un discours (tout au moins implicite) sur le *rapport* entre le Même (ou le discours sur le Même) et l'Autre (ou le discours sur l'Autre). *Tout* discours (susceptible d'être vrai) est donc partout et toujours *triple* en lui-même et, par conséquent, *le* Discours (Logos) un et unique (qui *est* la Vérité discursive) est nécessairement *Trois*. Si un discours sur le Même était *le même* que le discours sur l'Autre, il ne saurait être *vrai*, car il *n'est pas vrai* de dire qu'une chose (dont on parle explicitement) est *la même chose* que n'importe quelle *autre* chose (dont on ne parle pas explicitement). Le nier, ce serait renoncer à dire quoi que ce soit de *vrai* et se résigner à dire (partout et toujours) n'importe quoi (ou à se taire, si l'on est suffisamment Philosophe) pour renoncer à tout Discours, même « efficace », qui ne saurait être *vrai*.

S'il y a Vérité discursive, le discours sur le Même doit donc

---

* À proprement parler, on ne peut pas dire que deux ou plusieurs discours sans rapport aucun (c'est-à-dire « irréductibles ») ne peuvent pas être tous « vrais » à la fois, car l'idée même de la Vérité discursive implique l'*unité* interne du Discours (vrai) et perd tout son sens là où cette unité n'existe pas, comme c'est le cas dans notre hypothèse d'un discours sur le Même n'ayant *aucun* rapport avec le discours sur l'Autre. Cette constatation nous permet de voir que si un discours n'implique pas *trois* éléments-constitutifs (le troisième étant précisément le *rapport* des deux autres), ce pseudo-discours n'est même pas *susceptible* d'être *vrai* (et n'a aucun Sens, pas même un Sens contra-dictoire).

être *autre* que le discours sur l'Autre. On serait ainsi tenté de dire qu'il y a *deux* discours différents (l'un étant explicite et l'autre implicite). Mais si ces discours étaient « irréductibles » l'un à l'autre ou « sans rapport » mutuel, c'est-à-dire « isolés » l'un de l'autre ou, en d'autres termes, s'ils étaient non seulement *deux,* mais encore deux *seulement,* chacun aurait pu être là sans l'autre. Or, nous avons vu que ceci est « impossible », puisqu'on ne peut pas parler (explicitement) du Même sans parler (implicitement) de l'Autre, puisqu'on ne peut pas *expliciter* le Sens d'une Notion dans un discours sans que ce discours *implique* un *autre* discours *. D'ailleurs, si tout discours était seulement *deux* discours [et non pas *trois*], il ne serait pas *un* en lui-même et ne saurait donc être *vrai.* Il n'y aurait rien, dans le Discours qui puisse impliquer les deux discours *à la fois* et être ainsi *vrai* en dépit de cette implication, en rendant *à la fois* vrais les deux discours impliqués, et en les rendant vrais par cette implication même. Alors, ou bien aucun des deux discours ne serait vrai, ou bien l'un seulement le serait en lui-même, ou bien les deux le seraient, chacun en lui-même. Mais, dans le premier cas, il n'y aurait pas de Vérité du tout; dans le deuxième on ne saurait jamais *ce qu'elle* est, puisqu'il serait impossible de savoir *lequel* des deux discours est « vrai en lui-même »; enfin, dans le troisième cas, la « Vérité » serait *contradictoire,* ce qui est contraire à la définition même de la Vérité (discursive).

Si le Discours doit être *vrai,* les deux discours qui le « constituent », étant ses « éléments-constitutifs », doivent donc être *complémentaires* en ce sens qu'ils ne peuvent pas être *isolés* l'un de l'autre : aucun des deux ne peut se présenter *sans* l'autre,

---

* Si l'explicitation du Sens est *complète,* le Discours qui l'explicite est *total* ou « circulaire » : son développement, peu importe où il commence, revient à son point de départ. Ce Discours est donc non seulement *un* en lui-même, mais encore *unique.* On peut dire alors que le Discours implique non pas un *autre* discours, mais seulement *soi-même* : son tout implique chacune de ses parties et chaque partie implique le tout. En d'autres termes, le Discours « circulaire » *tourne en rond* : il tourne *en rond,* parce qu'il ne se dépasse jamais soi-même; il *tourne,* parce que chaque partie *implique* les *autres,* qui en « découlent » ou s'en « déduisent ». On ne peut *pleinement* « comprendre » ou « épuiser » *complètement* le sens d'une notion quelconque qu'en le développant [dans le Temps] en Discours « circulaire ».

c'est-à-dire en dehors de tout *rapport* avec l'autre. En plus du discours (explicite) sur le Même, qui implique nécessairement le discours sur l'Autre, il y a donc, dans le Discours, un *rapport* de ces deux discours et, par conséquent, un discours (au moins implicite) sur ce Rapport. En effet, nous n'avons pas « dépassé » le discours sur le Même, ni, encore moins, le Discours en tant que tel, lorsque nous avons trouvé l'Autre; c'est donc sans dépasser ce même discours sur le Même (et donc sans sortir du Discours) que nous pouvons et devons trouver le Rapport entre le Même et l'Autre. C'est dire que le Discours implique un discours sur le Rapport entre le Même et l'Autre ou même qu'il implique le discours sur l'Autre, c'est-à-dire dans la mesure même où il est un discours explicite sur le Même. On peut dire que le *discours* (implicite) sur le Rapport [d'exclusion] entre le Même et l'Autre n'est là que parce qu'il y a les *discours* sur le Même et sur l'Autre, qui *se rapportent* l'un à l'autre, le discours (implicite) sur l'Autre n'étant là que parce qu'il y a le discours (explicite) sur le Même. Inversement, ce discours sur le Même ne peut pas se présenter sans le discours sur l'Autre, ni donc sans le discours sur le Rapport entre [le discours (explicite) sur] le Même et [le discours (implicite) sur] l'Autre. C'est, en d'autres termes, un *seul et même* Discours qui est *à la fois* discours (explicite) sur le Même, discours (implicite) sur l'Autre et discours (également implicite) sur le Rapport entre l'Autre et le Même. Le Discours est discours sur le Rapport (R) parce qu'il est discours sur le Même (M) et donc discours sur l'Autre (A) (R ← M ← A), ou parce qu'il est discours sur l'Autre et donc discours sur le Même (R ← A ← M); il est aussi discours sur l'Autre parce qu'il est discours sur le Même et donc discours sur le Rapport (A ← M ← R), ou parce qu'il est discours sur le Rapport et donc discours sur le Même (A ← R ← M); il est, enfin, discours sur le Même parce qu'il est discours sur l'Autre et donc discours sur le rapport (M ← A ← R), ou parce qu'il est discours sur le Rapport et donc discours sur l'Autre (M ← R ← A).

Ainsi par exemple, lorsqu'on veut expliciter dans et par un discours [avec l'intention de dire *vrai*] le sens de la notion FLEUR-ROUGE (en supposant que ce sens soit *autre* que le sens de la notion FLEUR), on dit (explicitement) qu'il y a des Fleurs qui *sont* rouges et (implicitement) que ces Fleurs *ne sont pas* bleues, jaunes, etc. ; on dit « en même temps » ou « par cela même » (bien qu'implicitement) qu'il y a des Fleurs, peut-être bleues, jaunes, etc., qui ne sont certainement pas rouges et qu'il y a des fleurs de couleurs différentes dont certaines sont rouges et les autres pas (sans expliciter leurs couleurs).

D'une manière générale, dès qu'il y a *un* discours [énoncé avec l'intention de dire vrai], il y a nécessairement non pas *deux,* mais *trois* discours, qui, par définition, n'en font qu'*un*. C'est seulement la présence du *troisième* discours, impossible sans le *deuxième,* qui fait du *premier* discours un Discours au sens propre et fort de ce mot. Inversement, si le *premier* discours est vraiment un Discours, il ne peut pas ne pas impliquer un *troisième,* parce qu'il ne peut pas ne pas impliquer un *deuxième.* Ainsi, ou bien il n'y a pas de Discours du tout (au sens propre du terme), ou bien il y a *trois* discours en *un* seul. Un discours n'est vraiment *Discours* que s'il est *triple* en lui-même, et ses trois éléments-constitutifs ne sont des éléments *discursifs* que dans la mesure où ils constituent à eux *trois* un *seul et même* Discours. Aussi bien le « premier » discours (qui est d'emblée censé être explicite) ne peut-il être *pleinement* explicité que dans la mesure où il s'explicite en tant que « troisième » discours (qui était, au début, implicite), ce discours ne pouvant être explicitement « troisième » que dans la mesure où l'on *explicite* le « deuxième » discours (d'abord implicite) en tant que « deuxième », celui-ci ne pouvant « évidemment » être explicitement « deuxième » que dans la mesure où l'on *explicite* son Rapport avec le « premier », l'explicitation de ce Rapport n'étant rien d'autre que le « troisième » discours *explicité.*

On peut faire voir cet état de choses en parlant de diverses façons. On peut dire, par exemple (avec Hegel), que le « premier » discours (« immédiatement » explicite) [sur le Même] est la *Thèse,* que le « deuxième » discours [sur l'Autre] (d'abord implicite, mais explicité au moyen du « premier » ou « média-tisé » par lui) est l'*Antithèse* et que le « troisième » discours [sur le Rapport] (d'abord lui aussi implicite, mais « médiatisé » par le « deuxième ») est la *Synthèse.* On peut résumer alors tout

ce qui vient d'être dit en disant que le Discours proprement
dit (c'est-à-dire susceptible d'être *vrai*) est nécessairement (c'est-
à-dire partout et toujours) *dialectique*. Et on peut dire, plus
simplement encore, que le Discours (Logos), est *Trois*.

Dans le Discours « dialectique » qui est *Trois,* Platon trouve
donc l'*Entre-les-deux* « hégélien », qui était cher déjà à Aristote
et qui échappe à la « Dichotomie » platonicienne. Mais Platon
n'a voulu le « découvrir » que dans le *Discours* en tant que tel
(et, en particulier, dans le *discours* onto-logique), mais il se
refuse de le chercher dans l'Être-donné lui-même [peut-être de
peur de l'y trouver également (avec Héraclite [?] et avant
Hegel)] *.

Platon ne pouvait, certes, pas nier qu'il fallait *distinguer* le
discours sur le Rapport [entre le Même et l'Autre] tant du
discours (explicite) sur le Même [pris dans son Rapport avec
l'Autre] que de celui (implicite) [pris sans son Rapport avec
le Même], de même qu'il fallait *distinguer* ce discours (explicite)
sur le Même [sans rapport avec l'Autre] du discours (implicite)
sur l'Autre [sans rapport avec le Même], tout en ne pouvant
séparer ou *isoler* aucun de ces discours des deux autres. Mais,
en admettant l'*Entre-les-deux* dans les *discours* sur le Même et
sur l'Autre, Platon n'a pas voulu admettre l'*Entre-les-deux* du
Même et de l'Autre eux-mêmes. Lorsqu'il passe des *discours*
sur le Même et sur l'Autre aux Même et Autre eux-mêmes,
qui sont en dernière analyse (c'est-à-dire dans le discours *onto-
logique*) Être et Non-être (= Néant), il les laisse « sans rapport »,
c'est-à-dire dans leur « isolement » ou leur *dualité* « irréductible » et, en négligeant l'*Entre-les-deux* qui les *unit,* il ne
trouve pas, dans *ce dont* il parle, la structure triadique ou
« trinitaire » du Discours lui-même. L'Être-donné est, pour
Platon, la Dyade irréductible ou l'Être-*deux* : il est Deux
seulement. Si l'Être-donné (dont *tout* discours parle implicite-

* Dans ces conditions, Platon ne peut pas identifier la Dialectique à la Vérité
discursive ou au Savoir. Au fond, si Platon était pleinement « logique avec lui-même »,
il aurait dû (en se *taisant* sur l'Un-tout-seul) se limiter à la Dichotomie dans son
Ontologie. Mais nous verrons que l'« Ontologie » ne serait pas alors *discursive*. Au lieu
d'une Onto-*logie* on aurait une Onto-*métrie*, c'est-à-dire la *Mathématique* (par définition
dénuée de *Sens,* c'est-à-dire *silencieuse*).

ment et dont parle explicitement le discours *onto-logique*) est, pour Platon, Être-*et*-Néant, il « néglige » le *Et* [qui « rapporte » le Néant à l'Être et l'Être au Néant et qui les ré-*unit* ainsi (en les « distinguant »)] et croit « découvrir » l'Être-*deux* là, où il y a, en fait et pour nous autres Hégéliens (comme déjà pour le Néoplatonisme païen et chrétien), l'Être-*trois*.

Arrivés à ce point de notre interprétation « critique » (hégélienne) du Platonisme, nous devons nous demander si nous avons bien fait de dire que l'Être-donné, dont parle explicitement l'Onto-logie est *Être-et-Néant* (le Néant étant le Nonêtre, c'est-à-dire l'Autre du Même qui est l'Être). En d'autres termes, demandons-nous si nous avons bien fait d'introduire, dans le « thème » même du discours onto-logique que nous voulons « développer », la conjonction « Et ».

Certes, ce « Et » (kai) se trouve chez Platon lui-même. Mais c'est précisément ce qui doit nous rendre méfiants, si nous voulons continuer à parler (en vue de la Vérité discursive ou du Savoir), en évitant les « conséquences » sceptiques (voire contre-disantes) ou théologiques (voire contra-dictoires) du Platonisme.

D'une part, le « Et » peut faire croire que l'Être et le Néant sont deux entités « indépendantes » l'une de l'autre, qui sont certes *unies* par le « Et », mais qui, sans lui, pourraient subsister l'une *sans* l'autre. C'est peut-être ce qui a induit Platon « en erreur » et lui a permis de cantonner le « Et » dans le seul Discours (qui « rapporte » nécessairement l'Être au Néant et le Néant à l'Être) et de l'éliminer complètement de *ce dont* parle le Discours et donc de ce qui *est,* en réduisant ainsi l'Êtredonné lui-même à la *dyade* Être-Néant. Or, nous avons vu que l'Être-dont-on-parle [explicitement] ne peut pas être *séparé* ou *détaché* du Néant [dont on parle implicitement], de sorte que dans l'Être-donné l'Être est en *rapport* « indissoluble » avec le Néant et que, par conséquent, nécessairement, l'Être-donné est *triadique.* Ce n'est donc pas un Et en quelque sorte *extérieur* à l'Être et au Néant qui unit ces derniers en un seul et même Tout (qui « correspond » au Tout du Discours). L'Être et le Néant sont eux-mêmes, par eux-mêmes et en eux-mêmes, solidaires l'un de l'autre. Dans l'Être-donné, le Rapport entre l'Être et le Néant n'est donc pas celui qui « correspond » au Rapport qu'exprime la conjonction « Et » dans le Discours.

D'autre part, le « Et » de l'*Être-et-Néant* peut faire croire que l'Être et le Néant sont en quelque sorte « sur le même plan », ayant eux-mêmes quelque chose *en commun,* ce quelque chose de *commun* étant autre chose encore que le fait qu'on *parle* (explicitement ou implicitement) tant de l'Être que du Néant (dans la mesure où l'on parle de l'Être). C'est peut-être ce qui a « trompé » Platon en lui permettant de dire que l'Être-et-Néant est Deux, parce qu'il est Un-et-Un (l'Être et le Néant étant chacun *un* en lui-même). Or, nous avons vu qu'il n'y a pas de Vérité discursive si l'Être-donné n'est que Deux. Pour cette raison encore le Rapport entre l'Être et le Néant dans l'Être-donné doit donc être autre que celui que la conjonction « Et » établit entre les éléments-constitutifs du Discours.

Or, chose curieuse, déjà Parménide rejetait l'expression « Être-*et(kaï)*-Néant », en disant que si elle était, par impossible, vraie, le Discours vrai ne serait plus possible. Pour lui, l'expression « Être-*et*-Néant » intègre ou « résume » l'ensemble des « Opinions », qui, d'après lui, sont toutes « erronées » ou « fausses » parce qu'elles sont partout et toujours « en contra-diction » (entre elles, de sorte que l'Opinion elle-même est nécessairement contra-dictoire en elle-même (cf. Fragm. 8, 38-41 de l'éd. Diels).

Au fond, Platon est d'accord sur ce point avec Parménide. En effet, si la « 1ʳᵉ Hypothèse » du *Parménide* montre que l'Un-tout-seul est *ineffable* et si la « 2ᵉ Hypothèse » fait voir qu'on peut *parler* de l'Un-qui-est, qui est précisément l'Être-deux ou l'Être-*et*-Néant, cette « 2ᵉ Hypothèse » montre aussi (comme Parménide le montrait en ayant en vue l'Opinion) qu'en parlant de l'Être-*et*-Néant on peut et doit en dire tout ce qu'on veut, c'est-à-dire n'importe quoi, chaque discours sur l'Être-*et*-Néant qui est l'Être-deux engendrant nécessairement son « contraire ». Si nous ne voulons pas subir cette « conséquence » sceptique du Platonisme (qui mène droit au Silence ou aux contra-dictions de la Théologie), nous devons donc (pour les mêmes raisons que Parménide) rejeter la formule onto-logique « Être-*et*-Néant ».

Or, le même Parménide qui disait que l'expression « Être-*et*-Néant » intégrait l'Opinion « contredisante » et contra-dictoire, disait aussi que l'expression « Être- *ou* (ἤ)-Néant » résumait toute la Vérité discursive (cf. Fragm. 8, 15-16). En d'autres termes, Parménide voulait remplacer le « Et » conjonctif, cher à l'Opinion (et adopté par Platon), par un « Ou » exclusif (ἤ). Pour Parménide, la Relation entre l'Être (dont il parle) et le Néant (dont il dit à tort qu'on ne peut pas parler, même implicitement, lorsqu'on parle de l'Être) est donc non pas celle de la *conjonction* « additive », mais celle de l'*exclusion* pure et simple ou « totale ».

C'est ce « Ou » *exclusif* de Parménide qui a été, à juste titre, critiqué par Platon. Le « Ou » signifie par Parménide l'exclusion « totale » du Néant de la « sphère » de l'Être, qui devient, pour lui, de ce fait l'Un-tout-seul, dont il croit pouvoir *parler* (explicitement), sans parler (même implicitement) du Néant « exclu ». Or, Platon a fait voir que ceci était impossible. Il a dû remarquer qu'*en fait* Parménide a *parlé* du Néant (par exemple dans le Fragm. 6, 1-2). Il a en tout cas montré qu'en *excluant* le Néant (l'Autre du Même) du Discours, on excluait par cela même le *Discours* de l'Être (du Même), l'Être qui *exclut* le Néant étant l'Un-tout-seul *ineffable*.

Pour éviter à la fois l'« erreur » de Parménide et celle de Platon, nous devons abandonner tant le « Et » conjonctif platonicien que le « Ou » exclusif parménidien. Nous devons chercher dans l'Être-donné un Rapport entre l'Être et le Néant qui serait autre que celui qui « correspond » à la conjonction ou à l'exclusion discursives.

Un « Rapport » quel qu'il soit ne subsiste, de toute évidence, que dans la mesure où subsistent ses deux « Termes », c'est-à-dire les deux éléments-constitutifs du Tout qui est constitué dans et par le *rapport* de ces éléments-constitutifs mêmes. Mais si nous voulons tenir compte de tout ce que nous avons dit précédemment, nous devons chercher un « Rapport » qui serait tel que sans lui ses « Termes » eux-mêmes ne sauraient subsister. Car c'est dans ce cas seulement que l'Être-donné, qui implique un Rapport, ne saurait être non pas seulement *Un* (tout « Rapport » ayant *deux* « Termes »), mais encore *Deux*, devant nécessairement être *Trois* (à savoir les *deux* « Termes » du « Rapport » et le « Rapport » lui-même sans lequel les « Termes » ne seraient pas) et Trois seulement. Or, le seul « Rapport » qui répond à cette condition est celui de la *Différence*.

En effet, il ne suffit pas de dire que la Différence, comme tout Rapport, ne peut subsister que dans la mesure où subsistent [au moins] deux *entités* quelconques. Il faut dire encore qu'il ne pourrait y avoir *deux* [ni plusieurs] entités quelles qu'elles soient, s'il n'y avait aucune *différence* entre elles. Et il faudrait ajouter qu'*aucune* (même pas *une*) entité ne saurait subsister, si l'entité qui subsiste n'était pas *différente* de celle (ou de celles) qu'elle n'est pas (ne serait-ce que parce qu'elle *est*, tandis que l'autre ou les autres *ne sont pas*), s'il n'y avait pas de *différence* entre ce qu'elle *est* et ce qu'elle *n'est pas* et, partant, entre ce qui *est* et ce qui *n'est pas*.

Si l'on ne peut pas *parler* (explicitement) du Même sans parler (implicitement) de l'Autre et donc sans parler de leur Rapport, c'est que le Même (dont on parle explicitement) n'est *même* (ou n'est *lui-même*) que dans la mesure où il *diffère* de l'Autre (dont on parle implicitement en parlant explicitement du Même), cet Autre n'étant *autre* que parce qu'il est *différent* du Même dont il est l'Autre. Et si parler (explicitement ou implicitement) du Même et de l'Autre c'est nécessairement parler par cela même de leur Rapport, c'est que ce Rapport est partout et toujours, en dernière analyse, la Différence qui *distingue* le Même et l'Autre et grâce à laquelle il y a un Même *et* un Autre, sans lequel le Même lui-même ne *serait* pas.

Or, la « Dichotomie » chère à Platon montre que tout ce dont on parle ou peut parler, c'est-à-dire que tout ce qui *est* en étant *donné* discursivement à l'Homme, se présente nécessairement (c'est-à-dire partout et toujours) à lui comme *un* Même qui *diffère* d'*un* Autre, comme ce qui est l'A qui *n'est pas* le Non-A. En d'autres termes, une chose dont on parle ne peut pas être dite être ce qu'elle *est* qu'en étant dite ne pas être ce qu'elle *n'est pas*. Par conséquent, là où il y a *Différence,* il y a nécessairement *deux* « Termes » et, en dernière analyse, *deux* « Termes » *seulement.* Inversement, là où il y a *deux* « Termes », il y a nécessairement *Différence.* Là par contre, où il n'y a pas de *Différence,* il n'y a ni *deux,* ni *plusieurs,* ni même *un,* dont on puisse *parler.*

Ainsi donc on ne peut *parler* que dans la mesure où le Discours implique un élément-constitutif qui se « rapporte » à la Différence entre le Même et l'Autre et donc, en dernière analyse, entre l'Être et le Néant. En effet, en dernière analyse, *tout* discours se réduit au discours *onto-logique* qui parle de l'Être-donné. Or, la Différence réduit, en dernière analyse, la Pluralité quelle qu'elle soit à la différence entre *deux* « Termes » seulement, l'un de ces « Termes » étant le Même et l'autre, l'Autre de ce même Même. Par conséquent, en introduisant la Différence dans le discours onto-logique, on réduit ce dernier, en dernière analyse, au discours sur la Différence entre le Même et l'Autre, qui sont, dans et pour ce discours, l'Être et le Néant. Réduit « à sa plus simple expression » (ou « résumé » au maximum), le discours onto-logique dit donc seulement que l'Être est *différent* du Néant ou, ce qui est la même chose, que l'Être n'*est* que dans la mesure où il *diffère* du Néant qui, par cela même, n'*est pas.* Et, d'une manière générale, on ne peut *parler* que dans la mesure où *tout* discours dit (implicitement) ce que dit, en dernière analyse, le discours onto-logique, à savoir que l'Être *est* parce que le Néant *n'est pas.*

C'est précisément pourquoi Parménide a pu et dû dire en une seule et même phrase de son *Poème* : « L'Être est, mais le Néant n'est pas. » Cette phrase une et unique (« cohérente » et « totale ») « résume », selon lui, tous les discours qui sont *vrais.* Mais Parménide n'a pas vu que cette phrase « résume » le Savoir ou la Vérité discursive uniquement parce qu'elle exprime discursivement le *Rapport de Différence* entre l'Être *et* le Néant, ce « Et » n'étant rien d'autre que cette « Différence » elle-même. Autrement dit, Parménide n'a pas vu qu'il y a *Discours* et Discours *vrai* (c'est-à-dire un et unique) uniquement parce qu'il y a une *Différence* entre l'Être et le Néant dans l'Être-donné dont on parle « en vérité », de sorte que l'Être-donné n'est ni l'Être-*un,* comme il le disait lui-même, ni l'Être-*deux,* comme le disait Platon, mais l'Être-*trois,* comme l'a dit Hegel.

En résumé, du moment que le Discours (non contradictoire) est nécessairement (c'est-à-dire partout et toujours) Trois en lui-même ou triadique, voire « trinitaire », tout en étant un et unique, voire « uni-total », le Savoir, c'est-à-dire la Vérité *discursive,* n'est possible que si l'Être-donné, c'est-à-dire l'Être-dont-on-parle, est lui-même « trinitaire » ou triadique, voire Trois en lui-même, tout en étant un et unique ou « uni-total ». Or, nous avons vu que l'Être-donné est Être-*trois* ou *Trois* en lui-même parce qu'il est nécessairement (c'est-à-dire partout et toujours) à la fois Être, Néant et Différence (-entre-l'Être-et-le-Néant). Ou, mieux encore, l'Être-donné est l'Être-*trois* parce que l'Être-dont-on-parle est l'Uni-totalité triadique ou la Tri-unité (« Trinité ») « dialectique » qui *est* (et se *dit* être) l'*Être-différent(du)-Néant.*

Personne ne voudra, certes, contester que l'Être est différent du Néant, ni qu'il serait impossible de *parler* s'il n'y avait pas de *différence* entre le Néant et l'Être. Mais on pourrait être tenté de contester la structure *triadique* ou « dialectique » de l'Être-donné en faisant valoir que la notion DIFFÉRENCE peut être « déduite » des *deux* notions ÊTRE et NÉANT, de sorte qu'elle ne serait pas une *troisième* notion « première » ou « dernière », voire « irréductible ». Il nous faut donc voir ce qu'il en est.

Sans doute, si l'on se « donne » les deux notions ÊTRE et NÉANT, on peut, si l'on veut, en « déduire » la notion DIF-FÉRENCE. Sans doute, *s'il y a* l'Être et le Néant, il y a « nécessairement », ou « donc », voire « par conséquent », ou « par cela même », leur différence. Mais cette prétendue « déduction » perd son intérêt lorsqu'on remarque qu'on peut tout aussi bien « déduire » la notion DIFFÉRENCE de la seule notion ÊTRE. En effet, *s'il y a* l'Être, il y a « nécessairement », ou « donc », voire « par conséquent », ou « par cela même » sa Différence (avec le Néant). Et l'on pourrait même « déduire » du seul fait que le Néant n'est pas sa Différence de l'Être qui est. Or, toutes ces prétendues « déductions » montrent seulement que parler (sans se contre-dire) de l'Être-donné ou même de n'importe quoi, c'est déjà parler de l'*Être-différent-du-Néant* et donc dire à la fois *trois* choses, à savoir que l'Être *est,* que le Néant *n'est pas* et qu'il y a une *différence* entre ce qui *est* et ce qui *n'est pas.* Dès qu'on dit quoi que ce soit de quoi que ce soit (sans se contre-dire), on dit déjà (du moins implicitement) que ce dont on parle est ce que c'*est* en étant *différent* de ce que ce *n'est pas.* Mais il y a mieux encore. Dès qu'on *dit* n'importe quoi (avec l'intention de dire vrai ou du moins de ne pas se contre-dire) on dit déjà (au moins implicitement) : 1° que l'on dit ce qu'on *dit,* 2° que l'on ne dit pas ce qu'on *ne dit pas* et 3° qu'il y a une *différence* entre ce qu'on dit et ce qu'on ne dit pas. Autrement dit, dès qu'on *dit* quelque chose (sans se contre-dire), on dit *trois* choses à la fois. Et dès qu'on *parle* de quelque chose (avec l'intention de dire vrai), on dit (du moins implicitement) que ce dont on parle est *triple* en lui-même. Il est donc absolument vain de vouloir « déduire » l'un des trois éléments-constitutifs de tout Discours et de tout ce dont parle le Discours des deux autres éléments-constitutifs, ou de « déduire » deux de ces éléments-constitutifs du troisième.

Si l'on veut à tout prix parler ici de « déduction », il serait peut-être moins choquant de dire que les notions ÊTRE et NÉANT peuvent être « déduites » de la notion DIFFÉRENCE, que d'affirmer que cette dernière notion se « déduit » des deux autres, ou qu'il soit possible de « déduire » du NÉANT l'ÊTRE et la DIFFÉRENCE (avec le NÉANT), ou de conclure [comme on a parfois essayé, d'ailleurs en vain, de le faire] de l'ÊTRE (qui ne serait pas encore « donné » comme déjà *différent* du NÉANT) au NÉANT et à la DIFFÉRENCE (entre le NÉANT et l'ÊTRE) *.

* Il faut se garder de succomber ici à la tentation de « conclure » de ce qui précède qu'il est impossible de « sortir » de l'Être-donné ou de le « dépasser ». En fait et pour nous, l'Homme « sort » de l'Être-donné (ou, si l'on veut, le « dépasse ») en *mourant,* c'est-à-dire en cessant de pouvoir *dire* qu'il *est.* En admettant ce « dépassement » (ou cette « annihilation » ou « annulation ») on ne contre-dit nullement ce qui a été dit précédemment. Car tout ce qu'on peut en « conclure », c'est qu'il est impossible de « déduire » les notions NÉANT et DIFFÉRENCE de la notion ÊTRE, qui se « rapporterait » (par impossible) à un Être qui ne serait pas encore *différent* du *Néant* et qui serait ainsi déjà Un, sans encore être Trois (et donc Deux), c'est-à-dire à l'Être qui *serait* déjà sans être « dès son origine » trinitaire ou « dialectique ». Or, nous avons vu qu'un tel Être-*un* ne peut pas être l'Être-*donné* dont on *parle,* car il est l'Un-tout-seul *ineffable.* Par conséquent, si l'on ne peut effectivement pas *dire* qu'on peut « sortir » de l'Être-*un* ou le « dépasser », on ne peut pas *dire* non plus qu'on ne peut pas le « dépasser » ou en « sortir », pour la simple et bonne raison [cette « raison » étant,

Mais au lieu de tenter des « déductions » illusoires, tirons les « conséquences » de l'ensemble de ce qui précède en disant que *Trois* (3) est le « premier » Nombre dont on puisse *parler,* puisque l'*Un* (1) et le *Deux* (2) n'apparaissent dans le Discours que comme des éléments-constitutifs de la Triade ou de la « Trinité dialectique ». Disons aussi qu'en un certain sens *Trois* est aussi le « dernier » Nombre dont on puisse *parler* « en vérité » ou tout au moins dont on ne peut pas ne pas parler (du moins implicitement) dès qu'on parle (sans se contredire), puisque en dernière analyse *tout* ce qui peut être dit (de vrai ou du moins de non contra-dictoire) peut se « résumer » dans et par une seule et même notion « dialectique » ou « trinitaire » : ÊTRE-DIFFÉRENT(DU)-NÉANT, tout ce qu'on dit de *vrai* (et donc de non contra-dictoire) n'étant que le développement discursif qui explicite le sens implicite de cette notion « dialectique » uni-totale ou, mieux encore, « tri-unitaire ». Disons encore la même chose en d'autres termes, en disant que puisqu'on ne peut *parler* (explicitement ou implicitement) de l'Être-donné qui est l'Être-*trois,* en étant « nécessairement » (c'est-à-dire partout et toujours) l'*Être-différent-du-Néant,* le Discours ne peut être *vrai* en raison de son « adéquation » à l'Être dont il parle que dans la mesure où il est lui-même « dialectique » ou « trinitaire », c'est-à-dire tel qu'il ré-unit, en une seule et

d'ailleurs, « mauvaise » du point de vue de notre « intérêt vital »] qu'on ne peut rien dire du tout de l'Être-*un.* On ne peut donc pas *dire* de l'Homme mort qu'il est dans l'Être-un. Car s'il l'était, on ne pourrait rien en *dire* du tout. Quant à l'Être-donné (qui est l'Être dont on *parle*), nous avons vu qu'il est l'Être-*trois,* qui « implique » la *Différence* entre l'Être et le Néant lui-même. On peut donc parfaitement *dire* qu'en étant dans l'Être-*donné* on *est* tout autant qu'on *n'est pas.* Seulement, pour éviter la Contra-diction, il faut dire qu'on *est* [ou *n'est pas*] « d'abord » et qu'on *n'est pas* [on *est*] « ensuite ». Or, c'est précisément ce qu'on dit lorsqu'on parle de sa mort [ou de sa naissance]. Quoi qu'il en soit, l'Homme n'est [dans] l'Être-*donné* que dans la mesure où il *dit* (ou tout au moins *peut dire*) qu'il est *différent* de ce qui *n'est pas.* Le « silence de la mort » n'a donc rien à voir avec l'Être-*donné*; car ce silence « muet » ou « inhumain », voire « chosiste », est « tout autre chose » non seulement que le Discours, mais même que le Silence *humain,* qui est le silence de celui qui *peut* parler [de l'Être-donné], mais ne *veut* simplement pas le faire. Dans la mesure où l'Être-donné est (comme nous le verrons) non pas *Discours* (Logos), mais *Possibilité* du Discours, l'Homme est [dans] l'Être-donné non seulement lorsqu'il *parle* [de l'Être-donné], mais encore lorsqu'il se *tait* [sur l'Être-donné], à condition de *pouvoir* [même s'il ne le *veut pas*] ne pas le faire.

même « Synthèse », la « Thèse » et l'« Antithèse », qui *diffère* de la « Thèse » au point de lui être « contraire ».

En résumé, le Discours ne peut être *dit* être *vrai* que s'il est et se dit être « dialectique » ou « trinitaire », en disant que l'Être dont il parle (en disant qu'il est ce qu'il *est* en étant *différent* de ce qu'il *n'est pas*) est « trinitaire » ou « dialectique » lui aussi, en étant l'Être-donné ou l'Être-dont-on-parle, qui n'est *Être* (qui *est*) que dans la mesure où il y a une *Différence* entre lui et le *Néant* (qui *n'est pas*).

Ceci dit, nous devons essayer de voir *ce qu'on* peut dire encore (sans se contre-dire) de l'Être-donné dont on a déjà dit qu'il est ce qu'il *est* (à savoir : *Être*) seulement « à cause » ou « en raison » du fait qu'il *diffère* de ce qu'*il* n'est pas et donc de ce qui *n'est pas* (ce qui *n'est pas* pouvant être *appelé* « Néant » dans la mesure où l'on en *parle* [implicitement] en *parlant* [explicitement] de ce qu'on appelle « Être »).

Or, en essayant de le voir *après* Hegel, le plus simple est, pour nous, d'essayer de voir ce qu'est l'Être-donné « dialectique » *d'après* lui. Pour le voir, nous pouvons lire ou relire, en nous efforçant de « comprendre » (à la lumière de ce qui précède et en vue de ce qui doit suivre), le début de la *Wissenschaft der Logik,* où Hegel répond précisément à la question que nous venons de nous poser.

Il s'agit des paragraphes A, B et C, 1 du 1ᵉʳ Chapitre de la 1ʳᵉ Section du 1ᵉʳ Livre de la *Logique* de 1812, qui peuvent être traduits comme suit :

A. [Être]

Être (Sein), *Être pur,* – sans aucune autre Détermination (Bestimmung). Dans son immédiateté indéterminée, l'Être n'est égal qu'à lui-même et il n'est pas non plus inégal par rapport à Ce-qui-est-autre (Anders); [il] n'a aucune *Différence* (Verschiedenheit), [ni] à l'intérieur de lui-même, ni vers l'extérieur. Par [l'introduction d']une quelconque détermination ou [d'un] contenu (Inhalt) qui serait *distingué* (unterschieden) dans l'Être ou grâce auquel [à laquelle (?)] l'Être serait posé (gesetzt) comme *distingué* d'un Autre, l'Être ne serait pas maintenu dans

sa pureté. L'Être est l'Indétermination pure et le Vide (Leere).
– Il n'y a *rien* (nichts) en lui à saisir intuitivement (auzus-
chauen), si l'on peut parler ici de Saisie-intuitive *(Anschauen)*;
ou bien, l'Être n'est que cette pure [et] *vide* Saisie-intuitive
elle-même. Il y a tout aussi peu, dans l'Être, quelque-chose
(etwas) *à* [quoi on puisse] penser; ou bien, de même [qu'il
n'est que la Saisie-intuitive *vide*], l'Être n'est que cet Acte de
penser (Denken) [lui-même, qui est] *vide*. L'Être [c'est-à-dire],
l'immédiat indéterminé, est en fait *Néant* (Nichts), et [il n'est]
ni plus ni moins que Néant.

B. Néant

Néant, le Néant pur; il est simple Égalité (Gleichheit) avec
soi-même, Vacuité (Leerheit) parfaite, absence-de-détermination et de-contenu; non-distinction (Ununterschiedenheit) en
lui-même. – Dans la mesure où l'on peut évoquer ici [la]
Saisie-intuitive ou [l']Acte-de-penser, il est admis (es gilt)
comme une *Distinction* (Unterschied) si c'est *quelque-chose*
(etwas) ou *rien* (nichts) qui sont saisis-intuitivement ou pensés.
[Ne] *rien* saisir-intuitivement, ou [ne *rien*] penser, a donc une
Signification (Bedeutung); les deux [à savoir : le *quelque-chose*
et le *rien*] sont *distingués*; ainsi, le Néant *est* (existe) dans notre
Saisie-intuitive ou [dans notre] Acte-de-penser; ou bien plutôt,
le Néant est la *vide* Saisie-intuitive et [le *vide*] Acte-de-penser
eux-mêmes; et [le Néant est] la *même* Saisie-intuitive vide ou
[le *même* vide] Acte-de-penser qu'[est] l'Être pur. – Ainsi, [le]
Néant est la *même* détermination ou, bien plutôt, [la *même*]
absence-de-détermination (Bestimmungslosigkeit) [que l'Être]
et donc, en général (überhaupt), *la-même-chose* (dasselbe), que
l'*Être* pur [textuellement : la-même-chose que ce qu'est l'Être
pur].

C. Devenir

1. *Unité (Einheit) de l'Être et [du] Néant*

L'Être pur et le Néant pur sont donc la-même-chose. Ce qui
est la *Vérité* [discursive, c'est-à-dire l'Être « révélé » par le
Discours] ce n'est ni l'Être ni le Néant, mais [le fait] que l'Être,

non pas se-transpose (übergeht), mais est [déjà] transposé en Néant, ainsi que le Néant en Être. Mais la *Vérité* est tout autant non pas la *Non-distinction* de l'Être et du Néant, mais [le fait] qu'*ils ne sont pas la-même-chose,* qu'ils sont *absolument distingués*; mais [la Vérité] également [le fait qu'ils sont] *non-séparés* (ungetrennt) et *non-séparables* (untrennbar), et [le fait que], d'une-manière-immédiate (unmittelbar) [on pourrait traduire aussi : « immédiatement »], *chacun* [des deux] *disparaît* (verschwindet) *dans son contraire* (Gegenteil). Leur *Vérité* est donc ce *Mouvement* [discursif ou dialectique] de la disparition immédiate de l'un dans l'autre [pour rejoindre la terminologie de Platon, on pourrait écrire : « du Même dans l'Autre »]; [c'est] *le Devenir* (Werden), [c'est-à-dire] un Mouvement, où les deux sont *distingués* [l'un de l'autre], mais [où ils sont distingués] par une *Distinction* (Unterschied) qui s'est *dissoute* (aufgelöst) d'une − manière tout aussi − immédiate (ebenso unmittelbar) [on pourrait traduire : « tout aussi immédiatement »] *.

Il est facile de voir, même sans « interpréter » cette page de Hegel (écrite en quelque sorte en regard du *Poème* de Parménide, lu à travers le *Parménide* de Platon), qu'elle contient l'essentiel de tout ce que nous avons dit jusqu'ici. Or, si (à la lumière de tout ce qui précède) nous parvenons à « comprendre » cette page *complètement,* nous en aurons « déduit » tout ce que nous avons encore à dire.

En d'autres termes, tout ce qu'était et sera « notre » discours dans le livre que j'ai écrit et que vous lisez (et qui est en train de « s'introduire » auprès de vous dans et par la présente *2ᵉ Introduction* de mon Exposé du *Système du Savoir* hégélien), n'est, en dernière analyse, rien d'autre ni de plus qu'une

---

* Il est probable que Hegel ait écrit ce Paragraphe de la Logique en opposition consciente et voulue au texte de Parménide (Fragm. 6, 6-8), où celui-ci parle de la masse des « Profanes » ou des Non-philosophes, privés de jugement, aveugles et *muets,* « pour lesquels l'Être et le Non-être (= Néant) sont la même chose et ne sont pas la même chose ». D'après Hegel (qui a certainement lu le *Parménide* de Platon), on ne peut, au contraire, parler de l'Être-donné que parce que l'Être et le Néant y sont à la fois (ou : en même temps, c'est-à-dire dans le même Temps) identiques et différents. − Nous comprendrons, par la suite, pourquoi.

interprétation des trois premiers Paragraphes de la *Logique* de
1812 qui viennent d'être cités [ou, si l'on veut, du seul
1er Paragraphe].

Car le *Système du Savoir* qui est exposé dans mon livre n'est
rien d'autre qu'un développement discursif *complet* c'est-à-dire
« circulaire ») des sens (d'ailleurs « identiques » des notions
ÊTRE-DONNÉ et VÉRITÉ-DISCURSIVE, qui ont été « défi-
nis » (dans une Définition-projet qui est également la Définition-résumé) par Hegel dans la page que j'ai traduite et citée.

Bien entendu, il ne s'agit pas de donner, dans la présente
Introduction, une interprétation *complète* du passage hégélien
cité (car l'*Introduction* coïnciderait alors avec l'*Exposé* lui-même).
Il s'agit, afin d'*introduire* le *Système du Savoir* (ou son *Exposé*),
d'interpréter ce passage uniquement de façon à montrer qu'il
introduit la notion TEMPS dans la notion ÊTRE-DONNÉ,
dont nous avons déjà défini le Sens.

Nous pouvons re-présenter cette introduction hégélienne du
Temps dans l'Être dont on parle en « interprétant » comme
suit le « raisonnement [en fait très simple, voire « banal », c'est-
à-dire « évident » ou « incontestable »] que nous avons trouvé
dans le passage cité de Hegel.

Si (après avoir constaté que l'Être n'est *différent* du Néant
que dans la mesure où il y a une *différence* entre le Néant et
l'Être, cette *Différence* étant *autre chose* que l'*Être* ou le *Néant*
eux-mêmes) nous éliminons « par impossible », car nous aurions
dû alors nous *taire,* la *Différence* entre l'Être et le Néant, nous
constatons [en admettant « par impossible » que nous pouvons
« constater » quelque chose sans pouvoir en *parler*] que l'Être
n'est pas [n'est plus] *différent* du Néant. Nous pourrions dire
alors [encore « par impossible », puisque l'absence de la Différence entre l'Être et le Néant, qui réduit l'Être à l'Un-tout-
seul ineffable, rend impossible tout Discours] que l'Être et le
Néant sont *identiques.* En réintroduisant alors la Différence [et
en réacquérant ainsi la faculté de *parler* sans nous contre-dire
et même de parler dans le mode de la Vérité], nous pourrons
et devrons *dire* que cette Différence, qui est impliquée, pour

nous, dans l'*Être-différent-du-Néant*, est, en fait, une Différence d'*identiques* ou *Différence-de-l'Identique.*

Or, si la constatation discursive du fait qu'en absence de la *Différence* [c'est-à-dire de *toute* différence et, donc, en particulier, de la différence entre l'Être et le Néant] l'Être n'est pas et ne peut pas être *différent* du Néant, apparaît comme une « banalité » incontestable, l'expression *Différence-de-l'Identique,* qui n'est pourtant qu'un simple « résumé » de cette constatation, fait « à première vue » figure soit d'un « paradoxe » ou d'une « absurdité », soit d'une vérité « profonde » ou « mystérieuse », voire « mystique ».

Fort heureusement pour la Philosophie [c'est-à-dire pour le Discours émis avec la seule intention de dire vrai], cette « première vue » se révèle « à la réflexion » être fausse. En effet, en réfléchissant quelque peu on arrive à voir que la notion DIF-FÉRENCE-DE-L'IDENTIQUE se « rapporte » à quelque chose de fort « banal » et de « superficiel », que personne ne songerait sérieusement à contester. Car cette notion peut, sans inconvénient, être remplacée par la notion SPATIALITÉ, ces deux notions ayant, en fait, un seul et même sens. Pour nous en rendre compte, prenons comme exemple de Spatialité l'Espace « géométrique » (euclidien) conçu comme « ponctuel ». Nous verrons alors « immédiatement » que l'Espace « ponctuel » est un ensemble de « Points » (« géométriques ») qui sont, d'une part, tous rigoureusement *identiques* entre eux (en tant que « Points ») et, d'autre part, tous absolument *différents* les uns des autres (en tant qu'éléments constitutifs de l'Espace). Pris en lui-même, un « Point » A de l'Espace ne diffère en rien d'un autre « Point » B, pris également en lui-même (dans le même Espace) : on peut interchanger (dans cet Espace) ces deux « Points » sans changer quoi que ce soit à quoi que ce soit. Pourtant, il est absolument impossible de confondre le « Point » A, en tant que situé dans l'Espace, avec le « Point » B, en tant que situé « ailleurs » dans le même Espace. Or, on ne peut pas dire que c'est l'Espace qui *distingue* ces deux « Points ». Car ce sont précisément ces « Points », pris en tant que *différents,* qui *constituent* l'Espace, cet Espace (« ponctuel ») n'étant rien d'autre que l'ensemble de ses *différents* « Points », par ailleurs

identiques. Si l'on élimine [fait abstraction de] la *différence* entre
les Points *identiques* qui constituent dans leur ensemble l'Espace
« ponctuel », on réduit cet Espace à un seul « Point », qui est
par définition sans aucune étendue, c'est-à-dire précisément non
spatial. Inversement, si l'on prend un seul « Point » et si on le
rend [« indéfiniment »] toujours *différent* de lui-même, on l'étend
en Espace (« ponctuel ») [dit « infini », au sens d'« indéfini » ou
de « non fini »].

D'une manière générale, tant qu'on n'a affaire qu'à des entités
qui sont *différentes* entre elles lorsqu'on les prend en elles-
mêmes et qui ne sont donc pas *identiques* les unes aux autres,
on n'éprouve aucun besoin de situer ces entités dans un Espace
quel qu'il soit [tout comme on n'éprouve aucun besoin de
situer dans un Espace quelconque (ou d'étendre spatialement,
voire en tant qu'Espace) une entité « *une* en elle-même » et
« *unique* en son genre »] *. Inversement, dès qu'on admet que
des entités sont *différentes* en dépit (ou en raison même) de
leur *identité,* on est *obligé* de les situer dans un Espace quelconque. Qu'on prenne des points, des droites, des plans ou
des courbes et des surfaces quelconques – pourvu que ces
entités soient *identiques* entre elles et néanmoins toujours *différentes* sans confusion possible, on obtiendra nécessairement
un Espace (« ponctuel » ou autre), sans *rien* ajouter à ces entités
[ce *rien* qu'on n'ajoute pas étant, d'ailleurs, un (troisième)
élément-constitutif indispensable, qui doit s'ajouter, pour qu'il
y ait Espace (et Espace seulement), à l'*unité* (= entité) de base
(non spatiale) et à la *différence* de cette entité « une et unique »
d'avec elle-même].

En bref, l'Espace quel qu'il soit ou la Spatialité en général,
n'est « de toute évidence » rien d'autre que la *différenciation* ou
la *diversité* d'entités quelconques *identiques* entre elles. La *Spatialité* est donc bien, comme nous l'avons dit, la *Différence-de-
l'Identique.*

* Parménide a certainement eu tort de dire que l'Un-tout-seul est spatialement
étendu (« sphérique »). Par ailleurs, on ne peut que s'étonner du fait que Leibniz, qui
a pourtant bien vu que l'Espace (ou plus exactement la Spatialité) est une *Relation*
ou un *Rapport,* se soit acharné à vouloir « montrer » (même à des princesses!) qu'il
n'y avait dans le monde même pas deux choses qui fussent *identiques.*

Il est, d'ailleurs, facile de voir que le soi-disant « exemple »
de l'Espace « ponctuel » dont nous nous sommes servis est plus
et autre chose qu'un Exemple proprement dit. En effet, si nous
partons, dans notre raisonnement d'allure « géométrique », de
la *seule* notion POINT, nous ne pouvons développer discursivement ou « définir » le sens de cette notion qu'en disant que
le Point est *identique* à tout ce dont nous *parlons* (explicitement)
en disant POINT et qu'il est *différent* de tout ce dont nous ne
parlons pas (explicitement) en parlant de lui. Certes, les Géo-
mètres désireux de *parler* de l'Espace donnent plusieurs « définitions » du Point, telles que : « Le Point [est tout ce qui] n'a
pas d'*étendue* »; « Le Point [est tout ce qui] n'a pas de *parties* »;
Le Point [est tout ce qui] est commun à *deux droites,* etc. Mais
ces « définitions » ne sont possibles que parce que le Géomètre
« discursif » dispose d'autres notions encore que de la notion
POINT (à savoir des notions ÉTENDUE, PARTIE, DEUX,
DROITE, etc.). Si par contre la notion POINT était la « première » (ou la *seule*) notion dont disposerait le discours qu'on
veut faire (en développant le sens de cette notion), on ne
pourrait dire dans ce discours que ce qu'on peut dire de la
seule notion ÊTRE-DONNÉ. Le discours qui ne parlerait *que*
du Point serait donc un discours non pas « géométrique », mais
onto-logique. Or, nous avons vu que le discours onto-logique
dit que l'*Être-donné* ou l'*Être-dont-on-parle* (qu'on peut appeler
« Point », si l'on veut) est l'*Être-différent-du-Néant,* qui implique
la *différence,* celle-ci étant *Différence-de-l'Identique* ou, ce qui
est la même chose, *Spatialité.*

Si le Géomètre désireux de *parler* veut dire du Point quelque
chose d'autre que ce que l'Onto-logiste dit de l'Être-donné, à
savoir que c'est une « entité *spatiale* », il doit commencer par
le « situer dans l'espace », comme il dit. Mais pour obtenir ou
« construire » cet Espace, le Géomètre doit commencer par avoir
plusieurs Points [indéfinis ou « infinis » quant à leur nombre].
Or, il n'en a qu'un *seul* au départ. Il ne peut donc en avoir
plusieurs qu'en « multipliant » cet unique Point, ce qu'il ne
peut faire qu'en rendant ce seul et unique point, par définition
identique à lui-même, *différent* de lui-même [*de lui-même,* parce
qu'il n'y a *rien* d'autre que *ce* Point]. Ce n'est qu'après avoir

ainsi trans-formé le « Point » [= Être-donné] un et unique en *Espace* (« ponctuel ») que le Géomètre pourra parler du « Point » comme d'un *Point* « géométrique ».

Or si à l'origine du discours « géométrique » le sens de la notion POINT est rigoureusement le même que celui de la « première » notion onto-logique ÊTRE-DONNÉ, on voit que le Philosophe ne peut lui non plus parler de l'Être-donné comme d'un *Être,* par définition *identique* à lui-même, qu'en le rendant *différent* de lui-même [*de lui-même,* parce qu'il n'y a *rien* d'autre que cet Être, l'*Autre* de l'Être étant *Néant* ou *rien du tout*], ce qui trans-forme l'Être en *Spatialité* [de même qu'en rendant le « Point » différent de lui-même on le trans-forme en « Espace ponctuel » (le « Point » n'étant « défini » comme *Point* que dans et par cet *Espace*)]. En d'autres termes, on ne peut parler de l'Être-donné (et donc *parler* en général sans se contre-dire) qu'en parlant de l'Être (dont on parle) comme de la *Spatialité-qui-est.*

On pourrait reprocher à notre « raisonnement » (censé être « irréfutable ») son caractère « artificiel ». Mais ce reproche serait « injuste » (sinon « injustifié »), car tout Raisonnement est par définition « artificiel », puisqu'il « construit » ou « re-construit » ce qui lui est par ailleurs « donné » (après l'avoir « analysé » et donc « décomposé »). Ce qui est « artificiel » dans notre « rai-sonnement », c'est l'*isolement* ou la *séparation* des trois éléments-constitutifs de la triade onto-logique en fait « irréductible » de l'*Être-donné* ou de l'*Être-dont-on-parle* qui est l'*Être-différent-du-Néant.* En fait, dans l'Être-*donné* (et donc dans le discours *vrai* qui en parle) ces trois éléments-constitutifs sont *liés* les uns aux autres. Leur *séparation* est donc « artificielle ». Mais l'« artifice » de cette séparation discursive [d'ailleurs temporaire] est indispensable si l'on veut voir et montrer (discursivement) l'incidence sur l'*Être* de sa *Différence* avec le Néant (auquel l'Être est « par ailleurs » *identique*). En effet, c'est uniquement grâce à cet « artifice » (discursif) de notre « raisonnement » que nous avons pu constater que l'*Être-donné* est la *Spatialité-qui-est.*

On pourrait vouloir se demander, à propos de ce « raison-nement », pourquoi, dans l'Être-donné (qui est l'*Être-différent-*

du-Néant), c'est l'*Être* qui est spatial et non le *Néant*. Mais l'on peut voir, « à la réflexion », que cette question n'aurait pas de sens.

En effet, nous avons appelé « Être » [le *commun* de *tout*] ce dont nous parlons *explicitement*. Nous avons constaté que nous pouvons en parler explicitement en ne parlant qu'*implicitement* de ce que nous avons appelé « Néant ». Nous pouvons constater en outre qu'il est impossible de *parler* du Néant sans parler *explicitement* de l'Être [toute « définition » du Néant étant, par définition, « négative » en ce sens qu'elle pré-suppose un discours « positif » ou explicite sur l'Être] et nous pouvons en « conclure » qu'on ne peut *parler* du Néant qu'*implicitement* (en parlant explicitement *de l'Être*). Par conséquent, lorsque nous parlons *explicitement* de l'Être-donné, nous parlons de l'*Être-différent-du-Néant* et non pas du *Néant-différent-de-l'Être*. Si donc nous constatons, en parlant *explicitement,* que la *Différence* qu'implique l'Être-donné est la *Différence-de-l'Identique* qui est *Spatialité,* c'est bien de l'Être, et non du Néant, que nous devons dire (explicitement) qu'il est *spatial*. Et c'est ce qui nous permet de dire que la Spatialité dont nous parlons est la *Spatialité-qui-est*. Certes, puisque l'Être et le Néant, pris *isolément* l'un de l'autre et donc en dehors de la Différence (qui est la leur), sont *identiques,* nous pouvons, sans nous contredire, dire « Néant » au lieu de « Être (à condition de dire « Être » au lieu de « Néant »). Nous devrons dire alors *(explicitement)* que c'est le Néant qui est spatial ou qu'il est la *Spatialité-qui-n'est-pas*. Mais il est facile de voir qu'en le faisant nous n'aurions que « changé de terminologie », comme on dit, sans modifier en quoi que ce soit le *sens* de ce que nous disons : nous aurions simplement remplacé (ce qui est toujours licite) le morphème ÊTRE par le morphème NÉANT, en assignant à ce dernier le sens ÊTRE (tel qu'il a été « défini » dans et par le discours onto-logique que nous avons développé plus haut).

Nous pouvons donc continuer à dire, en toute sécurité, que c'est l'*Être-dont-on-parle* qui est spatial et que la Spatialité dont nous parlons (explicitement) est la Spatialité-qui-*est*. Ceci étant dit, nous pouvons poursuivre notre « raisonnement artificiel » jusqu'au point où il nous fera voir (en le montrant discursivement) que l'Être-donné est aussi la *Temporalité-qui-est.*

Pour aller plus loin, nous devons nous rappeler que nous avons jusqu'ici négligé de constater (discursivement) que là où il y a *Différence-de-l'Identique* il y a « de toute évidence », c'est-à-dire « par cela même » ou « nécessairement » *Identité-du-Différent.*

En ce qui concerne en particulier (ou, plus exactement, en général) l'Être et le Néant, nous avons vu qu'ils ne sont pas seulement *différents* l'un de l'autre, mais également *identiques* l'un à l'autre. Ils sont donc tout autant *différents* en dépit de leur *identité*, qu'*identiques* malgré leur *différence*. En d'autres termes, la Triade onto-logique « irréductible » qu'est l'Être-donné est tout autant *Différence-de-l'Identique* qu'*Identité-du-Différent.*

Qu'on ne dise pas [afin d'éviter certaines « conséquences indésirables », bien que « lointaines », de ce résultat de notre « raisonnement »] que, l'Être n'étant *identique* au Néant que dans la mesure où il n'en est pas *différent,* c'est-à-dire dans la mesure où l'on élimine [= fait abstraction de] la *Différence* (entre le Néant et l'Être), il n'y a pas de Différence là où il y a Identité, de sorte qu'en parlant de l'Être-donné on ne peut pas parler d'Identité-de-*différents,* ni par conséquent de l'Identité-du-*Différent.* Nous avons vu, en effet, que s'il est possible, « temporairement » et grâce à un « artifice » discursif (« par abstraction », comme on dit), d'isoler ou d'éliminer un ou deux des trois éléments-constitutifs de la Triade qu'est l'Être-donné (= Être-différent-du-Néant), on ne doit pas le faire « à la longue », ni encore moins « définitivement », car, en fait et pour nous, les trois éléments-constitutifs sont *liés* dans la Triade (ou, plus exactement, en tant que Triade ou « Tri-unité »), étant « solidaires » les uns aux autres ou « complémentaires » et constituent ainsi un Tout (ou une Totalité), qui est seul « donné » d'une manière « immédiate » (ou « naturelle ») et qui *est* l'Être-donné. L'Isolement « artificiel » (« temporaire ») n'est possible que par le Discours [toute « Abstraction » étant, par définition, discursive] et, dans le Discours, il est non seulement (« temporairement ») inévitable, mais même indispensable (en tant qu'« étape » du « développement » discursif). Le développement discursif s'effectuant *dans le temps,* on ne peut faire autrement que de parler *d'abord* d'*un* élément-constitutif et seulement *ensuite* des *autres.* Et c'est cet isolement « artificiel » des éléments-constitutifs (appelé « Analyse » discursive) qui montre discursivement et nous permet de voir *ce qu'est* le Tout ou la Totalité que ses éléments constituent ou sont, en fait et pour nous. Mais ce n'est que l'*ensemble* ou la *totalité* du Discours, dans et par lequel les éléments sont (« artificiellement » et « temporairement », voire « provisoirement ») isolés, qui peut être *vrai,* car c'est lui seulement qui se « rapporte » (par son Sens) à la Totalité qui *est.* Après avoir (« artificiellement ») *séparé* (ou isolé, voire éliminé) un ou deux éléments-constitutifs de la Triade onto-logique, il faut donc (si l'on recherche la Vérité discursive) le *ré-unir* (ou les intégrer, voire les ré-introduire) à nouveau (ce qui se fait dans et par l'*ensemble* du Discours qui les *sépare,* en se « développant » [dans le temps]). Or, si (dans et par un *premier* discours onto-logique) on sépare l'Être et le Néant de la Différence, en isolant cette dernière et en l'éliminant, on constate (discursivement) que l'Être et le Néant sont *identiques.* On doit dire alors que la Triade, qui est Totalité (« Trinité »), est (aussi ou entre autres) *Identité.* Si l'on ré-introduit ensuite la Différence, on constate que c'est l'*identique* qui est [ou « devient »] différent et on doit dire alors que, dans la Totalité, la *Différence* est Différence-*de-l'Identique.* De même, si l'on sépare (dans et par un *deuxième* discours onto-logique) la Différence de l'Être et du Néant, en isolant ces derniers et en les éliminant, on constate (discursivement) que ce qui reste est *différent* en lui-même. On doit dire alors que la Triade (= Totalité = « Trinité ») est (aussi ou entre autres) *Différence.* Si l'on ré-introduit ensuite l'Être et le Néant, c'est-à-dire si l'on ré-introduit l'Identité (puisque l'Être et le Néant, en tant que séparés ou isolés de la Différence, sont *identiques*), on constate que c'est le *différent* qui est [ou « devient »] identique et on doit dire alors que, dans la Totalité, l'Identité est Identité-*du-Différent.* Or, ayant dit que la Totalité est Identité et ayant dit qu'elle est Différence, nous devons dire et nous avons déjà dit (dans et par l'ensemble de nos *deux* discours onto-logiques, cet *ensemble* étant, si l'on veut, le *troisième* [et dernier] discours onto-logique) que la Totalité est à la fois Différence et Identité, la Différence qu'elle est étant la *Différence-de-l'Identique* (= *Spatialité*) et son Identité étant l'*Identité-du-Différent*.

Ceci étant (discursivement) montré [l'« objection » (« logique ») étant (« dialectiquement ») « refutée »], nous pouvons dire encore (pour la même raison pour laquelle nous avons dit précédemment que c'est l'Être, et non le Néant, qui est ou reste différent de lui-même, tout en restant ou étant identique à lui-même) que ce n'est pas le Néant, mais l'Être qui reste ou est identique à lui-même, tout en étant ou restant différent de lui-même. Et, ceci dit, nous devons essayer de voir quelle est l'incidence, sur l'Être-donné, de l'*Identité-du-Différent* qu'il est, de même que nous avons essayé de voir et vu quelle est l'incidence, sur lui, de la *Différence-de-l'Identique* que l'Être-donné est également, étant Être-*trois*.

Or, fort heureusement, il s'agit ici encore de quelque chose de très simple, voire de « banal ». Si le sens de la notion DIFFÉRENCE-DE-L'IDENTIQUE a pu être identifié avec celui de la notion SPATIALITÉ, on constate facilement que le sens de la notion IDENTITÉ-DU-DIFFÉRENT coïncide avec le sens de la notion TEMPORALITÉ.

En effet (pour reprendre notre « exemple » soi-disant « géométrique » qui, en fait, est non pas un *exemple,* mais « la chose elle-même »), si deux « Points » *différents* A et B (d'un seul et même Espace) sont dits être *identiques* (dans ce même Espace), ceci ne peut signifier rien d'autre (à moins d'être contra-dictoire) que le fait qu'un seul et même « Point » P s'est *déplacé* ou *mu* soit du point A (resté différent du point B) au point B (resté différent du point A), soit du point B au point A. En d'autres termes, on ne peut *identifier* des « Points » *différents* d'un seul et même Espace qu'en complétant cet Espace par le Temps, grâce auquel les « Points » peuvent se « déplacer » ou se « mouvoir ». Inversement, un « Point », qui est ou « reste » *identique* à lui-même dans un seul et même Temps, ne peut être ou « devenir » *différent* de lui-même (en « occupant » deux points différents) que si ce Temps est complété par un Espace, grâce auquel le « Point » peut se *mouvoir* ou se *déplacer.* Or, nous avons vu qu'il n'est pas « correct » de dire que l'identique est différent « grâce à » l'Espace ou « dans » l'Espace, car la Différence-de-l'Identique *est* l'Espace ou, plus exactement, la Spatialité. Nous devons donc dire aussi, non pas que le différent est identique « dans » le Temps ou « grâce au » Temps, mais que l'Identité-du-Différent *est* le Temps ou, plus exactement, la Temporalité. D'ailleurs, tout comme l'Identité-du-Différent et la Différence-de-l'Identique, la Temporalité et la Spatialité, prises « séparément » ou en tant qu'« isolées » l'une de l'autre, ne sont que des « Abstractions », qui ne subsistent (« temporairement ») que dans et par un « artifice » discursif. Dans la Triade de la Totalité qui *est,* c'est-à-dire dans l'Être-donné, qui est l'Être-trois ou l'Être-différent-du-Néant, la Différence-de-l'Identique, c'est-à-dire la Spatialité, est tout autant Identité-du-Différent ou Temporalité, que l'Identité-du-Différent ou la Temporalité est Différence-de-l'Identique, c'est-à-dire Spatialité. C'est pourquoi nous pouvons et devons dire que l'Être-donné (= Être-trois), pris dans sa totalité ou en tant que Totalité (= « Trinité »), n'est ni Spatialité *seulement,* ni *seulement* Temporalité, mais les *deux* à la fois, c'est-à-dire *Spatio-temporalité* (qui est, si l'on veut, la *troisième* des *deux* que sont la Spatialité *et* la Temporalité, de sorte que la Totalité est bien Trois ou « Tri-nité »). On peut dire aussi (avec Hegel) que, pris en tant que Totalité, l'Être-donné, étant l'Être-*trois,* est *Devenir (Werden)* ou (comme l'aurait dit Aristote, s'il avait découvert la « Trinité » onto-logique) *Mouvement (Phorà).* L'Espace (ou la Spatialité) est le Mouvement (ou le Devenir) qui a été séparé « par abstraction » (ou « par impossible », c'est-à-dire par un « artifice » qui ne peut être que discursif) du Temps (ou de la Temporalité) où il s'effectue (et qui le rend « possible »); de même que le Temps (ou la Temporalité) est le même Mouvement (ou Devenir) qui a été séparé « artificiellement » de l'Espace (ou de la Spatialité) où ce Mouvement se produit (et sans lequel le Mouvement serait « impossible »).

Quoi qu'il en soit, notre exemple « phoronomique » nous a permis de constater (discursivement) que, sans Temporalité, le *Différent* ne saurait être *identique,* de même que notre exemple

« géométrique » nous a (discursivement) montré que l'*Identique* ne pourrait pas être *différent* sans Spatialité.

Il est, d'ailleurs, facile de voir que l'exemple « phorono-mique » est, en fait, tout aussi peu un *Exemple* proprement dit que ne l'est le prétendu exemple soi-disant « géométrique ». Nous avons pu constater, en effet, qu'*à l'origine* du discours prétendument « géométrique » la notion POINT n'a pas de sens autre que celui qu'a la notion ÊTRE-DONNÉ au début du discours onto-logique. Or, il est clair qu'il en va de même *au début* du discours dit « phoronomique ». En parlant, dans ce discours, du « mouvement » du « Point » dans l'Espace (ou dans le Temps) ou, ce qui est la même chose, de son « dé-placement » dans le Temps (ou dans l'Espace), nous n'avons, en fait, parlé que du « devenir » de l'« Être-donné », *dans* la Spatio-temporalité ou, plus exactement, de son être *en tant que* Spatio-temporalité. Nous avons donc fait un discours *onto-logique*. Et ce discours peut être « résumé » en disant que l'*Être-donné* est la *Spatiotemporalité-qui-est*.

D'ailleurs, on peut facilement trouver des exemples propre-ment dits, susceptibles d'« illustrer » notre « raisonnement » onto-logique. Nous en donnerons quelques-uns, bien que les « images » aient l'inconvénient (qui est, d'ailleurs, un avantage du point de vue de la *Philosophie,* sinon du *Savoir*) de rendre « douteux » le « raisonnement » que ces images « illustrent », même si ce « raisonnement », considéré en lui-même, est « irré-futable » ou « incontestable ».

Constatons, par exemple, que lorsqu'on n'envisage, dans une « nuance » donnée du Rouge, que son *identité* absolue avec elle-même, on ne s'aperçoit ni de sa spatialité, ni (ou encore moins) de sa temporalité. Mais dès qu'on *distingue,* d'une façon quelconque, c'est-à-dire dès qu'on distingue ses « parties », on s'aperçoit « immédiatement » que cette « nuance » [est une « Couleur » qui] s'*étale* « dans » un *espace* ou « en tant qu' » Espace [« coloré »], et l'on ne remarque que la « nuance » est *la même* que dans la mesure où l'on voit qu'elle *dure* en tant que telle dans le *temps.* De même, pour prendre un autre exemple, on constate « immédiatement » qu'une Chenille ne peut être *la même chose* (*le même* insecte) qu'un Papillon (qui est pourtant, pour ainsi dire, « totalement *différent* » d'une Chenille) que si la Chenille *dure* dans le *temps* et y *devient* Papillon. Mais l'on constate tout aussi « immédiatement » que si la Chenille et le Papillon n'étaient pas dans un *espace*, on ne pourrait pas voir *plusieurs* Chenilles ou *plusieurs* Papillons « différents » (à moins que toutes les Chenilles et tous les Papillons soient « totalement différents » entre eux, dans quel cas on ne saurait les appeler *tous* (« indistinctement ») « Papillon » ou « Chenille »). Mais il est inutile d'accumuler de tels exemples. Après Hegel, ils ne peuvent pas (ou ne « doivent » pas) empêcher un Philosophe de dire (avec l'intention de dire *vrai*) que l'Être-dont-on-parle ou l'Être-donné, qui est l'Être-trois ou l'Être-différent-du-Néant, est *nécessairement,* c'est-à-dire *partout et toujours* * *Spatiotemporalité-qui-est.*

*

En débutant avec Parménide (qui avait identifié l'Être-donné, qui était pour lui l'Être-un, avec l'Éternité) et en progressant avec Platon (qui a « rapporté » l'Être-donné, qui était pour lui l'Être-deux, à l'Éternité en le « définissant » comme l'Éternel), nous sommes arrivés, avec Hegel (qui identifie l'Être-donné,

---

* C'est ici seulement que nous « comprenons » le sens de la notion NÉCESSAI-REMENT qui, jusqu'ici, n'a pu être discursivement développé ou « défini » que « par anticipation », c'est-à-dire « artificiellement », « dogmatiquement ». Dans la mesure où un discours « existe » pour nous, il *est* en nous étant *donné.* Par conséquent, il « fait partie » de l'Être-donné. Il est donc « situé » dans la Spatiotemporalité-qui-est. Aussi bien est-il (dès qu'il *existe*) *quelque part* et *à un moment quelconque.* Dire d'un discours qu'il est « nécessaire » ou, ce qui est la même chose, que *ce qu'il* dit est « nécessaire », c'est dire que le discours est ce qu'il est où qu'il soit et quand qu'il soit, c'est-à-dire qu'il reste *identique* à lui-même *partout et toujours.* En d'autres termes, le Discours « nécessaire » ou « nécessairement vrai » ou « vrai » tout court, est un discours qui se dé-place dans l'espace et qui se reproduit dans le temps sans « s'altérer », du moins quant à son *sens,* en tant que Discours, c'est-à-dire sans « changer » de *Sens* (bien qu'il puisse « entre temps » changer de Morphème). Or, c'est précisément ce qu'on veut dire lorsqu'on dit que le Discours *vrai* ou la Vérité discursive (en se servant, d'ailleurs, d'un pléonasme) que le Discours *vrai* (c'est-à-dire la Vérité discursive) est « *univer-sellement* et nécessairement valable ». Nous ne faisons que « corriger » (au sens de rendre « correcte ») cette locution en y remplaçant « et » par « ou » ou par « c'est-à-dire ».

qui est en fait et pour lui l'Être-trois, à la Spatiotemporalité-qui-est), à « introduire » le Temps dans notre discours, en l'introduisant dans l'Être-donné dont nous avons parlé dès le début de la présente *Introduction*.

Certes, en voulant introduire le Temps seul, nous avons dû également introduire l'Espace. En outre, à dire vrai, nous n'avons introduit ni le Temps, ni l'Espace, mais seulement la Spatiotempora-*lité*. Enfin, nous devons reconnaître qu'au lieu d'introduire la Spatio-temporalité *dans* l'Être-donné, nous avons été obligés d'*identifier* l'Être-donné avec la Spatio-temporalité. En d'autres termes, en voulant « introduire » le Temps, nous avons dû constater que c'est la *Spatio-temporalité-qui-est* qui s'est « introduite » dans notre discours. Mais, comme nous le verrons plus tard, ce « résultat » de notre « raisonnement » (par définition discursif), loin d'être « décevant », ne peut que nous « réjouir » (du moins dans la mesure où nous sommes des Philosophes qui, par définition, cherchent la *Vérité* qu'est un *Discours* vrai).

Pour le moment, nous nous bornerons à dire ceci.

1° Sans doute, en comparaison avec la *Durée-étendue* du monde où nous vivons (par définition « concrète » ou « particulière »), la *Spatio-temporalité* est une entité « générale » ou « abstraite ». Mais la Spatio-tempora-*lité* n'est pas plus « abstraite », ni « générale », que l'*Être*-donné qu'elle est. Car cet *Être* est lui aussi une entité « générale » ou « abstraite » en comparaison avec l'*Existence-empirique* qui est Durée et Étendue. Or, l'« essentiel » de la Durée-étendue se retrouve dans la Spatio-temporalité, cet « essentiel » étant, comme nous l'avons vu (« immédiatement ») et montré (discursivement), la Différence-de-l'Identique qui est l'Identité-du-Différent.

2° Si la Spatialité et la Temporalité se sont discursivement présentées à nous comme *liées* indissolublement en fait, nous avons également constaté que l'Étendue et la Durée se présentent « immédiatement » à nous comme étant elles aussi indissolublement *liées* l'une à l'autre. D'ailleurs, lorsque nous devrons (dans notre *Exposé* du *Système du Savoir* hégélien) « introduire », entre la Spatio-temporalité qu'est l'Être-donné et la Durée-étendue qu'est l'Existence-empirique, l'Espace-temps, en l'introduisant en tant que Réalité-objective, nous pourrons constater que la Physique (qui « mesure » cette Réalité-objective et donc cet Espace-temps) a elle-même fini par reconnaître que l'Espace ne peut pas être dissocié du Temps (le Temps pouvant tout aussi peu se « mesurer » sans l'Espace que l'Espace sans Temps).

3° Quant à l'*identification* de la Spatio-temporalité avec l'Être-donné, elle a pour le moment au moins cet avantage, pour nous, qu'il nous suffit désormais de constater (discursivement) le rapport qu'il y a entre le Concept et l'Être-donné (dont nous parlons dans la présente *Introduction*) pour voir « immédiatement » (cette vision « théorique » étant, d'ailleurs, « médiatisée » par la « constatation discursive » ou le « raisonnement » qui la « provoque » en la rendant « possible ») quel est le rapport (que nous cherchons dès le début de notre *2e Introduction*) entre la Spatio-temporalité, et donc la Temporalité (ou le « Temps » au sens large), et ce même Concept. Inversement, il suffira d'établir le rapport entre le Concept et la Temporalité, pour voir « immédiatement » quel est le rapport entre le Concept et l'Être-donné.

Ce n'est, cependant, qu'à la question (éminemment « hégélienne ») de savoir si le « Temps » (ou, plus exactement, la Temporalité) n'est rien d'autre que le Concept (« introduit » et « défini » dans et par notre *1re Introduction*) que nous devons essayer de répondre (explicitement) dans la présente Introduction. Mais l'*identification* de la Spatio-temporalité avec l'Être-donné facilitera grandement notre tâche.

3. LE TEMPS ET LE CONCEPT

Il s'agit de montrer (discursivement), dans la présente 3e et dernière Section de la *2e Introduction* de notre *Exposé* du *Système du Savoir* hégélien, que si la *Temporalité* (= « Temps » au sens le plus large) est bien ce qu'elle a été dite être dans la Section précédente, elle ne peut être rien d'autre que ce qu'est le

Concept, tel qu'il a été « introduit » et « défini » dans notre
1re *Introduction.*

On pourrait très rapidement faire voir que *la Temporalité
n'est rien d'autre ni de plus* que le Concept, en disant à peu
près ceci (compte tenu de *tout* ce qui a été dit précédemment
du Concept et de la Temporalité).

La Temporalité est *Identité-du-Différent* et elle est *seule* à
l'être, dans l'Être-donné. Or, une *seule et même* Notion (dite
« générale ») se « rapporte » à une pluralité (« indéfinie » quant
à son nombre) de Choses *différentes,* qui « correspondent » toutes
à cette Notion. Il y a donc, ici encore, *Identité* du *Différent.*
D'ailleurs, une *seule et même* Notion donnée peut elle aussi
exister-empiriquement en plusieurs exemplaires *différents* (également « illimités » quant au nombre). Or, ces « exemplaires »
de la Notion diffèrent par leurs Morphèmes, tandis que les
Choses qui « correspondent » à cette Notion diffèrent entre elles
par leur Existence (empirique). Ce qui est *identique* dans ces
différentes Choses, c'est leur Essence, tandis que l'*identique* des
« exemplaires » *différents* de la Notion est son Sens. Par ailleurs,
le Sens, qui se « rapporte » à l'Essence qui lui « correspond »,
coïncide par définition avec celle-ci. On peut donc dire qu'il y
a *identité* entre le Sens et l'Essence. Pourtant, le Sens est, par
ailleurs, *autre chose* que l'Essence et l'on peut donc dire qu'il
en *diffère.* Par conséquent, ici encore il y a *Identité* du *Différent.*
Or, l'Essence diffère du Sens uniquement en raison du fait
qu'elle est *liée* à une Existence (empirique) « naturelle », tandis
que le Sens ne diffère de l'Essence que dans la mesure où il
est *lié* à [l'Existence (empirique) « magique » d']un Morphème.
Ce qui est *identique* dans la *différence* entre le Sens et l'Existence,
c'est ce qui peut indifféremment être défini soit comme Sens
détaché de son Morphème, soit comme Essence *détachée* de son
Existence. Or, cet *Identique* du *Différent* est précisément ce que
nous avons appelé « élément-constitutif (ou intégrant) du
Concept », celui-ci étant défini comme l'intégration ou l'intégrité
de tous ces éléments-constitutifs, c'est-à-dire comme l'ensemble
de tous les Sens détachés des Morphèmes ou, ce qui est la
même chose, comme l'uni-totalité des Essences détachées des

Existences. Ainsi compris, le Concept peut donc être défini comme « *Identité* » (= uni-totalité des Identiques) *du Différent*. Mais si, comme nous l'avons vu précédemment, la Temporalité *n'est rien d'autre, ni de plus* qu'*Identité-du-Différent*, on peut et l'on doit dire que *la Temporalité* (= « Temps ») *n'est rien d'autre, ni de plus que le Concept* [le Concept ayant pu être plus et autre chose encore que le « Temps », si nous n'avions pas montré, dans la *1ʳᵉ Introduction,* qu'il ne l'est pas].

Bien que le « raisonnement » qui vient d'être fait soit « correct », il semble utile (en vue d'obtenir la « conviction ») de montrer discursivement (sans toutefois la dé-montrer) l'identité du « Temps » et du Concept d'une façon plus « explicite ». On pourrait, semble-t-il, le faire en « raisonnant » de la façon suivante, par exemple. La Temporalité (= « Temps ») est l'Identité-*du-Différent*. Or, dans l'Être-donné, les Différents sont l'Être et le Néant. La Temporalité est donc l'Identité de la Différence *entre l'Être et le Néant*. On peut dire aussi que la Temporalité est l'identité de l'Être et du Néant *pris en tant que différents*. Il s'agit donc, à proprement parler, non pas d'identi-*té,* mais d'Identi-*fication* : la Temporalité *identifie* l'Être au Néant et le Néant à l'Être; ou, plus exactement encore, l'*Identification* de l'Être au Néant et du Néant à l'Être *est* la Temporalité. En d'autres termes, pour parler avec Aristote et la Scolastique, la Temporalité est la *Génération et Corruption* [de l'Être ou du Néant, le Néant « devenant » Être dans et par ou en tant que « Génération » et l'Être « devenant » Néant (ou « s'anéantissant ») dans et par ou en tant que « Corruption »].

La Temporalité étant indissociable de la Spatialité et la Spatio-temporalité étant l'Être-donné lui-même, c'est-à-dire l'Être [(dont on parle *explicitement)* pris dans sa Différence avec le Néant (dont on ne parle qu'*implicitement,* en parlant explicitement de l'Être)] dans sa totalité, c'est la *totalité* de l'Être [dont on parle explicitement] qui se « corrompt » (= « s'anéantit ») et se « ré-génère » du seul fait que l'Être-donné n'est rien d'autre ni de plus que la [Spatio-]*temporalité.* Il s'ensuit, entre autres, que *rien n'est* « éternel », au sens de Platon, et que l'« Éternité », au sens de Parménide, *n'est pas* : « il y a » tout aussi peu d'« Éternité » que d'« Éternel ». Mais cette « conséquence » de notre « raisonnement » ne nous « intéresse » pas dans la présente *Introduction*. Nous poursuivrons donc notre « raisonnement » sans nous y arrêter.

Pour progresser, revenons au point de départ et répétons que la Temporalité est l'*Identité-du-Différent*. Dans la mesure où l'Être-donné est [Spatio-]*temporalité*, l'Être [le Néant] « reste » donc *identique* à lui-même même en « devenant » Néant [Être] (bien que le Néant [l'Être] soit différent de l'Être [du Néant]). À première vue, cette « conséquence » (pourtant « incontestable ») a l'apparence d'un « Paradoxe ». Mais on constate, à la réflexion, qu'elle s'accorde très bien avec notre « expérience » journalière « la plus commune » et ne choque nullement l'« opinion générale » ni, encore moins, le bon sens. En effet, personne ne voudra contester le fait (qui n'étonna, d'ailleurs, personne, sauf quelques grands Philosophes tels qu'Aristote ou Hegel) qu'une maison, par exemple, qui a été « anéantie » par un tremblement de terre ou un bombardement aérien, est (« reste ») une *Maison* et même *cette* Maison, qu'un chien qui a été tué par une voiture dans la rue est (« reste ») Chien et *ce* Chien, qu'un dinosaure est (« reste ») aujourd'hui encore un Dinosaure ou *ce* Dinosaure. Si les Maisons, les Chiens et les Dinosaures n'étaient pas « temporels », ils ne pourraient ni « s'anéantir », ni « mourir », ni « s'éteindre » ou « disparaître », ni, d'une manière générale, « cesser d'exister » d'une façon quelconque. Mais si la maison « anéantie », le chien « mort » et le dinosaure « éteint » ne se situaient pas dans le même « Temps » que la maison « habitable » ou le chien et le dinosaure « vivants », on ne pourrait certainement pas dire qu'il s'agit de la *même* maison, du *même* chien et du *même* dinosaure, ni qu'une *seule et même* Maison peut être soit « habitable », soit « anéantie », ni qu'un *seul et même* Chien ou Dinosaure peuvent être soit « vivants », soit « morts », voire « éteints ». Or, ce qui se « maintient » ou « reste » en dépit de l'« anéantissement » de la maison, de la « mort » du chien et de l'« extinction » du dinosaure, ce sont les *Essences* (= *Idées* = *Formes,* etc.) des maisons, des chiens et des dinosaures. Or, ces Essences sont (« restent ») *identiques* à elles-mêmes en dépit du fait qu'il y a une *différence* rien moins que négligeable entre une Maison « habitable » et une Maison « anéantie », ou entre un Chien ou un Dinosaure « vivants » et un Chien « mort », ou un Dinosaure « éteint ». On peut donc dire qu'une *Essence* quelle qu'elle soit est l'*Identité* (ou l'*Identification*) *du Différent* que sont les Choses dont elle est l'Essence. Et l'on dit généralement que les Choses *diffèrent* entre elles (et de leur Essence) dans et par leur *Existence* [-empirique ou dans et par leur « Réalité-objective » (appelée aussi « Matière », ou encore autrement)]. On est, enfin, d'accord pour dire que cette Existence des Choses a un caractère *spatial* [bien qu'on ne soit pas partout et toujours d'accord ni sur son caractère *temporel,* ni, encore moins, sur le caractère « temporel » de l'Essence].

En revenant de ces exemples (qui appartiennent au domaine de l'Existence-empirique dont nous ignorons, à vrai dire, l'existence dans la présente *Introduction*) à l'Être-donné (qui est le seul sujet de notre actuel « raisonnement » onto-logique), nous pouvons dire (sans abandonner la terminologie « courante » applicable à ces exemples) que la Temporalité, qui est *Identité-* (ou *Identification-*) *du -Différent,* est elle aussi une *Essence.* Or, la Temporalité étant (pour la raison indiquée plus haut) la temporalité *de l'Être* [qui *est* et non celle du Néant, qui *n'est pas* (ou : dont nous ne pouvons, par définition, pas parler *explicitement,* c'est-à-dire parler en disant qu'il est *ceci ou cela*)], nous pouvons dire, d'une façon plus précise, que la Temporalité est l'*Essence de l'Être.* Sans doute, c'est dans la mesure où l'Être-donné est Temporalité que l'Être présent « passe » ou s'« anéantit » dans le passé « à chaque instant » de sa durée temporelle et « néantit », en tant qu'Être à venir, avant d'« arriver » (de l'avenir) dans le présent. Mais c'est également grâce à cette même Temporalité que le néant de l'être « passé » et « à venir » est le néant *de l'Être* et donc *Être* quand même, l'Être étant ou « restant » ainsi *identique* à lui-même dans et par la *différence* même qu'il y a entre l'être « présent » et l'être « passé » ou « futur ». C'est parce que l'Être-donné est [Spatio-] *temporalité* et que, par conséquent, la Temporalité est l'*Essence* de l'Être, qu'il y a *l'Être,* qui est *identique* à lui-même dans

sa *totalité* et qui est ainsi l'Être uni-total ou l'Être qui est et
« reste » *un* « en lui-même » et *unique* « en son genre », malgré
les différences qui opposent son présent (ou sa présence) et son
passé à son avenir (ou à son avènement). Si, à l'instar des
Choses dont nous avons parlé précédemment (et qui *sont* toutes,
sans exception et au même titre, dans leurs existences empiriques et donc dans l'Existence-empirique), l'Être est ou « reste »
identique à lui-même (malgré ses *différences*) en tant qu'*Essence*,
c'est en tant qu'*Existence* qu'il doit être *différent* de lui-même
(si nous voulons maintenir la terminologie « courante » applicable aux Choses qui nous ont servi d'exemple). Sans doute,
l'existence *de l'Être* n'est pas l'existence-*empirique* des Choses.
Nous verrons plus tard (dans l'*Exposé* du *Système du Savoir*)
que cette « Existence » n'est que la *Possibilité* de l'existence-
empirique de tout ce qui *est* (et donc de l'Être), c'est-à-dire de
l'*Existence-empirique* en tant que telle. Mais l'*Existence* de l'Être
a ceci de commun avec l'« Existence » qu'est l'*Existence-empirique,* qu'elle *différencie* l'Être tout comme celle-ci *différencie*
les Choses, l'Être restant par ailleurs (tout comme la Chose)
identique en tant qu'Essence. On peut donc dire que l'*Existence*
(quelle qu'elle soit) est la *Différenciation* ou *la Différence de
l'Identique* (l'Identique étant l'*Essence,* quelle qu'elle soit). Or,
nous avons vu que la *Différence-de-l'Identique* n'est rien d'autre
ni de plus que la *Spatialité.* La Spatialité, qui (comme nous
l'avons vu précédemment) est la spatialité *de l'Être* (et non du
Néant), et donc l'Existence de l'Être ou, si l'on veut, de son
Essence. Nous avons, il est vrai, dit précédemment que l'Être
se *différencie* de lui-même en tant que « présent », « passé », et
« à venir », c'est-à-dire dans et par sa *temporalité.* Mais ce n'est
pas se contre-dire que de dire maintenant que c'est la *spatialité*
de l'Être qui le *différencie.* Car nous avons vu que la Spatialité
et la Temporalité ne sont que deux éléments-constitutifs (ou
« aspects ») d'un *seul et même* Tout. Et ce que nous venons de
dire signifie seulement que l'Être ne peut être temporel que
dans la mesure où il est spatial [et inversement], de sorte qu'on
peut dire que c'est la Spatialité qui détermine, en dernière
analyse, la *différenciation,* même *temporelle,* de l'Être. Si l'Être
n'était « présent » *nulle part,* il ne pourrait ni « venir », ni même

« passer ». En d'autres termes, l'Être n'est Essence que dans la mesure où il est Existence [et inversement], cette *Existence-de-l'Être* n'étant rien d'autre ni de plus que la *Spatialité-qui-est*, de même que *son Essence* n'est rien de plus ni d'autre que la *Temporalité-qui-est*, l'Existence-de-l'Essence de l'Être (ou l'Essence-de-l'Existence de l'Être) étant la *Spatiotemporalité-qui-est*, c'est-à-dire l'Être-donné lui-même qui est l'Être-*dont-on-parle* *.

Tout comme les Choses « empiriques », l'Être-donné est donc Essence et Existence ou, plus exactement, il est à la fois l'existence [non « empirique »] de son Essence et l'essence de son Existence [non « empirique »], son essence étant sa temporalité et son existence, sa spatialité. Or, nous avons vu par ailleurs que l'Être-donné, qui est l'Être-*trois,* est aussi *Être-différent-du-Néant,* au même titre qu'il est *Spatio-temporalité.* Il nous faut donc voir comment la Spatialité et la Temporalité se répartissent en quelque sorte entre les *trois* éléments-constitutifs de l'Être-donné qui sont l'*Être,* le *Néant* et la *Différence* (entre l'Être et le Néant).

Nous avons déjà dit, il est vrai, que la Spatialité et la Temporalité sont la spatialité et la temporalité *de l'Être.* Mais nous ne l'avons dit que parce qu'on ne peut pas dire qu'elles sont la spatialité et la temporalité *du Néant.* Nous l'avons dit, parce que le Néant *n'est pas* ou, ce qui est la même chose, parce que l'on ne peut pas parler *explicitement* du Néant, c'est-à-dire en parler en disant de lui qu'il est *ceci ou cela,* par exemple « spatial » ou « temporel » [à moins de renoncer à parler explicitement *de l'Être,* ce qui équivaut à un simple « changement de terminologie », le morphème NÉANT étant alors substitué au morphème ÊTRE]. Mais il n'en va pas de même de la *Différence* (entre l'Être et le Néant). En effet, on peut parfaitement en parler d'une manière explicite. On peut même dire que ce n'est qu'en parlant (explicitement) de la

---

* Il est à noter que la « coïncidence » de l'Essence de l'Être-donné avec son Existence s'effectue non pas dans l'« Éternité » [non spatiale (?)], mais dans la Spatio-*temporalité* ou, plus exactement, *en tant que* Spatio-temporalité. Cette « coïncidence » est non pas « co-éternelle » à l'Éternité (elle est non pas un « Nunc stans », comme on dit parfois en se contre-disant alors explicitement), mais « co-temporelle » au « Temps » (au sens large), ce qui est tout autre chose.

Différence (entre ce que quelque chose ou une chose quelconque *est* et ce qu'elle n'est pas) qu'on peut parler (explicitement) de quelque chose : ce n'est qu'en parlant de la *différence* entre l'Être et le Néant qu'on parle (explicitement) de l'Être [et (implicitement) du Néant]. Rien n'empêche donc de dire soit que c'est l'*Être* qui est spatial ou temporel, soit que c'est la *Différence* qui est temporelle ou spatiale. Mais nous devons essayer de déterminer laquelle de ces locutions possibles doit être retenue en fait [en vue de la « cohérence » du Discours, c'est-à-dire de sa non contra-diction, et donc de sa susceptibilité d'être ou de devenir la *Vérité* discursive qui implique aussi le « langage courant » (et sa « terminologie ») dans la mesure où ce « langage » est *vrai*].

Or, nous avons vu que la *Spatialité* est *Existence* (et que l'Existence est Spatialité). Étant donné que l'on dit que les Choses (« empiriques ») « s'anéantissent » dans la mesure où elles sont « privées » de leur *existence* (empirique) et qu'elles « sont » dans la mesure où elles *existent* (empiriquement), nous devons dire que c'est l'*Être* qui est *spatial* et que c'est lui qui est l'*existence* (non empirique) de l'Essence de l'Être-donné. Ou bien encore nous pouvons dire que c'est dans et par son Existence, c'est-à-dire en tant que Spatialité, que l'Être *diffère* du Néant ou, ce qui est la même chose, que l'Être-donné est Être et non Néant.

Toutefois, en disant que la *Spatialité* (qui est *Existence*) est l'*Être* (et non le *Néant* ou la *Différence*), nous disons implicitement et devons donc (tôt ou tard) dire explicitement que la *Temporalité* (qui est l'*Essence* de l'Être) est la *Différence* (entre l'Être et le Néant), puisque, comme nous l'avons vu précédemment, nous ne pouvons pas dire qu'elle est *Néant*. Or, ayant dit que la Temporalité est la *Différence,* nous nous trouvons, à première vue, en présence d'une *contra-diction* « évidente », du moins dans la mesure où nous n'avons pas oublié que c'est la *Spatialité* qui est la *Différence* [-de-l'Iden-tique], tandis que la *Temporalité* est « au contraire » l'*Identité* [-du-Différent].

Cet événement discursif « imprévu » ne doit pas, cependant, nous « frapper de stupeur » au point de nous *arrêter* dans le

développement (« dialectique ») de notre « raisonmént » onto-
logique. Car nous avons déjà rencontré sur notre chemin (grâce
à Hegel) une « contradiction » (« logique ») tout aussi « évidente » et, si possible, plus « choquante » encore, qui a pu
néanmoins s'insérer dans notre discours (« dialectique ») sans
contra-diction. En effet, en *identifiant* (à la suite de Hegel)
l'Être et le Néant, nous avons accepté une « contradiction »
(« logique ») majeure, qui est même la « contradiction »
(« logique ») par excellence, à laquelle se ramènent toutes les
autres, comme l'a vu et montré Parménide. Pourtant, nous
avons pu nous en « accommoder » (du moins discursivement)
sans nous contre-dire. Rappelons-nous donc comment et pourquoi nous avons pu et même dû le faire.

Si l'on dit, dans *un* discours, que l'Être est *différent* (= non-
identique) du Néant, et, dans un *autre* discours, que l'Être est
identique (= non-différent) au Néant, il y a incontestablement
une « contradiction » logique entre ces deux discours, tant qu'on
ne considère que ces *deux* discours. Mais si on le dit dans un
seul et même discours (c'est-à-dire si l'on réunit ces *deux* discours
dans un *troisième*), il n'y a, en lui et pour lui, aucune contra-
diction (« dialectique ») (du moins dans la mesure où ce discours
n'est contre-dit par aucun *autre* et n'a aucun *autre* discours à
contre-dire). Car dans un tel discours (« dialectique ») *un et
unique* on dit (afin de ne pas se contre-dire) que l'Être, qui est
différent du Néant, lui est « par ailleurs » (et non « ailleurs »,
au sens de : « dans un *autre discours* ») *identique* ou, ce qui est
la même chose, que l'Être, qui est *identique* au Néant est « par
ailleurs » *différent* de lui. Dans *ce* discours (qui n'est pour le
moment le nôtre que parce qu'il est hégélien), on dit donc :
« par ailleurs ». Or, ceci signifie que l'Être est identique au
Néant « ailleurs » (mais dans le *même discours*) que là où il est
différent de lui, de même que l'Être est différent du Néant
« ailleurs » que là où il lui est identique. Ce qui veut dire que
l'Être qui est différent du Néant doit se « mouvoir » (pour parler
avec Aristote) pour être identique au Néant, de même que
l'Être qui lui est identique doit se « mouvoir » pour en être
différent. En d'autres termes, l'Être qui est différent du Néant
doit « devenir » (pour parler avec Hegel) identique au Néant,

de même que l'Être qui est identique au Néant doit « devenir »
différent de lui. Or, ceci veut dire « simplement » que l'Être
« s'anéantit » en devenant « passé » ou « se crée » en cessant
d'être « futur », ce qui n'a « en vérité » rien de *contra-dictoire*
[du moins dans la mesure où l'on admet que l'on puisse *parler*
du « devenir », c'est-à-dire dans la mesure où l'on ne renonce
pas à la *Vérité discursive,* qui, par définition, doit rendre
discursivement compte de *tout* ce dont on parle « en fait », y
compris le « devenir des choses » ou leur « génération et corruption », dont on *parle* « incontestablement »]. Or, nous *pouvons* parler, sans nous contre-dire, de l'*identité* de l'Être et du
Néant, parce que nous pouvons parler (explicitement) de l'Être
et (implicitement) du Néant dans un *seul et même* discours. Et
nous sommes même *obligés* de le faire, car nous *devons* parler
à la fois de l'Être et du Néant (et donc non seulement de leur
Différence, mais encore de leur Identité, puisqu'ils sont *identiques* « en dehors » de leur *différence*) dans un *seul et même*
discours. En effet, si nous parlons *seulement* de l'Être, nous
parlons de l'Un-*tout-seul,* qui est, comme nous l'avons vu (à
la suite de Platon), *ineffable* et nous nous *contre-disons* ainsi du
seul fait d'en *parler.* Mais, le seul et même *discours* qui parle
« à la fois » de l'Être, du Néant et de leur différence, se *développe*
(« discursivement ») dans le temps. Il faut donc y parler *d'abord*
de l'Être (ou : du Néant ou de la Différence, si on appelle
l'Être dont on parle « Néant » ou « Différence ») et *ensuite* du
Néant (ou de l'Être, si l'on appelle le Néant « Être ») et de
leur Différence. Par conséquent, *à un moment donné,* on doit
parler de la *différence* entre l'Être et le Néant, et, *à un autre
moment* (mais dans le *même* discours), de l'Être et du Néant,
« abstraction faite » de leur *différence,* et en en parlant ainsi, on
parle de leur *identité.* Mais, pour qu'il y ait un seul et même
discours, ces *deux* discours (« antithétiques ») doivent être intégrés
en un seul discours « synthétique ». Certes, l'un ou l'autre des
deux éléments-constitutifs de ce discours « synthétique » (ou
« dialectique ») peut être seulement « implicite » (celui de
l'Identité, par exemple, ou celui de la Différence). Mais si l'on
« explicite » complètement ce discours « synthétique », il faut
« à la fois » (bien que « successivement ») dire (explicitement)

Le Concept, le Temps et le Discours

que l'Être est différent du Néant, tout en lui étant identique, et qu'il lui est identique, tout en étant différent de lui. Et c'est précisément ce que nous avons « explicité » dans notre discours onto-logique (hégélien), que nous avons « résumé » en disant que l'*Être-donné* (= l'Être-dont-on-*parle*) est la *Spatiotemporalité-qui-est* (pour ne pas dire, avec Hegel, qu'il est « Devenir » ou, en utilisant la terminologie aristotélicienne, qu'il est « Mouvement », voire « Génération-et-Corruption »).

Après avoir provisoirement « tranquillisé » notre « conscience discursive » par le rappel de cet exemple (qui, à dire vrai, est non pas un exemple *pour* le discours onto-logique que nous développons en ce moment, mais ce discours onto-logique lui-même), revenons sans « étonnement » excessif à la « contradiction logique » qui nous a de prime abord « inquiété ».

Sans doute, si l'on dit dans *un* discours « isolé » que la Temporalité est Identité (ce qui veut dire, si le discours est vraiment « isolé », qu'elle est Identité *seulement* ou Identité qui n'est rien d'autre qu'Identité) et dans un *autre* discours, également « isolé » (de tout autre discours et donc du discours précédent), que la Temporalité est Différence (ce qui veut dire alors qu'elle est Différence *seulement* ou Différence qui n'est *que* Différence), ces deux discours « isolés » se *contredisent* « logiquement », sans « contestation » possible. Mais si l'on réunit ou « synthétise » ces deux discours (dont l'un quelconque peut alors être appelé « Thèse », l'autre devant dans ce cas s'appeler « Anti-thèse ») ou, plus exactement, si l'on considère l'*union* ou l'*unité* de ces *deux* discours (« contraires » ou « anti-thétiques ») comme un *troisième* discours (« synthétique »), la « contradiction logique » des deux discours « isolés » se *supprime* alors (« dialectiquement ») en se *sublimant* (et donc en se *conservant*) dans le troisième discours « synthétique » ou « dialectique », qui n'est pas *contra*-dictoire pour la simple raison qu'il ne dit qu'une *seule et même* chose, à savoir que la Temporalité n'est ni Identité *seulement,* ni Différence *seulement,* mais qu'elle est Identité-*du*-*Différent* ou Différence-*de*-*l'Identique* (ce « ou » n'étant pas plus contra-dictoire, puisque le discours « dialectique » dit que la Différence-de-l'Identique est Identité-du-

Différent exactement au même titre que l'Identité-du-Différent est Différence-de-l'Identique).

Dans, par et pour le « troisième » discours (« synthétique ») l'Identité-du-Différent et la Différence-de-l'Identique sont donc une *seule et même* chose. Et c'est cette chose (une et unique) que nous avons appelée *Spatio-temporalité*. Mais dans la mesure où nous décomposons ce discours « synthétique » en ses deux éléments-constitutifs, nous retrouvons les deux discours « antithétiques », qui se « contredisent logiquement » dès qu'on les *isole* l'une de l'autre. Seulement, en tant qu'éléments-constitutifs du discours « synthétique », les discours « antithétiques » opposent non pas l'Identité (qui n'est qu'Identité) à la Différence (qui n'est que Différence), mais (la Thèse ou l'Antithèse de) l'Identité-du-Différent à (l'Antithèse ou à la Thèse de) la Différence-de-l'Identique. Toutefois, étant donné que ces discours « antithétiques » s'opposent néanmoins (puisqu'ils constituent une « contradiction logique » dès qu'on les « isole ») ou opposent l'Identité-du-Différent à la Différence-de-l'Identique, il est nécessaire de distinguer terminologiquement ces derniers. C'est pourquoi nous avons appelé la Différence-de-l'Identique « Spatialité » et l'Identité-du-Différent « Temporalité ».

Sans doute, nous aurions pu tout aussi bien appeler l'Identité-du-Différent « Spatialité ». Mais alors, nous aurions dû appeler la Différence-de-l'Identique « Temporalité » et nous serions obligés de tenir compte de ce « changement de terminologie » dans *tous* nos discours quels qu'ils soient. Or, ceci aurait eu l'inconvénient majeur de nous mettre tôt ou tard en désaccord avec la terminologie « correcte », en parlant d'« étendue » là où tout le monde parle de « durée » et de « durée » là où tous parlent d'« étendue ». C'est afin de pouvoir rejoindre (en développant notre discours « dialectique ») le langage de tous les jours que nous avons adopté, dans notre discours onto-logique, la terminologie selon laquelle l'Identité-du-Différent s'appelle : « Temporalité » et la Différence-de-l'Identique : « Spatialité » *.

---

* Le choix de la terminologie dans le discours ontologique n'est donc « justifié », en dernière analyse, que par le Discours uni-total (ou « circulaire »), qui parle non seulement de la Spatio-temporalité de l'Être-donné auquel a affaire l'Onto-logie, mais encore de la Durée-étendue de l'Existence-empirique dont parle tant la Philosophie

Cette terminologie onto-logique une fois fixée, revenons au développement de la notion (implicite) ÊTRE-DONNÉ en la notion (explicite) ÊTRE-DIFFÉRENT-DU-NÉANT. Étant donné que la notion ÊTRE-DONNÉ peut être explicitée aussi en la notion SPATIO-TEMPORALITÉ, il s'agit, comme nous venons de le voir, d'une notion (= discours) « synthétique » ou « dialectique » (par définition « trinitaire »). Autrement dit, DIFFÉRENT-DU signifie ici à la fois *(SEULEMENT)-DIF-FÉRENT-DU* et *(SEULEMENT)-IDENTIQUE-À*. Dire que l'Être-donné est l'Être-*différent-du*-Néant, c'est donc dire à la fois : Être-différent-du-Néant-en-tant-qu'identique-à-lui et Être-identique-au-Néant-en-tant-que-différent-de-lui. *DIFFÉ-RENT-DU* signifie donc ici autant que *RAPPORTÉ-AU*, le terme « Rapport » signifiant le Rapport (« synthétique » ou « dialectique ») de *relation* et non le Rapport (« analytique » ou « logique ») de *juxtaposition* (exprimé « grammaticalement » par la conjonction « Et »).

Il n'y a donc aucune contra-diction de dire à la fois que la Temporalité est Identité-du-Différent et qu'elle est « Différence » entre l'Être et le Néant. Car cette « Différence » est tout autant une Relation de la *différence* (des identiques) que celle de l'*identité* (des différents). Cependant, dans la mesure où nous décomposons la notion « synthétique » DIFFÉRENCE (au sens de *RAPPORT-DE—RELATION*) en ses deux éléments-constitutifs (« antithétiques »), nous devons les « distinguer » terminologiquement. C'est ce que nous avons fait en disant que la notion DIFFÉRENCE au sens d'*IDENTITÉ-DU-DIF-FÉRENT* n'est rien d'autre que la notion TEMPORALITÉ, tandis que cette même notion DIFFÉRENCE est « équivalente » à la notion SPATIALITÉ, dans la mesure où elle a le sens de DIFFÉRENCE-DE-L'IDENTIQUE. Ici encore nous aurions pu, sans doute, intervertir les termes. Mais, en le faisant, nous nous serions de nouveau mis (tôt ou tard) en désaccord avec le

que la langue « correcte ». Bien entendu, c'est ce même Discours uni-total, et lui seulement, qui *dé-montre* la *vérité* du discours onto-logique (comme celle de tout autre discours « partiel ») en impliquant ce discours (sans contradiction) dans sa propre totalité, en tant qu'« élément-constitutif ».

« langage courant », toujours sans aucune « raison » ou « justification » valables *.

En maintenant notre terminologie, nous pouvons dire que dans la mesure où la *Différence* (entre l'Être et le Néant) est Temporalité, elle est (le Rapport de) la Relation de l'*Identité-du-Différent*. Or, le *Différent* dont la Temporalité est l'Identité (ou l'Identification, voire le « Devenir » ou le « Mouvement ») n'est rien d'autre que l'Être et le Néant eux-mêmes. Si la Temporalité est la *Différence* entre l'Être et le Néant, dans la mesure où ceux-ci sont pris en tant qu'identiques « en dépit » (ou « à cause ») de leur différence, la Spatialité est donc *l'Être et le néant,* dans la mesure où ils sont pris en tant que différents « malgré » (ou « à cause » de) leur identité. Seulement, on ne peut pas dire que l'Être *et le Néant* sont la Spatialité, car on ne peut pas, par définition, parler *explicitement* du Néant, c'est-à-dire dire de lui qu'il est quoi que ce soit (de « positif »). On peut donc dire seulement que c'est *l'Être* qui est la Spatialité ou que la Spatialité est l'*Être* (dans la mesure où celui-ci est pris dans sa *différence* avec le Néant, auquel il est identique « par ailleurs », c'est-à-dire en tant que Temporalité) **.

En bref, si la Spatialité est *l'Être* lui-même, la Temporalité est la *Différence* entre l'Être et le Néant (cette *différence* n'étant rien d'autre que leur « identification » en tant que « mouvement » ou « devenir » de l'Être). Ou bien, en d'autres termes, pour utiliser la terminologie établie précédemment, *l'Être* (spatial) est l'*Existence* de l'Être-donné ou de l'Être-différent-du-

---

* Pour éviter la « contradiction dans les termes », j'aurais pu parler non pas de la « Différence » entre l'Être et le Néant, mais de leur « Distinction » (qui serait dite être à la fois Différence-de-l'Identique et Identité-du-Différent). Mais j'ai préféré réserver le terme « Distinction » pour le discours phénoméno-logique, qui parle de l'Existence-empirique. Dans ma terminologie, le terme « Distinction » se réfère à l'*existence-empirique* de la Différence entre l'Être et le Néant. Cette *Distinction* est la *Durée-étendue.*

** Bien entendu, ici encore nous aurions pu intervertir les termes et dire que c'est le « Néant » qui est la Spatialité. Mais alors nous ne pourrions plus rien dire (explicitement) de l'« Être », nous ne pourrions plus dire *ce qu'il est.* Or, ceci nous mettrait (sans aucune raison valable) en conflit ouvert non seulement avec le « langage courant », mais encore avec la grammaire elle-même. Car nous devrions alors dire « n'est pas » partout où la Grammaire prescrit de dire « est ». (Par contre, rien ne serait changé à la « Logique formelle ».)

Néant, tandis que la *Différence* (temporelle ou « temporaire »)
entre l'Être (qui se « crée » et s'« anéantit ») et le Néant est
l'*Essence* de ce même Être-donné.

Or, dans la mesure où nous *dé-composons* (dans et par le
développement de notre discours onto-logique) l'Être-donné (dont
nous parlons), qui est Spatio-temporalité, en Spatialité *et* Temporalité, nous *séparons* (discursivement ou, si l'on veut, « par
abstraction ») son Essence (qui est sa temporalité) de son Existence (qui est sa spatialité). Si nous voulons introduire dans
notre terminologie (onto-logique) un terme désignant cette
Essence (« temporairement ») *séparée* (« par abstraction ») de son
existence ou de l'Existence [et nous ne pouvons pas ne pas le
faire si nous voulons continuer à *développer* discursivement la
notion ÊTRE-DONNÉ], nous devons l'appeler « Concept », du
moins si nous avons l'intention de rejoindre plus tard (en
continuant indéfiniment à *développer* notre discours) le « langage
courant ». En effet, dans toute Notion quelle qu'elle soit, le
« langage courant » distingue et donc *sépare* (« par abstraction »)
le Sens (« défini », voire un et unique) du Morphème (« quelconque » ou « arbitraire », voire des morphèmes, multiples et
variés qui ont tous ce même sens) et il « rapporte » ce Sens,
ainsi « séparé » ou « isolé » du Morphème, à l'Essence de la
Chose « correspondante », cette Essence étant prise (« par abstraction ») « indépendamment » ou « isolément », c'est-à-dire en
tant que *séparée,* de l'existence de la Chose en question dans
un *hic et nunc* donné (unique ou multiple). Dans et pour le
« langage courant », le « rapport » entre le Sens « Isolé » et
l'Essence « isolée » est un rapport de « coïncidence » ou d'« identité » (dans la mesure tout au moins, où ce langage prétend
de dire *vrai*). Pour et dans ce langage, le Sens « isolé » et
l'Essence « isolée » ne font donc qu'*un* et c'est précisément cette
unité que la Philosophie (qui, sans parler *ce* langage, parle *de*
ce langage puisqu'elle parle, par définition, du *langage* et
puisqu'il n'y a pas d'*autre* langage que ce « langage courant »
avant qu'il n'y ait un « langage philosophique ») appelle
« Concept » (ou « Idée », « Forme », etc.). Étant admis que c'est
l'*existence*-empirique des Choses et des Notions qui les *sépare*
les unes des autres (du moins lorsqu'il s'agit de la même chose)

il faut dire que les Sens et les Essences *séparés* de *l'existence* des Notions et des Choses s'intègrent en un *seul et même* Tout. C'est ce Tout un et unique ou cette Totalité qui est dit être *le Concept.* Dans notre discours onto-logique, l'Essence (de l'Être-donné) *séparée* de l'Existence (de ce même Être-donné) doit donc elle aussi être appelée « Concept » (par définition uni-total). Or, étant donné que cette Essence, prise (« par abstraction ») *séparément* de l'Existence (qui est son existence) n'est rien de plus ni d'autre que la *Temporalité* (séparée « par abstraction » de la Spatialité qui est sa spatialisation), nous pouvons et devons dire, comme nous l'avons déjà dit, que *la Temporalité (ou le « Temps » au sens large) n'est rien d'autre ni de plus que le Concept.*

Bien qu'on ne puisse plus dire que notre « raisonnement dialectique », qui aboutit à ce résultat, soit contra-dictoire (étant donné qu'il ne contre-dit encore rien et n'est encore contre-dit par rien), il peut néanmoins paraître au plus haut point « artificiel ». Nous pouvons même dire qu'il l'est effectivement. Seulement, nous devons alors ajouter que le « raisonnement logique », qui « critique » le « raisonnement dialectique » et croit le « réfuter » en y « découvrant » des « contradictions logiques », est, en fait et pour nous (comme pour Hegel et déjà pour Platon, voire chez Parménide, sinon pour lui), encore plus « artificiel » que le « raisonnement dialectique » critiqué. Pour nous et en fait, tout « raisonnement logique » est même « artificiel » au point d'être contra-dictoire.

En effet, ce qu'il y a d'incontestablement « artificiel » dans un « raisonnement » quel qu'il soit ou, si l'on préfère, dans un discours (« cohérent »), c'est la *séparation* ou l'*isolement* (dis-cursif) « par abstraction » de ce qui est *uni* ou *lié* « en réalité » en tant qu'éléments-constitutifs d'un seul et même Tout. Or, le « raisonnement logique », *isole* ou *sépare* tout autant que le « raisonnement dialectique ». Mais tandis que ce dernier *ré-unit* finalement partout et toujours (c'est-à-dire « nécessairement ») ce qu'il a *séparé,* le « raisonnement logique » fixe le séparé dans sa séparation (« artificielle ») et ne le réunit nulle part ni jamais. Et c'est précisément cette *fixation* « artificielle » du *séparé* qui rend le Raisonnement logique contra-dictoire en l'obligeant (comme l'a vu déjà Parménide à l'occasion de l'Opinion et comme l'a montré Platon dans son *Parménide*) à dire aussi le *contraire* de ce qu'il dit ou, en d'autres termes, à se contre-dire en fait, par crainte « irraisonnée » de la « contradiction logique », pourtant inévitable.

Tout le monde est d'accord pour dire que la *séparation* (discursive) « par abstraction » de ce qui est *uni* « en réalité » n'est qu'un « artifice du langage ». Mais le « langage courant » et sa « Logique » qui est la Logique qu'Aristote a élaborée à partir de la Rhétorique et en vue de la Polémique ou de la Discussion « oublient » ou « négligent » le fait que cet « artifice » est *inévitable,* du moins dans la mesure où l'on veut *parler* tout au moins avec l'intention de dire vrai et donc en décidant d'éviter la contra-diction. La Logique « oublie » cette « néces-sité » parce qu'elle « néglige » le fait que le Discours se « déve-loppe » partout et toujours, c'est-à-dire « nécessairement », *dans le temps* et ne peut se développer « ailleurs » ou autrement que dans le temps. Or, en parlant dans le temps, on parle partout et toujours *d'abord* d'une chose et *ensuite* des autres choses ou d'autre chose, voire de l'autre chose. Ce n'est, d'ailleurs, que cette dernière expression qui est vraiment « correcte ». Car par rapport à un (« premier ») discours donné (appelé « Thèse »), d'ailleurs quelconque (mais supposé être non contra-dictoire en lui-même), qui parle d'une certaine chose (« définie » dans et par ce discours même), tous les autres discours ne parlent (dans la mesure où ils diffèrent, quant à leurs sens, de ce « premier » discours « thétique ») que d'une *seule et même* chose, parfaite-ment « définie » par le seul fait qu'elle y est dite être *autre* chose que la chose dont parle le discours en question, de sorte que ces discours (dits « antithétiques ») ne constituent dans leur ensemble qu'un seul (« deuxième ») discours (appelé « Anti-thèse »). On ne peut donc « progresser » discursivement, c'est-à-dire « développer » le Discours en tant que tel *dans le temps* (et le Discours n'existe pas en tant que *discours* en dehors de ce sien développement *temporel* qui n'est pas nécessairement « temporaire », mais peut « finalement » être « définitif »), qu'en « dépassant » un « premier » discours (« thétique »), c'est-à-dire en passant au « deuxième » discours (« antithétique »), qui est, par définition, le « contraire » (ou l'« Antithèse ») du premier. Or, la Logique du « langage courant », c'est-à-dire de tout langage qui n'est pas « philosophique » ou « dialectique » a raison de dire que ces deux discours « contraires » se *contredisent* (« logiquement »), dans la mesure où on les prend *isolément* l'un de l'autre. Car si le « premier » discours (la « Thèse ») dit que ce dont *il* parle est ceci ou cela, le « deuxième » discours (l'« Antithèse ») affirme, par définition, que ce dont *il* parle *n'est pas* ce que le « premier » discours dit qu'il est. Par exemple, si le 1er discours dit que la Fleur (dont il parle) *est* rouge, le 2e discours (dans la mesure où il est 2e ou ne *coïncide* pas avec le 1er) affirme que la Fleur (dont il parle) *n'est pas* rouge. (Mais c'est *nous* qui disons, dans un *troisième* discours, que le 2e discours, pris isolément, « contredit logiquement » le 1er, pris isolément lui aussi, à moins de dire, en ré-unissant ces deux discours « contradictoires » dans et par notre 3e discours, que les deux premiers discours parlent de deux fleurs « différentes » et d'admettre ainsi implicitement que la Fleur est rouge et non-rouge « à la fois », sans quoi nous ne pourrions pas dire que les deux discours en question se contre-disent dans la mesure où l'un affirme que la Fleur est rouge *seulement* et où l'autre dit qu'elle n'est *que* non-rouge.) Le seul « tort » de la Logique est de croire (ou de faire semblant de croire pour les besoins de la cause « polémique », comme Aristote l'a très bien vu et montré à qui veut le voir (comme Éric Weil a voulu le faire)) que cette « contradiction logique » peut être évitée [autrement que dans et par le Silence], en « affirmant » le 1er (ou le 2e) discours et en « niant » le 2e (ou le 1er).

Cette « croyance erronée » (= « opinion ») de la Logique du langage courant (inconsciente ou voulue) a été en fait « découverte » déjà par Parménide, bien qu'il n'ait lui-même voulu la voir que dans le discours de l'Opinion, où, selon lui, toute « opinion » donnée engendre nécessairement l'« opinion » *contraire*. Mais c'est le *Parménide* de Platon qui nous montre (discursivement) qu'il en va ainsi de tout discours quel qu'il soit. Platon y montre, en effet, que si l'Être-donné dont on parle (et donc *tout* ce dont on parle) est *Deux* (et Deux *seulement*) on est obligé de dire aussi le *contraire* de ce qu'on dit de lui, de sorte que, d'une manière générale, on peut dire « n'importe quoi » (quitte à être contre-dit partout et toujours). En fait (comme l'a déjà vu Parménide à propos de l'Opinion), ce « n'importe quoi » se limite à *deux* choses (« logiquement contradictoires ») qui sont, premièrement, *ce* qu'on dit et, deuxièmement, le *contraire* de ce qu'on dit (ce qui se résume, en dernière analyse faite déjà par Parménide, en disant, d'une part, que l'Être *est,* et, d'autre part, qu'il *n'est pas*). Quoi qu'il en soit, la Philosophie sait, en fait depuis Platon, que dès qu'on *parle* (ou, si l'on préfère la terminologie parménidienne, dès qu'on émet une « opinion » discursive « déterminée » ou « définie », même s'il s'agit d'une « opinion » onto-logique, telle que celle émise par Parménide, disant que l'Être *est*), on finit nécessairement par dire le *contraire* de ce qu'on dit (bien que, en règle générale et notamment lorsqu'il s'agit d'« opinions » proprement dites, ce que quelqu'un a *commencé* par dire est contre-dit *finalement* par quelqu'un d'autre que lui).

Seulement, depuis le même Platon, la Philosophie « dialectique » se « rend compte » (sans, au début, pouvoir en rendre compte « correctement ») de ce que « néglige » ou « oublie » (volontairement ou non) la Logique dite « formelle » (en fait « polémique »), à savoir le fait que les deux discours « logiquement contradictoires » ne se contre-disent que dans la mesure où ils sont *isolés* l'un de l'autre et que cet *isolement* (« par abstraction ») est purement « artificiel » (bien qu'« inévitable » *au début* du Discours). S'étant rendu compte de ce fait, la Philosophie (« platonicienne », voire « hégélienne ») a élaboré (« progressivement ») un discours « dialectique », qui *ré-unit* finalement, dans et par un *troisième* discours, les *deux* discours « logiquement contradictoires » que le discours « logique » (ou « polémique ») voudrait laisser toujours et partout *séparés* en « oubliant » que les discours doivent se *réunir* pour se *contre-dire.*

Sans doute, dans la mesure où le « troisième » discours (qui « synthétise » les deux « premiers » discours « antithétiques ») est lui-même (« artificiellement ») *isolé* ou *séparé* (« par abs-traction ») de tous les autres discours (et donc des deux « premiers », en cessant ainsi d'être « troisième » ou d'être la « Synthèse » de la « Thèse » et de l'« Antithèse »), il peut et doit (tôt ou tard) être contre-dit (en tant que « nouvelle » Thèse) par un 4ᵉ discours « isolé » (qui sera l'« Antithèse » de l'extroisième discours, devenu un « nouveau » premier discours); et ainsi de suite, « indéfiniment » (*deux* discours donnés qui se contre-disent ne pouvant, d'ailleurs se « contredire logiquement » qu'en étant réunis dans un *troisième* discours, qui est en fait le discours de la Logique « formelle », que cette Logique « néglige » ou « oublie »). Mais dans la mesure où le « troisième » discours (qui est en fait la « Synthèse ») se présente lui-même et est pris ou « compris » comme n'étant rien d'autre que la *ré-union* de deux « premiers » discours, présentés et pris ou « compris » comme « contraires » (qui sont en fait la « Thèse » et l'« Antithèse »), c'est-à-dire comme étant le « premier » et le « deuxième » discours présentés et pris ou « compris » *dans leur ensemble* (ou « compris ensemble »), tout « dépassement » discursif du « troisième » discours est impossible et il n'est donc pas possible de le *contre*-dire (discursivement, comme le mot même l'indique) ou de le mettre, comme on dit, en « contradiction logique ». Dans ce cas, le *troisième* discours est donc aussi le *dernier,* en étant, en tant que *réunion* des deux premiers discours (qui sont, par définition, les *seuls* discours différents du troisième) le Discours uni-total ou « trinitaire », qui est « circulaire » en ce sens qu'il *aboutit* (en se « développant » dans le temps) à un troisième élément-constitutif discursif qui *implique* les deux autres, et qui *ramène* ainsi le Discours (en *passant* par son deuxième élément-constitutif) au premier élément-constitutif dont ce même Discours est *parti* (en le « développant » *d'abord* en son deuxième élément-constitutif et *ensuite* en son troisième).

C'est à la lumière de ce que nous venons de dire que l'on doit « comprendre » le « raisonnement dialectique » de l'Ontologie hégélienne que nous avons reproduit précédemment (en le paraphrasant). Car le discours onto-logique (par définition « philosophique », puisque parlant non seulement de *ce dont* il parle, mais encore du fait même qu'il en *parle,* c'est-à-dire soi-même pris en tant que *discours* onto-logique d'où le terme :

« Onto-*logie* »), qui parle de l'Être-donné (= Être-dont-on-parle), c'est-à-dire de ce qui est *commun* à *tout* ce dont on parle et donc à *tout* ce qu'on dit, doit dire (du moins implicitement) non seulement qu'il est lui-même « dialectique » (en tant que Discours *philosophique,* qui veut, par définition, « dépasser » la Dyade de la « contradiction logique » en vue d'atteindre la Triade ou la « Trinité » de la *Vérité* discursive une et unique), mais que *ce dont* il parle, à savoir l'Être-donné, est « dialectique » également *.

Le discours onto-logique dit donc (d'abord implicitement et explicitement depuis Hegel) que l'Être qui est « isolé » ou « séparé » (par un « artifice du langage », d'ailleurs inévitable, qui s'appelle « Abstraction ») du Néant et de la Différence, au point de n'être même plus différent du Néant (ou : au point de n'être plus différent de rien du tout), est une « Abstraction » tout aussi « vide » que l'« Abstraction » qu'est le Néant « isolé » ou « séparé » de la Différence et de l'Être, au point de ne plus en être différent, ou l'« Abstraction » qui est la Différence « isolée » ou « séparée » de l'Être et du Néant, au point de

---

* Nous verrons cependant (dans l'*Exposé* du *Système du Savoir*) que le discours onto-logique, en revenant à son point de départ, ne ramène pas à son point de départ le Discours en tant que tel (bien que le point de départ du discours onto-logique puisse être le point de départ du Discours uni-total, par définition « circulaire »). C'est que le 3ᵉ élément-constitutif du discours onto-logique ne ramène pas seulement *ce* discours au point de départ qui est son 1ᵉʳ élément-constitutif (que son 3ᵉ élément-constitutif implique par définition, en rendant ainsi *ce* discours « circulaire »). Si l'on « isole » le 3ᵉ élément-constitutif du discours onto-logique (qui est ce discours lui-même, pris dans son *ensemble* et donc dans son *isolement*), on obtient non seulement le 1ᵉʳ élément-constitutif de ce *même* discours, mais encore le 1ᵉʳ élément-constitutif d'un *autre* discours, qui est (comme nous le verrons dans l'*Exposé*) le discours *energo*-logique, l'Énergo-logie étant l'Antithèse de la Thèse qu'est l'Onto-logie, leur Synthèse étant la Phénoméno-logie. Le Discours en tant que tel ne revient à son point de départ que lorsque le « développement » de son *nième* élément-constitutif ne donne *rien d'autre* que son 1ᵉʳ élément-constitutif (qui peut, d'ailleurs, être quelconque). C'est alors seulement que le Discours est « vraiment » *circulaire,* étant ainsi la *Vérité* discursive, qui ne peut pas être mis en « contradiction logique » pour qu'il n'y ait aucun discours « en dehors » d'elle qui puisse la contre-dire ou qui puisse être contre-dit par elle. Ce n'est qu'en intégrant un discours « isolé » ou « partiel » donné, tel que le discours onto-logique, dans ce Discours « vraiment » circulaire ou unitotal, qu'on démontre sa *vérité* et donc la vérité du « raisonnement dialectique » qu'est ou peut être le discours « partiel » en cause. C'est ainsi qu'on justifie encore la *terminologie* du discours « partiel », en tenant compte du fait que le Discours uni-total doit impliquer, entre autres, pour être « compréhensible », un « langage courant » quelconque.

cesser d'être une différence même entre ce qui *est* et ce qui *n'est pas.* A première vue, on serait tenté de dire (comme l'a fait, en fait et pour nous, Parménide, sans toutefois s'en rendre compte lui-même) que ces prétendues « trois » Abstractions (qui sont toutes *également* « vides », puisque dans toutes les trois l'abstraction a été « poussée à l'extrême ») n'en font qu'*un.*

Il pourrait sembler *possible* (voire *nécessaire*) de dire que, « pris en eux-mêmes », l'Être n'est rien d'autre que le Néant et que le Néant n'est rien d'autre que la Différence, de sorte que ces prétendus Trois, qui sont en fait Un, ne sont que des noms différents de ce qui devrait être correctement appelé l'« Un-tout-seul », comme le fait Parménide (ou, plus exactement, le *Parménide* de Platon). Mais Platon a montré qu'il est absolu-ment *impossible* de le *dire* (sans se contre-dire), pour la simple raison que l'Un-tout-seul est *ineffable* (de sorte qu'on se contre-dit du seul fait qu'on en *parle* ou le *nomme* dans la mesure où son « nom » est censé avoir un *sens,* c'est-à-dire être plus et autre chose encore qu'un « Symbole »). Platon a vu (et a fait dire à Parménide dans son *Parménide*), que si l'on veut *parler,* on doit parler au moins de Deux ou de la Dyade. Mais il a également montré que si l'on ne parle que de la Dyade on peut en dire n'importe quoi, en étant obligé de « contredire logiquement » tout ce qu'on en dit. On a pu conclure de cette « monstration » discursive platonicienne que si l'on veut parler *en vérité* (et donc sans se contre-dire), il faut parler de plus et d'autre chose encore que de la Dyade (Platon lui-même disait que, pour se situer dans la *Vérité,* il faut non seulement *parler* de la Dyade, mais encore se *taire* sur l'Un-tout-seul, sans l'« oublier » ou le « négliger » pour autant, la « Vérité » pla-tonicienne n'étant plus, de ce fait, *discursive*). Et c'est Hegel qui a, finalement, non seulement vu et montré, mais encore dé-montré, que la Vérité discursive est le Discours (« trinitaire » ou « dialectique ») qui parle de la Triade et qui ne peut parler de rien d'autre ni de plus que d'elle, parce que cette Triade, *une* en elle-même et *unique* en son genre, est par cela même uni-totale ou « tri-unitaire », ce qui veut dire précisément qu'elle est l'Uni-totalité (de ce dont on parle et donc de ce qu'on dit) ou la « Trinité » (« dialectique »). La Philosophie (devenue de ce fait Sagesse discursive ou Savoir) sait donc, depuis Hegel, qu'on ne peut parler « en vérité » qu'en parlant (en dernière analyse) de la Triade onto-logique, c'est-à-dire en parlant « à la fois » (bien que « successivement ») de l'*Être* (dont on parle *explicitement*), du *Néant* (dont on ne peut parler qu'*implicitement*) et de la *Différence* (dont on parle *explicitement* en en parlant, du moins implicitement, comme de la différence *entre l'Être et le Néant*). En fait et pour nous, on ne peut donc parler (sans se contre-dire) ni (explicitement) de l'Être sans parler de sa différence avec le Néant, ni (ne serait-ce qu'implicitement) du Néant sans parler de sa différence avec l'Être, ni (explicitement ou implicitement) de la Différence sans parler (au moins implicitement) de la différence entre l'Être et le Néant. Ou bien, pour dire la même chose en d'autres termes, on ne peut *parler* ni de la Spatialité sans parler de la Temporalité, ni de la Temporalité sans parler de la Spatialité. Ou, en d'autres termes encore, il est impossible de parler tant de l'Existence sans parler de l'Essence que de l'Essence sans parler de l'Existence, l'Essence (l'Existence) étant l'essence de l'existence (l'existence de l'essence) de *tout ce dont on parle,* c'est-à-dire de l'Être-donné, qui n'est rien d'autre ni de plus que la *Spatiotemporalité-qui-est.*

On peut dire, si l'on veut, que c'est l'Être-donné ou la Spatio-temporalité qui est le *Concept.* Mais si l'on veut *parler* de l'Être-donné, au sens propre du terme « parler », c'est-à-dire en disant *ce qu'est* l'Être-donné qu'on appelle aussi « Spatio-temporalité » ou « Concept », il faut (dans un discours onto-logique) « développer » (dans le temps) la notion ÊTRE-DONNÉ en ses éléments-constitutifs « irréductibles », que ce « développement » même « révèle » (discursivement) comme étant *Trois* et Trois *seulement,* à savoir : *Être — Différence — Néant.* Or, il est en fait impossible de *parler* de ces *trois* éléments-constitutifs *en même temps* (bien qu'il soit possible et même nécessaire d'en parler « à la fois », c'est-à-dire dans un *seul et même* discours) : on est obligé de parler *d'abord* de l'un et *ensuite* des deux autres. Or, si l'on veut pouvoir rejoindre (plus tard) la terminologie du « langage courant » (et on est bien obligé de le faire tôt ou tard si l'on veut que le discours que l'on tient soit

« compréhensible »), l'élément-constitutif dont on parle *en pre-mier lieu* (c'est-à-dire par lequel *commence* le discours *ontologique,* puisque c'est de *ce* discours que nous parlons ici), doit être appelé « Être ». Du moment qu'il est impossible de *parler* de l'Être sans le « mettre en relation » avec le Néant (peu importe d'ailleurs, que cette « relation » soit celle de la différence de l'identique ou de l'identité du différent), l'élément-constitutif appelé « Différence » doit être le *deuxième* du discours (onto-logique), l'élément-constitutif appelé « Néant » ne pouvant ainsi être que *troisième* (et dernier). Or, si nous voulons pouvoir rejoindre plus tard la terminologie du « langage courant » (qui est, dans notre cas, la langue française), nous devons dire dès maintenant que, dans le discours onto-logique, le *premier* élé-ment-constitutif, qui est l'*Être* (pris en tant que *différent* du Néant auquel il est « par ailleurs » *identique*), est Spatialité-qui-est ou Existence, tandis que le *deuxième* élément-constitutif, c'est-à-dire la *Différence* (ou le « Rapport » qui *identifie* l'Être au Néant dont il est « par ailleurs », c'est-à-dire « en dehors » de ce « Rapport », *différent*), est Temporalité ou Essence (de l'Être), qui s'appelle « Concept » dans la mesure où elle est *séparée* (par l'« artifice du discours » inévitable qu'est l'« Abs-traction ») de son existence, c'est-à-dire précisément de l'Exis-tence qu'est la Spatialité ou l'Être.

Mais que dire alors du *troisième* (et dernier) élément-consti-tutif « irréductible » du discours ontologique, qu'est le *Néant?*

Il serait très facile de répondre qu'on ne peut *rien* en dire puisque, par définition, le Néant *n'est pas* ou *n'est rien* dont on puisse dire quoi que ce soit (de « positif ») en disant qu'il est *ceci ou cela.* Mais ce serait *trop* facile. Car si cette réponse n'est ni « fausse », ni même « incorrecte », elle est néanmoins nettement « insuffisante ».

Sans doute : le Néant *n'est rien;* le Néant *n'est pas.* Il est donc *absent* de l'*Être* dont on parle (explicitement). Mais cette *absence* du Néant dans l'Être-donné (ou, si l'on préfère, la *présence* de son *absence*) est tout aussi « constitutive » de cet Être-donné que la *présence* en lui de l'Être. En effet, sans la présence de l'absence du Néant, l'Être-donné ne serait que la *Dyade,* dont on peut dire « n'importe quoi ». Ou, plus exactement, sans la présence de cette *Absence,* l'être ne pourrait même pas être dit « différent du Néant » : on ne pourrait donc rien en dire du tout et au lieu d'être l'Être-*donné* (c'est-à-dire l'Être-*dont-on-parle*), l'Être serait l'Un-tout-seul *ineffable* car, sans le Néant, il n'y a pas non plus de Différence entre l'Être et le Néant dans l'Être-donné, celui-ci se réduisant ainsi au *seul* Être, c'est-à-dire à l'Un-tout-seul parménidien. Pour ne pas se *contre-dire* en *parlant* (et donc pour pouvoir rendre compte de la *possibilité* même de la *Vérité discursive*), il faut par conséquent parler non seulement de la *Présence* de l'Être et de la Différence (entre l'Être et le Néant) dans l'Être-donné, mais encore de l'*Absence* du Néant dans ce même Être-donné (ce qui n'est, bien entendu et comme il se doit d'ailleurs, qu'une façon *implicite* de parler du Néant lui-même).

Or, nous avons vu précédemment que le *troisième* (et dernier) élément-constitutif discursif du discours onto-logique est ce *discours lui-même,* pris ou « compris » dans son ensemble, c'est-à-dire en tant que réunion de ses deux « premiers » éléments-constitutifs discursifs, dont le *premier* parle de l'Être-donné, pris ou « compris » en tant qu'*Être* ou Existence, voire en tant que *Spatialité,* c'est-à-dire en tant que *différent* du Néant auquel il est « par ailleurs » *identique* et dont le *deuxième* traite du même Être-donné, « compris » ou pris en tant que Différence ou Essence, voire en tant que *Temporalité,* c'est-à-dire en tant qu'*identique* (ou *identifié*) au Néant dont il est « par ailleurs » *différent.* Nous devons donc dire que le *troisième* élément-constitutif de l'Être-donné, qui est le Néant dont est censé devoir parler le troisième élément-constitutif discursif du discours onto-logique, n'est rien d'autre ni de plus que le *Discours* en tant que tel, qui parle de l'Être-donné et qui est par conséquent le discours onto-logique lui-même, pris dans son ensemble. Et puisque nous avons dit que le troisième élément-constitutif discursif du discours onto-logique (et donc ce dis-cours lui-même) parle non pas de la Présence, mais de l'*Absence* du troisième élément-constitutif de l'Être-donné, nous devons dire que le discours ontologique parle « en fin de compte » (c'est-à-dire en tant que pris ou « compris » *dans son ensemble*) de l'*absence* du discours onto-logique (c'est-à-dire de sa *propre* absence) dans l'Être-donné dont parle ce discours. Cette « dernière conséquence » de notre « raisonnement dialectique » onto-logique ne semble être « paradoxale » qu'à première vue. À la réflexion, on voit qu'elle signifie simplement que le Discours (pris en tant que Discours-doué-de-*sens* et non pas en tant que simple Morphème) se situe non pas dans la sphère de l'Être-donné, mais dans un tout autre domaine, dont nous verrons plus tard (dans l'*Exposé* du *Système du Savoir*) qu'il est celui de l'Existence-empirique. Ce qui veut dire (pour le dire tout de suite, en anticipant sur l'*Exposé*) que si l'Homme est seul à pouvoir *parler* au sens propre du mot, il ne peut le faire que dans la mesure où il *existe-empiriquement* en tant qu'Animal, qui est en fait, de nos jours, un animal de l'espèce *Homo sapiens*. Or, loin d'être « paradoxal », ceci est en parfait accord avec l'« opinion commune ». En tout cas, ne pouvant évidemment pas être « contredit » par l'« expérience », ceci ne peut être contesté par le « bon sens », celui-ci étant, par définition, une « philosophie » qui est partout et toujours « en accord » avec cette même « expérience ». Certes, notre « raisonnement dialectique » aboutit aussi à la « conséquence » que l'Homme ne peut *parler* que parce que le Néant est absent de l'Être-donné, ce qui signifie que, si l'*humain* dans l'Homme est le *discours* humain, l'existence-empirique *humaine* (et non animale ou chosiste) n'est rien d'autre ni de plus que l'Absence (ou la « présence de l'absence » qu'on peut, si l'on veut, appeler le « néantissement ») du Néant dans l'Être-donné, qui est précisément l'absence dans cet Être-donné de l'Homme en tant que tel, c'est-à-dire du Discours humain en général et du discours onto-logique en particulier. Cette dernière « conséquence » est, certes, moins « évidente » (bien que tout aussi « incontestable ») que la première. Mais nous n'avons pas à nous en occuper dans la présente *Introduction*. Il nous suffira d'y dire (ou d'y montrer discursivement) que cette deuxième « conséquence » oblige la Philosophie (qui doit, par définition, rendre discursivement compte du Discours en général et, en particulier, du discours qu'elle est elle-même) de « dépasser » le discours onto-logique, qui ne parle du Discours (en général et de celui qu'il est lui-même) qu'en disant (« négativement ») que tout Discours est *absent* de l'Être-donné dont parle le discours onto-logique, et de « passer » à un discours qui est *autre* que le discours onto-logique et dont nous n'avons pas à parler dans la présente *Introduction* *.

Tout ce que nous pouvons et voulons montrer dans cette *Introduction,* c'est que la Temporalité (ou le « Temps » au sens large) n'est rien d'autre ni de plus que le Concept. Or, nous l'avons déjà fait dans et par le « raisonnement dialectique » que nous venons d'achever. Mais ce même « raisonnement » nous a fait voir (en passant) que sa *vérité* ne peut être *dé-montrée* (ou rendue « incontestable ») que par son insertion dans le Discours uni-total ou « circulaire ». Ce Discours étant le *Système du Savoir* lui-même, il est impossible de dé-montrer dans une *Introduction* quoi que ce soit de ce qui y a été montré. Tout ce que nous pouvons encore faire, dans la présente *Introduction,* en vue de « convaincre le lecteur de ce que le « Temps » n'est ni plus ni autre chose que le Concept, c'est « illustrer » notre « raisonnement dialectique » par une « image » (décrite discursivement par un discours onto-*graphique*).

Reprenons à cette fin l'« image » parménidienne de l'Être-

---

* Je dirais seulement (ce que, d'ailleurs, j'ai déjà eu l'occasion de faire dans une précédente Note infra-paginale) que le « raisonnement dialectique » hégélien qui vient d'être développé n'a rien à voir avec l'« Idéalisme » philosophique. D'une part, l'affirmation que le Discours est *absent* de l'Être-donné, dont parle (dans le mode de la « Réflexion ») le discours onto-logique, est philosophiquement « réaliste ». D'autre part, il ne faut pas perdre de vue que l'Être sur lequel nous avons « raisonné » est l'Être-*dont-on-parle*. Dire que cet Être implique nécessairement la présence (de l'*absence*, d'ailleurs) du *Discours* n'est donc qu'une « banalité » ou une « tautologie », qui n'a rien d'« idéaliste », philosophiquement parlant. D'une manière générale, la Philosophie n'est pas « Idéalisme » du seul fait de dire (ce qui est « banal » ou « évident », voire « incontestable » ou « irréfutable ») que l'Homme est seul à pouvoir *parler* ou tout au moins à émettre un discours onto-logique et qu'il est par conséquent impossible de parler (sans se contre-dire) de l'Être-donné sans parler de l'Homme qui en parle. Sans doute, l'affirmation que l'Homme est *seul* à pouvoir *parler* (et donc émettre un discours onto-logique) est souvent « contestée » et elle est effectivement « contestable » tant qu'elle n'est pas *dé-montrée* (dans et par le discours uni-total ou « circulaire » qu'est le *Système du Savoir* hégélien). Mais on ne peut certainement pas dire que cette affirmation est contraire à l'« expérience » ou, ce qui est la même chose, au « bon sens ». Le moins qu'on puisse dire d'elle avant de l'avoir dé-montrée, c'est donc qu'elle est « plausible ».

donné, en la « mettant à jour » et ne l'adaptant à ce que nous avons pu dire nous-même de ce même Être-donné, à la suite de Hegel *.

Pour Parménide, l'Être-donné dont il parle sans y avoir droit en disant qu'il est l'Être-*un*, est, comme on sait, une *Sphère* pleine homogène. Sans doute, l'image appropriée de l'Éternité qu'est l'Un-tout-seul parménidien est non pas celle d'une Sphère *étendue* qui *dure*, mais l'« image » d'un « point géométrique instantané », d'ailleurs invisible sur le fond noir du Néant qui l'entoure. Mais l'image parménidienne de la Sphère homogène peut s'appliquer à l'Être-*trois* hégélien, qui est, par définition, *spatial* ou, plus exactement, la Spatialité-qui-est. Ce n'est, d'ailleurs, qu'une image, car comme nous le verrons plus tard (dans l'*Exposé*), la *spatialité* de l'Être-donné est *moins*, sinon tout à fait *autre* chose que l'*étendue* (« perceptible ») de l'Existence-empirique.

Ce qui compte dans l'image parménidienne de l'Être, c'est, d'une part, que l'intérieur de la Sphère est absolument *homogène*, de sorte qu'on ne peut pas, à vrai dire, parler de ses *parties* et, d'autre part, que la Sphère elle-même n'a pas de *frontières* (franchissables) *vers l'extérieur,* tout en étant *limitée en elle-même.* En effet, étant donné qu'il n'y a que le Néant qui soit « hors » de l'Être ou, en d'autres termes, puisqu'il *n'y a rien* en dehors de lui, rien ne peut lui *imposer* des limites ou des frontières. Mais si rien ne *limite* l'Être, celui-ci est *limité* en et par lui-même. Car puisqu'il *n'y a rien* en dehors de lui, l'Être ne peut pas se *dépasser* soi-même. Rien ne peut donc dépasser la sphère de l'Être : on peut se dé-placer comme on veut dans cette sphère, on aura *partout autant* d'être devant soi qu'on en a derrière soi, et ce sera *partout* le *même* Être.

Parménide lui-même semble avoir tenu compte (ne serait-ce dans et par son *image* onto-graphique) des *limites immanentes*

---

* C'est dans l'*Appendice* que j'essayerai de préciser ce qu'est une Image par opposition à une Notion. Il suffira de dire pour le moment (par anticipation) que l'Image d'une Chose situe cette Chose dans un *hic et nunc* (« imagé » lui aussi et qui se réduira, d'ailleurs, au « fond » de l'image proprement dite), tandis que la Notion de cette même Chose détache celle-ci de tout *hic et nunc.* Ainsi, la notion ÊTRE ne situe l'Être nulle part, tandis que toute image de l'Être (comme par exemple la « Sphère » de Parménide) le situe *dans* le Néant.

de l'Être. Mais après lui, pendant de longs siècles, la Philosophie a voulu rendre discursivement compte du fait de l'absence de « frontières extérieures » de et dans l'Être, en disant que l'Être (voire l'Être-donné) était « infini ». Ce prétendu « infini » de l'Être (ou de l'Un-tout-seul parménidien, voire du « Théos » platonicien) a engendré, dans la Philosophie en général et dans l'Onto-*logie* en particulier, des difficultés insurmontables (vu la « finitude » incontestable et reconnue de tout *Discours* quel qu'il soit) que nous pouvons passer sous silence*. Car la Physique mathématique du XXᵉ siècle a familiarisé la Philosophie avec l'image de l'« Espace sphérique » ou, en général, « fermé sur lui-même », qui n'est pas « infini », tout en étant sans « frontières extérieures », et qui peut servir d'« image » adéquate pour l'Être de l'Être-*trois* qu'est l'Être-donné hégélien (« image » que Parménide lui-même aurait, d'ailleurs, adopté avec enthousiasme, de même que Platon et toute la Philosophie « classique » avec lui, qui a toujours été sensible à l'argumentation « finitiste » d'Aristote).

Seulement, l'Espace « sphérique » de la Physique contemporaine n'a un « rayon de courbure » comme on dit « fini », c'est-à-dire « défini », que dans la mesure où il implique de la « Matière » (que, dans l'*Exposé,* nous verrons être la Réalité-objective). Autrement dit, cette « image » implique une distinction (en fait une Opposition irréductible) sinon entre le Vide et le Plein, du moins entre l'espace pris en tant qu'Espace et [ce même (?)] l'espace pris en tant que « Matière ». Or, l'Être-donné (et donc l'Être qu'il implique) n'est *rien d'autre* que Spatialité. Car la Spatialité n'est rien d'autre ni de plus que la *Différence-de-l'Identique* et l'Être de l'Être-donné n'est

---

* Nous verrons dans l'*Exposé* que si INFINI n'est pas un Symbole (par définition dénué de Sens), mais une Notion, le sens de celle-ci ne peut être que celui de IN-FINI, c'est-à-dire IL-LIMITÉ, voire IN-DÉFINI ou IN-DÉTERMINÉ. Or, en fait, on « définit » ou « détermine » parfaitement l'Être-donné en disant qu'il est, par exemple, Être-différent-du-Néant ou Spatio-temporalité. L'Être-donné n'est donc certainement pas « infini » mais INFINI peut être le *symbole* de l'Un-tout-seul *ineffable.* Si l'on veut à tout prix utiliser le terme « infini », il vaut mieux dire que c'est le Néant (dont on ne peut parler qu'*implicitement,* c'est-à-dire en n'en parlant pas explicitement) qui est « infini », et non pas l'Être, dont on parle *explicitement,* c'est-à-dire en le *définissant.*

rien de plus ni d'autre que l'Être pris en tant que *différent* du Néant auquel il est, par ailleurs, *identique.*

Pour appliquer correctement l'image de l'Espace sphérique à l'Être de l'Être-donné, nous devons donc dire que cet Espace a une courbure « indéfinie » ou « indéterminée ». Nous devons dire, en d'autres termes, que la sphère de l'Être est en « expansion permanente et continue » (vu qu'en passant de son « indétermination » à la « limite », nous devons avoir encore de la spatialité et non un « point sans étendue »). Et nous pourrons dire alors qu'en se mouvant comme on veut dans l'Être, on aura *toujours* autant d'être devant soi qu'on en a eu derrière soi et que ce sera *toujours* le *même* Être.

Cette image spatio-*temporelle* de l'Être de l'Être-donné est, d'ailleurs, en tout état de cause plus correcte que l'image seulement spatiale car elle rend compte aussi de la *temporalité* de l'Être spatial. L'« expansion » de la sphère de l'être « illustre » bien le fait que l'Être *s'identifie* au Néant par cela même qu'il en *diffère* : en se « débordant », l'Être s'« écoule » dans la sphère du Néant qui ne lui oppose aucune « résistance » et ne « s'oppose » donc pas à lui, ce qui veut précisément dire qu'il n'en *diffère* pas. Ainsi, si l'Être-donné ne peut être « illustré » que par l'image d'une « Sphère *en expansion* », on voit bien que la Spatialité-qui-est et la Temporalité-qui-est sont *indissociables* l'une de l'Autre *.

Toutefois, si nous voulons rendre notre « image » encore plus « ressemblante » à ce que nous avons *dit* de l'Être-donné, nous devons la « détailler » davantage.

La « Sphère » (peu importe qu'elle soit « en expansion » ou non) a inévitablement une « Surface ». Sans doute, cette Surface fait partie de la Sphère. Pourtant, elle n'est pas la Sphère elle-

---

* Il ne faut, certes, pas attacher trop d'importance à cette « image ». Je l'ai introduite uniquement pour faire voir qu'il suffit de « mettre à jour » l'image parménidienne pour la rendre très attrayante pour l'Onto-logie la plus « moderne », même authentiquement hégélienne. Quant à la Physique « relativiste » qui a introduit l'image de l'« Univers en expansion », elle distingue mal (comme nous le verrons dans l'*Exposé*) entre l'Onto-logie et l'Énergo-logie (c'est-à-dire entre le discours sur la Spatiotemporalité-qui-est et celui sur l'Espace-temps impliquant une « Matière »). En tant que Physique, elle est, d'ailleurs, une Énergo-*métrie* (souvent « illustrée », dans quel cas elle est une Énergo-*graphie* généralement « mécaniste »).

même : elle est autre chose que le « contenu » ou l'« intérieur » de la Sphère. Par ailleurs, c'est cette Surface qui « limite » la Sphère (ou son « contenu ») et qui la « sépare » de ce qui est « en dehors » d'elle. Bien que la Surface n'ait pas d'« épaisseur » propre, il y a donc intérêt à lui en attribuer une dans l'image que nous utilisons afin d'« illustrer » ce que nous avons dit de l'Être-donné, qui est, pour nous, l'Être-trois ou l'Être-différent-du-Néant. La sphère de l'être pourra alors être « représentée » par l'image suivante.

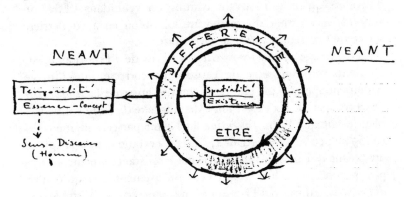

L'*Être* est « à l'intérieur » de la « Sphère en expansion », tandis que le *Néant* est « en dehors » d'elle. Quant à la *Différence*, elle n'est visiblement rien d'autre que la « Surface » (en fait sans « épaisseur ») de la « Sphère » en question.

En tant que surface d'une Sphère, la Surface « limite » et « détermine » ou « définit » ce qui est « à l'intérieur » de la Sphère : c'est à cause de la sphéricité de la Surface que l'Intérieur est sphérique lui aussi ; et ce n'est que cet Intérieur qui *est* sphérique, car sans cet Intérieur la Surface n'est rien du tout ; mais c'est seulement grâce à la Surface, qui « sépare » l'Intérieur de l'Extérieur, que l'Intérieur est *ce qu'il est* (à savoir sphérique) et *diffère* de ce qu'il n'est pas, c'est-à-dire de l'Extérieur ; pris en eux-mêmes, « abstraction faite » de la Surface, l'Intérieur « se confond » avec l'Extérieur et lui est donc *identique*.

Ceci étant, nous pouvons donc dire que la Surface *de la Sphère*, c'est-à-dire la Surface prise en tant que *faisant partie* de la Sphère ou comme « orientée » vers elle, est l'image de la

Spatialité ou de la Différence de l'Identique; et nous pouvons ajouter que cette Spatialité (c'est-à-dire la Surface) est l'Être lui-même (c'est-à-dire la Sphère) ou, si l'on veut, l'Existence de cet Être.

Par contre, en tant que surface d'une Sphère *en expansion*, la Surface « supprime » les « limites » de ce qui est « à l'intérieur » de la Sphère : en « augmentant », la Surface fait « pénétrer » l'Extérieur à l'Intérieur ou, ce qui est la même chose, l'Intérieur dans l'Extérieur; en tout état de cause elle *identifie* ce qui était *différent*, tout en laissant « intacte » la *différence* entre l'Extérieur et l'Intérieur pris en tant que tels (qui ne sont *identiques* que dans la mesure où ils sont *identifiables* dans et par l'« expansion » de la Surface); l'« extension » de la Surface n'« affecte » donc ni l'Intérieur de la Sphère, qui reste « à l'intérieur » de celle-ci, ni la Sphère elle-même, qui reste « sphérique ».

Nous pouvons donc dire que la Surface *en expansion*, c'est-à-dire la Surface prise en tant que *faisant partie* de l'extérieur de la Sphère ou comme « orientée » hors d'elle, est l'image de la Temporalité ou de l'Identité-du-Différent; et nous pouvons préciser que cette Temporalité n'« affecte » pas ou n'« altère » pas l'Être lui-même, qui reste *identique* à lui-même en dépit de son *expansion* (ou *différenciation*) spatiale. C'est pourquoi nous pouvons dire que, prise en tant que « différence » ou « séparation » entre la sphère de l'Être et du Néant, voire en tant que « rapport » de « relation » (autre que la simple « juxtaposition » qu'est la Surface « immobile » ou « statique ») entre le Néant et l'Être, la Surface, qui est la Temporalité, n'est rien d'autre ni de plus que l'Essence de l'Être.

Or, nous avons dit que l'Essence séparée de l'Existence n'est rien de plus ni d'autre que le Concept (de l'Être-donné ou, si l'on préfère, l'Être-donné pris en tant que Concept uni-total). Ici encore, notre image peut « illustrer » ce que nous avons dit.

En effet, l'Essence séparée de l'Existence peut être « illustrée » par l'image de la Sphère séparée de son « contenu ». Or, si l'on vide la Sphère de son « contenu », il ne reste que la Surface de cette Sphère, qui est, d'ailleurs, tout aussi « sphérique » que la Sphère elle-même et qui ne diffère en rien de la Sphère

(« pleine »), sauf par le fait qu'elle *n'a plus rien* « à l'intérieur » (tout comme elle *n'a rien* « à l'extérieur »). Mais la Sphère vidée de son « contenu » est l'image de l'Être privé de son être (ou de son existence, voire de sa spatialité). Demandons-nous donc ce qui reste lorsqu'on « soustrait » l'être à l'Être. On ne peut certainement pas dire qu'il *ne reste rien,* car dans ce cas il faudrait dire que tout ce qui a *cessé* d'être se confond de ce fait avec le Néant, ce qui n'est manifestement pas le cas, puisque tout ce qui *est* est dit avoir un *passé* (sinon un avenir). Il est par contre naturel de dire que, lorsqu'on « enlève » l'être de ou à l'Être (ne serait-ce que « par abstraction »), ce qui « reste » est précisément le Concept uni-total *ÊTRE* (susceptible de devenir le sens *ÊTRE* de la notion ÊTRE, si Notion il y a). Or, c'est la temporalité de l'Être qui « soustrait » (« à chaque instant ») l'être à l'Être et le trans-forme ainsi en Concept, ce Concept étant « tout le temps » l'*Être* lui-même, n'étant *Concept* qu'« entre-temps ». Or, la Surface de la Sphère est elle aussi « tout le temps » la Sphère elle-même ou se « confond » avec elle « tout le temps » que la Surface est ce qu'elle est, mais elle s'en « détache » pour s'« étendre » et, tant qu'elle ne s'est pas encore « étendue », elle est « entre-temps » Surface sans « contenu » (qui la « touche »). S'il est donc impossible d'« imaginer » une Sphère *en expansion* sans s'« imaginer » que la Surface se « détache » de la Sphère et se vide « entretemps » de son « contenu », on voit qu'il est impossible de se « représenter » l'Être-donné *temporel* (c'est-à-dire de l'Être s'*identifiant* au Néant dont il est et reste par ailleurs *différent*) sans se « représenter » un *détachement* de l'Essence de l'Être-donné de son Existence qu'est l'Être lui-même en tant que *différent* du Néant (ou spatial), c'est-à-dire sans « représenter » l'Être-donné comme étant aussi (« entre-temps ») Essence-*détachée*-de l'Existence ou Concept. Se « représenter » la *Temporalité-qui-est* n'est donc rien d'autre ni de plus que se « représenter » le *Concept,* qui est le concept (uni-total) *ÊTRE* ou le concept de l'Être, voire l'Être-donné pris en tant que Concept.

Enfin, notre image « illustre » aussi ce que nous avons dit, *in fine,* du Néant et du Discours. L'« image » de la Sphère est vue « de l'extérieur », bien qu'il *n'y ait rien* « en dehors » d'elle.

De même, dans notre discours onto-logique, nous avons dû *parler de* l'Être-donné bien que nous n'avons pas pu trouver le Discours *dans* cet Être (ou dans l'être de cet Être) et bien qu'il n'y eut *rien* en dehors de l'Être dont nous parlions. En parlant de la sorte, c'est-à-dire en énonçant une *Onto*-logie, nous avons donc rendu discursivement compte non pas de notre être *dans* l'Être (ou de notre *présence* en lui), mais seulement de notre *Réflexion sur* l'Être (et de notre *absence,* voire de la présence de notre absence, en lui), faite on ne sait où, ni quand, ni par qui. C'est donc comme si nous avions vu notre « Sphère en expansion » du « dehors », dans une « lumière » qui se « réfléchit » sur elle en venant « de l'extérieur », où il n'y a cependant *rien du tout* *.

Une Image quelle qu'elle soit ne peut certainement pas *dé-montrer* la vérité de l'Onto-logie hégélienne, qui assimile l'Être-donné à la Spatio-temporalité et identifie la Temporalité (nécessairement spatialisée) au Concept. Mais notre « raisonnement » onto-logique que nous venons d'« illustrer » par une « mise à jour » de l'image parménidienne (onto-graphique), *dé-montre* tout aussi peu cette vérité. Car tout en étant *discursif,* ce « raisonnement » ne rend pas compte du fait même du Discours et ne peut donc pas se « justifier » en tant que *discours,* c'est-à-dire *dé-montrer* sa *vérité discursive.*
La Vérité discursive étant, par définition, une et unique, voire uni-totale, ce n'est que le *Système du Savoir* pris dans son *ensemble* (en tant que Discours circulaire) qui peut la *dé-montrer.* La *Philosophie* quelle qu'elle soit ne peut que rendre « plausible » l'Onto-logie hégélienne. Or, toute *Introduction du Sys-*

---

* Comme j'ai déjà eu l'occasion de le dire dans une précédente Note infrapaginale, la Philosophie même si elle est, en fait, une « Introduction » du *Système du Savoir* reste une « Réflexion » tant qu'elle ne rend pas discursivement compte d'elle-même comme d'un *Discours* sur l'Être-donné (uni-total), ce qu'elle ne fait qu'en devenant Sagesse ou *Système du Savoir.* Mais même à l'intérieur de ce *Système,* l'*Onto*-logie reste une « Réflexion », comme toute autre *Partie* isolée du *Tout* du Discours circulaire. Mais cette Réflexion est « justifiée » par *l'ensemble* du *Système* et en tant qu'*élément-constitutif* de ce dernier ; l'Onto-*logie* (hégélienne) est non pas réflexion *sur* l'Être-donné, mais l'Être-donné *lui-même,* « réfléchi » en lui-même dans et par le discours onto-logique qu'il implique *en fait* (« du moment » que ce discours *existe*).

tème du Savoir, distincte de ce *Système* lui-même, étant par définition *philosophique*, aucune « introduction » ne peut démontrer la vérité de ce qu'elle « introduit » et elle ne peut l'« introduire » qu'en le rendant « plausible ». Et c'est ce que j'ai essayé de faire dans la présente *Introduction*, en « introduisant », par un « raisonnement (dialectique) illustré », l'identification hégélienne du « Temps » au sens large (que j'ai appelé « Temporalité ») avec le Concept.

Cette identification peut être rendue encore plus « plausible » qu'elle ne l'est déjà (en supposant qu'elle le soit tant soit peu, à la suite de l'« introduction » que j'ai tentée), si l'on fait remarquer qu'en identifiant au Concept la Temporalité-qui-est, telle qu'elle a été « introduite » dans et par la présente *Introduction* « onto-logique », on retrouve le Concept précisément tel qu'il a été introduit (à partir de l'« expérience » et en accord avec le « bon sens ») dans la précédente *Introduction* « psychologique ».

En effet, si c'est la Temporalité-qui-est qui est le Concept, on « comprend » comment et pourquoi ce Concept peut être le « résultat » d'une « soustraction » de l'être à l'Être, c'est-à-dire le « résidu » qui se maintient « tout le temps » que l'Être a déjà cessé d'être l'*existence* (spatiale) de son Essence, sans encore l'être devenu à nouveau. Mais pendant « *tout* le temps » que l'Être-donné est Temporalité-qui-est ou Essence, il est aussi Spatialité-qui-est ou Existence, de sorte que l'existence spatiale de l'Essence est *co-temporelle* à la Temporalité elle-même. Ce n'est donc qu'« entre temps » ou « temporairement », voire « momentanément » ou « instantanément » que l'Être-donné est essence (temporelle, mais non spatiale) *détachée* de son Existence (à la fois spatiale et temporelle), c'est-à-dire Concept. On « comprend » ainsi pourquoi et comment le Concept « coïncide » partout et toujours avec l'existence (spatiale) de l'Être dont il est alors l'Essence (temporelle), tout en étant toujours et partout « détaché », voire « distingué » ou « séparé » en tant que concept (temporel et « temporaire ») de l'Être, cet Être, pris en tant que concept *ÊTRE*, étant l'Être-*donné* ou l'Être-*dont-on-parle*. mais l'on « comprend » également comment et pourquoi ce Concept peut être toujours et partout « détaché » ou « séparé » de l'Être lui-même (avec lequel il « continue » cependant à « coïncider » partout et toujours), ne serait-ce que « temporairement » ou « momentanément » (et, en tout état de cause, « instantanément »), de façon à exister (dans l'Être) *en tant que* Concept (« distingué » de l'Être), dans quel cas le Concept est dit être le *Sens* intégré de toutes les Notions (proprement dites, c'est-à-dire contra-dictoires en elles-mêmes). La Temporalité, qui est le Concept, étant *Identité*-du-Différent, cette temporalité de l'Être est partout et toujours *la même* ; c'est une *seule et même* Temporalité-qui-est. On « comprend » donc comment et pourquoi le Concept (par définition un et unique, c'est-à-dire identique à lui-même ou partout et toujours le même) *peut exister,* en tant que Sens d'une Notion (non contra-dictoire), à n'importe quel moment et à n'importe quel endroit de l'existence spatiale et temporelle de l'Être. Et l'on « comprend » pourquoi et comment le Concept uni-total qu'est le concept ÊTRE *existe* [-empiriquement], en tant que sens *ÊTRE* de la notion *ÊTRE,* partout où et tout le temps que l'Homme existe [-empiriquement] lui-même en « comprenant » le sens du morphème ÊTRE (ou d'un autre morphème quelconque ayant le même sens). On « comprend » aussi comment et pourquoi l'Homme est lui-même, l'*existence-empirique* du Concept qu'est le concept *ÊTRE,* c'est-à-dire le « morphème » (doué de *sens*) de la notion ÊTRE, partout où et pendant tout le temps qu'il « comprend » le sens *ÊTRE* de la notion ÊTRE, ce qu'il fait en *détachant* l'Essence de l'Être-donné (uni-total) de son Existence et donc de la Spatialité, ainsi que de la Temporalité *spatialisée.* La Temporalité spatialisée étant partout et toujours un *hic et nunc,* on comprend pourquoi et comment l'Homme devient et est *Concept-qui-existe-empiriquement* ou, ce qui est la même chose, *Morphème-doué-de-sens,* dans la mesure où il *détache* les Choses (qu'il « perçoit ») de leurs *hic et nunc* respectifs (ce qu'il *peut* faire parce qu'il *dure* tout comme *durent* les Choses elles-mêmes et parce que les Choses et les Hommes durent dans *un seul et même* « Temps »). On comprend enfin, comment et pourquoi toutes les Choses détachées de leurs *hic et nunc* dans et par *une seule et même* Durée de leur existence-empirique étendue, qui est la Durée-étendue de l'Existence-empirique en

298   Le Concept, le Temps et le Discours

tant que telle ou prise dans son ensemble s'intègrent en un *seul et même* Tout, qui est le *Concept* uni-total, pouvant *exister*-empiriquement en tant que *Discours* uni-total ou circulaire qui intègre en un *seul et même* Tout discursif (appelé *Système du Savoir* ou *Vérité discursive*) les Sens (par définition non contradictoires en eux-mêmes) de toutes les Notions proprement dites, susceptibles d'être « comprises » (c'est-à-dire « définies », voire discursivement « développées » ou « déduites ») par l'Homme.

Si l'identification hégélienne du « Temps » ou de la Temporalité (« introduite » dans et par la présente *Introduction*) avec le Concept est « plausible » parce qu'elle permet de retrouver le Concept platono-aristotélicien (« introduit » par et dans l'*Introduction* précédente) qui s'identifie, en fait et pour nous (à la suite de Hegel), avec la Temporalité, cette identification du « Temps » avec le Concept et du Concept avec le « Temps » est également « plausible », du moins pour le Philosophe, parce que sa négation équivaut à une négation de la Philosophie elle-même.

En effet, si le Concept uni-*total* était plus et autre chose encore que le « Temps », la Vérité discursive que recherche, par définition, la Philosophie, ne pourrait pas être définie comme une « coïncidence » (ou « adéquation ») entre ce qu'on dit et ce dont on parle. Le développement discursif « cohérent » et « complet » du Concept (pris en tant que Sens) qu'est censé être la Vérité discursive impliquerait alors des éléments-constitutifs ou des Notions qui se « rapporteraient », si l'on peut dire, à ce que n'est ou n'existe (nulle part ni) *jamais*. Or, déjà Aristote a constaté que ce qui n'est ou n'existe *jamais* est, par définition, « impossible » et la Philosophie a de tout temps admis que l'« impossible » n'est rien d'autre ni de plus que le contra-dictoire. Le Discours « unitotal », censé être « cohérent », impliquerait donc nécessairement des notions contra-dictoires en elles-mêmes. Il n'y aurait par conséquent aucune « raison » (« a priori ») d'exclure quoi que ce soit du Discours censé être « vrai » ou de « préférer » une contra-diction à une autre ou de préférer le non contra-dictoire en tant que tel à la Contradiction en général. Si le Concept était plus que le « Temps », s'il était, comme le dit Platon, « éternel » (au sens de non-temporel ou « co-éternel » à l'Éternité) ou, comme le disait implicitement Parménide, l'Éternité elle-même, on pourrait dire *n'importe quoi* tant qu'on ne dépasse pas la sphère du Discours (comme Platon l'a montré dans son *Parménide*). Le Discours qui développerait le Concept « éternel » ne serait ainsi qu'une « éternelle *discussion* » des Sceptiques, qui nient, en la « discutant », l'idée même de la Vérité discursive et donc de la Philosophie. D'ailleurs, une notion dont le prétendu « Sens » est censé se « rapporter » à ce qui n'est ou n'existe jamais, c'est-à-dire à ce qui n'existe ou n'est pas du tout, est en fait dénuée de toute espèce de sens. Le soi-disant « Discours » qui serait censé développer le Concept « éternel » (ou l'Éternité-« conçue ») et qui impliquerait nécessairement de ce fait des notions dénuées de sens, c'est-à-dire des Symboles, ne serait donc, en fait et pour nous, qu'un *Silence* « symbolique », dit « mystique » ou autre (« poétique » par exemple).

Inversement, si le « Temps » était plus et autre chose encore que le Concept, l'Être temporel impliquerait, par définition, des entités *ineffables*. Le développement discursif « cohérent » et « complet » du Concept qu'est le Discours censé être vrai, c'est-à-dire la Vérité discursive, ne « coïnciderait » donc pas (partout et) toujours avec l'Être dont parle ce Discours : ce qu'on dit pourrait être partout et toujours « contredit » par l'« évolution » temporelle de ce dont on parle (ou, si l'on préfère, par l'« expérience »). De même que le développement discursif du Concept soi-disant « éternel » ne « coïncide » pas avec l'Être temporel (dont on parle) parce qu'il le « déborde » par définition, le développement du Concept qui ne serait pas identique à la Temporalité ne « coïnciderait » pas lui non plus avec l'Être-temporel (dont on parle) parce qu'il serait par définition « débordé » par cet Être. Dans les deux cas il n'y aurait donc pas de *vérité discursive* (proprement dite, c'est-à-dire définie comme une « coïncidence » de ce qu'on dit avec ce dont on parle) possible, ni donc de Philosophie (au sens propre et fort de ce mot, c'est-à-dire de Philosophie définie comme recherche de la Vérité discursive proprement dite).

300 Le Concept, le Temps et le Discours

Dans les deux cas il n'y aurait « en vérité » que Silence, « symbolique » ou « absolu », et tout discours se réduirait, en dernière analyse, à une « discussion » sceptique, qui serait, dans le premier cas, une discussion « éternelle » même entre contemporains et, dans le second, une discussion « temporelle » ou « progressive » (bien que nullement « progressiste ») entre les « générations » qui s'attèlent, les unes après les autres, à l'exécution de la « tâche infinie » du « Savoir » kantien, qui ne sera jamais « épuisée » tant que dure le temps et qui est, probablement à cause de ça, particulièrement chère aux kantiens « romantiques » ou « modernes » (c'est-à-dire proches, en fait, de la fin de l'Histoire).

Ce n'est qu'en identifiant le Concept au « Temps » et le « Temps » au Concept qu'on peut dire que le développement discursif de ce dernier, qui s'effectue nécessairement *dans le temps,* peut « épuiser » *un jour* son « contenu » (en revenant à son point de départ) de façon à pouvoir être dit être, en tant que « cohérent » et « complet », la *Vérité discursive* qui dit *tout* ce qu'on peut *dire* de ce dont on *parle* et qui ne sera jamais ni nulle part ni contre-dite par un *autre discours* « cohérent » et « complet » (de ceux *qui parlent*), ni « contredite » ou « démentie » par *ce dont* on *parle.*

En prenant (discursivement) conscience d'elle-même, la Philosophie qui est, en fait, la recherche de la Vérité discursive, doit donc dire que le Concept n'est pas plus autre chose que le « Temps » que ce « Temps » n'est autre chose que ce Concept. Mais la Philosophie ne peut *dé-montrer* la vérité de cette double identification qu'en se dé-montrant elle-même en tant que Vérité discursive. Or, elle ne peut le faire qu'en *devenant* cette Vérité, en se « complétant » ou se « parachevant » (d'une façon « cohérente ») en Discours « circulaire » qu'est le *Système du Savoir* hégélien que je me propose d'*exposer* dans ce livre en le « mettant à jour » pour moi-même et mes contemporains.

BIBLIOGRAPHIE

Cette bibliographie a été établie par Michael Roth, professeur à Scripps College, Californie, spécialiste de la réception hégélienne dans la France de l'entre-deux-guerres.

On trouvera d'abord l'ensemble des textes de Kojève qui ont été publiés, de son vivant et après sa mort, puis une bibliographie succincte concernant la littérature secondaire.

Abréviations utilisées :

CR = compte rendu
BSFP = *Bulletin de la Société française de Philosophie*
RMM = *Revue de Métaphysique et de Morale*
RP = *Recherches philosophiques*
RPFE = *Revue philosophique de la France et de l'étranger*
TM = *Les Temps modernes.*

I. ŒUVRES DE KOJÈVE

1920-1921
Religion philosophie Wladimir Solowjews, diss. de Philosophie, Heidelberg.

1929
CR de K. Ambrozaitis, « Die Staastslehre Wladimir Solowjews », *Archives für Socialwissenschaft und Socialpolitik* I, n° 1, février.

1930
« Die Geschichtsphilosophie Wladimir Solowjews : Sonderabdruck », *Der russische Gedanke : Internationale Zeitschrift für russische Philosophie, Literaturwissenschaft und Kultur* I, n° 3, Bonn.

1931
CR de R. Grousset, « Les philosophies indiennes », *Revue d'histoire de la philosophie* 5, juillet-décembre 1931, pp. 416-418.

1932
CR de H. Gouhier, « La Vie d'Auguste Comte », *Zeitschrift für Socialforschung*
I, n°s 1-2.

1932-1933
1. CR de J. Kraft, *Von Husserl zu Heidegger*, RP 2, pp. 475-477.

1932-1933
2. CR de N. Hartman, *Zum Problem der Realitätsgegebenheit* RP 2.

1932-1933
3. CR de G. Misch, *Lebensphilosophie und Phänomenologie* RP 2, pp. 470-475.

1932-1933
4. CR de R. Zocher, *Husserls Phänomenologie*, RP 2, pp. 477-480.

1932-1933
5. CR de R. Ingarden, *Das literarische Kuntswerk*, RP 2, pp. 480-486.

1933
6. CR de R. Poirier, « Essai sur quelques caractères des notions d'espace et de temps », *Deutsche Literaturzeitung* I, janvier, pp. 12-17.

1933
7. CR de R. Poirier, « Remarques sur la probabilité des inductions », *Deutsche Literaturzeitung* XVI, avril, pp. 726-729.

1933-1934
1. CR de W. Illemann, *Husserls vor-phänomenologische Philosophie*, et de F. Weidauer, *Kritik der Transzendental-Phänomenologie Husserls;* « La phénoménologie : Journées d'études de la société thomiste », *RP* 3, pp. 428-431.

1933-1934
2. CR de A. Eddington, *The Expanding Universe*, de J. Jeans, *The New Background of Science*, et de H. Weyl, *The Open World : Three Lectures on the Metaphysical Implications of Science*, RP 3, pp. 464-466.

1934
1. CR de M.B. Bavink, en français, « Résultats et problèmes des sciences de la nature, la philosophie des sciences », *Revue de synthèse* 8, n° 2, octobre.

1934-1935
2. CR de G. Kraenzlin, *Max Shelers phänomenologische Systematik*, RP 4, pp. 398-400.

1934-1935
3. CR de A. Sternberger, *Der verstandene Tod : Eine Untersuchung zu Martin Heideggers Existentialontologie*, RP 4, pp. 400-402.

1934-1935
4. CR de H. Dingler, *Philosophie der Logik und Arithmetic*, RP 4, pp. 430-433.

1934-1935
5. CR de M. Granet, « La Pensée chinoise », *RP* 4, pp. 446-448.

1934-1935
6. CR de W. Sesemann, *Die logischen Gesetze und das Sein*, *RP* 4, pp. 402-403.

1934-1935
7. CR de Fr. Weidauer, *Objectivität, voraussetzungslose Wissenschaft und wissenschaftliche Wahrheit*, *RP* 5, pp. 419-420.

1935
1. « La Métaphysique religieuse de Vladimir Soloviev », *Revue d'histoire et de philosophie religieuses* 14, n° 6, pp. 534-544, et 15, n°s 1-2, pp. 110-152.

1935-1936
2. CR de A. Delp, *Tragische Existenz, Zur Philosophie Martin Heideggers*, *RP* 5, pp. 415-419.

1935-1936
3. CR de F. Kluge, *Aloys Mullers Philosophie der Mathematik und der Naturwissenschaft*, *RP* 5.

1935-1936
4. CR de E. Thomomatsu, « Le Bouddhisme », *RP* 5, p. 400.

1936
1. CR des Archives d'histoire des sciences et des techniques de Léningrad, in *Thalès*, recension annuelle des travaux de l'*Institut d'histoire des sciences et des techniques*, Paris, vol. 5 : 1. H.I. Garber; 2. S.F. Vassiliev; 3. V.V. Celmcev; 4. N.A. Cholpo; 5. L.S. Polak; 6. A.N. Krylov; 7. M.A. Gukovskii; 8. N.N. Dormidontov; 9. N.M. Raskin; 10. E.A. Ceilin; 11. S.G. Strumilin; 12. P.P. Zabarinsky; 13. S.A. Lurie; 14. A.G. Grum-Grjimailo; 15. V.A. Kamenski; 16. P.P. Zabarinski; 17. V.P. Taranovic; 18. F.A. Kudriavcev; vol. 6 : 1. S.F. Vasiliev, 2. G. Harig; 3. M.A. Vvgodski; 4. I.I. Liubimenko; 5. N.M. Raskin; 6. I.A. Rostovcev; 7. P.F. Arhangelski; 8. D.I. Kargin; 9. E.A. Ceitlin; 10. I.N. Sivercev; 11. A.V. Macinski; 12. A.A. Adjian; 13. G.A. Kniazev; 14. V.A. Kamenski; 15. P.P. Zabarinski.

1936
2. « Les peintures concrètes de Kandinsky », publié en 1966 sous le titre « Pourquoi concret? », dans XXe *siècle*, n° 27, Kandinsky, décembre.

1936
3. CR de M. Guéroult, « Dynamique et métaphysique leibnizienne », *Archiv für Sozialforschung*.

1936-1937
1. CR de A. Fischer, « Die Existenzphilosophie Martin's Heideggers », *RP* 6, pp. 395-396.

1936-1937
2. CR de J. Hessing, *Das Selbstbewusstwerden des Geistes, RP* 6, pp. 395-396.

1939
CR de D. Stremoonkhoff, « Wladimir Soloviev et son œuvre messianique », *Revue de philosophie*, n° 8.

1943
Esquisse d'une phénoménologie du droit, écrite à Marseille et publiée en 1981, Paris, Gallimard, 588 p.

1944
Coauteur de *Aussenpolitische Blätter*, Neue Folge, I, octobre.

1946
1. « Hegel, Marx et le Christianisme », *Critique*, n°s 3-4, pp. 339-366.

1946
2. « Christianisme et communisme », *Critique*, n°s 3-4, pp. 308-312.

1947
Introduction à la lecture de Hegel, Leçons de 1933 à 1939 à l'École pratique des hautes études, réunies et publiées par Raymond Queneau, Paris, *NRF*, Gallimard, 2e éd. augmentée, 1962 (1968, 1971).

1949
« Difficultés et espoirs de l'OECE », *France illustration* 206, 310, 24 septembre. L'article en question n'est pas signé, mais le manuscrit original se trouve dans les papiers de Kojève.

1950
1. « Préface à l'œuvre de Georges Bataille », manuscrit de mai, publié en mai 1971, *L'Arc*, n° 44.

1950
2. « L'Action politique des philosophes », *Critique*, n° 41, pp. 46-55, et n° 42, pp. 138-155. Publié en 1954 dans *De la tyrannie*, de Leo Strauss.

1951
CR de G.R.G. Mure, « A Study of Hegel's Logik », in *Critique*, n° 54, pp. 1003-1007.

1952
« Les Romans de la sagesse », *Critique*, n° 60, pp. 387-397.

1954
Tyrannie et sagesse, Postface au livre de Leo Strauss, *De la Tyrannie*, traduit de l'anglais par Hélène Kern, Paris, Gallimard, coll. « Les Essais », pp. 387-397.

1953-1955
1. *Essai d'une histoire raisonnée de la philosophie païenne*, en 3 tomes publiés par Gallimard, *NRF*, Paris :
1968, t. 1, *Les Présocratiques*.

1972, t. 2, *Platon-Aristote*.

1973, t. 3, *La Philosophie platonicienne, les néoplatoniciens*.

1953-1955

2. *Kant*, manuscrit écrit à Vanves à la suite de l'*Essai d'une histoire raisonnée*, mais lorsqu'il voulut publier l'ensemble de son manuscrit, cette partie avait été égarée, et ne fut retrouvée qu'après sa mort en 1968. Publié en 1973, Paris, Gallimard, *NRF*.

1955

« Le Concept et le Temps », *Deucalion*, n° 5, octobre, pp. 11-20.

1956

« Le Dernier Monde nouveau », *Critique*, n⁰ˢ 111-112, pp. 702-708.

1958

« L'Empereur Julien et son art d'écrire », traduit par J.H. Nichols et publié en anglais en 1964*a*, « The emperor Julian and his art of writing », in *Ancients and Moderns : Essays on the Tradition of Political Philosophy in Honor of Leo Strauss*, éd. J. Cropsey, New York.

1964

1. « Nécessité d'une révision systématique des principes fondamentaux du commerce actuel », *Développement et civilisations*, n° 19, septembre, p. 44.

1964

2. « L'Origine chrétienne de la science moderne », dans *Mélanges Alexandre Koyré*, 2, Paris. Publié aussi en 1964, dans *Sciences*, 31, mai-juin.

1968

« Entretien avec Gilles Lapouge, " Les philosophes ne m'intéressent pas, je cherche des sages " », dans *La Quinzaine littéraire*, n° 53, 1-15 juillet, pp. 18-19. Réédité dans *La Quinzaine littéraire*, n° 500, 1-15 janvier 1988, pp. 2-3.

1970

« Lettres à Georges Bataille », dans *Texture*, n° 6, Bruxelles, pp. 69-71.

1980

1. « La Spécificité et l'autonomie du droit », dans *Commentaire*, n° 9, pp. 122-130, Paris, Julliard.

1980

2. « Préface à la mise à jour du Système hégélien du savoir », *Commentaire*, 9, pp. 131-135. Extrait préparé par Bernard Hesbois de l'ouvrage inédit sur *L'Essai d'une mise à jour du système du savoir hégélien*.

1980

3. « Capitalisme et socialisme, Marx est Dieu, Ford est son prophète », *Commentaire*, 9, pp. 135-137. Texte extrait de la conférence faite en allemand, à Düsseldorf, par Kojève, le 16 janvier 1957, et jamais publiée : « Le Colonialisme dans une perspective européenne ».

1980
4. « Una lettera di Kojève su Platone », in *Quaderni di storia,* n° 12, juillet-décembre, pp. 223-237.

1984
« Deux lettres inédites d'Alexandre Kojève à Vassili Kandinsky », *Kandinsky : Album de l'exposition,* Paris, Centre Georges-Pompidou, Musée national d'art moderne, pp. 64-74.

1985
« Les Peintures concrètes de Kandinsky », *RMM,* 90, n° 2, pp. 149-171.

1990
L'Idée du déterminisme dans la physique classique et dans la physique moderne, écrit daté de 1932, Le Livre de Poche.

II. LITTÉRATURE SECONDAIRE

1. Asveld, Paul, « Zum Referat von Walter Bimel uber die Phanomenologie des Geistes und die Hegelrenaissance in Frankreich », *Hegel-Studien,* Beiheft II (1974), pp. 657-664.
2. Bataille, Georges, « Hegel, la mort et le sacrifice », *Deucalion,* 5 (1955), pp. 21-43.
3. Besnier, Jean-Michel, *La politique de l'impossible : l'intellectuel entre révolte et engagement,* Paris, 1988.
4. Bloom, Allan, « Introduction », in *Introduction to the Reading of Hegel,* ed. by A. Bloom, trans. by J. Nichols (New York 1969), VII-XII. Translated in *Commentaire,* 9 (printemps 1980), pp. 116-119.
5. Bonnel, Pierre, « Hegel et Marx à la lumière de quelques travaux contemporains », *Critique,* 34 (mars 1949), pp. 221-232.
6. Butler, Judith, *Subjects of Desire : Hegelian Reflections in 20th Century France,* Columbia, 1987.
7. Butler, Judith, « Geist ist Zeit : French Interpretations of Hegel's Absolute », *Berkshire Review,* 21, 1985, pp. 66-80.
8. Canguilhem, Georges, « Hegel en France », *Revue d'histoire et des philosophies religieuses,* vol. 28-29, 4 (1948-1949), pp. 282-297.
9. Clemens, Éric, « L'histoire (comme) inachèvement », *RMM,* 76 (1971), pp. 31-53.
10. Commission de critique du cercle des philosophes communistes, « Le retour à Hegel : dernier mot du révisionnisme universitaire », *Nouvelle Critique,* vol. II, 20 (novembre 1950), pp. 43-54.
11. Cooper, Barry, *The End of History : an essay on modern hegelianism* (Toronto, 1984).
12. Darbon, Michel, « Hégélianisme, marxisme, existentialisme », *Les études philosophiques,* vol. 4, 3-4 (juillet-décembre 1949), pp. 346-370.
13. Darby, Tom, *The Feast,* Toronto, 1982.

14. Desanti, Jean, « Hegel, est-il le père de l'existentialisme », *La Nouvelle Critique*, vol. 6, 56 (juin 1954), pp. 91-109.

15. Descombes, Vincent, *Le Même et l'Autre : quarante-cinq ans de philosophie française (1933-1978)*, Paris, 1979.

16. Dufrenne, Mikel, « Actualité de Hegel », *Esprit*, vol. 17, 9 (septembre 1948), pp. 396-408.

17. Feraud, H., « Un commentaire de la *Phénoménologie de l'esprit de Hegel* », *La revue internationale*, vol. 3, 17 (1947).

18. Fessard, Gaston, « Deux Interprètes de la Phénoménologie de Hegel : Jean Hyppolite et Alexandre Kojève », *Études*, 255 (1947), pp. 368-373.

19. Fetscher, Iring, « Hegel in Frankreich », *Antares : Franzosische Hefte fur Kunst Literatur und Wissenschaft*, 3 (1953), pp. 3-15.

20. Fetscher, Iring, « Vorwort, des Herausgebers » *in* Kojève, *Hegel : Eine vergegenwartigung seines Denkens*, Stuttgart, 1958, pp. 7-10.

21. Gandillac, Maurice de, « Ambiguïté hégélienne », *Dieu Vivant*, 11 (1948).

22. Gans, Éric, « Méditation kojévienne sur la critique littéraire », *Critique*, 294 (novembre 1971), pp. 1009-1017.

23. Goldford, Dennis J., « Kojeve's Reading of Hegel », *International Philosophic Quarterly*, vol. XXII, 4 (1982), pp. 275-294.

24. Gourevitch, Victor, « Philosophy and Politics », *The Review of Metaphysics*, vol. 22, 1 and 2 (September and December 1968), pp. 58-84, pp. 281-328.

25. Guibert, Bernard, « Hegelianism in France », *The Modern Schoolman*, vol. XXVI, 2 (January 1949), pp. 173-177.

26. Heckman, John, « Hyppolite and the Hegel Revival in France », *Telos*, 16 (Summer 1973); introduction to english translation of *Genèse et Structure de la Phénoménologie de l'esprit de Hegel*, Evanston, 1974.

27. Hondt, Jacques d', *Hegel et l'hégélianisme*, Paris, 1982.

28. Kanapa, Jean, « Chronique philosophique », *La pensée*, 17 (avril 1948), pp. 117-121.

29. Kanapa, Jean, « Les interprètes de Hegel », *La pensée*, 16 (février 1948), pp. 117-121.

30. Lacroix, Jean, « Hegel et Marx », *Le Monde* (octobre 27, 1947), 3.

31. Lichtheim, George, « *Review of on Tyranny* », *Commentary* (November 1963), pp. 412-416.

31 bis. Macherey, Pierre « Queneau, scribe et lecteur de Kojève », *Europe*, n°s 650-651 (1983).

32. Maurer, Reinhart K., *Hegel und das Ende der Geschichte*, Freiburg, 1980.

33. Niel, Henri, « L'interprétation de Hegel », *Critique*, 18 (novembre 1947), pp. 426-437.

34. Patri, Aime, « Dialectique du maître et de l'esclave », *Le contrat social*, vol. 5, 4 (juillet-août, 1961), pp. 231-235.

35. Patri, Aime, Compte rendu de Kojève, *Introduction à la lecture de Hegel*, Paru, 34 (septembre 1947), pp. 98-99.

36. Picon, Pierre, « Compte rendu de Kojève, *Introduction à la lecture de Hegel* », *Fontaine*, vol. X, 62 (octobre 1947).

37. Pinard-Legry, J.L., « Kojève, lecteur de Hegel », *Nouvelles Éditions Rationalistes*, 68 (1983), pp. 57-67.

38. Pitkethly, Laurence, *Hegel in Modern France (1900-1950)*, Ph. D. dissertation, University of London, 1978.

39. Poster, Mark, *Existential Marxism in Postwar France : From Sartre to Althusser*, Princeton, 1975.

40. Queneau, Raymond, « Premières confrontations avec Hegel », *Critique*, 195-196 (août-septembre, 1963), pp. 694-700.

41. Regnier, Marcel, « Hegelianism and Marxism », *Social Research*, vol. 34, 1 (Spring, 1967), pp. 31-46.

42. Richir, Marc, « La fin de l'histoire : notes *préliminaires* sur la pensée politique de Georges Bataille », *Textures*, 6 (1970), pp. 41-47.

43. Riley, Patrick, « Introduction to the Reading of Alexandre Kojeve », *Political Theory*, vol. 9, 1 (February 1981), pp. 5-48.

44. Rosen, Stanley, Review of Kojeve, *Essai d'une histoire raisonnée de la philosophie païenne, I, Les présocratiques, Man and World*, vol. 3, 1 (1970), pp. 120-125.

45. Rosen, Stanley, *Hermeneutics as Politics*, New York, 1987.

46. Roth, Michael S., « A Note on Kojeve's *Phenomenology of Right* », *Political Theory*, vol. 11, 3 (August 1983).

47. Roth, Michael S., *Knowing and History : the Resurgence of French Hegelianism from the 1930's through the Post-War period*, Ph. D. dissertation, Princeton University, 1983.

48. Roth, Michael S., Review of Barry Cooper, *The End of History ; An essay on modern Hegelianism, Political Theory*, vol. 13, 2 (February 1985).

49. Roth, Michael S., *Knowing and History : Appropriations of Hegel in 20th Century France*, Ithaca, N.Y., 1988.

50. Salvadori, Roberto, *Hegel in Francia : Filosofia e politica nella cultura francese del novecento*, Baris, 1974.

51. Strauss, Leo, « Restatement on Xenophon's *Hiero* », in *On Tyranny*, revised and enlarged, Glencoe, 1963.

52. Tran-Duc-Thao, « La *Phénoménologie de l'esprit* et son contenu réel », *TM*, 36 (1948), pp. 493-519.

53. Vuillemin, Jules, « Compte rendu de Kojève, *Introduction à la lecture de Hegel* », *RPFE*, CXL (1950), pp. 198-200.

54. Wahl, Jean, « À propos de *L'introduction à la Phénoménologie* de Hegel par A. Kojève », *Deucalion*, V. *Études hégéliennes* (octobre 1940), pp. 80-99.

Présentation de Bernard Hesbois   9

LE CONCEPT, LE TEMPS ET LE DISCOURS

Préface   29
Essai d'une mise à jour du *Système du Savoir hégélien*   37

INTRODUCTION AU SYSTÈME DU SAVOIR : LE CONCEPT
    ET LE TEMPS   65

PREMIÈRE INTRODUCTION AU SYSTÈME DU SAVOIR :
    INTRODUCTION PSYCHOLOGIQUE DU CONCEPT
    (d'après Aristote)   85
1. Le Concept et les Notions   92
2. Les Notions et les Choses dans la durée-étendue de l'exis-
    tence-empirique   103
    a. *Le Général et le Particulier*   103
        α. La Particularité des Notions   104
        β. La Généralité des Choses   105
        γ. La Perception du Particulier et du Général   106
        δ. Généralité et Particularité des Notions et des Choses   108
    b. *L'Abstrait et le Concret*   111
        α. Le caractère concret des Notions   111
        β. Le caractère abstrait des Choses   115
        γ. La Perception du Concret et de l'Abstrait   116

δ. Le caractère abstrait et concret des Notions et des
   Choses   117
c. L'*Abstraction généralisante et le Détachement du* hic et
   nunc   119
   α. La Différence des Notions et des Choses   120
   β. Le Détachement du *hic et nunc*   124
   γ. L'Abstraction généralisante   137
3. Les Notions, le Concept et le Temps   148
   a. *Les Notions et le Concept*   148
   b. *Le Concept et le Temps*   151

DEUXIÈME INTRODUCTION AU SYSTÈME DU SAVOIR :
INTRODUCTION LOGIQUE DU TEMPS (d'après Platon)   171
1. L'Être en tant que tel et l'Être-dont-on-parle (l'Être-donné) 177
2. L'Être-donné et le Temps   191
   a. *L'Être-un et l'Éternité (d'après Parménide)*   193
   b. *L'Être-deux et l'Éternel (d'après Platon)*   198
   c. *L'Être-trois (la Tri-nité) et la Spatio-temporalité (d'après*
      Hegel)   229
3. Le Temps et le Concept   262

Bibliographie   301

*Composé et achevé d'imprimer
par l'Imprimerie Floch
à Mayenne, le 17 septembre 1990.
Dépôt légal : septembre 1990.
Numéro d'imprimeur : 29459.*

ISBN 2-07-072019-5 / Imprimé en France.

24t39

50052